S<small>TEPHEN</small> C<small>LARKE</small>

Alors qu'il vivait en France depuis dix ans, le journaliste britannique Stephen Clarke a décidé de rédiger un petit « guide de survie » à l'usage de ses compatriotes exilés au pays des *froggies*. Imprimé initialement à 200 exemplaires, *A year in the merde* – c'est son titre original – est mis en vente sur le site Internet de l'auteur qui se charge de le livrer lui-même à domicile. Le bouche à oreille s'en mêle et l'ouvrage se vend à plusieurs milliers d'exemplaires à Paris avant qu'un éditeur anglais en acquière les droits.

Devenu un best-seller au Royaume-Uni, *God save la France* a paru aujourd'hui dans plus d'une quinzaine de pays dont la France, (NiL éditions, 2005). Deux ans plus tard paraissait la suite des aventures de Paul West, *God save les Françaises* (NiL éditions, 2007).

GOD SAVE
LES FRANÇAISES

STEPHEN CLARKE

GOD SAVE LES FRANÇAISES

traduit de l'anglais par Bernard Cohen

Nil éditions

« Tout est pour le mieux dans le meilleur des mondes. »

Voltaire, *Candide*

« L'enfer, c'est les autres. »

Jean-Paul Sartre, *Huis clos*

« Je préfère Voltaire. »

Paul West, *God Save les Françaises*

I
Sex and the cambrousse

1

Nous nous trouvions à une quarantaine de kilomètres au sud de Limoges, Florence et moi. En Corrèze, qui est presque l'épicentre de la France. Si vous étalez un type sur la carte du pays dans la fameuse position de Vinci, avec la main droite sur la Bretagne, la gauche sur Strasbourg et les pieds à Biarritz et Monaco, la Corrèze se trouverait sous le testicule droit.

La mère de Florence possédait une maison de campagne dans cette belle contrée. Nous avions donc décidé de nous y arrêter pour un rapide déjeuner avant d'entreprendre deux semaines d'exploration du Sud-Ouest.

Mais tout ne s'était pas exactement déroulé comme prévu, et c'est pourquoi nous nous étions alors retrouvés en plein soleil, à côté d'une voiture fraîchement cabossée. Nous attendions l'arrivée de la police ou d'une grue de dépannage depuis dix minutes lorsque Florence a posé sa tête dans mon giron et prononcé ces paroles fatidiques :

– Maintenant, on va devoir passer quelques jours avec maman...

À ce moment, bien entendu, elle ignorait que j'allais essayer de tuer sa mère. Je ne m'en doutais pas, moi non plus. Nous n'étions ensemble que depuis deux mois, environ, et si on m'avait demandé mon avis sur le sujet j'aurais certainement répondu que non, je ne pensais pas qu'une tentative de meurtre sur la maman de sa nouvelle petite amie était le meilleur moyen d'affirmer une relation sentimentale.

De toute façon, ce n'était pas vraiment ma faute. La responsabilité de ce qui avait précédé et de ce qui allait suivre retombait entièrement sur un chauffard gaulois débile.

– Connasse! avait-il beuglé.

Les insultes françaises sont toujours merveilleusement respectueuses de la grammaire. Même au plus chaud d'une bataille verbale, on n'oublie pas de changer le genre selon le sexe de l'adversaire. Dans le contexte, pourtant, la forme féminine de connard était totalement injustifiée : c'était moi qui étais au volant, non Florence. Il lui avait hurlé dessus juste parce qu'elle se trouvait plus près de lui que moi. Et cela alors qu'il venait d'enfoncer la portière passager de la voiture flambant neuve du père de Florence, y laissant une dépression qui aurait pu être provoquée par un astéroïde et s'arrêtant à une microseconde d'infliger des dommages similaires à ma petite amie.

– Are you OK? lui ai-je demandé.

– Oui. (Elle me répondait toujours en français.) Et toi, Paul?

– Oui, mais j'ai bien envie de lui faire avaler ses lunettes de soleil de frimeur, à ce type.

– Non, tu ne peux pas faire ça. Tu es anglais. Tu dois montrer ton flegme.

– My phlegm?

Je ne l'avais encore jamais entendue, celle-là. Est-ce que les Français croient vraiment que nous autres Britanniques conservons notre calme en crachant nos glaires ? Ils ont sans doute trop regardé nos équipes de foot sur les chaînes satellites.

– Ben oui, vous êtes flegmatiques. Vous avez le sang froid.

Ah ! l'Anglais est un reptile ! Nous nous retrouvions sur un terrain plus familier.

– Pas tant que ça. Tu vas voir comment je vais m'occuper de ses lunettes.

Extirpé de la Renault Vel Satis bleu marine du père de Florence, je me suis rapidement tâté, afin de vérifier si j'étais sorti entier de l'accident. Oui. Les deux véhicules étant entrés en contact à une vitesse plutôt réduite, je ne souffrais de rien de plus grave qu'un cou ankylosé et du vague désir de flanquer mon poing dans la figure de quelqu'un.

Je me suis dirigé vers le 4 × 4 asiatique rouge vif qui nous avait heurtés. L'avant n'était presque pas abîmé. Pas même un phare fêlé.

Le conducteur était un faux ado d'une quarantaine d'années, teint en blond, dont les énormes lunettes de soleil étaient si sombres que je me suis demandé s'il pouvait apercevoir le soleil, sans parler des voitures devant lui. Cet archétype de guerrier urbain tricolore m'a regardé approcher. Soudain, il a tâtonné précipitamment à la recherche du bouton de commande pour remonter la vitre par laquelle il venait d'insulter Florence.

– Vous êtes aveugle, peut-être ? me suis-je enquis en montrant d'un signe de tête ses verres ténébreux.

Je lui donnais du « vous », évidemment, puisque nous n'avions pas été présentés.

– Et toi ? a-t-il glapi derrière la fenêtre close. Tu ne connais pas la priorité à droite ?

Je lui ai pardonné cette familiarité déplacée, compte tenu du fait qu'il était de quinze ans mon aîné, au bas mot.

Il a lâché un soupir exaspéré à l'intention de sa femme en polo et de leurs deux skaters de fils. Toute la petite famille me fusillait du regard. Je devais reconnaître qu'en me retrouvant victime de ce mauvais conducteur j'avais fichu en l'air une partie de leur plan de vacances. Leur horaire devait certainement comporter un pipi à Poitiers et un lunch à Limoges, mais certainement pas un crash en Corrèze.

– La priorité à droite ? ai-je répété, incrédule.

Cette loi française est la plus stupide et la plus dangereuse de toutes les réglementations en vigueur dans le monde occidental. Elle stipule qu'un véhicule venu de la droite est toujours prioritaire, même si vous roulez normalement sur une artère importante et qu'une bagnole surgie d'un minuscule chemin de traverse vous coupe la route et envoie *ad patres* toute votre famille. L'abruti sera dans son droit, et qu'il ait omis de regarder autour de lui n'a aucune importance.

– Il n'y a pas de priorité à droite sur un rond-point, ai-je rétorqué.

– Rond-point ? (Faisant glisser ses lunettes sur son nez, il a eu un air surpris, comme s'il venait de découvrir la rotonde, son centre couvert de pelouse et les quatre ou cinq voies d'accès qui y débouchaient.) Quelle merde, ces giratoires ! a-t-il gémi, exprimant ainsi une idée largement répandue chez les Français, qui semblent incapables de comprendre à quoi peuvent servir ces maudits manèges routiers, sinon à donner un peu de travail aux jardiniers municipaux. C'est un truc d'Angliche, ça, non ?

– Oui, ai-je confirmé. Nous avons inventé les ronds-points pour limiter les accidents. Vous, les Français, vous êtes très pointus en technologie, non ? On ne pensait pas que ces ronds-points allaient vous poser autant de problèmes.

– Alors comme ça, vous êtes anglais ? est intervenue son hommasse d'épouse en se penchant pardessus le volant pour me crier ce qui devait constituer l'injure suprême, à ses yeux : vous autres Angliches, vous savez pas rouler à droite !

Elle m'avait dit « vous », au moins.

– Et votre mari, quelle excuse il a, lui ? ai-je répliqué.

Attrapant son mec par le bras, elle a chuchoté quelques mots précipités à son oreille. Il a hoché du bonnet. J'ai deviné ce qu'elle lui avait dit lorsque, sans préavis, il a démarré en marche arrière. Les deux autos se sont détachées l'une de l'autre comme deux amants restés un moment ventousés après l'orgasme. Puis le 4 × 4 a opéré un demi-tour impeccable, et il est reparti d'où il était venu. En le regardant s'éloigner, j'ai retenu le numéro d'immatriculation tout en notant vaguement les sourires satisfaits des deux garçons chevelus qui me narguaient à travers la vitre. Papa venait de se transformer en héros hors la loi de leur road movie personnel.

– Qu'est-ce que tu lui as dit ? m'a demandé Florence.

– Rien d'insultant au point de le faire fuir comme ça. Il doit penser que je ne saurai jamais comment le signaler à la police, puisque je suis un Anglais.

– Ouais. Et comme c'est juste après le déjeuner, il doit avoir trois litres de pinard dans les veines.

Je suis passé du côté passager pour admirer les dégâts. L'horrible mélange de peinture bleue et rouge sur la portière n'était pas trop grave ; ce qui l'était plus, c'est que l'aile avait été enfoncée, déchirant le pneu qui était en train d'exhaler le dernier souffle de sa courte mais trépidante existence. Impossible de redresser la tôle par moi-même pour changer la roue. Il fallait appeler un dépanneur.

Après avoir poussé l'auto sur le bas-côté, nous nous sommes assis dans l'herbe haute, en bordure d'un champ de tournesols qui s'étendaient sur des centaines de mètres. Je n'en avais encore jamais vu en pareille quantité : dans mon esprit, les tournesols poussaient isolés, sentinelles solitaires montant la garde sur les jardins de nos pavillons britanniques. Là, en revanche, ces rangs de fleurs dont la grosse tête dodelinait à plus d'un mètre cinquante du sol faisaient penser à une armée d'extra-terrestres décidés à envahir la planète.

– Tu te sens bien, tu es sûre ? Tu ne t'es pas cogné la tête, ni rien ?

– Non. Mais il faudrait sans doute que tu me masses un peu le cou.

Elle m'a lancé un sourire coquin en parcourant d'un doigt effilé la chair nue qui s'étendait entre son oreille et la rondeur de son épaule laissée à découvert par son tee-shirt. La première fois que nous avions été dans un lit ensemble, j'avais été émerveillé par la douceur de sa peau, comme si elle avait passé toute son adolescence à se prélasser dans un bain de lait de coco. Elle était à moitié indienne – son père était un Tamoul originaire de la Réunion –, son corps offrait une combinaison idéale d'élégance française et de délicatesse orientale.

Écartant la bretelle de son soutien-gorge noir, elle a posé le bout des doigts sur le muscle de sa clavicule.

– Tu dois m'embrasser ici, exactement !

Son gémissement et ses yeux pâmés paraissaient très prometteurs. Mais c'est à ce moment-là qu'elle m'a annoncé que nous allions être obligés de rester quelques jours chez sa mère.

Le garagiste est arrivé une demi-heure plus tard. Dès qu'il a appris que le responsable de l'accident était un Parisien – puisque le numéro de la plaque se terminait en 75 –, il n'a été que trop content de rédiger sur une feuille tachée de graisse une courte déclaration, dans laquelle il affirmait que nous étions dans notre droit et que l'autre conducteur avait abandonné les lieux au mépris de la loi.

Il a aussi glissé quelques mots en notre faveur aux deux gendarmes venus constater les dégâts. Dans leur pantalon trop étroit et sous leur képi démodé, ils semblaient surmenés et irritables. En ce premier samedi de juillet, deux tiers de la population française, renforcés par des hordes considérables de touristes étrangers, avaient entrepris leur migration vers le sud, en passant par la Corrèze. Avinés, sur-chauffés, impatients, déconcentrés, distraits par les enfants vomissant, les bagages en folie sur la plage arrière et les sonneries inopinées de téléphones portables, ces millions de conducteurs lancés sur les autoroutes allaient provoquer en deux jours plus d'accidents qu'il ne s'en compte en six mois. Et nos deux jeunes gendarmes, voyant qu'il s'agissait d'un simple cas de tôle froissée, ont fait semblant de prendre quelques notes avant de sauter dans leur petite Renault bleue et de disparaître.

Notre arrivée chez la maman n'a pas véritable-ment créé l'événement, même si c'était la première fois que la fille prodigue revenait au bercail dans un vieux camion de dépannage. Après avoir poussé un portillon blanc, Florence est entrée dans un jardin désert. À notre droite, une pelouse hirsute et quelques arbres fruitiers chenus, dans lesquels des oiseaux s'affairaient du bec sur d'énormes cerises écarlates. Droit devant nous, le toit en ardoise d'une grange en pierre était bordé d'une moustache de lichen. La maison se trouvait sur notre gauche, de plain-pied, ses murs en moellons d'un beige crémeux qui faisait penser à la texture d'un saint-nectaire à point. Tous les volets gris ardoise étaient fermés, de même que la porte d'entrée.

– Ils font la sieste, a chuchoté Florence. On va attendre qu'ils se réveillent.

Malgré une petite brise intermittente, l'air vibrait de chaleur sous le soleil. Les branches basses des cerisiers n'offrant pas une ombre assez confortable, nous sommes entrés dans la grange, à la recherche d'un parasol.

De me retrouver ainsi, seul dans la pénombre avec Florence, m'a donné une idée. Soit parce qu'elle lisait dans mes pensées, soit parce qu'il ne lui avait pas échappé que ma main s'était crispée sur sa taille et que j'avais rapproché mon visage de son cou, elle s'est écartée en disant :

– Non, Paul, it is not a good idea. Regarde. Rien que des tas de bûches et le sol en terre battue. Ce n'est pas pratique.

– Mouais. Certaines nanas ont soudain l'esprit fichtrement pratique, sitôt que leur mère est dans le coin.

– Prends ce parasol, là. J'ai apporté une serviette de plage, on va l'étendre sur l'herbe.

Déjà revenue sur le perron éclaboussé de soleil, elle s'est arrêtée en poussant un juron.

– Qu'est-ce qu'il y a ? ai-je demandé.

– On a laissé les bagages dans la voiture.

– Oh ! shit...

2

Le temps de trouver le numéro de téléphone du garagiste, de lui expliquer notre problème par-dessus le brouhaha du nouveau dépannage qu'il effectuait, d'être informés par le brave homme que notre véhicule avait été placé dans son dépôt sécurisé et qu'il n'allait certainement pas retourner là-bas juste pour récupérer trois valoches, quelques signes de vie sont apparus autour de nous. D'abord, un garçonnet aux cheveux bruns, vêtu d'un maillot de bain bleu, est sorti en courant dans le jardin et a pilé sur place en nous apercevant sous le parasol.

– Flo !

– C'est mon neveu, m'a expliqué Florence. Le fils de ma sœur. His name's Semen.

Semen ? Sperme, en anglais. Ils ont de drôles de prénoms, à la campagne. Le mouflet s'est jeté dans l'herbe pour embrasser sa jolie tante. En même temps, il m'a jaugé d'un regard critique.

– Il est petit, a-t-il édicté.

– Semen ! l'a repris Florence, comme s'il venait de faire allusion à quelque défaillance honteuse de ma part.

Sur le moment, je n'y ai pas prêté plus d'attention. Comme je mesure un mètre quatre-vingts, ma taille ne m'a jamais inspiré de complexe. Et puisque je portais un short baggy, il était impossible qu'il ait parlé d'un autre élément de mon physique.

– Bonjour. Je suis Paul.

Je lui ai tendu la main. Il l'a serrée, mais sa réticence à mon encontre s'est aussitôt renforcée.

– Pourquoi il veut pas me faire la bise ? a-t-il demandé à Florence.

– C'est un Anglais.

Cette information a paru expliquer tout ce que je pouvais avoir d'étrange, puisque le garçon – dont j'avais fini par discerner le véritable prénom, Simon – a contourné sa tante pour venir me déposer un baiser sur chaque joue.

– Il est quand même petit, non ? a-t-il dit tout bas à Florence.

Elle a claqué impatiemment la langue.

– Bon, où est grand-mère ? a-t-elle demandé.

– Elle ronfle encore.

– Et Michel ? Il est là ?

Michel, c'était son frère aîné. Elle m'avait parlé de lui mais je ne l'avais encore jamais rencontré.

– Oui, mais lui, il se réveille jamais !

Nous sommes allés à la cuisine pour nous désaltérer. Le petit Simon sautait autour de Florence comme un chiot qui a été privé de promenade pendant deux jours. Il continuait, de temps à autre, à me lancer des regards perplexes. On aurait cru qu'il avait peur que je lui vole son joujou préféré. Il restait quelque chose en moi qui le chiffonnait.

Après le soleil oppressant, la cuisine était un havre de fraîcheur. Les grandes dalles de pierre étaient froides sous les pieds. Ayant dévissé la capsule d'une bouteille courtaude de Kanterbräu, je l'ai vidée d'un trait, extasié. Je sentais la sueur se condenser délicieusement dans le creux de mes reins. Cet état de béatitude a cependant volé en éclats lorsque je me suis assis à la longue table de réfectoire et que je me suis fracturé les deux genoux.

– Ah, zut ! J'aurais dû te prévenir ! Il faut que tu fasses attention quand tu t'assois ici.

Je me suis remis debout. Mes genoux n'étaient pas cassés, en fait, mais seulement amochés – comme la Renault du père. J'ai examiné la table. Elle était d'une longueur interminable, trois mètres au moins. Son plateau en bois sombre paraissait à la bonne hauteur, mais en me penchant je me suis aperçu qu'il dissimulait de grands tiroirs, lesquels limitaient tellement la place pour les jambes que seul un nain aurait pu y dîner confortablement.

– C'est une corrézienne traditionnelle, m'a appris Florence. Mon arrière-grand-père l'a construite lui-même, quand il a bâti la maison.

– Il était cul-de-jatte ?

– Non ! Mais on n'a plus les chaises dont il se servait. Elles étaient très basses, elles aussi.

– Et vous ne pouvez pas couper les pieds de celles-là ? me suis-je informé en fendant l'air du geste définitif d'une amputation. Ou rallonger les pieds de la table ?

– Oh ! non ! Maman n'aimerait pas du tout ça !

Le petit Simon s'est à nouveau accroché à elle, une expression effrayée sur les traits.

– Il veut couper nos chaises ?

– Non, non, l'a rassuré Florence. Bon, tu vas voir, Paul. Tu t'habitueras vite à ranger tes jambes sur le côté.

– Ma chérie !

Une femme est entrée dans la cuisine. Elle portait une robe-caftan marron qui dissimulait tellement son corps que l'on n'aurait pu dire si elle était mince comme un parasol ou aussi volumineuse que sa table de cuisine. Après avoir bondi sur Florence, elle lui a bruyamment embrassé chaque joue. Tandis qu'elle se pressait contre sa fille, j'ai pu voir que madame Flo mère était très bien faite, en réalité, dans le genre quinquagénaire tout en rondeurs.

– Je te présente Paul, maman.

Elle s'est tournée vers moi. Je me suis poliment levé et je lui ai souri avec toute la gratitude qu'un type doit témoigner à celle dont le ventre a produit sa petite amie. Tout en me rendant mon sourire, elle m'a tiré sur l'épaule jusqu'à ce que je me tasse suffisamment pour qu'elle puisse me donner deux baisers. J'ai essayé d'empêcher mon cerveau d'enregistrer la pression de ses seins volumineux contre ma cage thoracique.

– Enchanté, madame, ai-je prononcé dans mon meilleur français. Vous allez bien ?

– Tu peux m'appeler Brigitte, a-t-elle lancé, m'accordant instantanément le privilège du tutoiement. Qu'il est mignon ! a-t-elle ajouté en m'embrassant à nouveau.

« Mignon », je le savais, signifie charmant, mais ce terme peut aussi bien s'appliquer à un lapin blanc.

Brigitte, elle, était aussi gracieuse que sa fille. Sa peau était très claire, ses cheveux courts teints en rouge sombre, la couleur que les brunes choisissent lorsqu'il s'agit de lutter contre leurs mèches grises. Elle avait le gai sourire de Florence, les mêmes yeux rieurs, et elle exhalait une sorte d'amour universel pour l'humanité. Eh non, je ne crois pas que *tout* cela n'ait été dû qu'au Prozac.

Nous avons échangé nos CV condensés. Elle était institutrice dans une petite ville proche de

Tours, j'étais le futur patron d'un salon de thé anglais.

– Ah oui, maman ! nous a interrompus Florence. Je vais laisser tomber mon job pour travailler avec lui au salon de thé.

– Pardon ?

Je lui ai paru beaucoup moins mignon, brusquement. Je percevais que je venais de passer du statut de petit copain exotique à celui de corrupteur qui avait réussi à convaincre sa pauvre enfant de renoncer à un emploi en or. L'amour universel s'est évaporé, remplacé par une désapprobation sans fard.

– Oui, m'man ! Mon boulot me faisait chier.

Elle a entrepris d'expliquer que la société qui l'employait avait démarré un « plan social », offrant à ses salariés une année de plein salaire ou un départ à la retraite anticipée s'ils acceptaient de déguerpir. En France, on jette rarement les gens dans le caniveau comme on fait chez nous les Anglos. Après avoir saisi l'offre au bond, donc, Florence allait unir ses forces aux miennes pour l'ouverture de mon affaire.

– Et qu'est-ce que tu vas faire, dans ce salon de thé ? s'est enquise Brigitte. Serveuse ? C'est pour en arriver là, toutes tes études de comptabilité ?

Elle m'a souri, comme si elle voulait me faire comprendre qu'elle était loin de penser que sa fille était trop bonne pour quelqu'un dans mon genre. Même si c'était visiblement le cas.

– Ce sera une petite structure, maman. Chacun de nous fera un peu de tout. Tu sais, Paul était chef de marketing dans une très grosse boîte. Et il a renoncé à tout pour lancer son salon de thé.

Brigitte s'est adossée au montant de la cheminée en ardoise pour me scruter. Cet étranger mal

rasé en tee-shirt douteux et tongs aux couleurs
déteintes du drapeau britannique n'avait sans
doute pas l'air d'être chef de quoi que ce soit,
sinon d'une association internationale de plagistes
fauchés.

— Dans une entreprise française ? a-t-elle
demandé.

— Oui ! Et avant, une anglaise ! lui a annoncé
Florence.

— Hummm... (Pour des raisons qui lui appartenaient, Brigitte a eu l'air légèrement rassurée
par ces indications sur mon passé professionnel.)
À Londres ?

— Oui, m'man ! À Londres.

— Il paraît que c'est la ville la plus chère du
monde.

— C'est exact, mais les salaires sont aussi très
hauts, ai-je noté en me redressant de toute mon
taille, de sorte que j'ai failli m'ouvrir le crâne sur
l'une des poutres apparentes du plafond.

— Hummm.

La maman est allée dans un coin de la cuisine, a
ouvert le réfrigérateur et en a sorti une grande
carafe de verre remplie d'une mousse rosâtre d'origine indéfinissable.

— Tu veux goûter mon jus de fraise ?

— Jus de... fraise ?

— Oui ! On en récolte tellement, on ne sait plus
quoi en faire. Je les passe au mixeur, un peu d'eau,
de sucre et de jus de citron, et voilà.

— Mmmm, ça doit être marvellous, ai-je approuvé
tout en me disant que la décoction épaisse faisait
penser à de la purée de cervelle de mouton.

Assis à la table avec les genoux de traviole, nous
avons bu de grands verres de mélasse rose dont les
grains me restaient bloqués entre les dents. Le

petit Simon était le seul à pouvoir occuper une chaise normalement. À part lui, nous étions des Blanche-Neige en visite chez les nains.

– Et où donc est-il, ce salon de thé? m'a demandé Brigitte avec juste un soupçon d'agressivité.

– Près des Champs-Élysées.

– Ah...! Le loyer ne doit pas être donné.

– J'ai bien négocié.

– Quand allez-vous ouvrir?

– À la rentrée. Le 1er septembre.

– Oui, maman! C'est Nicolas qui se charge de la décoration. Tu te souviens de lui?

– Oh! oui, il était si gentil, Nicolas..., a soupiré Brigitte d'un ton attendri.

Je me suis demandé pour quelle raison l'architecte qui devait superviser la rénovation du local était à ce point dans ses petits papiers. D'après Florence, il était jeune et disposé à nous accorder un tarif préférentiel prix d'ami, comme ils disent – parce qu'elle l'avait « connu » au lycée. Les Parisiennes sont entourées d'« anciens copains de lycée », puisque la plupart d'entre elles ne quittent jamais la ville pour aller étudier ou travailler ailleurs. La question, évidemment, était : « copains » oui, mais à quel point?

Nicolas était un gars plutôt séduisant, si on aime le genre bohème dégingandé affligé d'une dose considérable d'autosatisfaction. Pour ma part, j'étais soulagé de savoir qu'un ami de Florence s'occupait de tout ce dont les barrières linguistiques m'interdisaient l'accès : obtenir le permis de construire et les devis, acheter les matériaux, coordonner l'intervention des différents corps de métier. Mais la place qu'il occupait ou avait occupée dans le CV sexuel de Florence restait un point d'interrogation irritant. En fin de compte, n'y a-t-il pas une différence entre engager un architecte que l'on connaît et donner du travail à un ex ?

Je me suis décidé de lui passer un coup de fil au cours du week-end, afin de vérifier plutôt deux fois qu'une que tout serait en place pour le lundi matin, lorsque les ouvriers allaient débarquer avec leurs masses et leurs pieds-de-biche, prêts à oblitérer jusqu'au dernier souvenir du magasin de chaussures qui avait précédemment occupé la place.

– Est-ce qu'il est grand, Nicolas ? a interrogé le cher petit Simon. Très grand ?

– Tais-toi Simon ! l'a coupé Brigitte en m'adressant un sourire qui voulait dire : « Ne t'inquiète pas, il fait l'idiot, c'est tout. »

– Ouel-kaume, ouel-kaume !

Arrivé du salon, un nouveau venu d'à peu près mon âge et mon gabarit m'a souhaité la bienvenue. C'était le frère aîné de Florence, Michel. Comme sa sœur, il représentait un cocktail parfait de sang français et indien, peau café au lait, yeux noirs et attaches fines. Contrairement à elle, il avait le corps très poilu, et une tendance complémentaire à se dégarnir du crâne, calvitie naissante qu'il tentait de cacher en retenant ses cheveux dans une queue-de-cheval. Il était torse nu, ce avec un début de brioche, et son short était encore plus fripé que le mien.

Il a embrassé Florence, puis m'a serré la main en considérant avec un mélange de curiosité et de pitié le type qui sautait sa sœur. Repoussant d'un geste négligent le jus de cervelle de mouton qui lui était proposé, il est allé prendre une bouteille de Badoit dans le frigo, qu'il a tétée au goulot jusqu'à ce que les bulles lui jaillissent du nez.

– Cette bouteille est pour tout le monde, Michel, lui a fait remarquer Brigitte, ce qui lui a arraché un petit rire amusé de fifils à sa maman qui n'a jamais été contraint d'obéir.

Après nous avoir écoutés narrer les circonstances de notre accident, Brigitte a déclaré que nous allions aider aux tâches domestiques, puisque nous étions bloqués ici quelques jours. Apparemment, un séjour dans sa maison de vacances n'était pas synonyme de farniente, à ses yeux. Pas du tout. À l'entendre, tout avait en permanence besoin d'être réparé, protégé de la rouille, sauvé de la vermine et des rongeurs. Ainsi, parmi les nombreuses façons d'occuper mon premier après-midi en Corrèze qui m'ont été proposées, aucune ne comprenait hélas de sieste crapuleuse avec Florence. Il était question de cueillir des laitues, des radis, des courgettes et des fraises, ou de nettoyer la mousse sur le toit de la grange, ou de prendre une pioche et de creuser. J'avais en effet remarqué un grand trou récemment ménagé en contrebas des bâtiments annexes.

– Vous allez avoir une piscine ? ai-je demandé.

– Non, c'est pour la fosse septique, m'a répondu Brigitte.

– La what ?

– You know, the reservoir for the, you know..., a-t-elle tenté.

– For the pipi and the caca, a suggéré Simon en gloussant.

– Vous n'en avez pas encore ? me suis-je inquiété, entrevoyant déjà des stations fertilisantes dans les fourrés au point du jour.

– Si, si, mais elle est dépassée.

« Dépassée » ? Il était donc si important d'avoir une fosse septique à la dernière mode ?

Florence a dû m'expliquer, tandis que Brigitte suivait sa démonstration d'un air tendu : c'était un

27

sujet qui lui tenait douloureusement à cœur, de toute évidence. D'après ce que j'ai compris, aucune des fosses dont disposaient les maisons du village n'était « aux normes ». La réglementation permettait visiblement de défigurer les abords de chaque agglomération française avec de hideux panneaux publicitaires et des zones industrielles rébarbatives, mais non de déverser ses eaux sales dans une cuve sous-dimensionnée. Dans le village de Brigitte, il s'agissait principalement de constructions en brique dont les bacs enterrés avaient efficacement filtré et laissé fermenter les déjections depuis des siècles. Avec la généralisation des machines à laver le linge et la vaisselle, toutefois, les fossés de bord de route s'étaient peu à peu gorgés d'une eau tiède qui transformait les talus en jardins subtropicaux, à la grande perplexité des édiles locaux. Récemment, le maire avait reçu une subvention du conseil général destinée à multiplier des fosses septiques modernes, capables de retenir toutes les eaux sales.

— Et ils ne creusent pas le trou pour vous ? me suis-je étonné.

Brigitte a levé les yeux au ciel.

— Si, si, mais...

— Maman a peur qu'ils cassent les canalisations ou qu'ils abîment les racines du noyer, a avancé Florence.

— Mouais..., a grommelé Michel. C'est juste qu'elle ne veut pas que des hommes qu'elle ne connaît pas viennent fouiller dans son...

— Michel ! a protesté la mère en devenant aussi rose que son jus de fraises.

— Quoi qu'il en soit, a poursuivi Florence, maman veut que nous nous en chargions nous-mêmes.

— Euh, moi je crois que je préfère ramasser les courgettes, ai-je avoué.

– D'accord, a concédé Brigitte. Tu pourras creuser un peu demain. Simplement, il faudra faire attention, parce qu'on est arrivés tout près de la vieille fosse. Un coup de bêche de trop et on la crève.

En d'autres termes, mes vacances françaises risquaient fort de prendre un départ littéralement merdique.

3

Après avoir jeté un coup d'œil aux trois ou quatre rangs de courgettes derrière la maison, je m'étais dit qu'il ne me faudrait pas plus de cinq minutes pour les ramasser jusqu'à la dernière et qu'ensuite Florence pourrait m'offrir un tour guidé du logis, avec pour point d'orgue un moment intense dans une chambre retirée.

Nous étions encore tous deux à ce stade initial de la relation amoureuse où les deux protagonistes ressentent le besoin de se toucher sans cesse, où il suffit que les doigts se frôlent pour que tout le reste du corps commence à proclamer qu'il aimerait bien se joindre lui aussi à ce jeu de peau contre peau, et où il est donc peu judicieux d'aller séjourner chez sa belle-mère.

Et là, les effets combinés d'un soleil resplendissant, de l'exubérante végétation et de la vue des membres dénudés de Florence – elle avait déniché un maillot de bain deux-pièces – se faisaient cruellement ressentir au-dessous de la ceinture.

Quelle n'a pas été ma déception en apprenant que les courgettes qu'il me revenait de récolter n'étaient pas celles de la plate-bande en question mais se trouvaient à dix minutes de marche à travers les bois, au-delà de la pelouse ! Pis encore, Florence n'était pas autorisée à m'accompagner car elle avait été réquisitionnée pour aider à la transformation de la récolte de cerises du matin en flan géant aux fruits – un dessert que les Français appellent clafoutis, allez savoir pourquoi...

On m'a tendu un vieux chapeau de paille que même un mulet aurait refusé de porter, ainsi qu'une paire de gigantesques bottes en caoutchouc, et on m'a recommandé de ne pas revenir avant d'avoir rempli de courgettes un panier à linge.

Afin de s'assurer que j'avais bien compris ma mission, Brigitte est sortie de la cuisine pour brandir un spécimen devant moi.

– Voilà, c'est ça que je veux, a-t-elle annoncé.

– Oui, des courgettes, ai-je confirmé en pointant un doigt expert sur la chose qui avait en effet la forme, la taille et la couleur du légume.

– Parfois, les gens de la ville les confondent avec les concombres.

– Pas moi. Ça fait quand même cinq ans que je travaille dans l'industrie alimentaire.

– Ah ! Vous produisez du thé à partir de courgettes, peut-être ?

M'ayant ainsi remis à ma place, elle a tourné les talons pour reprendre ses occupations ménagères, et je dois admettre qu'à cet instant l'idée d'un matricide a un peu plus qu'effleuré mon esprit.

Jouer au pécore s'est révélé amusant, à vrai dire. Pendant deux heures, au moins.

Où que l'on se trouve dans le sud de l'Angleterre, la civilisation urbaine vous rattrape toujours à un point ou à un autre, que ce soit sous la forme d'un 4 × 4 ou d'une bande de citadins pédalant

31

comme des fous sur des VTT. Pas ici. Ce potager-là était une bande de terre de cent mètres de long et dix de large en plein milieu d'une nature à la densité toute médiévale, une clairière baignée de soleil sur le flanc paisible d'une colline couverte d'immenses châtaigniers qui ondulaient dans la brise. Même la carcasse rouillée d'une camionnette abandonnée dans un coin semblait vieille de plus d'un siècle, retournant tranquillement à l'état de minerai de fer ; une biodégradation complétée par le jeune arbre émergeant de sa lunette arrière et les cageots en bois pourri qui avaient remplacé le pare-brise.

J'ai bu à la bouteille d'eau que j'avais apportée avec moi ; le glouglou est resté l'unique son humain à des lieues alentour. Les insectes bourdonnaient, les oiseaux chantaient, les frondaisons bruissaient et aucune, absolument aucune voiture ne s'approchait dans ma direction. Un après-midi solitaire en plein milieu de la campagne française n'était certes pas aussi agréable qu'un plongeon dans la Méditerranée, ou sur Florence, mais ce n'était pas si mal, après tout.

J'avais l'impression de faire désormais partie de la famille, en remplissant mon panier de courgettes. Chacun avait sa tâche à accomplir : la mienne était de rapporter les légumes. Dans les douze mois que j'avais passés en France, je ne m'étais encore jamais autant senti « chez moi », pas même quand j'avais commencé à habiter avec Florence dans son appartement proche du cimetière du Père-Lachaise, ou lorsque j'avais appris comment souffler à quelqu'un la dernière table libre à la terrasse d'un café. J'étais exactement semblable à ces myriades de Parisiens qui, l'été venu, viennent s'offrir une petite dose de vie paysanne dans leur maison de famille. L'idée se révélait extrêmement satisfaisante.

Ce potager était prolifique à un point rare. Les plants de courgettes se trouvaient blottis parmi une débauche de pommes de terre, de tomates, de haricots verts, d'aubergines, de radis, de carottes, de concombres, de laitues de trois sortes différentes, de fraises, de framboises, de cassis, sans compter un poirier, un arbre qui portait ce qui devait être des amandes et, à un bout de la parcelle, un petit figuier aux branches recourbées, aux fruits encore verts et aux feuilles phalliques que nous avons tous vus sur les tableaux de maîtres. Le gus qui a été le premier à se servir d'une feuille de figuier en tant que cache-sexe ne pouvait pas mieux tomber, tant le lobe central épouse la forme d'un pénis pendant ; cela dit, il a un peu présumé de la taille de ses testicules...

Ce que j'ignorais encore au sujet du figuier, c'est que ses feuilles sentent délicieusement bon quand le soleil les chauffe. L'arbre tout entier dégage un merveilleux parfum de figue, qui vous donne envie de vous asseoir là et de ne plus bouger pendant un mois, jusqu'à ce que les fruits soient mûrs.

Les courgettes, en revanche, se sont révélées étonnamment irritantes sous les doigts, et terriblement près du sol. Mais quand mes reins me faisaient trop souffrir je me redressais et j'allais me gaver de framboises. Comme nous étions très au sud et déjà début juillet, il n'en restait plus énormément sur les plants. Je les ai tous dégarnis avant de passer à la rangée suivante, dans laquelle m'attendaient quelques millions de fraises... Une chose était sûre, au moins : si je mourais d'épuisement ici, mon cadavre produirait des fruits au bout d'un jour.

Quand je suis réapparu en chancelant sous le poids de mon panier de courgettes, Florence était en train d'aligner des verres sur une longue table en teck installée dans un coin de la maison.

– Les voisins viennent prendre l'apéritif, m'a-t-elle informé.

– Je crois que je vais me doucher en vitesse, ai-je déclaré. Tu pourrais me montrer où c'est, non ?

J'ai accompagné ce « non ? » d'un haussement de sourcils suggestif qui signifiait : « Bien sûr que oui ! »

– Je vais t'expliquer comment ça marche, est intervenue Brigitte, qui venait d'arriver les bras chargés de bouteilles d'alcool. Il faut du doigté.

J'ai jeté un regard implorant à Florence. Mais tel un casque bleu de l'ONU qui n'a pas mandat pour intervenir dans une crise humanitaire, elle s'est contentée d'un geste évasif et m'a abandonné à mon sort.

– Allez, Paul ! a hélé Brigitte qui me jaugeait d'un regard impatient. Ils vont être là dans dix minutes !

C'était comme mon premier jour à la garderie. Leçon numéro un : « Ça, c'est une courgette. » Leçon numéro deux : la salle de bains.

Est-ce seulement à moi que cela arrive ou bien toutes les douches du monde exigent-elles un satanique « doigté » ? Est-ce pour cette raison que nous autres, Britanniques, avons préféré prendre des bains durant des siècles, avant de décider que nous en avions assez de nous laver les cheveux dans le lavabo ? C'est simple, un bain. Vous remplissez le fichu machin, vous ajoutez de l'eau froide si c'est trop chaud, ou le contraire. Avec une douche inconnue, vous devez vous transformer en une sorte de DJ aquatique pour parvenir au mélange adéquat. Et pourquoi est-ce toujours deux fois plus compliqué quand cela se passe chez la mère de votre petite amie ?

– Il faut ouvrir le robinet et laisser couler l'eau deux minutes, m'a expliqué Brigitte en se penchant au-dessus du plateau de douche très encaissé. Elle vient du chauffe-eau à gaz de la cuisine, donc il faut lui donner le temps d'arriver, ouké ?

– D'accord.

– Ne change pas la position du mélangeur, surtout, parce que tu finirais gelé ou brûlé. Ouké ?

– D'accord.

– Et ne mets pas toute la pression, autrement le jet repousse le rideau et le sol est inondé.

– D'accord.

Les dix minutes de pause-douche qui m'avaient été accordées arrivaient à leur terme. Je me préparais à l'idée de me présenter aux voisins revêtu d'une couche de sueur terreuse.

– Aligne bien le bas du rideau contre les bords avant d'ouvrir l'eau.

– D'accord.

– Et ne ferme pas la bonde, parce que ça salirait le bassin.

Découvrant que ma langue se refusait à former un autre « d'accord », j'ai fait oui de la tête.

– Et n'oublie pas de bien couper l'eau quand tu as terminé.

J'ai voulu opiner encore du bonnet mais ma nuque a bougé d'à peine un millimètre. Mon corps entier était en train de se mettre en grève.

– Mais il ne faut pas tourner le robinet trop fort en le fermant, sans ça il se coince.

J'ai levé et baissé les yeux en signe d'acquiescement. C'était tout ce qui me restait.

– Et reste sur le tapis de bain quand tu te sèches, pour ne pas laisser de marques de pieds sur le carrelage.

Assez ! Encore une recommandation et ma tête allait rouler par terre.

– Ouké ? a-t-elle insisté.

– Serviette ? ai-je réussi à sortir dans un filet de voix.

– Prends celle-là, la grande bleue. Et pends-la sur la corde à linge quand tu as fini, autrement elles moisissent. Ouké ?

J'ai souri, mais ce n'était pas seulement pour lui montrer que j'avais tout compris : j'ai aussi souri à l'idée de me pendre avec la corde à linge pour échapper à cette version franco-maternelle du camp de rééducation.

4

La douche ayant produit son effet relaxant, je me sentais en paix avec la planète lorsque j'ai fait ma réapparition dans le jardin, un quart d'heure plus tard. « Aaaah ! » Un grand cri d'aise collectif m'a accueilli, comme si j'étais le seul invité à avoir pensé apporter une bouteille dans une soirée.

– Voilà Pol, a annoncé Brigitte à la cantonade, reprenant cette manie gauloise d'estropier mon prénom au point de laisser croire que j'étais apparenté à certain dictateur khmer rouge.

Autour de la table avaient pris place la mère de Florence, son frère, son neveu, ma petite amie elle-même et deux personnes d'un âge avancé, très bronzées, qui m'ont salué avec de grands sourires et en levant à ma santé d'énormes verres remplis de Pernod. On me les a présentés : Henri et Ginette, propriétaires depuis toujours de la fermette située un peu plus bas sur la route. Ils avaient les manières et l'expression détendues de vieux enfants, des mains ridées et couvertes de toutes les cicatrices que l'entretien d'une petite maison de campagne est susceptible de vous infliger. Je me suis demandé s'ils ne seraient pas heureux d'assurer à ma place la séance d'excavation sanitaire qui m'attendait le lendemain.

– Qu'est-ce que tu bois ? m'a demandé Michel.

Henri et Ginette m'ont contemplé de tous leurs yeux en lançant de concert :

– Eh oui, quoi ?

Brusquement, les goûts en matière de boissons apéritives de l'étranger devenaient le sujet le plus passionnant au monde. C'était un choix difficile, parce que je n'ai pas reconnu la moitié des bouteilles alignées devant moi. Qu'est-ce qui se cachait derrière les quatre lettres de « Suze », par exemple ? Et « banyuls » ? J'ai décidé de me risquer et de jouer les affranchis :

– Je vais essayer un Souze.

Cela m'a valu un accès d'hilarité plus sonore que la plupart des blagues que j'avais pu sortir au cours des douze derniers mois. Même le cher petit Simon s'est joint à ce concert de rigolade.

– La Suze, it is surtout for the women, m'a expliqué Florence.

Un apéro réservé au beau sexe ?

– Alors une bagnole ? ai-je tenté.

Cette fois, c'est ma prononciation qui les a fait se gondoler.

– Un banyoulssss, a corrigé Michel avant de m'en servir un quart de litre.

Tout le monde paraissait satisfait par ma décision, en tout cas, et chacun a levé son verre quand j'ai souhaité une bonne santé. Nous avons trinqué en nous regardant fixement dans les yeux. Ce dernier détail est de la plus grande importance, en France : il paraît que si vous évitez le regard de celui ou de celle avec qui vous portez un toast, votre vie sexuelle en pâtira lourdement durant les dix ans à venir. Même Ginette et Henri ont évité de faillir à cette règle, ce qui prouvait qu'ils étaient encore verts, malgré tout.

La table avait été transformée en course d'obstacles d'amuse-gueule en tous genres, olives, bretzels, biscuits secs, cacahuètes, ou radis du jardin que l'on mangeait après les avoir coiffés d'une noix de beurre. Je me suis rué sur les ramequins. Des siècles semblaient s'être écoulés depuis le moment où je m'étais gavé de mon dernier kilo de fraises.

Les voisins m'ont octroyé un sourire poliment indifférent pendant que Brigitte leur expliquait que Florence et moi allions ouvrir un salon de thé anglais à Paris. J'ai eu l'impression qu'elle aurait pu aussi bien leur révéler que notre projet était un centre de massage sur Jupiter. Paris ? Thé ? Anglais ?

– Et les Parisiangues, ils aiment le thé anglais ? s'est informé l'ami Henri.

– J'espère, oui ! ai-je affirmé joyeusement, ce qui a provoqué encore de grands rires.

Il faut croire que les sujets de plaisanterie sont rares, à la campagne.

– On les a parfois ici, les Parisiangues, a observé Ginette comme si elle parlait d'une variante de la diarrhée.

– Ils louent la maison de la vieille Yvonne, a complété Henri.

Il n'en a pas fallu plus pour déclencher une discussion animée sur la cause véritable du décès de la vieille Yvonne – un cancer, une défaillance cardiaque, ou la gnôle qu'elle distillait elle-même ? –, et lequel de ses fils avait hérité de la baraque, et qui l'avait construite, et depuis quand la toiture n'avait pas été refaite, et quel artisan s'en était chargé, et où il s'était procuré les ardoises, et quelle avait été la dernière carrière d'ardoise à fer-

39

mer dans la région, et quelle était la meilleure technique pour nettoyer la mousse sur lesdites ardoises, cette ultime interrogation attirant sur moi le regard insistant de Brigitte.

Henri a clos le débat par un constat désabusé.

– Ces Parisiangues, ils se plaignent qu'il y a pas un de ces trucs pour laver la vaisselle, comment ça s'appelle, déjà ?

– Un lave-vaisselle, l'a aidé Brigitte.

– Oui. Ils peuvent pas vivre sans ça, les Parisiangues.

– Nous venons d'en acheter un, a déclaré Ginette, ce qui n'était pas une façon de lui apporter la contradiction mais simplement une information destinée à l'assemblée.

– Oui, mais nous, on vit ici ! a rétorqué Henri.

– Eh oui ! ont-ils tous approuvé en chœur.

La conversation s'est poursuivie : nouvelles de parents éloignés qui avaient passé l'arme à gauche ou étaient partis vivre en ville, énumération des arbres qui avaient été abattus et des fosses septiques neuves déjà installées, liste des légumes le plus atteints par les insectes dans l'année, et des endroits où l'on avait constaté les plus fortes concentrations de limaces depuis vingt ans. À propos, est-ce que la vieille Yvonne en mettait dans sa gnôle, des limaces ?

J'écoutais tout cela avec satisfaction, environné de physionomies ouvertes et réellement passionnées par un tel bavardage, goûtant l'aisance avec laquelle j'avais été accepté par ce groupe, moi, l'expatrié. L'univers a viré à l'orange, puis au rose. Le soleil s'est couché, l'alcool m'est monté aux yeux. À huit heures, j'étais complètement pinté, et lessivé.

– On passe à table ! a crié Brigitte.

Le dîner... Tout ce que j'aurais voulu, c'était de pouvoir me reposer un peu avant de me réveiller avec la gueule de bois.

Henri et Ginette sont rentrés chez eux. Être invité pour l'apéritif et pour le dîner n'était pas une seule et même chose, il fallait croire. Le reste de la compagnie est passé à l'intérieur pour s'écorcher les genoux contre la table de la cuisine tout en engloutissant d'étonnantes quantités de porc rôti, de haricots verts, de courgettes, de salade verte, de fromage, de fraises nature et de clafoutis aux cerises, le tout arrosé d'assez de picrate pour envoyer au tapis une équipe de rugby entière.

À dix heures, il faisait nuit noire dehors et l'alternative qui paraissait se présenter à nous était ou bien de nous transformer en légumes devant la télé, ou bien d'aller nous coucher. Je savais parfaitement ce que je préférais.

– Je ferai la vaisselle, a déclaré généreusement Brigitte avant de ruiner aussitôt cette bonne nouvelle par une information ahurissante : Henri et Ginette t'attendent, Pol.

– Ils m'attendent ? Pour quoi faire ?

Oh non, me suis-je dit. Pas l'antienne éculée du « Tu ne coucheras pas avec ma fille sous mon toit tant que vous ne serez pas mariés » ! J'avais rencontré une fois cette difficulté avec une petite nana dont le père était un prédicateur écossais. Mais ici, en France ? Impossible !

– Leur champ, a prononcé Brigitte.

– Leur champ ?

J'allais devoir dormir à la belle étoile, en plus ?

– Viens ! m'a ordonné Florence en me forçant à me mettre debout.

41

C'était comme si j'avais triplé de poids, en quelques heures. Mais j'ai aussi noté avec plaisir que les platées de bouffe avaient épongé la majeure partie de l'alcool circulant dans mon organisme.

Elle m'a guidé sur la route obscure. On distinguait la silhouette d'une ferme. À part les phalènes qui dansaient dans le pinceau de sa torche électrique, nous étions les seules créatures en mouvement dans tout l'univers. Ici, les ténèbres étaient plus denses que je ne l'avais jamais vu. Même la lumière de la seule fenêtre éclairée chez Ginette et Henri faisait penser à une étoile lointaine.

En sentant l'épaule nue de Florence sous le bout de mes doigts, je me suis soudain rappelé que près de vingt-quatre heures s'étaient écoulées depuis que nous avions été ensemble au lit, dans son appartement, près du cimetière du Père-Lachaise. Un jour entier d'abstinence, c'était pour nous un véritable record, à l'époque.

– Et si on s'arrêtait un moment ? ai-je suggéré. Personne ne pourra nous voir.

– Non, idiot ! Ils nous attendent. Viens !

Elle a accéléré le pas. Gavé comme je l'étais, j'ai eu du mal à la suivre.

Dès que nous avons ouvert son portail, le vieux bonhomme a surgi et allumé une sorte de lampe tempête qui a projeté une longue flaque de lumière jusque sur la chaussée derrière nous.

– Vous avez bien mangé ? m'a-t-il demandé.

– Oui, et vous ?

– Très bien. Il était bon, mon cochon, non ?

Il nous a expliqué que nous venions de bâfrer leur petit cochon de l'an dernier, Germain, qui était apparemment devenu un animal de compagnie pour la famille jusqu'à ce que Henri lui tranche la gorge et le suspende dans le jardin pour qu'il se vide de son sang.

Il nous a entraînés un peu plus loin sur la route, toujours dans ce silence d'encre. Cette vadrouille nocturne commençait à me rafraîchir les idées, et elle plaisait aussi énormément aux moustiques du cru, à en croire ce qui arrivait à mes jambes nues. Le problème, c'est que je n'avais toujours pas la moindre idée de ce que nous fabriquions là.

Après une centaine de mètres, Henri s'est arrêté. Soulevant sa lampe dans la purée de poix, il a annoncé :

– Voilà !

Tout ce que je pouvais distinguer, c'était des herbes hautes et les ombres fantomatiques de quelques arbres fruitiers.

– Voilà ?

– Voilà !

Florence est venue à mon aide.

– C'est le champ dont Henri t'a parlé.

– Très beau champ, oui, ai-je approuvé.

– Il y a un peu de vipères, en cette saison, mais les poulets leur font peur. Ils dorment, maintenant. (Henri a mimé une volaille en train de piquer un somme, au cas où je n'aurais pas compris.) Mais vous pouvez revenir les voir demain.

– Demain ? Parfait !

Je n'étais donc pas condamné à passer la nuit dans ce damné champ, en fin de compte. Tant mieux. Sauf que personne ne m'avait encore expliqué pourquoi il était si vital que je contemple un hectare d'herbes folles à une heure pareille. À moins que... Seigneur, non ! Ne me dites pas que je me suis porté volontaire pour tondre ce lopin de terre alors que j'enchaînais les verres de banyuls les uns après les autres !

Non. Beaucoup plus probablement, c'était Brigitte qui lui avait offert mes services sans me consulter. Les Français ne sont-ils pas convaincus que nous autres Britanniques sommes tous des experts en pelouses ?

Elle voulait vraiment finir assassinée, la belle-maman.

– Shiiit ! a soufflé Florence.

Pourquoi jurait-elle, soudain ? Mais constatant qu'elle avait posé son index sur ses lèvres, j'ai compris qu'elle avait murmuré « Chuuut ! ».

Nous étions de retour au cottage maternel. Tout était calme et silencieux, à l'exception du léger ronronnement de la télé du salon.

Me prenant par la main, Florence m'a conduit à une chambre à coucher. Le rêve le plus fou de n'importe quel mâle était en train de se réaliser : une jeune beauté française vous entraîne dans son boudoir en pleine nuit ; vous ne distinguez que le lit immense contre le mur ; sans un mot, vous vous déshabillez et vous vous glissez tous les deux entre les draps frais ; vos lèvres cherchent les siennes dans l'obscurité, finissent par les trouver dans un long baiser qui prélude à...

Ce que le rêve en question ne comporte pas – dans ma version, en tout cas –, c'est une voix de garçon geignarde qui s'élève brusquement :

– J'arrive pas à dormir ! Je peux venir dans ton lit, Florence ?

Impensable, mais vrai : nous partagions la chambre avec le petit morveux.

– Non, Simon, a chuchoté Florence. Pourquoi tu ne dors pas ?

En guise d'excuse, elle m'a donné une rapide caresse sur la joue, puis elle m'a tourné le dos. Le sommier a produit un grincement effroyable. J'ai roulé sur le côté pour bouder tranquillement dans mon coin, mais j'ai eu la surprise d'être tout de suite renvoyé contre Florence. Nouvel essai. Non, rien à faire, je revenais encore au milieu du lit. Il se passait quelque chose de pas normal, là, et qui ne pouvait pas uniquement s'expliquer par le fait que j'avais pris quatre tonnes supplémentaires depuis le déjeuner.

La raison de ce mystère, c'était que les ressorts du lit avaient perdu toute leur tension et qu'ils étaient désormais aussi inanimés qu'un ballon de basket dégonflé. Malgré tout le mal que nous nous donnions pour rester loin de l'autre, nous étions immanquablement ramenés dans le creux central, tels deux ivrognes essayant de partager un hamac. Cela aurait pu être très agréable – en réalité je n'avais pas du tout envie de m'écarter de Florence – si mon dos ne s'était pas retrouvé soixante centimètres plus bas que ma tête et mes pieds. J'étais à la fois couché et assis.

– Attends que je devine, Florence, lui ai-je dit tout bas. C'était le lit de ton arrière-grand-père, hein ?

– *Yes*. Il est mort dedans. Bonne nuit.

5

À mon réveil le lendemain matin, j'étais seul dans le damné lit, à plat ventre, tête sur l'oreiller, orteils dépassant du matelas et bas-ventre au plancher. Ma première sensation a été celle d'un lumbago intense, suivie par une vague d'abattement lorsque je me suis rappelé que mes muscles torturés allaient devoir passer la journée à fouiller la terre ou à tondre un champ infesté de serpents.

Il m'a fallu dix minutes pour surmonter les courbatures, puis enfiler mon short et mon tee-shirt, dont l'odeur commençait à être indiscutablement rustique. Dès que j'ai été présentable, je me suis dirigé vers les bruits de petit déjeuner qui me parvenaient de la cuisine. J'ai aussitôt regretté de m'être levé.

Brigitte allait et venait pieds nus, fagotée d'une chemise de nuit rosâtre qui lui donnait l'allure d'un cochon dressé sur les pattes arrière. Sans être transparent, le coton était usé au point de coller étroitement à ses tétons, à son postérieur et à une touffe de poils pubiens qui faisait penser à une formation de corail. Devant pareil spectacle, j'aurais préféré être myope. Mais ce n'était rien comparé au look de Florence dans une robe de chambre informe, à rayures horizontales vertes et jaunes, qui aurait facilement obtenu la seconde place au concours des tenues les plus débandantes jamais osées par la gent féminine, juste après la couche pour incontinentes chroniques. Un visage, des mains et des pieds toujours jeunes et séduisants étaient tout ce qui échappait à cet accoutrement de pensionnaire de maison de retraite. « La vache ! ai-je maugréé en moi-même, voilà comment la vie rurale vous transforme ! »

Attablé avec les genoux au menton, le petit Simon était en train de manger un sandwich qui bavait le Nutella. J'ai lu un jour, dans un article sur les mœurs alimentaires françaises, que cette pâte au chocolat et à la noisette constitue le ciment de la société française. Pratiquement tous les enfants du pays prennent du Nutella au petit déjeuner, les adolescents et les jeunes diplômés sans emploi piochent dedans quand ils sont trop stressés. Je suis convaincu que c'est la seule raison pour laquelle le sujet des allergies aux arachides reste complètement ignoré, parmi les Français – parce qu'ils ont de la noisette dans le sang. Au temps où je travaillais encore pour une société de restauration française, l'une de mes collègues avait tenu à me présenter son fils. Dix-neuf ans, costaud, des épaules de rameur d'aviron. L'université d'Oxford l'avait accepté comme étudiant. Il parlait un anglais impeccable, et je n'avais pas eu le moindre doute qu'il s'adapterait facilement à un campus britannique. Mais une unique question le préoccupait, à propos de l'Angleterre : « Est-ce qu'on peut trouver du Nutella, là-bas ? »

Tout en m'accordant un sourire sardonique et chocolaté, Simon s'est mis à fredonner à l'unisson d'une chanteuse française sans voix qui pleurnichait : « Personne ne m'aime » à la radio. « Certainement, parce que tu n'arrêtes pas de chanter », me suis-je dit.

– Bonjour, ai-je fini par grogner.

Florence s'est dandinée jusqu'à moi dans sa révoltante robe de chambre. J'ai pris soin d'éviter de toucher ce velours hideux en l'embrassant.

– Est-ce que ta grand-mère est morte là-dedans ? lui ai-je demandé à voix basse, pour ne froisser personne.

Elle a froncé les sourcils, les a agités plusieurs fois comme pour me rappeler que j'oubliais quelque chose, et a finalement imité quelqu'un qui dépose un bécot sur chaque joue. « Bon Dieu, non ! me suis-je retenu de crier, ils s'embrassent aussi tous les matins ? »

Résigné, je me suis fait tartiner la figure de Nutella par le bambin avant de m'approcher prudemment de l'évier où Brigitte était en train de récurer quelques marmites du dîner qu'elle avait laissées à tremper pendant la nuit. Ses fesses gigotant sous le mince tissu évoquaient deux types chauves cherchant désespérément à s'échapper d'une tente.

– Bonjour, Brigitte.

– Ah, bonjour, Poule ! a-t-elle dit, en tentant de prononcer mon prénom à l'anglaise. (Elle s'est retournée, balayant mon torse de son sein droit, et m'a ventousé deux baisers sonores sur les joues. Son amour incommensurable pour le genre humain lui était revenu, en ai-je déduit.) Tu as bien dormi ?

– Oui, très bien.

Je n'ai pas trouvé les mots français adéquats pour ajouter : « À part que j'ai le dos en charpie. »

– Qu'est-ce que tu aimes, le matin ? Café ? Chocolat ? Tisane ?

– On n'a pas de tisane, maman, a remarqué Florence, toujours attentionnée.

– Ah bon ? Rajoute ça sur la liste des courses, alors. Mais non ! Je sais ce qu'il prend au petit déjeuner, Poule : du thé !

Elle a lancé ce dernier mot avec un enthousiasme débordant, comme si elle venait d'annoncer le gros lot dans un concours télé.

– Non merci. Café, s'il vous plaît.

– Quouaaa, tu ne bois pas du thé, le matin ?

– Non, café.

– Je croyais que *tous* les Anglais prenaient du thé, moi !

– Je préfère le café.

– On a un thé spécial, tu sais, Angliche brekfesse.

– Un peu de café, s'il vous plaît.

– Ah, si tu es sûr que tu ne veux pas de thé...

– Oui, sûr. Du café, s'il vous plaît.

Ce point ayant été péniblement clarifié, j'ai infligé à mes vertèbres un nouveau traumatisme en les tordant de côté pour caser à peu près mes jambes sous la table. Celle-ci accueillait des boîtes de céréales et de chocolat en poudre, une assiette couverte de sachets de thé, des mini-biscottes, une bouteille en plastique de lait stérilisé, une énorme miche de pain dont la moitié avait été sommairement taillée en tranches et, tout au bout, un tas de bols et de couverts. À Paris, je me contentais habituellement d'une tasse de café et d'un croissant que j'achetais au passage à la boulangerie en me rendant à mon travail, mais ce jour-là j'ai pensé qu'il était préférable de me garnir l'estomac le plus tôt possible.

J'ai rempli un bol de corn flakes. Aussitôt, Brigitte a versé du café noir dessus. Ah bon ? Ces

Corréziens ne perdaient pas de temps, le matin, me suis-je dit. À quoi bon prendre ses céréales d'un côté et son café de l'autre, quand on peut en faire une bouillasse à ingurgiter d'un coup?

– Oh, mais qu'est-ce qu'il fait? s'est exclamée Brigitte en riant. Regardez moi ça! (Simon en est presque tombé de sa chaise, tellement il se marrait, et Florence s'est jointe à la réjouissance générale.) C'est anglais, ça? Ze corn flakes in ze coffee?

– Non, c'est vous qui...

– Ouh, là! là! Tu ne voudrais pas rajouter de la marmelade, aussi?

Très amusée par ma stupidité, Brigitte a retiré de la table le bol de bouillie noirâtre. Je me suis tourné vers Florence, en quête d'un soutien moral, mais elle se cramponnait à Simon, tous deux secoués par les quintes de rire.

– J'espère que tu te débrouilles mieux avec une pelle qu'avec les céréales, a déclaré Brigitte en expédiant la mixture dans la poubelle qui se trouvait sous la fenêtre.

J'aurais dû m'en souvenir, je l'admets : nombre de Français boivent leur café du matin dans un bol, pas dans une tasse. Mon ex-petite amie photographe, Alexa, appartenait à cette catégorie. Pourquoi les fabricants de vaisselle français n'ajoutent-ils pas une anse à ces récipients, allez savoir... J'ai préféré changer de sujet.

– Est-ce qu'il y aurait des habits propres pour moi, ici, Florence?

– Ah oui!

Partie en courant dans la chambre de sa mère, elle est revenue peu après avec un tee-shirt gris et un pantalon absolument imprésentable : ceinture élastique, nylon à carreaux bleus et orangés décorés de fleurs grosses comme le poing. Le motif – s'il ne s'agissait pas d'une erreur à l'usine de confection – sortait tout droit du cerveau d'un daltonien accro au LSD.

Ma réaction plus que réservée n'a pas échappé à Florence :

– Ça vient d'Afrique !

– Ouais, et le virus d'Ebola aussi. C'était à qui ? À ton frère ?

– Non. Et, à propos, tu as l'intention de prendre une douche ?

– J'ai eu cette idée, en effet.

– Alors Maman dit que... (Là, le popotin de Brigitte a pointé en arrière comme s'il tendait l'oreille.) Maman aimerait que tu te sèches complètement sur le tapis de bain, parce que tu as fait des traces mouillées sur le sol.

« Bien sûr que j'ai laissé des fucking traces mouillées sur le fucking sol, c'est une fucking salle de bains avec une fucking douche qui fait couler de la fucking eau. »

Voilà ce que j'ai failli dire. Au lieu de me laisser aller, j'ai saisi le nouveau bol que Brigitte venait de me verser, et j'ai noyé mon indignation dans une grosse gorgée de café. Dans ma précipitation, je m'en suis mis partout, m'aspergeant le menton et les doigts de ce liquide tiédasse.

– Tu veux une paille ? s'est informé Simon.

Et dire que, la veille encore, j'avais été un paysan français bien droit dans ses bottes ! D'un coup, j'étais redevenu le lourdaud d'Angliche qui n'était même pas capable d'avaler son petit déjeuner...

Mon handicap, c'était... Bon, ça a l'air d'une évidence, mais je vais quand même essayer de le formuler : à l'instant où vous partez vivre dans un pays étranger, vous êtes loin de chez vous. Vous n'êtes plus en contact permanent avec vos potes, votre famille. Vous êtes forcé de vous adapter, sans arrêt. Vous n'avez jamais le réconfort de savoir que tout à l'heure, au pub, vous allez raconter à la bande agglutinée autour du bar : « Et là, elle me balance le café sur mes corn flakes ! », et recueillir des exclamations de compassion indignée.

La tension est encore plus forte quand vous vous retrouvez sentimentalement lié à une Parisienne. Faire la connaissance de ses amis n'est pas si terrible, quand bien même, comme je le remarquais plus haut, on ne peut jamais savoir combien d'entre eux sont « juste » des amis et combien des ex. Mais être présenté à sa famille... Là, vous atteignez un niveau de solitude infini. Vous êtes tel le chien abandonné qui vient d'être accueilli dans un nouveau foyer mais découvre sur-le-champ que, dans cette maison, il n'est pas censé se coucher sur le canapé, qu'il n'a plus le droit d'enterrer d'os dans le jardin, et que toute la maisonnée se moque de lui dès qu'il se met à se lécher l'échine. « Qu'est-ce qu'il y a de si terrible à me lécher l'échine ? est-on alors en droit de se demander. Là d'où je viens, tout le monde fait ça... »

6

J'avais hâte de me retrouver dehors et de défouler ma colère sur les mottes de terre. Brigitte m'a accompagné afin de me montrer comment me servir d'une pelle et de m'expliquer à quoi sert une brouette. J'ai écouté ses conseils en détournant les yeux car le soleil rendait sa chemise de nuit transparente, me révélant des formes que je n'avais pas vraiment envie de stocker en mémoire.

– Tu as tout compris ? m'a-t-elle demandé.

– Oui, tout.

J'ai sauté dans le trou, profond d'environ un mètre, et je me suis tout de suite enfoncé et englué dans de l'argile liquide.

– Oui, ça aussi, a complété Brigitte. Le terrain est très boueux, par ici. Fais attention de ne pas rester coincé !

Sur ce, elle est repartie en faisant non de la tête.

Peu après, Florence est venue se moquer un peu de moi. Il y avait de quoi : en plus de mon chapeau de mulet et de mes bottes, j'avais passé l'ignoble pantalon, tellement énorme pour moi que j'avais dû l'enrouler à ma taille, et un tee-shirt qui avait été déchiré à hauteur du ventre, sans doute pour que son ancien propriétaire puisse exhiber ses abdos d'acier. J'avais la dégaine d'une pop star des années quatre-vingt que le succès avait abandonnée et qui était désormais contrainte d'accepter un boulot d'été consistant à pelleter de la merde.

Florence, au contraire, était absolument fabuleuse en soutien-gorge de bikini et paréo, ses longs cheveux sombres empilés en chignon sur sa tête. Si j'avais pu décoller l'un ou l'autre de mes pieds, j'aurais péniblement escaladé la fosse, je l'aurais entraînée dans la grange et allez, sur le sol en terre battue, oui, on s'en fiche !

– Il faut que j'aide à préparer le déjeuner, m'a-t-elle déclaré. Je t'apporterai à boire vers dix heures.

– Hein ? Quelle heure il est, là ?

– Huit heures et demie.

– Shit ! Mais je devrais être encore au lit !

Finalement, c'est Michel qui est venu avec un grand verre de mélasse à la fraise pour moi. Il portait un caleçon bleu délavé et des bottes en caoutchouc dépareillées, l'une verte, l'autre brune. Je n'étais pas le seul à avoir l'air d'un clown, au moins.

– Wow, be cool, man ! m'a-t-il lancé en anglais teinté d'un accent franco-américain. Sois pas si pressé ! Tu creuses trop vite. On a tout l'été pour finir ça.

– Tout l'été ?

Il était hors de question que je me laisse piéger ici très longtemps.

– Ouais. Ils n'installeront la nouvelle fosse septique qu'à l'automne.

Descendant posément la planche qui conduisait à la partie la moins profonde, il s'est approché de moi et a frotté sa joue râpeuse contre la mienne.

Dans cette famille, même les hommes s'embrassaient pour se dire bonjour le matin, donc. Rasés ou pas. Beurk.

Il m'a remplacé un moment à la pelle, en profitant pour m'expliquer pourquoi sa mère se comportait de cette manière en vacances.

– Quand elle est en ville, elle est larguée, man! Rien qu'aller chez le coiffeur, c'est toute une expédition! Elle perd sa carte de crédit au moins deux fois par an. Mais, dès qu'elle est à la campagne, elle croit tout savoir, tout connaître. Ce qu'elle plante finit par crever, elle est sans cesse persuadée que la maison va s'écrouler sur sa tête, mais elle se dit qu'elle a la situation en main et se persuade qu'elle est une vraie fille de ferme. C'est pour ça que papa refuse de venir ici. Enfin, c'est une des raisons...

– Il ne vient jamais?

Même si je comprenais très bien ces motifs, c'était tout de même étonnant.

– Non. Les gens d'ici nous acceptent, nous les enfants, parce qu'ils nous connaissent depuis l'enfance. Mais un Indien cent pour cent? Impossible. C'est pas qu'ils soient vraiment racistes, c'est que les seuls types à la peau sombre qu'ils aient jamais vus sont des éboueurs.

– Des quoi?

– Garbage men. Or papa est sérieusement complexé sur le plan du statut social. Il dit toujours : « Je suis un homme d'affaires, pas un balayeur! »

– Dans quel genre d'affaires il est?

Je n'avais jamais rencontré le père de Florence. Quand nous étions allés lui emprunter sa voiture, il était en voyage en Inde.

– He imports tissues.

– Un importateur de Kleenex?

Bon plan, dans ce pays d'hypocondriaques, ai-je pensé. À mon ancien bureau parisien, on trouvait même des sachets de mouchoirs en papier dans les distributeurs automatiques de chips ou de barres de chocolat.

– Non, des tissus ! Comme le coton, par exemple. Pour faire des chemises, des trucs comme ça.

– Ah, c'est « fabrics », en anglais.

– Ouais. En tout cas, il a eu un problème...

Michel a laissé sa phrase en suspens, piquant ma curiosité.

– Quel problème ?

Il a cessé de creuser et s'est redressé avec un sourire hilare.

– Tu te rappelles de Ginette ?

Il avait notablement baissé la voix, comme si sa mère pouvait nous espionner de derrière la grange. Ce dont elle était bien capable, d'ailleurs.

– Ginette ? Tu veux dire la femme du vieux Henri ?

– Ouais. Un soir, Papa a forcé sur le pinard et il a terminé en coursant Ginette à travers champs. Henri a pris son fusil, il a tiré une fois pour l'effrayer, et paf ! Il a tué la vache d'un voisin. Ça a été un scandale terrible, par ici.

Pas étonnant, dans un village où les gens peuvent passer une demi-heure à parler limaces.

– Mais est-ce que ton père a... you know... avec Ginette ?

Il a lâché un grand rire, puis s'est remis à fouiller l'argile sans se presser.

– Mais non. Il est revenu on ne sait comment à la maison, il s'est mis au lit, et le lendemain matin il ne se souvenait plus de rien. Au bout du compte, il a dû payer le prix de la vache. Pour arrêter le scandale.

– Eh ben...

J'ai jeté un coup d'œil à la ferme de Henri et Ginette que l'on entrevoyait entre les arbres. Une chaumière qui semblait si paisible, mais qui avait été la scène d'un tel accès de passion animale...

– Conclusion, maman vient sans lui pour se reposer et jouer les expertes en vie agricole, mais en réalité c'est moi qui passe le plus de temps ici.

– Tu veux dire que tu vis ici ?

Il m'a été difficile de déguiser mon incrédulité.

– Non, je me déplace en fonction de mon travail. Et quand j'en ai pas, je viens souvent ici.

– Quel travail tu fais ?

– Électricien.

– Un électricien qui n'a pas toujours du travail ? Tout le monde a besoin d'électriciens tout le temps !

Il a rigolé.

– Je suis électricien de plateau, dans le cinéma. Entre les tournages, il y a plein de temps libre. Surtout que j'aime bien bosser avec les équipes américaines, moi, mais il n'y en a pas beaucoup qui viennent tourner en Europe.

– Tu ne peux pas trouver du travail ailleurs ? Entre deux films ? Tu sais, aller chez les gens réparer les pannes, ce genre de trucs. En Angleterre, les électriciens gagnent une fortune.

Il s'est encore marré. On aurait cru qu'il venait d'entendre la suggestion la plus saugrenue de toute sa vie. Et il s'est empressé de changer de sujet.

– Parle-moi de ce fameux salon de thé.

Pendant qu'il continuait à creuser mollement, je me suis étendu dans l'herbe et je lui ai présenté le long script de mon aventure. À la campagne, on a le temps de rentrer dans les détails. Je lui ai donc raconté comment j'avais été engagé par une compagnie parisienne pour travailler avec des collègues français parmi lesquels se distinguaient la maîtresse de mon patron et un morse qui parlait hongrois. Et puis que j'avais été licencié pour avoir contrarié les ambitions politiques de mon P-DG, Jean-Marie, le plus charmant des hypocrites au monde, lequel avait fini par remporter les élections locales et, d'après ce que j'avais entendu il y a peu à la radio, était en passe de briguer la direction de son parti...

– Ah! vous causez politique! C'est bien!

Un homme d'une soixantaine d'années coiffé d'une banane de rocker était arrivé derrière nous, accompagné d'un tout jeune retriever qui haletait joyeusement à son côté.

– Ah! monsieur Ribout!

Lâchant la pelle, Michel a élevé son poignet pour que le nouveau venu le lui serre, ainsi que les Français le font quand ils ont les mains sales. J'en ai fait de même lorsque Michel nous a présentés. M. Ribout était le maire du village, ai-je appris, et il s'est exclamé dès qu'il a entendu mon nom :

– Ah! les Anglais! Vous avez envahi la Dordogne et maintenant vous débarquez ici, hein? Vous voulez revenir au temps où votre roi Henri VIII cherchait à posséder toute la France, pas vrai?

Venant de mon ex-patron, Jean-Marie, ce discours aurait été de l'anti-britannisme primaire, mais M. Ribout avait accompagné sa tirade d'un grand sourire, comme si mon rôle dans l'invasion anglaise se bornait à initier les Français aux délices du cake aux fruits confits.

– C'est vrai, ai-je convenu diplomatiquement. Nous, Anglais, nous rêvons de venir vivre en France.

– Oui, mais pourquoi est-ce que vous allez tous en Dordogne ?

– Je ne sais pas.

L'insistance des Britanniques à se concentrer dans ce département, et ce depuis toujours, est en effet déroutante. Il paraît que sur les peintures murales des cavernes préhistoriques de Dordogne, parmi les mammouths et les rhinocéros à poil long, on peut apercevoir des silhouettes d'Homo sapiens à la peau pâlichonne : les British préhistoriques, en train de visiter ces grottes dans l'intention de les rénover et de les transformer en bed and breakfast.

Du perron, Brigitte nous a hélés :

– Allez, boyzzzs, c'est l'heure de l'apéro !

C'était toujours l'heure de l'apéro, ici.

Après nous être lavé les mains, Michel et moi avons rejoint le maire, Brigitte, Florence et le petit Simon déjà assis autour de la table en teck à l'ombre de la maison.

L'assortiment de bouteilles avait fait sa réapparition, mais cette fois je m'en suis tenu à une bière. Que je renie ainsi le banyuls a logiquement inspiré une interminable discussion sur les habitudes nationales en matière de libations, qui s'est terminée sur la conclusion générale que l'excellence des vins et spiritueux français produisait les alcooliques les mieux portants d'Europe.

– Eh oui ! Question bibine et femmes, nous sommes imbattables ! (M. Ribout a vidé son verre de pastis et l'a tendu aussitôt pour qu'on le lui remplisse.) Mais les dames de cette famille préfèrent choisir leurs hommes au loin, n'est-ce pas ? (Brigitte et Florence ont rougi en même temps, jusqu'à la racine des cheveux.) Nous, en tant que Français, on n'a aucune chance avec elles, pas vrai ? (Il a

59

pincé la joue de la maman, ce qui m'a conduit à les imaginer dans ce même village, adolescents, en train de jouer à cache-cache dans la petite culotte de Brigitte.) Et c'est pourquoi, a continué le maire, depuis le décès de ma pauvre épouse, j'ai dû me contenter de ma chienne ici présente... (Il a tapoté le chiot sur le nez et lui a offert un biscuit au fromage.) Remarquez qu'elle est anglaise, hein ? « Retriever », c'est angliche, hé ! Qu'est-ce que vous pensez d'elle, Pol ? Est-ce que je devrais me marier avec elle, d'après vous ?

— Ça dépend, ai-je répondu. Est-ce qu'elle fait bien la cuisine ?

Avant que M. Ribout n'ait le temps de me donner la recette de l'os bourguignon perfectionnée par sa chienne, le vieil Henri est arrivé. Il voulait sans doute savoir si j'allais bientôt attaquer son champ. Je n'ai pas eu à chercher une excuse pour me défiler, puisque le maire a déclaré :

— J'emmène Pol faire un tour de la région en voiture.

— Après la sieste, a décrété Brigitte.

La sieste ? Oui ! Les perspectives étaient moins accablantes, soudain. J'ai pressé ma jambe disgracieusement couverte contre la cuisse nue de Florence. Elle a passé une main sous la table et m'a serré le genou.

Le déjeuner a consisté en restes du cochon de la veille, accompagnés encore une fois de haricots, de courgettes, de salade, de fraises, et de la deuxième moitié de l'éléphantesque clafoutis. Puis nous sommes retournés dehors pour prendre le café. J'ai réussi à ménager un tête-à-tête de dix secondes avec Florence pour lui demander où cette sieste tant attendue allait se produire. Dans notre chambre, m'a-t-elle informé, et Simon fait généralement la sienne avec sa grand-mère. Alléluia.

Pour me rendre à la chambre, je me suis déplacé rapidement, en restant autant que possible face à des murs afin de dissimuler la preuve visible de mon ravissement. Après une aussi longue période de chasteté, j'étais plutôt enclin à passer tout de suite aux choses sérieuses, mais je me suis rappelé mes bonnes manières. Les Françaises apprécient la galanterie surannée, chez un homme. Elles continuent à aimer qu'on leur tienne la porte ouverte, qu'on leur offre une rose rouge au restaurant et qu'on les laisse avoir un orgasme en premier. Très vieux jeu, tout ça. En conséquence, j'ai feint la patience – tout en m'enfonçant de plus en plus dans le matelas amorphe – tandis que Florence fermait les volets, ouvrait les fenêtres et retirait négligemment son haut de maillot de bain et son paréo, ce qui m'a révélé qu'elle s'était promenée sans culotte, tout ce temps. Une petite Française chaste, mais qui allait cul nu : cela paraissait criminel de laisser se gâter ça, comme si on abandonnait un bol de fraises succulentes en plein soleil jusqu'à ce qu'elles fermentent et tournent à l'aigre.

Elle s'est enfin décidée à rouler dans la crevasse du lit que j'occupais déjà, et nous avons essayé de trouver une position dans laquelle nos corps pourraient entrer en contact l'un de l'autre aux endroits adéquats sans que cela se traduise par une rupture de ligaments.

– Ah ! pendant que j'y pense ! a-t-elle lancé au moment où j'allais lui embrasser passionnément les lèvres. Maman dit que ce n'est plus la peine que tu continues à creuser.

Le mot de « maman » a fait baisser ma fièvre sensuelle de quelques degrés, mais sans pouvoir en aucun cas l'éteindre.

– Merci, mon Dieu ! On est censés être en vacances, après tout.

– Elle dit que tu n'as pas creusé là où il fallait.

– Pardon ? Il y a un trou, on creuse dedans ! Dans le trou et pas ailleurs.

– Elle dit que Michel va finir tout seul.

– Mais on a bossé ensemble, ce matin ! Donc il a creusé le mauvais trou, lui aussi ?

Pourquoi est-ce que je perdais mon temps à défendre mes aptitudes de fossoyeur alors que j'aurais pu être en train de goûter de délectables préliminaires ? Je n'en sais rien. C'était plus fort que moi.

Florence a haussé les épaules à l'horizontale.

– Elle ne critique jamais Michel. C'est son petit chouchou. Oh ! à propos, il va nous conduire au supermarché tout à l'heure, maman et moi, et on a pris rendez-vous avec le dépanneur pour passer prendre nos bagages.

– Ah, j'aurai enfin de quoi me changer, des vêtements qui me vont. À qui sont ceux que tu m'as prêtés, d'ailleurs ? À ton père ?

Le léger gloussement de Florence a secoué le matelas.

– Non ! Il est aussi petit que maman, papa.

– À qui ils sont, alors ? Au père de Simon ?

– Puisque tu tiens tant à savoir, ils étaient à un ancien petit ami à moi.

J'ai cru capter une note très ténue de culpabilité dans sa voix. La jalousie m'a infligé un rude coup dans la poitrine, soudain. Et plus bas aussi.

– Et quand vous avez rompu, il a emporté tous les CD et toi, tu as gardé ses fringues ? Tu t'es fait salement avoir.

– Non.

Elle a posé sa main sur ma bouche pour signifier que la conversation était close. Comme un imbécile, pourtant, je me suis entêté.

– Tout le monde a l'air de se souvenir très bien de lui. Ce géant. C'est pour ça que Simon n'a pas arrêté de répéter que j'étais petit, non ?

– Oui, c'est vrai que physiquement, il était... imposant.

– « Imposant » ? Qu'est-ce qu'il faisait, dans la vie ? Champion de sumo ?

Couché contre son amoureuse en tenue d'Ève, avec une furieuse envie de lui faire l'amour... est-ce vraiment le meilleur contexte pour être assailli par une crise de jalousie ? Laquelle s'aggravait chaque fois qu'une nouvelle idée noire naissait dans ma tête.

– Ce n'était pas Nicolas, au moins ? Nicolas l'architecte.

– Non.

– Mais il est aussi un de tes ex, non ?

– Si.

– Est-ce que c'est un bon architecte, également ?

– Oui... Je crois....

– Bon Dieu, Florence !

Mes chances d'obtenir un moment d'extase érotique se réduisant à chaque seconde, j'ai saisi sa fesse gauche dans ma paume et décidé de faire la paix.

– Et si on arrêtait de parler de ta famille, de tes ex et de nos soucis professionnels... (Ma libido n'a pas grandement apprécié ce petit préambule, non plus.)... pour nous concentrer sur des choses plus agréables ?

– Mmmm, a approuvé Florence tout en glissant une main hardie entre mes cuisses.

– Allez, Florence ! (La voix de Brigitte, accompagnée de deux ou trois coups secs sur la porte.) Il faut qu'on y aille !

– Maintenant ?

La surprise de Florence n'avait d'égal que mon désir de me suicider.

– Mais oui ! Tu sais bien que l'hypermarché ferme plus tôt, aujourd'hui. Départ dans deux minutes !

– Two minutes, ai-je chuchoté, et dans mon état de frustration ce délai dérisoire prenait les proportions d'une longue nuit d'amour.

– Trente secondes te suffiraient, hein ? m'a-t-elle taquiné en réussissant je ne sais comment à remonter la pente de la crevasse avant que je n'aie le temps de lui prouver à quel point elle avait raison.

Si je me rappelle bien, la clause de « crime passionnel » a été supprimée de la loi française. Mais je suis certain que n'importe quel juge de ce pays aurait conclu aux circonstances atténuantes si j'avais martelé le crâne de Brigitte avec une courgette pas mûre jusqu'à ce que mort s'ensuive.

7

Comme il ne servait à rien de rester seul au lit en espérant vainement que ma colonne vertébrale finisse par trouver l'angle approprié, je me suis levé et me suis mis à errer dans la maison désertée. À part la nôtre, toutes les chambres se suivaient en enfilade. On passait de la cuisine au salon, du salon à la chambre de Brigitte – où j'ai vite fermé les yeux afin d'éviter de surprendre le moindre détail qui aurait pu ensuite revenir m'assaillir en flash-back –, et ensuite dans un couloir sur lequel donnaient trois portes : celle de la salle de bains, celle de la chambre de Michel et celle du jardin. Pour résumer, si j'avais besoin d'aller me laver, je devais ou bien passer par le jardin, ou bien traverser la chambre de la maîtresse de maison. C'était aussi commode que la table qui rasait le sol.

Revenu dans le living, je me suis installé sur un immense canapé de style pseudo-campagnard, avec des accoudoirs en bois prétentieusement travaillé et des coussins rêches, ornés de pompons. À la télé, il y avait le Tour de France.

D'après moi, suivre cette compétition de bout en bout vous en apprend plus sur le pays que trois années d'études de civilisation française à l'université. Même si je n'ai jamais compris ce qu'il pouvait y avoir d'excitant à regarder des heures durant des types pédaler sur leur vélo, il est incontestable que, chaque été, les Français deviennent dingues du « Tour ». Ils trouvent le cricket barbant parce que ça peut durer cinq jours, mais que dire alors d'une course – pas de balle, pas de points marqués, rien qu'une interminable suée – qui s'étale sur trois damnées semaines ? Des jours et des jours à contempler des hommes en Lycra d'une minceur suspecte grimper et descendre des montagnes. Avec un commentateur qui annonce le nombre d'habitants et les spécialités locales de chaque ville à travers laquelle ils foncent tête baissée : voici Grenouille-les-Bains, trois mille âmes, connue dans le coin pour sa carrière d'ardoise abandonnée et ses spectaculaires inondations !

Mais les masses adorent, et en redemandent, si bien que chaque pouce du parcours est couvert de spectateurs, à droite et à gauche, certains allant jusqu'à camper sur place pour accéder aux meilleurs endroits et obtenir leurs cinq secondes de gloire lorsqu'ils agitent les bras devant les caméras. Je me souviens d'une vue d'hélicoptère : sur la chaussée, quelqu'un avait peint un gigantesque phallus, accompagné d'un « Je t'aime, Sophie ! ». Comme le tracé de la course est connu des mois à l'avance, le gars était certain que son graffiti passerait à la télé. Aucunement dérouté par ce pénis surdimensionné – et très réaliste –, le chroniqueur sportif avait eu une remarque attendrie à propos de l'intense vie amoureuse des gens du cru, puis la séquence était passée à des plans rapprochés de cyclistes cramés par le soleil et déchirant avec les dents l'emballage de barres protéinées.

Hypnotisé par le Tour, j'ai presque regretté d'entendre le maire tapoter sur la porte ouverte de la cuisine et lancer à là cantonade, dans un anglais délibérément grotesque : « Elo, izze somme boudy ? » Il s'était changé en pantalon gris à pinces et chemise rose, après s'être aspergé d'un flacon entier d'eau de Cologne. Je me suis senti encore plus honteux de mon tee-shirt déchiré, de mon pantalon clownesque et de mes aisselles maladorantes, mais il n'a pas eu l'air de s'en soucier.

– Come, come, we go faire un tour !

Il avait laissé tourner le moteur de sa Citroën flashy et la climatisation était réglée sur « froid polaire », une véritable bénédiction alors que le soleil, à son zénith, cherchait à rôtir la moindre matière végétale en vue. Et celle-ci abondait, sur notre chemin : flancs de collines couverts de pommiers bien taillés et chargés de fruits en pleine croissance, haies traditionnelles divisant des champs de céréales ou des pâtures qui occupaient les moindres contours de vallons baignés par des ruisseaux aux rives broussailleuses. Pas un être humain en vue, en revanche. On apercevait des fermes, petites grappes de bâtiments comme chez Brigitte, souvent complétées de poulaillers ou d'une mare aux canards, mais leurs habitants, nenni. J'ai supposé qu'ils devaient tous dormir. Ou regarder le Tour de France.

– Où va-t-on ? ai-je demandé à monsieur le maire.

– En ville. J'ai deux mots à dire au curé.

Bientôt, nous sommes passés devant un cimetière à l'enceinte en béton pour faire halte sur une petite place, entre une église en pierre toute trapue et un arrêt de bus scolaire.

– Vous m'attendez là, a ordonné M. Ribout en étendant le bras.

De l'autre côté de la placette, il y avait la mairie, minuscule modèle réduit du château classique français, et un monument aux morts très simple, surplombé d'un pioupiou de la Première Guerre mondiale, flingot posé crosse à terre, comme s'il attendait tranquillement son tour d'aller se faire tuer. On dit qu'il n'y a qu'un seul village en France qui n'a perdu aucun de ses fils dans les tranchées.

Mais M. Ribout ne m'avait pas donné pour instruction d'aller rendre mes respects aux disparus. Ce qu'il m'avait pointé du doigt était une vitrine au coin de la place, au-dessus de laquelle s'étalait en grandes lettres : CAFÉ DE LA MAIRIE.

À cette époque, je n'avais pas encore compris un aspect important de l'expérience qui consiste à aller s'asseoir dans le troquet d'une agglomération non touristique de la France rurale. Ce n'est pas que les gens soient hostiles ; simplement, ils ont tellement peu l'habitude des étrangers qu'ils ne remarquent pas votre présence ou, s'ils le font, ils ne savent pas comment se comporter avec vous. Le patron derrière le comptoir, qui connaît chacun de ses clients, sa boisson favorite et même l'heure à laquelle il va entrer, n'arrive pas à appréhender l'apparition d'une tête inconnue. Pourquoi y a-t-il quelqu'un installé sur la chaise de Marcel, alors que ce pauvre Marcel est mort il y a trois ans ?

J'ai articulé un amical bonjour, en prenant soin de soutenir le regard de tous ceux qui daignaient m'en adresser un. La clientèle était exclusivement masculine et couvrait une tranche d'âge allant de trente ans à la tombe. Une dizaine de bonshommes, dont plus de la moitié moustachus. L'atmosphère était chargée de fumée de tabac, d'odeur de bière et de commentaires du Tour de France, le tout paresseusement brassé par un ventilateur au plafond.

Si quelques-uns d'entre eux ont vaguement répondu à mon salut, celui à qui je voulais m'adresser par-dessus tout, à savoir le gars derrière le bar, n'a pas réagi. Tout en prenant de temps à autre une gorgée de bière, il écoutait le patois nasillard d'un vieux accoudé au comptoir. « Oh, tant pis, me suis-je dit, ils doivent connaître M. Ribout, c'est sûr, et il arrivera bien à nous faire servir, lui. »

M'asseyant à la table sur laquelle un exemplaire de la gazette locale avait été abandonné, je me suis mis à déchiffrer l'article principal, une recension de tous les accidents de la route survenus au cours des derniers jours dans la région. Le nôtre n'était pas mentionné, mais comment aurait-il pu rivaliser avec une Vel Satis flashée sur l'autoroute alors qu'elle avait dépassé les deux cents kilomètres-heure, ou ce semi-remorque chargé de vin qui s'était renversé, provoquant un bouchon de soixante kilomètres de long lorsque les automobilistes s'étaient arrêtés afin de récolter les bouteilles de côtes-du-rhône dispersées sur la chaussée ? La boisson idéale pour conducteur assoiffé, sans doute.

– Salut, Pierre !

Un concert de civilités a accueilli l'entrée de M. Ribout, chargé d'un sac en plastique rempli de concombres.

– Commeeeent ? Tu n'as pas encore servi mon ami l'Anglais ? s'est-il étonné en abandonnant la cargaison de concombres sur ma table pour aller serrer les paluches à la ronde.

Il les a tous morigénés de se montrer aussi « sauvages », et les clients les moins âgés se sont déplacés pour me saluer. La vieille garde, elle, paraissait scotchée aux tabourets du comptoir.

– Viens, viens ! a hélé Ribout, m'invitant à prendre place au bar comme un homme.

Il a expliqué à la compagnie qui j'étais, ce qui a provoqué tout un tas de hochements de tête et d'exclamations.

– Mais tu étais pas plus grand, dans le temps ? m'a interrogé l'un des habitués.

– Si, avant l'opération, ai-je répondu.

– Non, non, je me rappelle que la petite Florence avait un...

– Et ta femme ? l'a coupé Ribout. Elle a pas un amant qui fait deux mètres de haut ?

Les rires, les claques dans le dos et d'autres bons mots ont définitivement enterré le sujet de l'ex-petit ami de Florence. Et dire que quelques minutes plus tôt, j'étais tout seul dans mon coin, ignoré. Maintenant, ils en étaient tous à nous proposer de venir boire un coup à la maison.

– Pas maintenant, non, a dit Ribout en vidant sa tasse de café. On a des visites à faire chez nous, au village.

Nous avons à nouveau serré toutes les mains tandis que mon protecteur promettait à chacun qu'il serait de retour la semaine prochaine et prendrait alors un apéro sérieux avec eux. J'ai soudain pensé à un excellent moyen de faire fortune, dans la province française : ouvrir une clinique spécialisée dans les greffes de foie.

Au cours des deux heures suivantes, Ribout m'a conduit de-ci, de-là pour dire bonjour à pratiquement tous les fermiers installés dans un rayon de cinq kilomètres autour de la maison de Brigitte. Il y avait des vieux dont les enfants étaient partis trouver du travail « à la ville », en l'occurrence Limoges, Tulle ou Brive. Et puis il y avait des couples plus jeunes dont les rejetons comptaient bien partir travailler « à la ville ». Là, sous mes yeux, la désertification des campagnes était à l'œuvre.

Dans une bonne douzaine de cuisines, je me suis assis pour manger de la tarte aux fraises, du gâteau aux fraises, de la mousse de fraises, des fraises au vin rouge ou des fraises tout court. Le mauvais côté de l'alimentation liée aux saisons, c'est qu'on est obligé de bouffer ce que la fichue saison produit, rien d'autre.

J'ai bu du vin et de l'alcool de cerise. Partout, j'ai été accueilli par une curiosité souriante, par des fraises et des courgettes que l'on me priait d'emporter avec moi. Le sac de concombres était également un cadeau qui m'était destiné. De la part du curé.

On m'a montré des granges exceptionnelles et des fosses septiques passionnantes, proposé de flinguer des lapins – « Vous inquiétez pas, ils bougeront pas » –, ou de lever des taupes – « rien qu'avec une centaine de peaux, vous avez un beau gilet », ou de regarder un peu la télé – « on capte trois chaînes, ici, et bien nettement, en plus »...

À cinq heures du soir, soûlé d'alcool, gavé de fraises, j'étais abasourdi par ce puissant concentré de vie campagnarde.

– On ferait mieux de se rentrer pour l'apéro, a annoncé le maire.

C'est alors que nous nous trouvions tout en haut du village, au milieu de quelques maisons isolées, que j'ai réussi à réunir assez d'énergie pour former une idée constructive : à cette altitude, mon téléphone portable avait des chances de marcher, alors que la retraite champêtre de Brigitte était située dans une cuvette qui échappait à tous les relais téléphoniques de France et de Navarre ! Son

71

arrière-grand-père n'avait pu prévoir l'avènement de the mobile phone, évidemment.

– Est-ce que je peux juste vérifier si j'ai des messages ? ai-je demandé au maire.

– Mais offe koursse, m'a-t-il répondu dans son anglais qui n'en était pas.

En quelques secondes, je me suis retrouvé connecté au monde extérieur, presque surpris de découvrir que celui-ci existait toujours. J'avais trois messages, dont un texto de mon ancienne petite amie, Alexa.

Nous avions été ensemble pendant tout l'hiver précédent, et j'en étais venu à penser qu'elle était la femme qu'il me fallait, parce que je me sentais toujours bien avec elle, qu'elle avait un esprit fertile et fantasque et qu'en plus, elle était vraiment canon. Mais j'avais tout flanqué par terre et, après notre deuxième séparation, nous n'avions plus aucun contact depuis des mois. La première rupture était survenue quand j'avais couché avec une autre fille par erreur – si, ce sont des choses qui arrivent –, la seconde lorsque j'avais proféré une blague douteuse à propos d'un homme politique – ce sont des choses qui devraient arriver plus souvent. A posteriori, cependant, cela paraissait plutôt idiot. Comment peut-on mettre fin à une relation sentimentale pour un motif aussi abstrait ? Il paraît raisonnable de rompre parce qu'on est tombé amoureux de quelqu'un d'autre, ou qu'on s'aperçoit qu'on n'a plus rien à se dire, ou même parce que votre petite amie vous force à porter les hardes de son ex, mais à cause de... politique ? C'est qu'Alexa était une fille très, très sérieuse.

Le message qu'elle m'avait envoyé n'était qu'à moitié politique. Elle s'était un peu décoincée, visiblement. « Well done, avait-elle écrit dans son anglais fluide, I heard u left ur job when u discovrd ur boss was fascist. » Ce n'était pas tout à fait exact, mais je n'allais pas nier une interprétation aussi flatteuse de mon licenciement : indigné d'apprendre que mon patron était un sale réac, j'avais claqué la porte ? Si c'est ce qu'elle voulait penser... « Where are you now ? avait-elle continué. Starting salons de tea ? In Fr or GB ? I am in GB. »

Était-ce parce que Florence m'avait tapé sur les nerfs, avec tous ses ex ? J'ai choisi l'option « appeler ce contact ».

– Allô ?

– Alexa, hi, it's Paul. I just got your message.

– Paul ? Hi. Where are you ?

– En haut d'une colline de Corrèze.

– Qu'est-ce que tu fabriques en Corrèze ?

Comme si c'était le dernier endroit de la terre où aller.

– Là, j'essaie de digérer environ cinq tonnes de fraises.

– Ah, oui, toi et ta digestión ! Je me rappelle encore les effets de ton pudding de Noël. Un grand exemple de la digestion à l'anglaise. Bien bruyante.

– Ce n'était pas la faute du pudding, mais de la crème française. Je veux dire de la crème anglaise comme ils la font en France. Pas assez de grumeaux. Ce sont les grumeaux qui nous aident à digérer notre pudding de Noël.

– Ah bon ? Je me souviendrai de ne jamais aller dans un de tes salons de thé pour le déjeuner de Noël, alors. À propos, ça avance, ton projet ?

Je lui ai parlé de l'ouverture en septembre. Elle m'a donné de ses nouvelles : elle était en visite chez sa mère, qui était partie vivre en Angleterre.

– Tu te rappelles qu'elle était à Moscou avec cet Ukrainien, le type qui exportait des DVD ?

– Et quoi ? Elle s'est trouvé un Anglais qui pirate les DVD, maintenant ?

– Non, c'est le même. Il s'est installé en Angleterre. C'est plus tranquille. Il est en train d'acheter une équipe de foot.

– Hein ? Laquelle ?

– Je ne sais plus. Newcastle quelque chose...

– Newcastle United ? Holy shit ! C'est l'un des clubs les plus cotés du pays ! Tu es sûre qu'il vend des DVD ? Ce n'est pas plutôt du plutonium ?

– Peut-être. Je lui dirai que tu veux savoir.

Un coup de klaxon a brusquement rompu le charme. M. Ribout s'impatientait dans sa voiture. Je passais un bon moment, moi, après tous ces bavardages avec les fermiers. Nous étions à nouveau capables de prendre les choses à la rigolade, Alexa et moi.

– Qu'est-ce que c'est ? Ta petite amie t'attend ?

Je me suis retourné, apercevant ce brave Ribout qui faisait mine de boire un verre.

– Non, c'est le maire du village. Il a dépassé l'heure de son premier Pernod. Il faut que j'y aille.

– OK, bye.

– Bye, Alexa. C'était superbien de...

Elle avait déjà coupé.

– C'était qui au téléphone ? s'est enquis Ribout. Un ami anglais ?

– Oui, un vieil ami anglais.

Pourquoi mentir, me suis-je demandé. C'était sans doute la frustration sexuelle. Mes hormones se mettaient à fantasmer sur toutes les femmes de la planète. Mais c'était absurde, parce que je n'allais quand même pas me mettre à flasher sur une ancienne copine, non ? Pas plus que je me serais autorisé des idées scabreuses au sujet de Brigitte.

– Qu'est-ce qui ne va pas ? s'est étonné le maire en me voyant fermer les paupières de toutes mes forces et tenter de boxer hors de mon cerveau, avec mes deux poings, l'image de Brigitte en chemise de nuit.

À notre retour à la maison, c'est encore un autre vieil ami que j'ai retrouvé : mon sac de voyage. Je pouvais enfin recommencer à me sentir presque un homme, et non plus un spectre retréci surgi du passé de Florence. J'ai enfilé des vêtements qui étaient les miens, et que j'ai choisis assez larges en perspective du nouveau dîner pantagruélique qui m'attendait.

Nous avons eu de la tête de veau ravigote, du porc rôti froid et l'habituel déluge de légumes verts qui semblaient venir d'un potager désagréablement inépuisable. J'ai fait semblant d'apprécier le repas jusqu'à l'arrivée des fraises sur la table : cette fois, il m'a été impossible d'avaler une seule de ces saloperies rougeâtres.

Pendant que tout le monde aidait à débarrasser, j'ai suggéré à Florence, d'une voix si basse que même les chauves-souris auraient eu du mal à me surprendre, qu'elle aimerait peut-être m'accompagner pour une rapide promenade dans la nuit champêtre. Mais Brigitte devait porter des détecteurs d'ultrasons sous son caftan, car elle a soudain annoncé que c'était notre tour de faire la vaisselle et qu'ensuite Florence devrait lire une histoire à Simon.

Après avoir barboté dans l'eau savonneuse pendant le temps requis, j'ai filé au lit et je me suis endormi comme une souche. Dans mes rêves, au moins, j'aurais une chance raisonnable d'arriver enfin à baiser.

8

Dès mon réveil, vers six heures, je me suis rendu compte que nous allions encore avoir une splendide matinée baignée de soleil. S'il y avait une chose dont on ne pouvait jamais se lasser, ici, c'était de ce ciel parfaitement bleu, préservé de toute pollution.

Pendant le petit déjeuner, Brigitte a communiqué l'information selon laquelle j'avais fait couler de l'eau derrière l'évier la veille au soir, ce qui transformait sans doute les fondations de la bâtisse en porridge froid à l'instant même où elle parlait. J'ai quand même saisi mon courage à deux mains et j'ai déclaré que j'avais l'intention de prendre une douche. J'ai posé une main éloquente sur le genou dénudé de Florence – écoutant mes supplications, elle avait juré qu'elle ne remettrait plus jamais la cauchemardesque robe de chambre –, lui faisant comprendre qu'il s'agissait d'une invitation en bonne et due forme. La seule façon de ne pas être dérangés, avais-je raisonné, était de nous enfermer dans la salle de bains. Si quelqu'un frappait à la porte, j'expliquerais que mon malheureux système digestif anglais avait été perturbé par tous ces produits naturels et réclamait au moins une demi-heure de concentration ininterrompue.

Florence a discrètement caressé ma main. Nous étions parés, visiblement.

Une fois sous la douche, une vague d'anticipation m'a emporté. Je nous imaginais nous savonnant mutuellement avant de trouver un moyen de forniquer dans cette pièce exiguë. Étendre des serviettes sur le sol? M'asseoir sur la cuvette, et elle sur moi? Les possibilités étaient nombreuses, et alléchantes.

J'ai laissé l'eau me masser le haut du crâne pendant que je me repassais plusieurs scènes d'un film porno dont le titre aurait été *Sex in the salle de bains*. Et quand Florence est enfin arrivée en refermant la porte derrière elle, j'étais physiquement fin prêt à jouer le rôle masculin principal de cette mémorable création.

– Pousse le verrou et viens par ici, ai-je chuchoté tout en écartant le rideau de la douche afin de lui permettre de découvrir avec quelle impatience je l'attendais.

J'ai eu devant moi Brigitte, une brosse à dents dans la main, la bouche distendue en un cri qui n'arrivait pas à sortir.

À l'expression de son visage, on aurait pu croire qu'elle n'avait encore jamais vu un homme ouvrir un rideau de douche et braquer un pénis bandé sur elle.

Au temps qu'elle a mis à détourner les yeux, on aurait pu croire qu'elle redoutait que ça ne lui arrive plus jamais.

J'ai trouvé Florence debout près de la grange. Elle était en bikini et tenait entre les doigts un couteau rouillé, à la pointe cassée. Mon heure était-elle venue? Était-ce la seule issue honorable qu'elle me proposait? « Tranche-toi cet appendice coupable et n'en parlons plus. »

Son regard répréhensif m'a confirmé que mère et fille venaient d'avoir une petite explication.

– Qu'est-ce qu'elle t'a racon...?

Elle m'a fait taire d'un froncement de sourcils. Des oreilles maternelles devaient traîner dans le coin, en ai-je déduit.

– Tu ne ramasses pas de courgettes, aujourd'hui, a-t-elle déclaré de but en blanc.

– Non?

– Non. Tu les as cueillies trop petites.

C'était la goutte – ou la courgette – qui allait faire déborder le vase. Les éclaboussures de douche ou de vaisselle, le trou qu'il ne fallait pas creuser, et maintenant cette provocation?

– Il vaut certainement mieux les zigouiller avant qu'elles deviennent trop grosses. C'est une épidémie. Le département entier va être envahi par les courgettes, bientôt. Elles bloqueront les cours d'eau, étoufferont les arbres fruitiers. Les courgettes, les concombres et les laitues. Comment se fait-il que vous ne plantiez que les légumes impossibles à congeler, par ici?

Florence a haussé les épaules. La question du contrôle de l'explosion démographique des courgettes venait bien après le souci de contenter sa mère. Ce qui était compréhensible, en fin de compte.

– Aujourd'hui, tu grattes la mousse du toit, a-t-elle commandé. Il y a une échelle dans la grange.

– Ah? Il y a une technique particulière que je suis censé utiliser pour gratter? Avec la main gauche ou droite? Ou avec les dents? Il faut que tu me le dises tout de suite. Autrement, je vais mal m'y prendre, c'est inévitable.

– Paul...

– Et pendant ce temps, tu pourrais téléphoner à ton ami Nicolas et t'assurer que les travaux ont bien commencé ce matin.

– Hé, un peu moins d'agressivité, s'il te plaît, a-t-elle soufflé tout bas. Ce n'est pas ma faute, si tu t'es exhibé devant ma mère. Ce n'est pas une situation facile pour moi, tu sais ?

Elle paraissait irritée, mais aussi désolée. Une petite baise de consolation était peut-être envisageable à court terme, me suis-je dit.

J'étais en train de sortir de la grange l'échelle en bois à moitié pourrie lorsqu'une voix aiguë s'est mise à criailler des « Monsieur, monsieur ! » dans mon dos.

En me retournant, j'ai découvert deux gendarmes qui se tenaient de l'autre côté du portillon. L'un devait dépasser les deux mètres, alors que l'autre faisait la moitié de sa taille. Tous deux approchaient l'âge de la retraite, et ils étaient également guettés par un coma diabétique dû à l'excès d'embonpoint. La compagnie de gendarmerie était probablement engagée dans un concours à celui qui ferait exploser la ceinture de son pantalon le premier.

Nous avons atteint le portail en même temps, Florence et moi. Brigitte observait la scène depuis le perron de la cuisine. Les gendarmes nous ont adressé un salut militaire.

– Monsieur Veste ? a demandé le petit de sa voix bizarrement haut perchée, et en prenant le sein droit de Florence pour un jeune Anglais, vu la direction dans laquelle son regard était braqué.

– Oui, monsieur West, c'est moi.

– Est-ce que vous avez porté plainte contre un automobiliste parce qu'il s'était enfui des lieux d'un accident ?

Maintenant, on aurait cru qu'il interrogeait le nombril de ma copine.

– Exact. Vous l'avez retrouvé ?

– Ah. (Une expression presque douloureuse est passée dans ses yeux, sans doute parce qu'il venait de remarquer les jambes nues de Florence.) Nos collègues de Montpellier ont localisé la personne qui correspond au numéro que vous avez donné, mais... (Il a adressé un coup d'œil contrit à l'adorable culotte de bikini.) Il soutient qu'il ne se trouvait pas à cet endroit, au moment de l'accident.

– Comment ? me suis-je exclamé, si fort qu'il a enfin cessé de reluquer Florence. Mais on l'a vu, nous !

– Il dit que vous vous trompez.

– Mais c'est ridicule !

Florence avait l'air prête à se jeter sur l'un des deux pour lui régler son compte.

– Calmez-vous, madame, a plaidé le nabot, même s'il espérait de toute évidence que les choses en arrivent au point où il faudrait la maîtriser physiquement.

– Est-ce que vous avez découvert si sa voiture est un 4 × 4 rouge ? Parce que, si oui, on peut prouver que nous avons raison. Tout ce que vous faites, c'est vous grattez un peu de rouge de sa voiture qui est sur notre voiture et vous regardez si elle... correspond... (Je me suis rappelé que c'était un mot très prisé par les Gaulois),... si elle correspond à son 4 × 4. Et si oui, alors notre accident... correspond.

– Mais quel enfoiré ! a crié Florence, qui n'était pas du tout d'humeur à suivre un débat argumenté.

C'est la voiture de mon père ! Elle est toute neuve !
Cet enfoiré nous est rentré dedans et vous n'allez
rien faire ?

– Madame, madame ! a supplié le trapu en
levant les deux mains devant lui comme pour parer
une attaque menée par les seins de son interlocutrice.

– Vous savez combien on a eu d'accidents, ce
week-end ? a soupiré l'immense gendarme d'un
ton aussi épuisé que s'il avait été contraint d'établir
le rapport officiel pour chacun d'entre eux.

– Je me fiche de combien d'accidents ! a continué Florence. Cet enfoiré nous a esquinté la voiture, il doit payer la réparation !

Je me suis recommandé de regarder de plus près
ce terme d'« enfoiré » dans le dictionnaire. Il
paraissait être assez fashion.

– Vous avez regardé notre voiture ? les ai-je
interrogés, n'obtenant que des signes de tête néga-
tifs. Parce que si vous dites à vos collègues de
Montpellier : « Oui, il y a de la peinture rouge sur
leur voiture », et si vous découvrez que le numéro,
d'immac, d'immatrac, d'immotric, enfin, le numéro
que nous avons donné, euh... correspond à un 4 × 4
rouge, il est impossible que nous fassions... une
erreur. N'est-ce pas ?

J'ai bien vu que ma phrase avait été beaucoup
trop longue et compliquée. Le temps qu'ils décor-
tiquent ma démonstration logique, ils seraient déjà
à la retraite.

– Vous connaissez Pierre Ribout ? a demandé
Florence.

La question a eu autrement plus d'effet que ma
logomachie.

– Pierre ! Oui, bien sûr !

Ce seul nom semblait convoquer d'agréables
souvenirs de plus d'un apéro jadis partagé.

– C'est un grand ami de notre famille, a complété Florence.

Ce qui m'a donné une idée.

– Venez boire un verre, ai-je proposé. Il fait beaucoup trop chaud pour discuter au soleil.

Apparemment, il n'existait pas de règles concernant la picole en service, pour les gendarmes, car ces deux-là se sont installés à la table de l'apéro et ont liquidé presque toute une bouteille de vin pendant que Florence et Brigitte certifiaient que M. Ribout avait examiné de ses propres yeux notre véhicule et constaté que l'impact était quasiment badigeonné de rouge. J'ai eu l'impression que les deux représentants de l'ordre gobaient ce mensonge et que leur réticence s'émoussait au fur et à mesure que le picrate envahissait leur vaste bedaine. Cela m'a donné le courage de revenir à la charge sur ma proposition d'aller eux-mêmes au garage pour une inspection visuelle.

– Vous promettez d'y aller ? ai-je insisté en levant mon verre comme pour porter un toast. (N'ayant pas l'habitude de commencer à boire à neuf heures du matin, j'étais un peu pompette, pour ne pas dire plus.) Vous mettez votre main sur votre cœur et vous promettez ?

Là, les deux ont échangé un regard paniqué, ont vidé leur verre et se sont levés comme un seul homme. Florence me contemplait, bouche bée. Brigitte paraissait sur le point de défaillir. Je me suis demandé si inviter des gendarmes à prêter un serment solennel pouvait être passible des tribunaux.

– Mesdames, monsieur.

Après une rapide inclination de la tête, le petit gros a rapidement retraversé le jardin et s'est casé

82

non sans mal dans leur voiture. Le grand l'a suivi, en maintenant son képi en place d'une main et en plaquant l'autre sur son bas-ventre. Bizarre.

Dès qu'ils sont partis, Florence m'a lancé d'une voix cinglante :

– Tu es complètement fou, ou quoi ?

– Qu'est-ce qu'il y a ? J'ai seulement dit que...

Et j'ai répété ma question, cette fois en posant une paume sur mon cœur afin de lui donner plus d'emphase.

– Oh, Paul...

Ah, mais ce n'était pas ma faute ! Tout ça à cause de notre façon de prononcer les *r*, nous autres Britanniques ! Ou de ne pas les prononcer. Nous disons « cah » pour « car », « bah » pour « bar ». Qu'y puis-je donc, si quand nous parlons de « cœur », cela sonne comme « queue » ? Enfin, ces gendarmes auraient dû savoir que je ne leur aurais jamais demandé de « mettre la main sur leur queue » pour promettre quoi que ce soit ! Ils n'avaient quand même pas cru que j'étais quelque mafioso anglais prêt à couper leur membre préféré au cas où ils n'iraient pas observer les traces rouges sur notre véhicule ? Eh bien si, visiblement.

Et j'ai eu une terrible révélation, soudain. Pourquoi personne n'a jamais évoqué ça, avant moi ? Tous ces touristes anglais qui demandent leur chemin à Paris, en massacrant la prononciation française : « Pa'don, madame, où est la cathéd'ale du Sac'é-Queue ? »

Brigitte ayant dû aller s'étendre après cette deuxième exposition à la crudité de l'appareil reproductif mâle en l'espace de quelques heures, nous sommes restés seul à seul, Florence et moi, ce qui a été l'occasion d'une courte dispute. Avais-je

définitivement bousillé nos chances d'obtenir réparation de la part du fuyard au 4 × 4 rouge vif ?
C'est ce qu'elle avait tendance à penser, et cela m'a
permis d'apprendre un nouveau mot. Non pas un
« gros » mot, bien qu'elle en ait utilisé plus d'un, au
cours de cet échange. Ce que j'ai découvert, c'est
que les Français ont tellement de mauvais conducteurs parmi eux qu'un terme spécial a été inventé
pour les désigner, celui de « chauffard ». Visiblement, mal conduire était une institution nationale
tellement usuelle que ça figurait dans tous les
dictionnaires.

Pour mettre fin à la bagarre, j'ai eu recours à
une riposte basique : si je « bousillais » certains
aspects de notre existence, n'en faisait-elle pas de
même avec d'autres ?

– Tu as appelé Nicolas ?

Florence a piqué un fard et s'est écartée de moi
d'un seul bloc, comme si elle cherchait à éviter la
question.

– Oui.

– Et alors ? Il est au salon ? Les travaux ont
commencé ?

Soudain, elle a manifesté un extraordinaire intérêt pour un petit lézard en train de grimper sur la
façade.

– Pas tout à fait, a-t-elle fini par admettre.

– Not completely ? ai-je traduit à voix haute.

Qu'est-ce que ça pouvait vouloir dire ? Ils
n'avaient pas « complètement » commencé ? C'était
comme de dire qu'un bébé n'est pas « complètement » né. Pour moi, c'est simple : il est sorti du
ventre de sa maman, oui ou non ?

Une autre dispute en a résulté, celle-ci ayant
pour thème les raisons qui devraient motiver le
choix d'un architecte. Critère numéro un, sur ma

liste : c'est un bon architecte. Bien plus bas, disons à la cinquantième place, en tout cas selon moi : « J'ai fait la bête à deux dos avec lui, dans le temps. »

Cette fois, c'est elle qui est revenue au filet avec la question qui tue :

– Tu ne m'as pas raconté que, si tu es venu travailler en France, c'était principalement pour voir de la lingerie féminine ?

– Si, mais je ne peux pas dire que j'ai eu cette chance, dans les derniers deux ou trois jours, ai-je bougonné.

– Non, parce que je ne portais rien du tout. (Elle a passé son index effilé sur la surface de mon short.) Je n'en aurai pas sur moi ce soir, non plus. Et le petit Simon va passer un moment chez mon oncle, à Brive...

Pas de doute, elle savait terminer une chamaillerie avec classe.

Tandis que le soleil ascendant me picotait toujours plus férocement les bras et les jambes, j'ai rasé la moitié de la moustache de lichen qui ornait le toit, faisant aller et venir mon couteau rouillé jusqu'à ce que la dernière molécule verdâtre ait disparu du gris délicat des ardoises. Certaines d'entre elles avaient été remplacées par des plaques d'amiante. Je les ai évitées, celles-là, tout en mettant au point dans ma tête un petit discours en français au cas où Brigitte émettrait une remarque : « Je suis désolé, Brigitte, mais vos ancêtres ont déjà esquinté mes genoux avec la table de la cuisine, mon dos avec le lit, donc je ne leur donnerai pas mes poumons, en plus. »

Michel, qui s'était levé juste avant l'heure de l'apéro de la mi-journée, m'a râpé la figure de sa joue de plus en plus velue avant de m'aider à ramasser les touffes de mousse tombées le long du mur de la grange. Comme je connaissais le mot « amiante » en français depuis ma malheureuse tentative d'acquérir une humble maison de campagne au cours de l'hiver précédent, j'ai pu lui expliquer sans difficulté la toxicité du toit.

– Bah ! a-t-il exhalé comme si je lui avais confié que j'avais peur de me piquer les doigts sur un plant de courgettes.

Grimpé sur l'échelle, il s'est mis à attaquer les parties que j'avais évitées, soulevant un nuage de débris de mousse et de copeaux d'amiante, qui flottait devant son nez sans qu'il y accorde la moindre importance.

Personne n'avait donc mis en garde les Français contre les dangers de ce truc ? Il fallait croire que non, puisque les plaques portaient le nom d'un fabricant tricolore. Dire du mal d'un poison made in France, c'était sûrement mauvais pour l'économie nationale.

L'apéro s'est étonnamment bien déroulé. Brigitte était guillerette et pleine d'entrain, comme si le choc émotionnel qu'elle avait reçu dans la salle de bains n'avait jamais existé. M. Ribout est passé un moment, sa chienne dans les talons, pour boire un verre rapide et nous apprendre qu'il allait y avoir une sauterie à la salle des fêtes le soir même, à laquelle nous étions tous invités, et moi particulièrement.

– Pourquoi moi ? ai-je voulu savoir.

– Ah !

On me préparait une grande surprise, visiblement. Il fallait espérer que je n'avais pas été désigné juge au concours de la plus belle courgette de l'année.

Après un déjeuner de cochon vicinal et de légumes incongelables, j'ai proposé de préparer du café pour tout le monde.

– On le prendra dehors, a décidé Florence, qui est aussitôt sortie dans le jardin avec Michel et Simon.

– No coffee for me, a dit Brigitte. Je voudrais une tisane. Je vais aller m'étendre un moment. Tu pourras me l'apporter dans ma chambre ?

Oh ! non. Est-ce qu'elle préparait sa revanche ? Le coup de la sieste toute nue ?

Les Français adorent la tisane. Il ne s'agit pas de thé parfumé à la fraise ou à la canneberge, de ces breuvages douceâtres si populaires en Angleterre, mais d'infusions de différentes sortes de branchages. Certaines ne sont pas désagréables, si on a un faible pour les brindilles bouillies. Personnellement, je préfère encore souffrir longuement d'une gastro-entérite plutôt que d'avoir à ingurgiter de la camomille.

J'en ai d'abord cherché en vain sur l'étagère à café et à thé, avant de me rappeler que Florence et sa mère étaient allées en acheter au supermarché. C'était sans doute un piège : est-ce que Pol allait devoir venir dans la chambre pour demander de l'aide ? Non, Pol se débrouillerait tout seul. Ayant repéré le grand placard où Brigitte rangeait les courses récentes, je suis tout de suite tombé sur un pot en verre transparent dont l'étiquette fleurie portait la mention « Verveine ». Verveine, ça me disait quelque chose. J'avais vu des sachets chez Florence. Mais ceux-ci étaient beaucoup plus chics. Des petits paquets cadeaux en mousseline incroyablement élaborés, ronds et fragiles comme de petits testicules. Brigitte avait visiblement des goûts de luxe en matière de buissons buvables.

J'ai versé de l'eau bouillante sur un sachet et, une fois que la décoction a tourné au vert bilieux, j'en ai transvasé dans une tasse en porcelaine – pourquoi ne pouvaient-ils pas s'en servir au petit déjeuner ? – et je me suis préparé mentalement à ma mission éclair : entrer dans la chambre, poser la tisane sur la table de nuit, ressortir presto, ne jamais regarder le lit, surtout...

Mon plan s'est réalisé point par point. Du coin de l'œil, j'ai vu que Brigitte était allongée sur les draps, en train de lire, sans avoir retiré son caftan du jour. Pfff, même pas de sieste à poil ! Avant qu'elle ait eu le temps de lever les yeux, j'étais hors de danger, de retour au salon. Ensuite, j'ai rejoint Florence et les autres au jardin. Je savourais ma première gorgée de café quand un cri terrible a jailli de la maison. Nous nous sommes tous immobilisés sur place. Avions-nous bien entendu ? Un deuxième hurlement nous a confirmé que oui. Florence et Simon se sont précipités à l'intérieur. Michel et moi avons suivi plus prudemment, pour le cas où il se serait agi d'un problème strictement féminin.

Le lit de Brigitte était vide. Les seuls signes de sa présence récente était son livre abandonné et la tasse de tisane, renversée par terre. De la salle de bains nous parvenaient des borborygmes et des lambeaux de phrases précipitées. Un robinet coulait, aussi.

Florence a surgi dans la chambre, le regard noir. Ramassant la tasse, elle l'a reniflée avec dégoût.

– Qu'est-ce que tu as servi à maman ?

– Mais... de la verveine.

– Montre-moi.

Quand elle a vu le sachet que j'avais utilisé, elle a gémi d'une voix étranglée :

– Imbécile !

– Pardon ?

– C'est pour le bain, ça !

– Pardon ?

– C'est du savon ! Des sels de bain parfumés à la verveine ! Tu n'as pas lu la notice ?

– La notice ? Bien sûr que non. Je ne lis pas la notice à chaque fois que je prends un sachet de thé ou de café ! C'est marqué sur l'étiquette, là ! « Verveine ». Comment je pouvais savoir que vous vous lavez avec le même truc que vous buvez ? Nous, les Anglais, on boit pas du savon !

– Oh, Paul ! Maman a avalé presque toute la tasse d'un coup ! Elle croit que tu as essayé de l'empoisonner.

– Oh ! merde...

Michel, Florence et Simon m'observaient maintenant avec gravité, essayant de décider si j'étais un ignorant en matière de tisanes ou un assassin particulièrement inefficace.

Heureusement pour moi, Michel a été le premier à éclater de rire. Pendant que Florence a dû retourner à la salle de bains pour aider sa mère à vomir le reste d'eau savonneuse, nous autres, les garçons, avons réussi à nous ruer dehors. Nous nous sommes roulés dans l'herbe, terrassés par une crise d'hilarité qui montait jusqu'au ciel d'un bleu parfait.

9

J'ai présenté mes excuses, bien évidemment, et j'ai serré les dents comme un homme lorsque Brigitte, très pâle, m'a demandé si les clients de mon salon de thé seraient traités de la même façon. En guise de pénitence, j'ai passé l'après-midi, en alternance avec Michel, à gratter le reste des ardoises, toxiques ou pas. Eh oui! Qui essayait d'empoisonner qui, ici?

Brigitte ne s'est montrée ni à l'apéro ni au dîner – pour lequel, ayant marre de tout produit frais, j'ai préparé des pâtes au gruyère. Florence a décrété que sa mère ne devait pas rester seule.

– Je ne peux pas aller à la salle des fêtes avec toi. Il faut que je reste ici.

– Mais toi, Michel, tu viens? ai-je demandé d'un ton suppliant.

– Ah non, ça m'emmerde!

J'adore cette expression. Quelque chose d'ennuyeux plonge littéralement les Français dans le caca. Ou bien ça les « emmerde », ou bien « ça fait chier ». Sinon, ça les « gonfle », ce qui semble annoncer quelque chose d'aussi scatologique.

Le résultat de cet ennui intestinal, c'est que j'ai gravi tout seul la côte qui menait au village dans un crépuscule violacé. J'étais assailli par d'énormes moustiques qui tentaient de m'assommer pour me vider de mon sang une fois à terre. Je les ai vaillamment repoussés tout en continuant mon ascension, guidé par la lueur des halogènes autour de la salle des fêtes, en plein milieu du village.

Le bâtiment en question semblait avoir été offert par la Russie soviétique dans les années 1970. Agressivement moderniste, il était composé de parois en verre qui émergeaient du sol avec les angles les plus inattendus, telle la trajectoire des particules de plutonium au cours des premiers millièmes de seconde qui suivent une explosion nucléaire. Bien que d'une superficie équivalant à trois ou quatre courts de tennis, la salle principale était tellement réduite par l'inclinaison absurde des baies vitrées qu'il ne restait plus qu'environ trois mètres carrés en son centre pour y tenir une fête. Du dehors, j'ai constaté que cet espace vital minimal était presque entièrement occupé par une longue planche en aggloméré posée sur des tréteaux, laquelle était couverte de bouteilles.

Tous les visages que j'ai aperçus m'étaient familiers : il s'agissait des fermiers chez qui M. Ribout m'avait amené en visite de courtoisie. Mais les seuls noms dont j'arrivais à me rappeler étaient ceux de Henri et de Ginette.

Dès que j'ai passé la double porte, j'ai été accueilli par l'un de leurs « aaah ». Celui-ci a d'abord été émis par une seule bouche avant de se propager parmi l'assistance, au fur et à mesure que les gens découvraient la raison de cette pâmoison. Pourquoi étaient-ils si contents de me voir ? Mystère. Parce qu'ils avaient entendu parler de ma tentative de meurtre sur la personne de Brigitte ?

– Pol !

Ribout est venu me prendre par le bras, suivi comme son ombre par sa petite chienne. Les deux m'ont conduit à la table, devant laquelle la cérémonie des poignées de main a commencé. Les femmes aussi, sans doute parce que j'étais trop jeune et trop étranger pour avoir droit à un baiser sur la joue. Les moins âgés de l'assemblée me dépassaient encore d'une bonne trentaine d'années.

Dans cet aquarium cubiste surchauffé par les rayons du soleil depuis le mois de mai et accueillant présentement au moins dix fumeurs occupés à transformer l'oxygène en smog, l'atmosphère était étouffante et pourtant personne n'avait l'air de transpirer. Les hommes paraissaient très à l'aise dans leur meilleure chemise du dimanche, tandis que certaines femmes avaient même passé de légers cardigans sur leurs robes. Moi, j'étais en tee-shirt, jean et tongs, mais s'il n'en avait tenu qu'à moi je n'aurais gardé que les tongs.

Levant nos verres de vin rouge brûlant, nous avons bu à la reine et à la mémoire de « Lédi Di », comme ils disaient. J'ai lié quelques conversations autour de thèmes tels que « Je suis sûr qu'il fait pas aussi chaud que ça chez vous, en Angleterre » ou « Vous vivez à Paris, vraiment ? ». M. Ribout surveillait tout cela d'un air bienveillant, comme si j'avais été un chiot abandonné qui remuait gentiment la queue en attendant qu'un foyer recommandable le recueille en son sein. Lorsqu'il s'est enfin décidé à se joindre à la causette, tout le monde s'est tu pour l'écouter religieusement.

– Vous voyez cette maison de l'autre côté de la rue ? m'a-t-il dit. C'était notre café, avant. Et la commune vient de la racheter. Nous allons le rouvrir, au même endroit. Nous avons déjà obtenu la licence.

Des murmures approbateurs se sont élevés. Un quidam versé dans la chronique historique locale a rappelé que le patron initial, si j'ai bien compris, s'était pendu dans le jardin à l'arrière de la bâtisse.

– Nous avons aussi une petite épicerie qui est ouverte le matin, a ajouté le maire. Mais nous avons eu la licence de vente de tabac, donc nous allons trouver quelqu'un qui la fera tourner toute la journée.

– Et le dimanche matin ! a complété une dame à l'autre bout de la table.

– Oui, et le dimanche matin, a confirmé Ribout.

Pour fêter cette bonne nouvelle, j'ai bu une gorgée de vinasse, que j'ai sentie se transformer instantanément en sueur jaillie de mes pores. Ribout a poursuivi sa présentation.

– Nous avons un Hollandais qui habite le village mais il veut pas s'intégrer ! Il vient en été, à Pâques, parfois à Noël. Il arrive dans son camping-car, en apportant tout avec lui. On le voit décharger ses caisses de bière, ses boîtes de fromage...

– Et son PQ ! a complété quelqu'un, ce qui a provoqué un éclat de rire général.

– Pékou ? C'est quoi ?

J'imaginais que c'était une race de chien, ou peut-être un jeu oriental. Mais non, le type qui l'avait dit a fait un mime plus qu'explicite, provoquant des cris d'horreur chez les femmes.

– Mais les Anglais sont pas comme ça, a déclaré le maire. À Tulle, il y a plusieurs familles anglaises qui vivent presque toute l'année dans les maisons qu'ils ont achetées. Eux, ils achètent le vin du coin, les fromages locaux...

– Et leur PQ ! a glissé le même olibrius, s'attirant un succès encore plus bruyant.

– Ils s'intègrent, les Anglais, a édicté Ribout. C'est pour ça que la Dordogne a gardé tous ses marchés traditionnels. Ils envoient même leurs enfants à l'école publique.

Les sourires laudateurs autour de nous paraissaient indiquer que j'étais directement responsable de la remarquable prospérité économique de la Dordogne. Ribout a repris :

– Nous sommes donc très heureux que vous ayez décidé de venir ici. Vous êtes le premier, oui, mais dès qu'il y a un Anglais dans un village, les autres suivent. On sait bien ça, nous autres.

Si tout le monde continuait à me sourire, mon expression affable s'est quelque peu figée. Qu'est-ce qu'il était en train de raconter, exactement ?

– Nous sommes certains que vous allez trouver ce que vous cherchez. Et tiens, ce sera sûrement une de ces maisons que vous avez visitées.

– Ou un champ constructible, a dit Henri en levant son verre à mon intention.

– Oui, a approuvé Ribout. Au cas où vous préférez bâtir du neuf, je peux vous garantir que vous n'aurez pas le moindre problème pour obtenir un permis de construire, si vous voyez ce que je veux dire... (gloussements amusés) Et la même chose si vous choisissez de rénover à votre goût, in ze angliche style : aucun problème. En plus, la vie est tellement moins chère qu'en Dordogne, ici.

Ils me dévisageaient tous, les yeux pleins d'expectative. Mon demi-sourire devait me coller à la figure comme un anchois mariné qui allait finir par tomber et dévoiler une grimace horrifiée.

Paradoxalement, ma première idée n'a pas été : « Mais où ils sont allés chercher que je comptais passer le restant de mes jours dans ce bled ? » Il se trouve que j'étais capable d'entrevoir les bons côtés de cette existence villageoise, où les questions les plus graves qui puissent vous assaillir sont

« Avec qui je vais prendre l'apéro, ce soir ? » et « Qu'est-ce que je peux faire avec trois tonnes de fruits et de légumes impossibles à congeler ? ». Non, ma réaction initiale a consisté en un cri de rage intérieur : « Je vais l'étrangler, cette Brigitte ! » C'était elle qui m'avait tendu ce traquenard, en invitant des voisins décidés à me vendre leur champ, puis en encourageant le maire à m'emmener inspecter les ressources immobilières de la région...

Mais une autre hypothèse s'est aussitôt surimposée à celle-là, m'entraînant au fin fond de la consternation. Florence ! Le premier soir, Henri et Ginette avaient dû penser : « Un Anglais, bingo ! », et improviser une stratégie à la va-vite. Sinon ils m'auraient montré leur damné champ à la lumière du jour, non ? On ne vend pas une maison – ni un lopin de terre, j'imagine – quand tout ce que l'on peut distinguer est sa population de phalènes et de moustiques. Et Florence ne pouvait que savoir ce qui se tramait lorsqu'elle m'avait attiré sur cette route en pleine nuit, et en cet après-midi où j'avais été gavé de fraises par tous les fermiers qui votaient Ribout. Elle avait forcément été au courant de ce comité de réception qui m'attendait à la salle des fêtes. Parce que je doutais fort que les multiples galants qu'elle avait emmenés se reposer chez maman aient été l'objet de toute cette sollicitude. Et elle n'ignorait pas non plus que j'avais essayé – en foirant monumentalement – d'acheter une fermette en province quelques mois plus tôt...

Bref, c'était à ma connaissance – et j'en avais vécu pas mal – la plus grande leçon de « Comment foutre son petit ami dans la merde ».

– Merci, merci, ai-je bredouillé en faisant tout mon possible pour que mon sourire anchois ne dégringole pas à mes pieds et en terminant d'un trait mon verre, que Ribout a aussitôt rempli. Je suis réellement... Vos paroles me... (J'ai cherché désespérément un verbe pour terminer ma phrase.) Vos paroles me correspondent, vraiment!

Chacun a hoché allègrement du bonnet.

– Mais il faut que je rentre, maintenant, ai-je continué. Brigitte est un petit peu malade, vous voyez?

« Heureusement que je l'ai empoisonnée! me suis-je dit. Quelle fantastique excuse pour se tirer d'ici! »

– Oh! non, se sont-ils exclamés d'un ton navré, ce qui prouvait que l'incident de la verveine ne leur était pas encore parvenu aux oreilles.

– Oui, une maladie inconnue. Très mystérieuse. Je dois aller l'aider.

Je me suis levé en souriant comme si je cherchais à montrer toutes mes quenottes à un dentiste, et j'ai serré les mains alentour, au revoir, à bientôt...

Revenu à l'air du dehors, brûlant mais libre de fumée, j'ai sorti mon portable et j'ai appelé Alexa. À cet instant, elle était sans doute la personne la plus raisonnable et la plus fiable que je connaissais. La seule qui puisse comprendre ce qui m'arrivait.

– You are coincé in Corrèze?

Elle trouvait ça suprêmement drôle.

– Yes, a prisoner of the paysans. Help!

Je lui ai tout raconté. Pas seulement le statut d'acheteur de propriété foncière dont j'avais été arbitrairement attifé, mais aussi les traces d'eau dans la salle de bains, mon incapacité à choisir les courgettes de taille adéquate ou à creuser les trous qu'il fallait, et la tentative d'empoisonnement à la verveine. En déballant toute ma hargne, j'ai descendu plus de la moitié de la pente vers la maison. Je me suis arrêté au bord de la route pour ne pas perdre le signal.

– C'est simple, a estimé Alexa. Mon père comme ma mère sont en analyse depuis avant Sigmund Freud. Je connais le sujet à fond. Tout ce qui est liquide, c'est la sexualité. Les flaques dans la salle de bains, même la tisane... c'est un échange sexuel.

– Un « échange » avec Brigitte ? Jamais de la vie !

– Mais si. Elle, elle se voit comme la maison, le sol autour de la douchette. Et les courgettes ? Symbole phallique, of course. Et ces histoires de creuser ? Sexuel, sûr et certain.

– Non ! C'est juste faire un trou dans le jardin, Alexa ! Avec une pelle.

– Oui, une grande pelle avec un manche bien dur ?

J'ai repensé au long manche de la pioche. Bon Dieu ! Si elle l'avait peint en rose, le message n'aurait pas été plus évident !

– Et elle a dit que je ne creusais pas là où il fallait ! Oh ! non.

– Oh ! si. Elle veut que tu viennes piocher ailleurs. Entre ses jambes, tout bonnement.

– Alexa, je t'en prie ! Ça suffit !

– Pardon, mais pour moi c'est très, très clair.

– OK, OK ! De toute façon, c'est terminé. Elle ne me demande plus de creuser. Elle m'a fait nettoyer la mousse sur le toit d'une grange. Ça veut bien dire qu'elle est calmée, non ?

Alexa a considéré l'information un moment.

– Ce toit, tu le nettoies avec quoi ?

– Un couteau.

– Hmmm. Sans doute qu'elle fantasme sur toi en train de lui raser le pubis.

– Oh my God !

– Quoi ?

– Maintenant, elle veut que je finisse les ardoises au... au tuyau d'arrosage.

– Eh oui, tu vois, elle veut que tu la rases, et ensuite tu l'asperges avec ton tuyau. Clair comme de l'eau de roche. Ou peut-être que, quand tes courgettes seront assez grosses pour elle, tu...

– S'il te plaît, Alexa ! Arrête ! C'est du bullshit, tout ça. Il est question de travaux domestiques tout bêtes, là. Ramasser des légumes, creuser un trou, dégager un toit. Le quotidien campagnard, tout ce qu'il y a de normal. (« Oui, ai-je poursuivi en moi-même, mais se promener en chemise de nuit transparente, est-ce si normal que ça ? Et s'arranger pour se retrouver face à face avec mon braquemard ? ») De toute façon, maintenant que j'ai essayé de l'empoisonner, elle va prendre ça comme, euh, un message subliminal, non ? « Laisse-moi tranquille ou je te tue » ?

– Oui, ne t'inquiète pas. À mon avis, elle va arrêter.

– Thank God !

– Et à part ça, tout va bien ? (Alexa a eu un petit rire.) Oh ! pauvre Paul !

Il y avait comme une nuance de nostalgie dans sa voix.

– Oui, oui. Et toi ?

– Je rentre à Paris dans deux semaines ou trois. Je vais travailler sur un film.

– Quoi ? Tu fais du cinéma, aussi ? En plus de la photo ?

– J'essaie. C'est un stage sur un long métrage.

– Waouh !

– Ils vont tourner quelques scènes à Paris. Je vais être assistante-réalisateur. Tu pourrais venir sur le tournage, un jour. Tu seras revenu à Paris, d'ici là ?

– Je ne sais pas. Et s'ils ne me laissent pas repartir d'ici ?

Elle a gloussé, mais je ne plaisantais pas tout à fait.

J'ai trouvé la maison sens dessus dessous. Toutes les lumières allumées, la porte d'entrée et celle de la cuisine grandes ouvertes. Florence et Michel couraient, armés de balais et de serpillières.

– Qu'est-ce qui se passe ?

– C'est maman, m'a répondu Florence, qui était trempée jusqu'aux genoux. Elle s'est levée pour mettre en route la machine à laver et elle a oublié de mettre le tuyau d'évacuation dans la douche. Quatre-vingt-dix litres d'eau savonneuse sur le sol de la salle de bains. Ça a fui dans la cave, évidemment. Tous les légumes que tu as cueillis sont fichus.

– Quatre-vingt-dix litres d'eau ? Au tuyau ? Qui coulent sur mes courgettes ?

D'après ce qu'Alexa m'avait expliqué, Brigitte était en pleine crise phallico-freudienne.

C'était trop. Dès qu'on aurait tout épongé, on dégageait d'ici. De la maison, du village, de la Corrèze. Pour un endroit où il n'y aurait pas de pelles, pas de toits moussus, pas de courgettes. Surtout pas de courgettes.

II

Mon Ars, oui !

1

Lorsqu'il s'agit de blagues politiquement incorrectes, les Français ont toutes les audaces. Des tonnes d'histoires circulent sur l'avarice des Auvergnats, la lenteur des Suisses et le manque de jugeote des Belges. Prenez par exemple celle du Belge qui tombe dans une cage d'ascenseur. Il tombe, tombe et pendant tout ce temps il se dit, avec son accent belge guttural : « Eh, c'est pas si terrible. Ça fait pas mal du tout. Toujours pas mal. Toujours pas mal. Toujours pas... » Bang !

D'accord, ce n'est pas follement drôle, mais je ne pouvais pas m'empêcher de rire en me la remémorant. Parce que j'étais devenu ce Belge.

Je fonçais à deux cents à l'heure vers une collision majeure avec la planète Terre, et je trouvais ça géant. C'était la dixième, la vingtième fois, et j'en redemandais encore. De plus en plus vite, maintenant, trois cents à l'heure, tête la première. Je me disais que sauter d'un avion sans parachute devait être une expérience fabuleuse, si l'on pouvait goûter l'extase de cette traversée vertigineuse des airs sans s'inquiéter du moment où on allait s'écraser au sol.

Soudain, tout s'est brouillé, assombri. Le monde a fait la culbute. J'ai cru que mon cou allait se rompre, puis il y a eu un son effervescent, tout est redevenu normal et j'étais allongé sur le ventre, hors d'haleine, souriant bêtement dans la direction de ma petite amie et de ses seins nus.

La dernière vague, plus grosse que les autres, m'avait arraché la planche des mains et m'avait projeté en un délirant saut périlleux. Il était sans doute temps de faire un break, comme disent les Français.

Florence était étendue de tout son long sur un immense drap de bain orange, les yeux fermés, méditant – du moins c'est ce que j'espérais – sur les bienfaits d'avoir mis quelques centaines de kilomètres entre sa mère et nous.

Nous étions sur l'île de Ré, un étroit ruban de terre au large de La Rochelle. Sur une carte, elle ressemble un peu à une patte de poulet maigrichonne terminée à l'extrémité ouest par un long ergot recourbé. En fait, ce n'est plus à proprement parler une île depuis qu'un impressionnant pont suspendu, objet d'interminables controverses écologiques, la relie au continent.

Nous n'étions là que depuis deux jours, mais j'étais déjà parvenu à la conclusion que cet endroit renfermait tout ce que l'on est en droit d'attendre de la vie. À part si l'on est un explorateur polaire ou un chasseur de rhinocéros, peut-être.

Pour commencer, la petite ville où nous séjournions avait chaque jour un marché qui proposait des poissons tout juste sortis de l'eau et suffisamment de melons, de brugnons et d'abricots pour m'aider à oublier que les courgettes et les fraises puissent même exister. Un grand étal offrait les vins de l'île, légers et vifs, qui égayaient l'esprit sans l'assombrir brutalement après une certaine dose. On y trouvait aussi une bière agréable, produite par une microbrasserie située au centre de l'île. Quand il ne me disait rien d'en boire à la maison, j'avais à ma disposition une multitude de cafés et de bars où les autres clients étaient aussi anonymes que moi.

Les rouleaux étaient assez sérieux pour donner des frissons à un planchiste amateur tel que moi, mais pas suffisamment pour attirer les intolérables frimeurs qui, debout sur leur surf – et non couchés dessus comme moi –, essaient de vous trancher la tête avec si vous osez vous frotter à « leur » vague.

Et puis, il y avait Florence, enfin libérée de la présence inhibante de sa maman. Florence, la fille idéale pour des vacances au soleil, ou c'est en tout cas ce que je pensais alors : non seulement elle était moulée comme si le bikini avait été spécialement inventé pour elle, mais elle avait aussi une propension pratiquement inépuisable à goûter les joutes sexuelles, ou du moins à le feindre de manière très convaincante. Il y a des filles qui choisissent la ligne du « Oh, ne t'inquiète pas pour moi, l'important est que tu prennes ton pied », ce qui, personnellement, me fait me sentir totalement hors du coup. Pas Florence. Elle n'était en aucun cas de ces nanas auxquelles pensait Madonna quand elle a écrit « Like A Virgin »; elle, c'était plutôt l'héroïne de *Girls Just Want To Have Fun*.

Nous occupions la maison de vacances de son père. Trois chambres à coucher, encore plus de lits, des canapés et un jacuzzi quatre places : dans le peu de temps écoulé depuis notre arrivée, chacune de ces ressources avait accueilli nos ébats.

Debout au-dessus d'elle, en laissant tomber deux gouttes d'eau de mer échappées de mes cheveux droit dans son nombril tout doré, j'étais impatient de rentrer chez nous pour remettre ça. Oui, je sais que c'est une de ces stupides manies de garçon, réveiller sa petite amie par le contact inattendu de l'eau glacée sur sa peau surchauffée. Mais c'est irrésistible, aussi. Elle piaille, se tord dans tous les sens, les muscles de son ventre se tendent, ses seins se gonflent et se balancent. Ensuite, si vous avez de la chance, elle vous accueille d'un rire, ce qui vous donne encore plus envie de vous agenouiller près d'elle et d'embrasser ce sourire indulgent.

– Est-ce qu'il n'est pas temps que je recommence à te passer de la crème solaire partout ? me suis-je informé.

– Mais je ne suis même pas encore allée me baigner.

– Bon. Et si je t'enlevais celle que tu as pour t'en remettre encore ? On n'est jamais trop prudent, quand il s'agit de se protéger des coups de soleil.

– Ce dont je dois me protéger, c'est de tes mains pleines de sable.

« Ah, d'accord, rien qui presse », ai-je conclu en moi-même tout en m'effondrant juste à côté d'elle. Nous n'étions pas le genre de couple à faire serviette à part, nous.

– Tu es tout mouillé, Paul ! Va sur ta serviette !

Cette manie de parler trop vite...

Nous étions sur une longue plage de sable blanc au nord-ouest de l'île, au bout de l'ergot de poulet. Pas touristique du tout : le seul moyen d'acheter une boisson ou un casse-croûte était de s'adresser à l'étudiant qui arpentait le littoral en poussant un chariot réfrigéré devant lui. À moins de deux kilomètres, près de l'ancien phare, deux gros blockhaus nazis avaient peu à peu glissé du haut des dunes en éparpillant leurs débris, mais là où nous étions il n'y avait que la mer, le sable et les adeptes du bain de soleil. Ici, on avait l'impression que toute l'évolution de l'humanité avait abouti au concept des vacances à la plage. Si seulement c'était vrai...

Même si mon cerveau était occupé par d'aussi nobles pensées, il m'était impossible d'ignorer l'insistance avec laquelle plein de types cherchaient à inscrire durablement les seins de Florence sur la rétine de leur mémoire. Honnêtement, je ne m'en souciais pas trop, du moment qu'ils n'allaient pas jusqu'à la photographier. Il m'est certes arrivé de me pencher en avant pour bloquer le champ de vision d'un mec qui voulait faire croire qu'il avait besoin de tendre son cellulaire dans la direction de Florence afin de capter le signal.

Ici, j'avais tout loisir de me rincer l'œil sur d'autres remarquables spécimens de féminité dorée à point par le soleil, autour de nous. Cette partie de la plage était comme un catalogue de maillots de bain qui aurait été réalisé avant que les hauts de bikini aient été livrés. De plus, nous nous trouvions au bord d'une section d'une cinquantaine de mètres où toute trace desdits maillots avait été abolie. Là, la population consistait essentiellement en quadragénaires fanatiques du bronzage intégral, option aines irritées par le rasage et tatouages aux endroits les plus invraisemblables. Je ne pouvais jeter un coup d'œil à ces femmes sans qu'elles ne me rappellent Brigitte. Et pourquoi, méditais-je aussi, les types qui se levaient pour aller nager se sentaient toujours obligés de passer plusieurs secondes tête baissée, à contempler les petits paquets charnus qui leur pendaient entre les jambes ? À leur air béatement autosatisfait, on en aurait presque conclu que l'office du tourisme mentionnait leurs génitoires dans la liste des attractions de l'île.

N'étant pas un habitué des plages de nudistes, j'ai découvert un aspect de l'anatomie masculine qui m'avait jusqu'alors échappé. Quelque chose que les films porno ne vous montrent pas, non plus.

— Regarde ce type, là, ai-je chuchoté à Florence. Sur ta droite, celui avec la brioche et les tétons poilus.

— Oui, et alors ?

— Il a de grosses balloches mais un tout petit... dongler.

— Dong-leurre ?

— Oui, son *John Thomas*. Sa queue, quoi !

— Ah oui...

Elle s'est recouchée sur le ventre, aucunement impressionnée par cette observation capitale dans le développement de la physiologie humaine.

— C'est pas une paire de noix et une chipolata, ça, c'est deux kiwis et un cornichon. Tu ne trouves pas ça bizarre ?

— Franchement, Paul, ce n'est pas parce qu'un zizi au repos est petit qu'il ne peut pas devenir très grand au moment voulu. (Elle prenait un ton presque protecteur, comme si elle avait voulu que le mec en question l'entende.) Tu sais, il arrive souvent qu'un homme ait une queue qui paraît toute petite, mais une fois dans le feu de l'action, on a une surprise très...

— OK, OK, I get the message, thank you.

Il y a certains aspects de la vie d'une femme qu'aucun amant n'a envie de connaître. L'étendue de ses connaissances sur les zizis en érection, par exemple.

– Tu as un complexe ? m'a-t-elle demandé en levant un sourcil moqueur.

– Non, pourquoi ? Je devrais ?

– Ah, les hommes... (Elle a refermé les yeux, comme pour mieux philosopher.) Vous avez tous quelque chose à donner, tu comprends ? Et les meilleurs hommes, ce sont ceux qui savent ce qu'ils ont à offrir, et qui le font avec générosité. Je ne veux pas que tu aies les chevilles qui enflent, darling, mais tu es un garçon très... généreux dans ce domaine-là. Et ne t'inquiète pas, tu as amplement de quoi m'offrir.

Mon cœur a fait un petit bond de joie, à ces mots. Et mon caleçon de surfer aussi. Florence a continué sur sa lancée :

– D'autres hommes, par contre, ont besoin qu'une femme les rassure, leur apprenne qu'ils peuvent être généreux, leur montre comment s'y prendre. Je me souviens d'un mec, son zizi était beaucoup plus petit que le tien mais il...

C'est une règle essentielle de la vie, aussi basique que de vérifier que l'ascenseur est là avant de mettre un pied dans la cage : ne jamais faire de commentaires sur le zizi des autres. À moins de vouloir risquer une chute en piqué.

2

Comme n'importe quel type, dès que j'enfourche un vélo, je suis la proie de pulsions hormonales. De pulsions masculines, pour être plus précis. Personnellement, je n'éprouve pas un besoin particulier de pédaler aussi vite que je le peux ; ce sont mes chromosomes mâles qui réclament la vitesse.

Ce jour-là, ils me poussaient à laisser Florence en arrière, puisqu'elle avançait placidement sur le chemin du retour à la maison. Ils ordonnaient que je fonce droit devant, que j'explore des pistes latérales, que je fasse demi-tour pour la rejoindre, ou au moins que je zigzague dangereusement à ses côtés en lâchant le guidon.

Ce qui se passait, cependant, c'est que même si je pédalais comme un dératé, j'aurais perdu la course avec un homard unijambiste. Pourquoi ? Parce que la maisonnette en pierre au fond du jardin du père de Florence abritait quatre des plus anciens, des plus rouillés, des plus imprésentables biclous que l'humanité ait connus. Les cadres, les roues, les chaînes, les guidons, tout était d'un brun rugueux. Même les pneus étaient attaqués par la rouille, ce que j'avais personnellement toujours tenu pour une impossibilité scientifique.

Ils étaient déjà là quand il avait acheté la maison, certainement, et Florence insistait pour que nous nous en servions, même s'ils transformaient ce qui aurait dû être une agréable balade de six kilomètres sur des pistes cyclables bien entretenues en une bataille grinçante et bringuebalante entre deux tas de ferraille antique et nos pauvres jambes.

Je reconnais qu'une belle nana sur une vieille bicyclette est une image incontestablement sexy. C'est le contraste. Pareil qu'un dessert chaud surmonté de crème glacée. Mais il n'y a par contre rien d'érotique à se fêler le coccyx sur une selle dure comme une enclume, entièrement dépourvue de suspension. Chaque cahot vibrait douloureusement dans mon pelvis et menaçait de me desceller plusieurs dents.

Revenir à la maison sur ce clou monstrueux était à peine plus pénible que le périple tourmenté qui nous avait fait traverser la France jusqu'à l'île de Ré.

Le matin suivant la diluvienne inondation provoquée par Brigitte, j'avais prié Michel de nous conduire à Brive, où nous allions prendre un train qui nous conduirait de l'autre côté de la Dordogne. Ce TER, frère cadet du TGV, était tellement neuf et rutilant que les gens qui montaient dedans s'exclamaient sur-le-champ « Oh, pardon ! », pensant qu'ils venaient de pénétrer dans un wagon de première classe.

La portion confortable et climatisée du voyage a pris fin à Bordeaux. Là, un train classique nous attendait. Oui, les cheminots français sont polis : ils patientent jusqu'à ce que les voyageurs en correspondance arrivent. Quoi qu'il en soit, ce mastodonte de vingt wagons et plus était bourré d'estivants qui avaient réservé longtemps à l'avance leur migration le long de la côte ouest, de Biarritz à Nantes. S'il n'y avait pas eu l'ambiance de vacances et les tenues de plage, on aurait pu penser que tout le Sud-Ouest français fuyait une invasion espagnole. Les compartiments huit places étaient envahis de familles occupées à pique-niquer, à faire la causette ou à taper la belote, leurs valises bloquant le couloir ou se balançant dangereusement dans les filets à bagages, prêtes à réveiller brutalement le papi somnolant au-dessous.

Après avoir forcé notre passage à travers deux wagons, escaladant les gens et les sacs de voyage telles deux araignées sur un tas de charbon, nous avions fini par renoncer. Nous nous étions plantés devant les toilettes des premières, dérangés toutes les deux minutes par des passagers au regard désapprobateur, parce qu'ils soupçonnaient que nous aurions dû rester en seconde, puis par un contrôleur qui nous avait appris que nous devions payer un supplément pour avoir le privilège de rester debout devant d'aussi augustes WC. J'avais payé, mais à la seule condition qu'il nous dégotte des places assises. Il en avait trouvé une, que j'avais galamment cédée à Florence pendant que je retournais jouer les concierges auprès des chiottes réservées à l'élite.

Descendus à La Rochelle, nous avions casé nos bagages et nous-mêmes dans un autobus où régnait une chaleur infernale. Mais après une demi-heure de bouchon pour accéder au pont qui menait à l'île magique, nous étions soudain entrés dans un autre univers, celui des « vraies » vacances, où suer à grosses gouttes dans un bus chauffé à bloc devenait tout à fait acceptable. Nous avions traversé des villages aux maisons basses, peintes d'un blanc éclatant et recouvertes de tuiles dont la couleur était celle de l'été. Les gens que nous apercevions étaient peu vêtus, apparemment très décontractés, allant à la mer ou en revenant. Quand Florence avait retiré son tee-shirt pour révéler son haut de maillot de bain échancré, c'était à côté d'une sirène de plage que je m'étais retrouvé assis.

Des pancartes le long de la route promettaient des vélos de location à bas prix ou des fruits de mer extrafrais, signalaient la proximité d'hôtels, de campings ou de résidences de vacances. Même le clown triste ou l'éléphant à l'air perplexe sur les affiches criardes de quelque cirque itinérant semblaient contents d'être là.

À ce stade, tous les passagers du bus étaient collés aux vitres, absorbant chaque détail des lieux où ils allaient passer quinze jours de détente, ou plutôt un mois ou deux, connaissant les Français. Non, je devrais dire « presque tous les passagers », car un petit groupe maintenait une indifférence étudiée devant ce qui défilait autour de nous. Ce bus était la navette pour les filles des vacanciers huppés de l'île. Queues-de-cheval mordorées, tanks tops moulants, lunettes de soleil à gros logo, elles étaient toutes rivées à leur MP3 ou à leur téléphone. Presque à chaque arrêt, une ou deux d'entre elles descendaient, attendues par des parents bronzés à mort dans leur short savamment déchiré et accoudés à une voiture avec immatriculation parisienne, ou par un grand frère au volant de sa Mini Moke, torse et pieds nus.

Florence et moi nous rendions tout au bout de l'île, à la petite ville qui portait le nom fantastique d'Ars, dont la prononciation donnait un résultat superbement grossier. Arse – le popotin, en anglais. Un endroit qui provoquait l'envie d'acheter une maison de vacances, juste en pensant aux cartes postales que vous pourriez envoyer aux copains d'outre-Manche. Et j'attendais déjà avec impatience le prochain dîner en ville à Paris, quand la conversation roulerait sur les vacances de chacun et que je pourrais glisser à ma jolie voisine de table : « Oh, I love Ars ! »

C'était puéril, mais j'avais vraiment besoin de me défouler après notre séjour chez Brigitte.

Retour à notre équipée sur les bécanes tape-cul en ce deuxième jour de bonheur à Ars. Florence et moi devions affronter non seulement l'état lamentable de nos montures mais aussi un vent marin de côté, qui cherchait à transformer ma planche de surf en voile pour m'envoyer rouler dans les fossés d'irrigation amenant l'eau de mer aux salins. Entre les vignobles aux grappes bien formées, derrière les haies et les pins, nous apercevions les petits monticules blancs constitués par le sel que les sauniers collectaient avec leur râteau.

Un jeune type nu comme un ver à l'exception d'un grand chapeau de paille et d'un short couleur rouille délavée s'est arrêté de ratisser à notre passage. Il a adressé de grands signes de la main à Florence, mais j'avais trop mal à l'Ars pour avoir la force de me demander qui il pouvait être.

Et le pire, c'est que cette souffrance humiliante était entièrement inutile : à une minute à pied de la maison, il y avait un magasin de vélos où j'aurais pu louer pour quelques pièces un biclou flambant neuf, muni d'une selle moelleuse qui aurait caressé la partie de mon anatomie présentement martyrisée. Le hic, c'est que Florence refusait de renoncer à ces reliques. C'était catégorique.

– Non, Paul. Ma famille se sert de ces bicyclettes depuis toujours. Je ne vois pas pourquoi on en changerait juste parce que tu n'es pas habitué à faire du vélo.

– Pour toi, ça va peut-être, parce que tu as le derrière plus rembourré, avais-je argumenté. Pas « trop » rembourré, quoique, et très joliment rembourré, mais...

– Ton postérieur finira par s'habituer.

– Si je ne le perds pas avant !

– On ne change pas.

Point final.

J'aurais certes pu en louer un rien que pour moi, mais lorsque vous êtes invité chez quelqu'un, dans son pays qui n'est pas le vôtre, vous évitez autant que possible de heurter ses sentiments. Jusqu'à ce que la douleur devienne insupportable, du moins.

Son attitude m'a cependant conduit à me dire que nos conceptions respectives de la vie présentaient parfois des différences importantes, que mon opinion valait tout de même la peine d'être prise en considération, de temps à autre, mais que Florence n'avait pas l'air de l'accepter.

Bien entendu, je lui avais demandé pourquoi elle ne m'avait pas prévenu que la petite sauterie à la salle des fêtes avait été sans doute conçue pour se terminer en partie de loto dont le gros lot aurait été les avoirs de mon compte en banque. Elle s'était contentée de hausser les épaules. Quelle importance, ce qu'une bande de vieux fermiers pouvaient avoir en tête ? Elle savait, elle, que je n'avais aucune intention de me rendre propriétaire d'un champ ou d'une bicoque dans ce coin, alors pour quelle raison m'aurait-elle alarmé inutilement ?

Pour éviter que je me donne en ridicule pendant qu'ils me gorgeaient tous de vin et de fraises en essayant de me berner, avais-je suggéré.

Oui, avait-elle répliqué, et n'aurais-je pas pu lui éviter, moi, d'avoir à assister sa mère tandis qu'elle dégobillait à travers toute la salle de bains ?

Match nul.

Après une bonne demi-heure de pédalage intensif, les fesses serrées pour empêcher la selle d'établir une intimité excessive avec mon côlon, nous sommes parvenus à l'embouteillage vélocipédique qui indiquait que nous étions proches d'Ars.

C'était le bouchon parisien typique, en version deux-roues et transposé quelques centaines de kilomètres plus au sud-ouest. VTT, bécanes de mémé et bolides d'émules du Tour de France devaient se ranger à la queue leu leu pour négocier la dernière section de la piste cyclable, avant d'envahir la rue qui se faufilait entre les restaurants de poissons, les boutiques et le magasin – hmm, hmm – de location de vélos.

Cinq minutes plus tard, nous entrions dans l'allée qui conduisait chez le père de Florence. C'était une coquette demeure, comme presque toutes celles du port, une maison de pêcheur à un étage, avec un toit en terrasse, des volets gris-bleu et un minuscule patio où un plant de passiflore grimpait comme de la vigne sur un mur en pierre. Alors que nous rangions les clous dans l'abri de jardin, j'ai résolu que le temps était venu de se montrer réaliste : aucune force supérieure n'entendrait mes fréquentes prières pour que ces pièges à tétanos s'effondrent en poussière au cours de la nuit.

– I'm sorry, Florence. Demain matin, je vais nous louer des vélos dignes de ce nom.

Elle a lâché un soupir excédé.

– Tu ne comprends pas du tout, hein, Paul ? Tu n'as pas remarqué la différence entre nos bicyclettes et celles qu'ont les autres ?

– Bien sûr que j'ai remarqué ! Celles des autres avancent droit, et elles ne font pas le potin d'instruments de torture médiévaux. C'est bien ce que je dis. Je veux être comme tout le monde. Pas paraître déplacé.

– Mais non ! C'est « eux » qui ont l'air déplacé ! Je te montrerai ce soir, quand on ira dîner. Et maintenant, arrête de chouiner à propos de biclous. Viens plutôt m'aider à m'enlever tout ce sable et cette crème solaire que j'ai sur moi.

– OK...

Dans la vie, il faut l'admettre, il y a des choses plus importantes que le vélo.

3

Début de soirée. Le soleil couchant faisait encore scintiller les toits en tuiles canal d'Ars. Main dans la main, Florence et moi descendions une ruelle tout en fleurs qui, bien que très proche du centre du village, était paisible, déserte. De part et d'autre, les hauts murs des jardins laissaient échapper des grappes de clématite et d'autres plantes dont j'ignorais le nom. Des branches de figuier ou de pommier dépassaient au-dessus du trottoir. Florence était en train de me donner un cours de bon goût à la française.

– Ce vert brillant, là, ça va bien avec l'ensemble, tu ne trouves pas ? m'a-t-elle interrogé en tapotant au passage des volets laqués dans cette teinte.

– Oui, ça anime le gris de la pierre.

– Ouais. Mais ça fait trop neuf. Et ceux-là, oh ! (Elle m'a montré du doigt l'autre côté de la rue.) Des volets blancs ici, mais c'est complètement déplacé ! Ils n'ont pas de quoi se payer de la couleur, ces gens ? Ils se croient à Paris ? Ah, ça c'est nettement mieux... (Elle s'est arrêtée pour prendre sur son doigt une écaille de peinture d'un vert mat sur une persienne toute pelée par le temps.) Le vert, c'est acceptable à condition qu'il soit comme ça, délavé. Mais, de toute façon, ils ont tous tort, dans ce coin.

– Oui ?

– Oui. La couleur correcte, c'est celle que mon père a utilisée chez lui. Gris-bleu. C'est comme ça que les volets et les fenêtres doivent être, dans l'île de Ré.

– Quoi, les gens accordent vraiment de l'importance à ça ?

– Oh, yes ! Viens, on va en regarder un peu, des gens.

Travaux pratiques d'anthropologie, maintenant. L'artère principale entre la place centrale et le port de plaisance était envahie de voitures, de bicyclettes et de piétons. Elle était à sens unique mais les cyclistes s'en moquaient, circulant à contre-courant. Tout comme à Paris, là encore. Nous avons fait halte à un coin de rue. Florence m'a désigné un type d'un mouvement du menton : grand, la cinquantaine, pas rasé, la peau et des vêtements d'une propreté douteuse incrustés de sel, il errait comme un loup de mer qui ne se rappelle plus où il a laissé son catamaran.

– Je te parie que ses volets sont peints de la bonne couleur, lui.

– C'est un pêcheur ?

– Euh, non. Il est certainement de Paris ou de La Rochelle. Observe sa montre, ses chaussures, ses lunettes de soleil suspendues autour du cou. Très discret, hein ? Juste assez de signes extérieurs de richesse pour que personne ne le prenne pour un vieux pêcheur de crevettes picoleur. Mais si tu le vois au marché, il parlera avec le vendeur de poissons comme s'ils avaient attrapé le poiscaille ensemble. C'est du snobisme, de bout en bout. Et celui là... Regarde !

Un ado beau gosse passait sur un vieux vélo aux roues voilées. Chemise blanche ouverte, Levi's usé jusqu'à la corde, il donnait l'impression d'avoir passé les six derniers mois sur une plage, enveloppé la nuit dans une couverture d'algues séchées.

– Un fils de riche, a analysé Florence avec une moue dédaigneuse. Il doit avoir une voiture rouillée, aussi. Même sa planche de surf, elle est rouillée, à tous les coups... Ringard !

Ces différents niveaux de snobisme à rebours commençaient à me donner le tournis. Florence, une Parisienne, traitait de parvenus les gens qui avaient exactement les mêmes biclous et les mêmes volets qu'elle ? Pourquoi n'arrêtait-elle pas tous ces petits jeux et ne se dégottait-elle pas une bicyclette présentable ?

Il faut dire qu'ayant laissé son vélocipède pourri à la maison, Florence ne présentait absolument rien de rouillé ou de déglingué, ce soir-là. Elle était à couper le souffle, pour tout dire, sa peau dorée luisante d'huile parfumée, vêtue d'un haut en Lycra et d'un pantalon moulant blanc qui permettaient de se rendre compte à cinquante mètres de distance qu'elle portait dessous de la lingerie à tomber, avec les bretelles de son soutien-gorge bien apparentes et le T de son string émergeant de la ceinture comme s'il cherchait à se libérer de ce maudit falzar. Ses cheveux lâchés caressaient ses épaules nues, son nombril était plus nombriliste que jamais et le bas de son ventre bombé était un douloureux appel aux baisers.

Après l'apéro dans un café de la place de l'Église, nous sommes allés sur le quai. Je l'ai prise par la main, poussé principalement par la crainte que quelqu'un n'essaie de me l'enlever.

– Non, a-t-elle objecté. Tu m'accompagnes, c'est tout. Quand tu vas dîner, il ne faut plus essayer d'avoir la dégaine d'un pêcheur local. Il faut que tu m'exhibes, que tu me montres à tous comme si j'étais le premier prix au grand jeu de la vie. Le jeu du Kama Sutra. Tu m'as gagnée et, à la fin de la soirée, tu vas me ramener à la maison et jouir de mon corps de toutes les manières possibles et imaginables.

– Euh... Et c'est vrai, j'espère ?

– Probablement. Mais pour l'instant tu n'as pas l'air assez fier de ta victoire.

– OK, ai-je admis sans trop savoir quel était le protocole à suivre quand vous devez proclamer au reste du monde que votre petite amie est un sex toy.

Florence a cependant paru satisfaite lorsque j'ai passé un bras autour de sa taille en lui tenant la main, comme si j'étais son cavalier dans une danse de salon à la Jane Austen.

À première vue, le restaurant qu'elle avait choisi était un tantinet décevant pour un couple qui venait de gagner le pompon au concours du Kama Sutra. C'était un grand hangar peint en bleu pâle, juste à côté d'un garage à moitié abandonné, sur le parking duquel croupissait une sorte de râteau mécanisé géant, sans doute quelque machine obsolète destinée au collectage du sel. L'intérieur, tout de planches de pin, de vieux filets de pêche et de fleurs séchées, m'aurait conduit en temps normal à courir prévenir la police du bon goût. Et pourtant trois groupes de clients dans le style décontracté chic poireautaient déjà devant nous, tandis qu'une jeune et ravissante hôtesse au nombril rehaussé d'un piercing leur refusait une table d'un froncement de ses jolis sourcils.

Mais nous avions réservé, nous, et donc elle nous a précédés dans le jardin à l'arrière, où une petite table nous avait été assignée sous un vénérable olivier. Si nous avions eu une jarre de saumure avec nous, et quelques mois à perdre, nous aurions pu préparer nos propres olives d'apéritif en attendant de pouvoir passer commande.

Une autre nana canon, une brune, est arrivée avec un tableau noir sur lequel le menu était inscrit à la craie, l'a posé sur une chaise devant nous et nous a laissés cogiter. En tournant les talons, elle a révélé ses reins nus et un serpent tatoué qui dressait la tête au-dessus de sa jupe taille basse. Si la cuisine était aussi succulente que le personnel, nous nous préparions à un festin.

Un client l'a arrêtée au passage. Il était la réplique en plus jeune du faux pêcheur critiqué plus tôt par Florence, mais complété d'un polo et d'un pull Lacoste coordonnés.

– Vous nous apporterez une bouteille du vin que nous prenons d'habitude, a-t-il édicté pompeusement.

– Et c'est lequel ? a répondu la fille avec une désinvolture provocante.

Pan dans le bec.

Le dîner s'est révélé délicieux et de bon ton. Nous avons pris chacun le bar de ligne rôti entier. Les Français sont très sourcilleux sur cette mention « de ligne », qui signifie que le poisson a été pêché individuellement et non ramassé en vrac dans la drège d'un chalutier. Ce restaurant était recherché parce qu'il était excellent, ai-je conclu, et non parce que quelqu'un l'avait décrété à la mode.

Florence a néanmoins réussi à me gâcher mon dessert – étrangement appelé « soupe de pêches » mais délectable – en m'annonçant que « papa » arriverait le lendemain.

– Comment ? Ici ?

– Mais oui, ici. C'est *sa* maison.

Sauf que cela avait été la nôtre, pendant un trop court et exaltant moment. Et cela signifiait également que nous allions devoir changer les draps de tous les lits que nous avions essayés.

– Il dit qu'il a hâte de te connaître, a complété Florence.

– Super.

Vous allez me traiter de lâche, peut-être, mais je n'étais pas particulièrement pressé de rencontrer le type dont j'avais – certes de manière très involontaire – démoli la voiture.

4

Levé avant Florence le lendemain matin, j'ai résolu de régler le problème qui me torturait le plus – au sens littéral du terme.

– Vous auriez dû venir samedi après-midi ou dimanche matin, a déploré le gars du magasin de vélos dont les mains étaient maculées de graisse de chaîne.

– Je n'étais pas là. J'étais encore en Corrèze.

– Aaah... (Il compatissait de tout son cœur avec quiconque avait été en Corrèze.) En tout cas, c'est tout ce qui me reste.

D'un geste de sa tête ceinte d'un bandeau qui retenait sa chevelure de surfeur, il m'a montré un tout-terrain dernier cri, équipé d'assez de vitesses pour m'emmener au sommet de l'Everest en marche arrière.

Or l'île de Ré est plate comme une limande. Un héron de taille moyenne pourrait la parcourir du regard d'un bout à l'autre sans avoir besoin de talons hauts. En conséquence, je n'avais besoin que de deux vitesses : une pour me lancer, et la deuxième pour avancer à un rythme de croisière. L'engin qu'il me proposait maintenant était tellement sophistiqué que j'ai cherché des yeux une télécommande. Mais, comme c'était un cas d'urgence, j'ai payé une semaine de location, soit à peu près le prix d'achat d'une bicyclette standard, et je suis parti essayer le VTT à travers le port encore à moitié endormi. Comparé aux biclous de Florence, c'était planer sur un coussin d'air chaud. Deux ou trois coups de pédale et j'avais déjà atteint la place de l'Église.

En face du clocher blanc et noir, une grande terrasse de café se peuplait peu à peu de consommateurs qui venaient d'acheter leur journal à la boutique Ars Presse, ce qui dans mon esprit anglophone sonnait comme une prise de catch particulièrement vicieuse. Plus loin, la poste, un bâtiment ancien, à volets gris, allait ouvrir dans quelques minutes. Quand la cloche de l'église a commencé à égrener les neuf heures, la receveuse est sortie de son domicile ; après avoir traversé la place, elle a déverrouillé et poussé de côté les battants qui protégeaient l'entrée principale. Un autocollant sur la porte vitrée m'a sauté aux yeux : « Accès internet ». Je me suis hâté de boucler l'antivol de mon coûteux vélo et j'ai foncé à l'intérieur de la poste, premier usager de la journée.

– Nous ne sommes pas encore ouverts, m'a prévenu la postière avec un sourire épanoui, celui d'une fonctionnaire qui remercie chaque matin le ciel de ne pas avoir été nommée dans quelque ville industrielle du Nord-Est.

– Je voulais seulement lire mes e-mails.

– Ah, le mèle... (Elle a tendu un doigt vers un vieux Mac installé devant une fenêtre.) Vous savez comment le démarrer ?

– Oui.

– Allez-y, alors. Est-ce que vous pouvez ouvrir les persiennes, s'il vous plaît ?

– Bien sûr.

Après m'être exécuté, j'ai allumé l'ordinateur et introduit ma carte de téléphone dans la fente. Aucun résultat.

– Il vous faut une carte spéciale, m'a informé la receveuse, qui s'était installée derrière le guichet. Je peux vous en vendre une.

En l'espace des quelques secondes pendant lesquelles je suis allé l'acheter, un gars d'une trentaine d'années, lunettes de soleil perchées sur le crâne, était entré, avait compris ce qui se passait et se ruait vers le Mac. Sans près d'un an d'expérience des files d'attente à la parisienne, j'aurais sans doute grommelé dans ma barbe tout en me résignant à la seconde place. Aguerri par l'entraînement intensif de la vie à Paris, je lui ai coupé la route avec fermeté.

– J'étais déjà là, ai-je déclaré en m'asseyant et en insérant la carte avant qu'il ne puisse réagir.

– Mais...

– Il était déjà là, a soutenu la postière.

Avec un soupir déchirant, l'intrus s'est laissé tomber sur un siège juste derrière moi. En ouvrant ma boîte de réception, je sentais son souffle impatient sur ma nuque.

Ma liste de messages comprenait entre autres un e-mail de mon ami Jake, un poète américain installé à Paris, et un d'Alexa. Humm. J'ai gardé celui-ci pour la fin. S'il y en avait eu un en provenance de l'architecte Nicolas dont le sujet aurait été : « Début des travaux au salon de thé », je l'aurais ouvert tout de suite. Mais Alexa ? Une voix en moi me poussait à attendre pour mieux la savourer.

Il y avait d'ailleurs deux ou trois mails concernant mes projets professionnels, prévisibles et barbants. Depuis la création de mon entreprise, qui s'était déroulée avec une étonnante simplicité, j'étais assailli d'un flot continu de lettres et de courriers électroniques émis par divers services de la Sécurité sociale, des assurances médicales et des associations de PME, tous résolus à me faire comprendre qu'ils ne me lâcheraient pas la grappe tant que je ne leur aurais pas refilé deux ou trois cents euros. C'était le rayon de Florence, ça, ai-je conclu. Comptabilité. Je les ai rangés dans la boîte électronique des « à faire suivre ».

— Vous avez bientôt fini ? s'est enquis derrière moi le perdant de la course à l'ordinateur.

— Encore deux à lire, ai-je consenti à lui révéler. Comme si ça le regardait ! Mais sa fébrilité envahissante m'a amené à changer mes plans, et je suis donc tout de suite passé au message d'Alexa. Il ne contenait qu'un fichier attaché. J'ai capté le grognement exaspéré du type dans mon dos lorsque la machine, un modèle aucunement récent, a péniblement ouvert sur l'écran une fenêtre de téléchargement. Ce n'était pas ma faute, si la poste française n'était pas équipée du haut débit ! En même temps, pourtant, je conservais un sentiment de culpabilité très britannique à l'idée que les autres aient à attendre à cause de moi.

C'était un article sur l'interprétation des rêves ayant l'eau pour thématique principale. Cela m'a rappelé le tout premier e-mail qu'elle m'avait envoyé au cours de notre relation, avec en pièce jointe le texte de je ne sais plus quel gourou qui se donnait un mal de chien à expliquer que la joie et la tristesse étaient inextricablement liées, toujours. Et quand elle m'avait annoncé qu'elle me plaquait, elle avait encore cité ce même maître à penser prétentieux, en proclamant que d'après elle je n'étais capable de ressentir que la tristesse, jamais la joie. La propéthie tombait à pic, n'est-ce pas ? Comment allais-je sauter d'allégresse en apprenant que c'était fini, entre nous ?

Cet essai scientifique sur les rêves humides réveillant en moi trop de souvenirs cauchemardesques à propos de machines à laver orgasmiques et de rideaux de douche imprévisibles en Corrèze, j'ai préféré l'abandonner et cliquer sur la case « Répondre ». « Quelle joie d'apprendre que je ne suis pas le seul être au monde à être sexuellement harassé par la flotte, lui ai-je écrit. À propos de harcèlement sexuel : comment ça se passe avec les mecs de Newcastle ? Est-ce que tu rencontres des problèmes de bilinguisme ? »

Cette flèche du Parthe faisait référence à une autre de ses théories favorites, selon laquelle deux personnes de langue maternelle différente ne peuvent jamais parvenir au bonheur complet ensemble, puisqu'elles ne communiquent pas vraiment jusqu'au bout. Là encore, elle avait prouvé la justesse de son axiome en m'envoyant promener.

Bien que l'on ne soit plus ensemble, j'ai découvert qu'une partie de moi-même souhaitait qu'elle me réponde qu'elle ne prendrait pas le risque d'avoir des soucis interlinguistiques avec un autre Anglais. Mais je me suis aussitôt dit que je n'avais aucun droit d'attendre ça : j'étais avec Florence, non ?

Lorsque j'ai ouvert le message de Jake, mon ombre trépignante m'a demandé, ou plutôt intimé :

– Donc c'est le dernier, celui-là.

J'ai ignoré le fâcheux.

Jake était pareil à lui-même. Depuis que j'avais fait sa connaissance à l'automne précédent, son anglais n'avait cessé de s'affaiblir, tel un virus attaqué par de puissants anticorps français. Il m'a fallu faire un réel effort pour décrypter son charabia, dans le genre : « I'm enchaining with a new aspect of my poésie project. » Le projet en question consistait à coucher avec une ressortissante de chacune des nationalités représentées à Paris et de composer un long poème consacré à la rencontre. La dernière fois que j'avais eu de ses nouvelles, il essayait de décider si la fille d'une famille de réfugiés serbo-bosniaques pourrait compter à la fois pour la Serbie et la Bosnie. Est-ce que l'appartenance ethnique avait valeur de statut national, et vice versa ? Sinon, il allait devoir passer le reste de sa vie à poursuivre des exilées de toutes les tribus montagnardes de Thaïlande...

« But *maintenant* I have decided to edit me in line. » Il avait résolu de publier ses textes sur un site internet. Et il me demandait si j'avais encore réfléchi au titre générique que son œuvre poétique devrait porter. « If not I *garde le mien* ». Au temps où il parlait de sortir le livre à compte d'auteur, j'avais proposé *Le Tour du monde en quatre-vingts coups*. C'était tout de même mieux que son idée – très sérieuse, celle-là –, de l'intituler *Chatte Room* – avec chatroom qui veut dire forum. Jeu de mots génial, non ?

Et, maintenant, il m'écrivait que son titre était idéal pour une publication en ligne, puisque sa pageserait automatiquement repérée par les moteurs de recherche dès que quelqu'un entrerait ce mot incontournable. Il ne voyait pas que les internautes guidés par le mot clé « chatte » n'étaient certainement pas en quête de poésie.

– Vas-y, Jake, fonce, lui ai-je répondu. Mais je ne te promets pas un lien à partir du site de mon salon de thé.

J'allais fermer ma messagerie lorsque j'ai vu qu'Alexa m'avait répondu. Elle était connectée, donc.

– Je croyais que c'était le dernier ! a couiné le gars derrière moi.

Je me suis retourné pour lui faire face.

– Si vous êtes pressé, achetez un computer. Ou arrivez ici avant neuf heures. Moi, j'ai attendu un quart d'heure avant l'ouverture.

Quand vous traitez avec un Gaulois dépourvu de patience, n'hésitez pas devant les gros mensonges, et ne vous inquiétez pas s'il ne vous croit pas : il vous déteste déjà, juste parce que vous lui avez fait perdre son temps.

– Cet ordinateur, vous l'avez pas acheté, si ?

Il avait retiré ses lunettes de soleil et les brandissait dans ma direction comme s'il avait rêvé que ce soit un tesson de bouteille.

– Non, mais je paie pour l'utiliser, et sur ma carte, j'ai encore... (J'ai fait semblant de consulter le chronomètre en bas de l'écran.)... quarante-cinq minutes, si je veux. Alors, si vous permettez...

Le français offre tant de possibilités de dire poliment : « Fuck you ! »

Encore une pièce jointe, et balèze, cette fois. Mais je m'étais armé de mon bon droit outragé, à ce stade, et je me fichais que le chargement dure des plombes. J'ai assez vite regretté de m'en être moqué, car la photo qui s'étalait peu à peu sur l'écran montrait Alexa en compagnie d'un mec baraqué, blond, très content de lui, et le bras passé autour des épaules de mon ex-copine avec un air de propriétaire.

Elle m'a semblé plus belle que jamais. Ses cheveux, d'un blond plus sombre que ceux du guignol, étaient coupés court, avec des mèches en pointe.

Le nez que j'avais jadis tant aimé mordiller avait ce même petit froncement adorable que chaque fois qu'elle souriait. Ses yeux étaient plongés dans les miens, mais je savais qu'elle ne me voyait pas. Son sourire était destiné à un autre.

– Oui, elle est canon, mais elle est déjà prise, visiblement, a persiflé mon ombre.

– Pouvez-vous me laisser en paix, s'il vous plaît ? Pendant, euh, quarante-trois minutes ?

– Vous allez pas rester tout ce temps ! Vous aviez promis d'arrêter.

– C'est cela, oui.

« Voilà mes problèmes de bilinguisme, puisque tu t'intéresses, avait écrit Alexa. Non, pas bilingue, en fait. Sacha est ukrainien. L'anglais est sa troisième langue après le russe et l'ukrainien, et c'est ma deuxième. Donc nous avons des problèmes de quintilinguisme. Est-ce que ça existe, ce mot ? »

Très franchement, on s'en foutait ! Mais soudain, une horrible révélation m'a frappé. Ukrainien ? Donc ce malabar devait être le fils du petit ami de sa mère ! C'était carrément de l'inceste, non ? En tout cas, ça paraissait tout aussi taré que mes relations complexes avec Brigitte.

Dans ma confusion, je n'ai réussi qu'à rédiger une réponse brévissime : « Évitez seulement d'emmêler vos langues respectives dans tout ça. » Et quelle image repoussante cette formule maladroite évoquait ! Leurs langues, entremêlées telles deux limaces en rut...

Abandonnant l'ordinateur comme si j'avais vu la mort sur l'écran, je me suis jeté dehors. J'ai déverrouillé l'antivol de ma bécane. Ma deuxième prise de bec de la matinée était en vue : Florence allait bientôt découvrir mon nouveau et luxueux moyen de transport.

5

Seule dans le patio avec une tasse de café et des biscottes, elle était étendue sur une chaise longue en teck. Le soleil avait dissipé depuis longtemps la brume matinale mais elle n'était pas topless, ce qui avait été le cas lors de notre premier petit déjeuner sur l'île de Ré : avant même son arrivée, l'influence de papa se faisait sentir.

Elle portait son ensemble bikini-paréo qui laissait l'une de ses jambes bien galbées à découvert, pour capter quelques rayons. J'ai eu quelques secondes de culpabilité, ou disons que je me suis trouvé idiot, en repensant à mon accès de jalousie à propos d'Alexa. Florence était là, en chair et en os, et quelle chair ! Autre chose qu'une masse de pixels plantée à côté d'un Ukrainien...

– Je me suis pris un vélo, lui ai-je annoncé.
– Où il est ?
– Je l'ai laissé dehors.
– Ah ? Tu n'oses pas me le montrer ?
– Oser ?

Je suis ressorti détacher ma monture du lampadaire. Son entrée dans la courette étant assez comparable à l'irruption d'un porte-avions sur le terre-plein d'une ferme, j'ai pardonné à Florence son éclat de rire incrédule.

– Oh! mais c'est grotesque, Paul!

– Peut-être, mais il roule fantastiquement.

– Je vais devoir faire comme si je ne te connaissais pas.

– Je sais, c'est plus voyant que ce que j'avais pensé, mais regarde ça! dis-je en appuyant sur la mousse de la selle. Elle peut te masser le popotin presque aussi bien que mes mains.

– Elle vibre, aussi?

Comme toujours, notre polémique s'est terminée dans la chambre à coucher, puis la salle de bains, puis encore la chambre.

– Quand est-ce que ton père débarque, alors? ai-je demandé environ une heure plus tard, alors que je gisais sur le lit, incapable de mouvoir la moindre parcelle de mon corps, à part les lèvres et les cordes vocales.

Je m'adressais au derrière de Florence, penchée au-dessus de sa valise ouverte pendant qu'elle choisissait dans sa pile de lingerie. Sa fesse droite portait encore la marque de mes doigts. Ou des siens, peut-être, me suis-je vaguement interrogé.

– Cet après-midi.

– Très bien. On a le temps d'aller à la plage, avant.

– Je ne veux pas.

– Tu ne veux pas aller à la plage?

– Non. Ce sont *mes* vacances, aussi. Je n'ai pas envie de faire tant d'efforts tous les jours. Pas sur une bicyclette, en tout cas.

Elle a envoyé une petite culotte à fleurs voler sur ma jambe. Enfin, « petite » culotte était même exagéré, ici : « infime » culotte aurait été plus exact.

– Si tu me laisses te trouver une bécane correcte, ce ne sera pas du tout un effort.

– Je n'ai rien envie de faire, ce matin. Je veux juste rester dans le patio, lire. Glander.

J'ai médité cette information pendant qu'elle étendait un tee-shirt propre et un autre paréo sur le lit, prêts à la vêtir une fois qu'elle aurait pris sa douche. « Glander » à la maison toute une journée, ça me paraissait malheureux, avec la plage et la mer à deux pas. Surtout que nous allions être coincés à Paris pendant plusieurs mois, dès que le salon de thé commencerait à fonctionner. S'il fonctionnait un jour, évidemment...

– Ce matin, tu auras le temps de passer un coup de fil à notre cher ami Nicolas, n'est-ce pas ?

– Plus tard, Paul. Je n'ai même pas terminé mon petit déjeuner, tu te rappelles ?

– OK. Je vais lui téléphoner maintenant, avant d'aller à la plage. Il est quoi ? Dix heures et demie ? Les ouvriers devraient être sur le chantier depuis deux bonnes heures, déjà.

– D'accord, fais ça.

Elle a disparu dans la salle de bains. Les travaux n'étaient pas son problème, mais le mien. Qu'elle se montre aussi active et communicative au plumard, mais aussi passive et indifférente pour tout le reste, cela dépassait mon entendement. Non que je me sois plaint de son zèle sexuel, évidemment ; je me disais juste que j'aurais bien aimé qu'elle manifeste le même « esprit d'équipe » dans les autres aspects de notre relation. Mais comme il est extrêmement difficile de s'emporter contre quelqu'un qui vient de combler vos besoins physiques les plus brûlants, j'ai ravalé ma fierté et j'ai attrapé le téléphone.

Je suis resté allongé sur le lit, à poil, comme pour narguer Nicolas : alors, qui est-ce qui s'amusait avec Florence, maintenant? C'était mesquin, je l'avoue, mais quand vous devez traiter avec un architecte français, tous les moyens sont bons pour renforcer votre détermination.

– Ils vont commencer lundi, au plus tard, m'a-t-il assuré, non sans avoir dû préalablement me prier de lui rappeler qui j'étais. À part ça, comment va Florence?

– How is Florence? ai-je éructé en passant à l'anglais, qu'il comprenait fort bien. How is the tea room, that's the question! C'est ça qui m'intéresse! Savoir s'il sera prêt à temps, ou jamais! C'est ça que vous devriez vous demander! Vous avez déjà quatre jours de retard et les travaux n'ont même pas commencé!

– T'inquiète pas, Paul, a-t-il répondu d'une voix mielleuse. Pas de panique.

Et il me tutoyait, en plus!

– Je m'inquiète, Nicolas. Vous aussi, vous devriez vous inquiéter. Parce que si le salon de thé ouvre en retard, vous serez payé en retard. Très en retard. OK, mon ami?

6

– Bonjour, monsieur Bourbon.

J'ai serré la main qu'il me tendait en faisant tout pour paraître digne de sauter sa fille dans sa maison de vacances. Pour l'occasion, j'avais revêtu un tee-shirt propre et mon meilleur short de plage.

– Bonjour, Paul.

Il avait prononcé mon prénom correctement, ce que j'ai apprécié. Très peu de Français se souciaient de ce détail.

Il était fort bel homme, pour son âge. Style star de cinéma à Bollywood une génération plus tôt. Il avait une peau parfaite, beaucoup plus sombre que celle de Florence, et on aurait cru qu'un barbier venait de passer plusieurs heures à polir ses joues et son menton jusqu'à la perfection. Contrairement à son fils, il ne perdait pas ses cheveux, noirs, denses et coupés à la Hugh Grant des années quatre-vingt-dix. Bohème bon genre. Bien qu'ayant dépassé la cinquantaine il était habillé très jeune : jean impeccablement délavé, chemise prune laissée en dehors du pantalon et dissimulant sa petite bedaine d'hommes d'affaires prospère, pieds nus dans des docksides. Même s'il venait d'arriver de La Rochelle en taxi, il appartenait distinctement à la catégorie des résidents de l'île qui ne se déplacent qu'en vélo rouillé.

– J'ai beaucoup entendu parler de vous, m'a-t-il affirmé en me donnant une chaleureuse poignée de main. Surtout de vos talents pour préparer la tisane...

– Ah, oui, je suis très sorry.

– Mais non, ne vous inquiétez pas pour ça !

Il a eu un petit rire amusé, comme si ce type de mésaventures arrivaient constamment à Brigitte. Ce qui était sans doute le cas.

– Et je suis terriblement sorry pour la voiture.

Son amusement a disparu aussi soudainement que s'il avait été écrasé par un 4 × 4 coréen.

– La voiture ?

Oh, shit ! Il n'était pas au courant.

– Florence ? avons-nous appelé en même temps.

Après un bref soupir irrité, elle a déballé un récit rapide des événements qui, à mon avis, ne soulignait pas assez clairement que je n'étais en rien responsable de la catastrophe.

– Vous avez démoli ma voiture ?

Sa peau d'un brun profond avait viré au rouge.

– Non, c'est le chauffard qui a tapé en moi... contre moi... avec moi.

Ma maîtrise limitée du français juridique était affectée par un début de panique.

– Donc, c'est son assurance qui paie la réparation ?

– Ah... !

Si j'avais su que j'allais devoir rendre des comptes moi-même, j'aurais préparé une courte présentation Powerpoint pour ma défense, avec graphiques à l'appui. Mais ce que mon expression embarrassée disait, à ce moment, c'était : « Non, mon pote, c'est toi qui vas casquer. »

Posant ses mains manucurées sur ses hanches, mon nouveau beau-père a laissé libre cours à sa colère. Venant de l'île volcanique de la Réunion, il avait une prédisposition naturelle aux éruptions furibardes. De la poste à la plage des surfeurs, tout le monde a dû entendre ce qu'il pensait de moi et de Florence ; notre ingratitude, notre incompétence, notre manque de respect, et de bonnes manières, et d'aptitude automobile, et de tout ce qui aurait pu nous distinguer des bébés chimpanzés.

Aussi soudainement qu'il avait commencé, il s'est arrêté de hurler et il est monté bruyamment à l'étage, où nous l'avons entendu jeter des valises au sol et renverser plusieurs meubles.

– Ne te bile pas, a chuchoté Florence une fois passée la minute de silence que nous avions observée à la mémoire de nos paisibles vacances. Il va se calmer très vite. Il crie toujours comme ça, mais, si on ne le contredit pas, il oublie tout en quelques instants.

– Je ne crois pas qu'il oubliera que sa voiture a été démolie, ai-je soufflé. Tu ne lui avais pas dit, alors ?

– Naaon, a-t-elle répondu avec une note d'indifférence très perceptible.

Encore cette passivité agaçante, ce je-m'enfoutisme qui pouvait porter sur les nerfs les plus endurcis...

– C'était comme avec le champ de Henri, pour toi ? Tu as pensé que ça ne valait pas la peine d'en parler ?

– Oh ! Paul, ne commence pas, s'il te plaît.

Et elle avait raison, ai-je soudain compris. Il était totalement inutile que je « commence ». Parce que rien de ce que je pourrais dire ne l'intéresserait. La bagnole accidentée était restée très loin, dans le passé, en Corrèze, alors à quoi bon y repenser? J'approchais de plus en plus de la conclusion que Florence était tout bonnement incapable de faire face aux problèmes.

Elle se préparait à un sérieux choc au salon de thé, me suis-je dit. Si nous continuions à prendre du retard et à ne pas le rattraper, les réalités allaient non seulement nous remonter gravement les bretelles, ainsi que son père venait de le faire, mais aussi nous coller une sacrée baffe dans les dents.

7

Comme Florence l'avait prédit, le volcan s'est rapidement éteint.

Au soir tombant, M. Bourbon avait téléphoné au garagiste, obtenu tous les détails de l'accident, fait du plat aux gendarmes chargés de l'affaire, et se sentait désormais détendu, regorgeant de bonhomie. Il a dit que je pouvais l'appeler Charles, et le tutoyer.

Pour me racheter, j'ai invité le père et la fille à dîner au hangar chic. Toujours aussi plaisant, il a proposé que nous allions ensuite prendre un verre à l'un des bars du môle.

– Il doit y avoir un spectacle, je crois. Des chansons, de la danse.

– Super, ai-je approuvé en fin diplomate.

– Non, je suis trop crevée, je veux rentrer, a déclaré Florence avec un grand bâillement destiné à prouver ses dires.

Je me suis demandé si c'était de la vraie fatigue ou un début de lassitude filiale. Mais, dans ce cas, pourquoi n'essayait-elle pas de m'inclure dans son esquive ?

– D'accord, a concédé Charles. On ira tous les deux, Paul et moi.

Pendant qu'il était aux toilettes, nous l'avons attendu dehors, dans une brise marine rafraîchissante. J'ai supplié Florence de nous accompagner un moment, rien que pour un verre. Cause toujours.

– Essaie de l'empêcher de trop boire, m'a-t-elle recommandé. Il devient bizarroïde, quand il dépasse une certaine limite.

– Alors c'est pour ça que tu as tellement sommeil, tout d'un coup ? Tu ne veux pas jouer la nounou pour ton père ? Tu préfères que ce soit moi qui le fasse à ta place ?

– Oui, a-t-elle admis effrontément. Tu peux bien me rendre ce petit service, non ?

Et, pressant son corps de rêve contre moi, elle m'a donné un baiser profond, accompagné d'un irrésistible regard de biche.

Question : comment étais-je censé arrêter son père de boire quand, devant la picole, je n'arrivais pas à me contenir moi-même ?

Peu après, Charles et moi étions installés à la terrasse d'un grand restaurant touristique sur le port de plaisance, dans un coin où les tables avaient été débarrassées pour ceux qui voudraient prendre un verre après dîner. Un jeune serveur s'est approché. Bronzé, extrêmement sûr de lui au bout de deux ou trois semaines de travail, avec les manières désabusées d'un vétéran.

– Qu'est-ce que je vous sers, messieurs ?

– De l'eau gazeuse ? ai-je proposé.

Charles m'a regardé comme si j'avais brusquement présenté les symptômes de la maladie de la vache folle.

– Deux ballons de blanc, a-t-il édicté.

– Petits, moyens, grands ? a demandé le jeune fat.

J'ai failli éclater de rire. Je ne m'étais encore jamais rendu compte que les serveurs essayaient de rouler même les touristes français. Charles est devenu d'un rouge de lave en fusion.

– Ça fait vingt ans que j'ai une maison à Ars et je ne vous ai jamais vu, vous. Vous êtes nouveau, exact ?

Une goutte de sueur avait perlé au-dessus de sa lèvre supérieure.

– Oui, a concédé le serveur en dansant d'un pied sur l'autre.

– Est-ce que la langue française a changé, depuis que vous avez été embauché ici ?

– Pardon ?

– Un « ballon », c'est un verre à vin classique, non ? Alors pourquoi vous me demandez si j'en voudrais un grand ? Est-ce que vous me demanderiez si je veux un grand demi-litre ou un petit ? Répondez, jeune homme !

L'autre avait assez d'expérience pour comprendre qu'il était inutile de discuter. Après nous avoir demandé quel vin nous désirions, il s'est éclipsé.

– Pfff ! À tous les coups, les parents de ce morveux louent une baraque ici un mois par an, mais ils se croient déjà les propriétaires de l'île... (Sous-entendu probable : lui, qui avait acheté sa maison, avait le droit de se considérer comme un îlien à part entière.) Et tu sais combien ils paient pour louer ces petites bicoques de rien du tout ?

Charles a jeté un regard de défi aux consommateurs assis autour de nous, dont certains, n'ayant apparemment pas remarqué que la nuit tombait, portaient encore leurs lunettes de soleil. Non, je ne savais pas. Quand il m'a annoncé un chiffre, j'ai eu un sursaut horrifié.

– Eh oui ! Et de nos jours, s'ils veulent acheter quelque chose de correct, pas un de ces cubes en préfabriqué dans leur soi-disant « résidences »... Oh, là ! là ! (Il m'a donné un prix, avant d'affirmer en forçant légèrement le tableau.) On pourrait avoir toutes les fermes de la Corrèze, pour cet argent-là. Ou trois maisons correctes à quelques pas d'ici, sur le continent. Mais comme ils se sont persuadés que c'était la classe, l'île de Ré, ils sont prêts à payer n'importe quoi.

Les ballons de vin blanc sont arrivés, accompagnés d'un petit bol de crevettes, compliments de la direction, et de cure-dents qui avaient été sans doute préalablement trempés dans l'arsenic.

– Mais c'est une très belle île, ai-je noté.

Je me rendais compte que plusieurs clients aux tables voisines n'appréciaient pas du tout le bruyant cours magistral de Charles sur les réalités du marché immobilier actuel. Parler argent demeure une forme d'impolitesse, en France.

– Oh ! oui, très belle ! a-t-il approuvé. Verte, fertile... (Sa main s'est abattue sur mon genou comme si j'étais moi-même la source de ces richesses naturelles.) Ensoleillée, sexy... Mais quand j'ai acheté ma maison, presque personne ne voulait venir ici. Il n'y avait que quelques Parisiens pleins aux as qui recherchaient l'isolement. Avant qu'ils construisent le pont, on devait faire la queue pendant des jours avant de trouver une place sur le ferry, et donc ces Parisiens laissaient des vieilles 2 CV rouillées sur l'île. La bagnole la plus dangereuse d'Europe ! L'air marin les rongeait de l'intérieur, peu à peu, jusqu'au jour où elles perdaient brusquement leurs roues et tombaient en pièces... Un peu comme tu as fait avec ma caisse, hein ? (Il a levé son verre, m'a tapé sur la cuisse et a lancé :) Cheers !

– Cheers. And I'm really sorry about *votre voiture*.

– It is OK. Et tu peux me tutoyer. Oh, petit ! a-t-il hélé le serveur. Ah, qu'est-ce que je disais ? Ah oui, les snobs et leurs vieilles deux-chevaux pourries !

Il ne remarquait aucunement que plusieurs tablées proches de la nôtre observaient maintenant un silence réprobateur. J'ai à nouveau tenté le coup de l'eau minérale, sans plus de succès, et puis j'ai renoncé : à quoi bon passer des vacances en France si l'on ne peut pas siroter du vin à l'air libre, tandis que les voiliers devant vous font cliqueter leurs haubans tels des centaines de verres tintant à votre santé ? Avec Charles, cependant, chaque tournée paraissait ouvrir une nouvelle boîte de Pandore de provocation verbale.

– Nous sommes tous des immigrés ! a-t-il vociféré à son quatrième ballon. Sur cette île, on est tous des immigrés ! (Il a donné le temps à nos voisins de méditer le message qui leur était ainsi adressé.) Encore que moi, je suis sans doute bien plus enraciné ici que tous ceux-là ! L'un des mes ancêtres, un Français, un Blanc... eh oui ! Un marin qui s'est établi à la Réunion, donc, venait de La Rochelle. Et je parie que personne n'a un prénom aussi français que le mien.

– Charles, c'est très français, oui, ai-je acquiescé.

– Ah, mais c'est pas mon vrai prénom ! De naissance, je m'appelle Charlemagne Napoléon... Vercingétorix !

– Vercin... quoi ?

– C'est le nom du chef gaulois qui a mené la résistance contre les Romains. Je suis le frère indien d'Astérix, moi !

Il s'est étranglé sur une gorgée de vin, de quoi convaincre un couple installé non loin de nous qu'il était temps de rentrer à la maison.

– Et tu sais pourquoi mon acte de naissance m'appelle Charlemagne Napoléon Machin Chose ?

– Parce que ton père ne savait pas épeler Charles ?

– Naaaon ! À cause d'une loi française très extraordinaire qui t'empêche de donner à tes enfants le nom que tu voudrais ! Quand tu vas à la mairie, l'employé au guichet a le droit de refuser ce que tu as choisi pour le bébé. N'oublie pas que personne n'a plus de pouvoir que lui, en France ! L'employé au guichet. N'importe quel guichet. Vive le guichet !

J'ai levé mon verre pour trinquer avec lui. Au temps où j'essayais d'obtenir ma carte de séjour, j'avais connu quelques spécimens de cette espèce, ce qui m'avait appris que l'avenir entier du solliciteur dépendait de leur humeur du jour.

– Et donc, l'employée au guichet a décidé que le prénom que mon père voulait n'était pas assez français ! C'était indien. Rajiv. Comme le fils de celle qui a dirigé l'Inde. « C'est pas français, ça ! », elle a dit. Et là, pour rigoler, mon père a répondu : « Bon, alors Charlemagne Napoléon Vercingétorix ! » Et qu'est-ce qu'elle a fait ? Elle a écrit tout ça sur le papier, elle l'a tamponné et voilà, terminé ! À cause d'elle, au lieu d'être un futur président indien, je suis devenu deux empereurs et un chef gaulois... Vive le Roi !

Vidant son ballon d'un trait, il a entonné je ne sais quel hymne royaliste qui aurait pu fort bien nous faire éjecter du restaurant si un pêcheur n'avait eu soudain le bon goût de focaliser sur lui-même l'attention générale par une explosion de décibels.

8

Sur une scène installée à l'entrée du quai, un type en caban et casquette de serge bleue s'est mis à éructer une chanson de marin en trépignant. La sono mal réglée transformait chacune de ses consonnes en départ de fusée de détresse. Comme si ça ne suffisait pas, trois de ses potes se sont joints à lui dans un concert de beuglements qui a certainement obligé toutes les crevettes de la côte ouest à quitter d'urgence les eaux territoriales françaises.

Charles était trop ivre pour détaler. Ou était-il sourd ? Il s'est levé d'un bond.

– Allez, on danse !

Le roi-empereur Charlemagne Napoléon n'a toléré aucune objection. Il m'a mis debout de force.

Grâce au ciel, nous n'étions pas les seuls. Nous nous sommes approchés d'un petit groupe de danseurs en tenue folklorique lancés dans des gesticulations qui demandaient un effort considérable pour un résultat inexistant. Ça ressemblait à une sorte de crise de constipation collective. J'avais connu des ceilidhs écossais où c'est à celui qui fera voltiger sa cavalière le plus haut dans les airs, et à

tourbillonner avec elle jusqu'à ce que la force cen-
trifuge fasse tomber les culottes aux chevilles. Ici,
au contraire, ils se contentaient de fixer intensément les petits entrechats qu'exécutaient leurs
pieds et de battre des bras avec la retenue d'un
perroquet qui a perdu l'habitude de voler.

Charles, qui connaissait tous ces pas, s'est attiré
les hochements de tête approbateurs de quelques
dames en robe de paysanne endeuillée tandis
qu'il proposait une version bollywoodienne du
quadrille, avec une débauche de mouvements de
sourcils suggestifs. Choisissant une folkeuse grison-
nante à la dégaine de vieille fille, il a effectué en
son honneur ce qui aurait pu être une danse de fertilité en usage chez les marins-pêcheurs, avec lui
dans le rôle du chalut et elle dans celui du banc de
sardines. Ce spectacle m'a confirmé ce que Michel
m'avait raconté à propos de la fois où il avait poursuivi Ginette à travers champs : une fois pinté,
Charles manifestait un faible pour les provinciales
d'un âge avancé. Pour l'heure, cependant, sa victime continuait à sautiller, ne manifestant son
trouble que par quelques coups d'œil inquiets lancés au bas-ventre de Charles et à ses rotations las-
cives. Pour ma part, je me contentais de trotter sur
place en souhaitant que l'énorme lune rose finisse
par entrer en collision avec la terre et mette fin à
cette soirée.

– Tu l'as vue, non, mais tu l'as vue ? m'a-t-il
demandé une fois que la danse s'est achevée et que
j'ai réussi à lui faire lâcher l'ourlet du jupon de sa
cavalière, qu'il serrait convulsivement entre ses
doigts. Pas mal, hein ? Tu crois que je devrais lui
demander son numéro de téléphone ?

– Non, je crois que tu devrais rentrer avec moi,
maintenant.

– Pas tout de suite ! Regarde !

Il m'a montré la scène sur laquelle un croulant en jean trop serré s'était mis à hulluler du yéyé français. Houspillé par Charles, j'ai dû me joindre à la foule de twisteurs, ce qui aurait pu être marrant si j'avais eu pour partenaire l'une des petites nanas qui se trémoussaient joliment par là, et non le père de ma copine. J'ai néanmoins jugé préférable de le garder à portée de la main plutôt que de le laisser aller faire le coup du collé-décollé à quelque retraitée innocente. C'est seulement lorsqu'il s'est étalé par terre après avoir tenté de passer sa jambe au-dessus de ma tête que j'ai réussi à l'entraîner hors de la piste de danse.

– Où tu m'emmènes ? a-t-il grommelé.

– À la maison ? ai-je suggéré.

– Naaon ! C'est trop tôt ! On va boire un coup !

Ses jambes sont parties dans des directions opposées, comme si elles n'arrivaient pas à décider dans quel bar aller. Je l'ai retenu de justesse au moment où il allait encore tomber. S'il se retrouvait une nouvelle fois au sol, je serais obligé de demander de l'aide aux marins-chanteurs pour le porter chez nous.

– Ah ! tu es fâché contre moi à cause de cette femme ! a-t-il supposé d'un ton chagrin. Tu dois pas être fâché ! C'est pas ma faute ! Tu as vu Brigitte, donc tu as compris pourquoi on n'a plus de vie sexuelle active, tous les deux...

Ah ? Voilà qui expliquait la fixation de son épouse sur les courgettes...

Je l'ai tiré le long du quai, principalement pour épargner aux badauds autour de nous les détails les plus accablants de son inactivité sexuelle.

– Avant, si ! a-t-il beuglé plus fort que la musique. Très actifs ! Elle avait des seins fabu-

148

leux... Comme ceux-là, tiens ! Bonsoir, madame !
(Je l'ai empêché de se jeter sur le nouvel objet de
sa flamme, qui était en réalité un mec obèse en tee-
shirt rosâtre.) Elle était très bonne pour les pipes,
aussi ! Avec sa langue, elle faisait des fellaaiee...

Son dernier mot s'est mué en un cri de douleur
étouffé alors qu'il percutait de plein fouet un
poteau téléphonique en béton. Je dois avouer que
la collision n'était pas tout à fait accidentelle.
Désormais groggy, et silencieux, il a été plus facile
à manœuvrer. L'agrippant par un bras, j'ai réussi à
le piloter jusqu'à la ruelle.

– Nous y sommes, ai-je annoncé en ouvrant le
portail et en poussant Charles dans sa cour.

En une seconde, il avait retrouvé ses esprits.

– Good night, Paul, good night. Et tant pis pour
cette femme, la danseuse... On aura plus de chance
demain soir, hein ?

Après m'avoir tapoté la joue, il est entré dans la
maison d'un pas docile, en fredonnant tout bas le
thème soumis à un massacre rituel sur la sono du
port.

Il était minuit. Trop épuisé pour aller me coucher, je me suis dit qu'une balade en vélo au clair
de lune me ferait du bien. Le hic, c'est que ma
bécane dernier cri n'avait pas de phares. Comment expliquer que la technologie puisse réaliser
d'énormes bonds en avant, mais aussi en arrière ?
Est-ce que les fabricants de VTT ignorent l'existence des lampes ? Et des garde-boue ? Dans mon
enfance, je pouvais sortir en bicyclette après la
pluie sans finir par avoir l'air d'avoir chié dans
mon froc.

La seule issue était de me rabattre sur l'un des
vieux clous. En inspectant leurs roues, j'ai constaté

que l'un d'eux était encore équipé d'une dynamo rouillée, mais qui fonctionnait. Après être passé par le patio pour attacher un coussin de chaise sur la selle avec un tendeur, je me suis lancé dans la nuit envahie de bruit. Empruntant les pistes cyclables désertes, j'ai pédalé une bonne vingtaine de minutes avant d'être enfin hors de portée de l'horrible musique venue du port. M'arrêtant au bord d'un étang d'un noir d'encre au milieu des marais salants, j'ai entendu le frémissement des roseaux, les éclaboussures d'un poisson qui venait de faire un bond hors de l'eau, le cri soudain d'un animal ou d'un oiseau, chasseur ou chassé... Je me suis retourné en direction des quais illuminés et de leurs guirlandes criardes, j'ai humé l'odeur de sel dans l'air et j'ai brusquement été saisi du besoin de parler à Alexa.

Mais pour quelle raison l'appeler, surtout si tard ? Lorsqu'une fille n'est plus votre petite amie régulière, vous devez avoir une excuse prête. Je pouvais lui dire que je venais de danser le rock à la française, aux secrets duquel elle avait essayé une fois de m'initier, mais cela ne servirait qu'à raviver le souvenir de notre première rupture, à l'issue d'une soirée de danse trop arrosée où j'avais échoué dans le lit d'une autre nana... Ou lui demander, en affectant l'indifférence, quelle était la nature exacte de sa relation avec le type sur la photo ? Non, pas cool du tout ! Ou lui dire simplement que j'avais besoin de lui parler ? C'était l'explication la plus effrayante, parce qu'elle était vraie. Ou à moitié vraie : plus que l'envie de bavarder de tout et de rien avec elle, je ressentais la nécessité de lui confier mes doutes, mes inquiétudes. Mon séjour à l'île-paradis était en train de tourner aussi mal que mes désastreux exploits en

Corrèze. Y avait-il quelque chose d'incompatible entre des vacances en France et moi? Je voulais entendre son avis, parce que je lui faisais confiance. Et puis l'écouter évoquer sa vie, ses projets au cinéma, ses plans... J'aimais qu'elle me communique une partie de son énergie, et sa manière de glousser quand elle se moquait d'elle-même, ou de moi.

Pour être complètement honnête, j'aimais tout simplement entendre sa voix.

Shit et merde. Le clair de lune, le vin, la nuit sur l'île, tout ça influait trop sur moi. Je me suis servi de la numérotation rapide avant de me dégonfler. Mon portable s'est éclairé dans l'obscurité, cherchant dans le ciel le satellite d'Alexa.

– Hello?

– Hi, it's Paul.

– What? Who?

– Alexa?

– Yes. I can't hear you. Shut up, people, will you?

Elle demandait aux gens autour d'elle de cesser le joyeux brouhaha de conversations qui couvrait sa voix. Elle était dehors, dans un restaurant ou un bar.

– C'est Paul, ai-je répété.

– Salut, Paul! Qu'est-ce que tu fais de beau?

Une voix d'homme s'est imposée par-dessus le bruit général. Je n'ai pas saisi ce qu'il disait.

– Shut up, will you? a répété Alexa, le ton amusé de sa voix constrastant avec ce sévère « La ferme, maintenant! » Ah, Paul, ce matin on était connectés au même moment. C'est marrant, non?

– Oui, mais j'étais dans un bureau de poste et je ne pouvais...

– Quoi? Je n'entends pas.

– Je disais que j'étais dans un bureau de poste et...

– Hein ? Il y a un tel raffut, ici ! Nous sommes dans un pub.

– Ouais, j'ai compris ça. OK, ce n'était pas urgent. Je te rappellerai un autre jour.

Je suis remonté sur mon biclou et j'ai quitté les marais aussi vite que je le pouvais sans me casser le cou. C'était ce « nous », et l'allusion au pub, qui m'avaient touché au cœur. Je me sentais exclu, abandonné, seul. « Et idiot, aussi », ai-je complété en silence tout en pédalant brutalement. « Quoi, tu es sur une île magique, avec une fille sexy à tomber, tu démarres une nouvelle vie en France... » Pour citer Ruth, une ancienne petite amie anglaise : « Cesse les plaintes et prends une pinte ! »

9

Étendue par terre, Florence accomplissait ses exercices de Pilates, un mélange d'aérobic et de yoga. Étonnamment, qu'elle le fasse toute nue était à peu près aussi excitant que de regarder une fille se faire épiler à la cire. Son corps perdait tout son affolant mystère.

– Good morning, ai-je lancé de ma place dans le lit.

– Bonjour. Comment ça s'est passé pour toi, hier soir ?

Elle pliait et dépliait le bras comme quelqu'un qui aurait tambouriné sur une porte au ralenti.

– Super. On a dansé.

– Oui, il adore ça, papa.

– Il adore danser avec des vieilles dames, c'est sûr.

– Ah... ! est-ce qu'il a beaucoup bu ?

– Deux fois plus que moi.

– Tu ne l'as pas empêché, alors ?

– Non. Et heureusement que Michel m'avait prévenu que votre père est d'humeur à flirter sérieusement, quand il a un coup dans le nez.

– Il a dit ça ? s'est-elle récriée, presque comme si Michel aurait dû conserver cette information pour lui seul.

– Oui, il a dit ça, thank God. Encore une chose à propos de laquelle c'est toi qui étais censée me mettre en garde, Florence.

Je voulais la fixer dans les yeux, mais mon regard est tombé sur un panorama complet de son entrejambe, car elle était occupée à écarter les cuisses en ciseau.

– Je te l'ai dit.

– Non ! Tu m'as juste dit qu'il devenait un peu bizarre quand il buvait. C'est vrai pour n'importe qui ! Mais en tout cas, s'il veut aller se soûler, à partir de maintenant, je ne lui tiendrai pas la main. Ou bien on sortira tous ensemble, comme ça toi et moi on arrivera peut-être à l'empêcher de draguer des danseuses folkloriques du troisième âge. OK ?

– OK.

Toujours très occupée par ses Pilates, elle a soulevé son derrière en l'air et l'a braqué vers moi. Apparemment, ce problème de communication entre nous ne lui faisait ni chaud ni froid.

Les trois ou quatre jours suivants ont passé presque comme si nous étions en vacances dans des stations balnéaires différentes. Je partais en vélo à la rencontre de la marée montante pendant que Florence utilisait la moitié de la production mondiale de crème solaire pour « glander » dans le patio, et que son père hantait les courts de tennis. Le soir, nous nous retrouvions pour dîner avec papa, que nous tentions plus ou moins subtilement de détourner de ses tendances éthyliques. Florence veillait à lui remplir sans arrêt son verre de Badoit pendant que je faisais traîner la bouteille de vin pour être sûr que nous n'aurions pas le temps d'en ouvrir une deuxième. Dompté, il ne manifestait plus le désir de faire la tournée des bars ou d'aller séduire les retraitées.

Florence et moi sommes allés en boîte deux fois. La première a présenté un certain intérêt sociologique, me donnant l'occasion d'observer des ados se frotter lubriquement les uns contre les autres tandis que le DJ ordonnait « Shake it, shake it, yéééé ! » sur fond de R'n'B français de piètre qualité. La deuxième, j'aurais pu aisément m'en passer.

Un matin, très tôt, je suis allé à la poste lire mes e-mails. Alexa m'avait répondu. Ignorant ma curiosité malsaine pour son malabar de copain, elle se contentait de remarquer plaisamment que les Ukrainiens et les Anglo-Saxons avaient de nombreux points en commun, par exemple la même passion pour le foot et l'alcool. Elle faisait à nouveau allusion au tournage sur lequel elle allait travailler et m'informait qu'une exposition de ses photographies allait bientôt se tenir à Paris. Il y en aurait une de moi qu'elle aimerait que je voie, disait-elle. Je ne me rappelais pas qu'elle m'ait jamais pris en photo. C'était sans doute pendant que je dormais. Il fallait seulement espérer que je n'étais pas en train de baver.

Une semaine s'était écoulée, exactement. À la fin d'un après-midi passé à braver les vagues, je rentrais à la maison en vélo lorsque j'ai ressenti des vibrations inhabituelles dans mon postérieur. Ce n'était pas mon téléphone portable transformé en suppositoire. Le problème devait venir de mon biclou de luxe. Et en effet. Le pneu arrière était à plat.

Comment était-ce possible, ai-je gémi en mon for intérieur, avec ces roues dignes d'un tracteur ? Comme je n'avais pas entendu de détonation, ni remarqué une brutale chute de pression, l'incident devait plutôt avoir pour cause une minifuite. Il me suffirait de regonfler le pneu pour atteindre le magasin et le faire réparer. Sauf que... le vélo avait un cadre en alliage pour fuselage d'avion à réaction, un guidon spécialement conçu par une équipe de kinésithérapeutes, des freins qui auraient pu arrêter un TGV, mais pas de fichue pompe ! Pis encore, la valve de la chambre à air était d'un type tellement nouveau et élaboré qu'aucun des cyclistes qui se sont obligeamment arrêtés pour m'aider n'est arrivé à la connecter à sa pompe, qui produisait chaque fois quelques sifflements creux au lieu d'opérer un bouche-à-bouche vital avec le pneu moribond. Et le pire du pire a été le moment où une snobinarde a fait halte sur son Raleigh moyenâgeux pour me blâmer d'avoir recherché le tape-à-l'œil technologique au lieu de faire confiance au bon vieil artisanat britannique.

– Et maintenant, il ne vous reste plus qu'à rentrer à pied en poussant votre œuvre d'art moderne, a-t-elle persiflé avant de repartir dans un tourbillon de copeaux de rouille.

Elle se trompait, pourtant. J'avais parcouru à peine deux cents mètres que j'ai vu arriver sur la route qui longeait la piste cyclable un monospace vert avec une plaque de taxi fixée sur la galerie. C'était trop miraculeux pour être ignoré. Bondissant sur la chaussée, je me suis mis à agiter les bras d'une manière qui, dans tous les pays du monde, signifie : « Si tu ne t'arrêtes pas, ton pare-brise sera bientôt couvert de sang et de cervelle. » Le chauffeur, un vieux gars vigoureux dont le crâne chauve était constellé de taches de rousseur, a passé la tête par la vitre :

– C'est Ars que vous voulez ?

– Oh oui ! ai-je répondu avec l'empressement de quelqu'un réellement en manque... d'*arse*.

– Parce que je vais pas plus loin, moi.

– Je... je comprends très bien ça. Je dois réparer mon vélo à Ars. Je suis crevé.

Il m'a aidé à fixer la bécane à l'arrière et nous sommes partis.

– Vous êtes anglais, a-t-il remarqué au bout d'un moment.

– Oui.

– Vous avez fait une erreur.

Laquelle ? D'être né outre-Manche ?

– Vraiment ?

– Eh oui ! Vous avez dit : « Je suis crevé. »

– Oui.

– Ça veut dire que vous êtes très fatigué. Il fallait dire : « J'ai crevé », pour « J'ai un pneu dégonflé »... Enfoiré !

L'insulte n'était pas dirigée contre moi et mon mauvais usage de la langue française, mais hurlée à un ado qui venait de bondir hors de la piste cyclable sur son VTT et de nous couper la route, passant à trois centimètres du pare-choc avant.

– Crever, ça veut dire mourir, aussi. Donc il était presque crevé, celui-là !

Nous avons ri ensemble de son bon mot. Désignant mon vélo d'un geste du menton par-dessus son épaule, il a remarqué :

– Belle machine.

– Vous aimez ? C'est trop compliqué.

– J'en ai un pareil. Tous les matins, quand je ne travaille pas, je vais me promener dans les marais avec. Et je m'en sers souvent pour aller à mon bateau, qui est ancré dans le chenal, là-bas.

Il m'a montré le bras de mer qui reliait le port d'Ars à l'océan. À marée basse, m'a-t-il expliqué, le niveau d'eau était si bas qu'il préférait amarrer son embarcation près de l'embouchure, pour n'avoir que quelques mètres à parcourir dans la vase ; ainsi, il pouvait sortir pêcher à tout moment.

– Vous êtes pêcheur ? ai-je demandé avec un étonnement un tantinet trop voyant.

Il ne ressemblait en rien aux accordéonistes folkeux que j'avais vus sur le quai, n'était pas affublé d'un caban ou d'un ciré, mais portait un très raisonnable tee-shirt à motif de bambou.

– En hiver. En été, je fais taxi.

– Vous vivez ici toute l'année ?

– Eh oui ! Toute l'année.

– Et vous avez un VTT, pas un de ces vieux machins que les gens aiment ici ?

– Ha ! (Il a lâché un rire si brusque et sonore qu'il a failli éclater le pare-brise.) Non. Tous les deux trois ans, je me paie un VTT à la fin de la saison, quand ils revendent ceux qui ont été loués pendant l'été.

Fabuleuse ironie, ai-je pensé. Quel dommage que mon vélo de science-fiction n'ait pas été équipé d'un minimagnétophone ! J'aurais pu apporter à Florence la preuve qu'elle s'endommageait le pelvis pour des prunes : les authentiques habitants de l'île appréciaient tout autant que moi les selles confortables et les chaînes bien huilées.

– Mais alors, où est-ce que les gens trouvent ces vieux vélos ? Ils sont importés d'Inde ou d'Afrique ?

– Ha ! a-t-il encore éructé. Pas une mauvaise idée ! Les Parisiens, ils paieraient n'importe quoi !

– Ou bien, il faut prendre tous les vélos de location et les laisser sous la pluie pendant l'hiver, ai-je suggéré. Comme ça, ils seront rouillés, et on peut les vendre aux snobs.

– On devrait en parler aux jeunes du magasin de vélos. Ça leur ferait un bizness de plus. Ha !

Un peu avant d'arriver en ville, il a obliqué dans l'une des pistes qui parcouraient les marais salants. Un grand ibis blanc s'est enfui à tire-d'aile, apeuré par la volumineuse voiture qui cahotait dans les ornières.

– Allez, on va prendre un verre !

– Euh... Et mon vélo ?

– Oh, la boutique reste ouverte tard. Allez !

Il s'est bientôt arrêté sur un parking où plusieurs véhicules plus tout à fait neufs étaient garés, en face d'une longue cabane en bois blanc. À côté du bâtiment, un réservoir à huîtres se remplissait lentement d'une eau verdâtre que laissait passer une petite écluse. Une pancarte accrochée au-dessus de la porte indiquait que la cabane était le siège de l'Amicale des pêcheurs.

Tout en longueur, la salle sentait le goudron, la crevette séchée et la bière éventée. À part quelques cages à homards qui venaient d'être réparées et entassées dans un coin, l'endroit ressemblait à un vrai café, avec un vieux comptoir en bois, un percolateur, une forêt de bouteilles, cinq ou six tables plastifiées, toutes accueillant un cendrier en leur centre. Répartis en trois groupes, les hommes présents buvaient, fumaient et parlaient, leur voix se réverbérant sur les murs en bois brut. Tous des vieux types solides, hâlés, bien conservés pour leur âge, à l'exception d'un vieillard à la peau diaphane et aux sourcils décolorés par le sel qui avait l'air d'avoir trois cents ans. Assis seul à une grande table, il laissait la fumée de sa cigarette monter jusqu'à une photographie de chalutiers imposants, en train de gagner le large : un souvenir du temps où la mer regorgeait de thons, par ici.

– Salut, Albert ! a hélé l'un des types dès que nous sommes entrés.

Mon sauveur, qui s'appelait donc Albert, a distribué des poignées de main en me présentant comme « un Anglais que j'ai trouvé sur le bord de la route ».

– Comment tu t'appelles, fiston ? m'a demandé un petit râblé au visage tanné par le soleil.

– Pol, ai-je répondu, histoire de simplifier les choses.

– Tu prends un verre, Pol ?

– Oui. Une bière, s'il vous plaît, et une aussi pour mon ami Albert.

– Ah non, pas de bière ! Sortez-nous le pineau !

J'avais déjà goûté cet alcool de la région, le pineau des Charentes, un vin qui était presque du cognac. Un truc sérieux. Le râblé s'est levé pour servir deux verres de pineau blanc bien glacé. Nous installant à la plus grande des tables, nous avons tous trinqué en nous regardant fixement dans les yeux.

– Aux VTT ! a proposé Albert en guise de toast.

Il leur a expliqué dans quelles circonstances il m'avait recueilli et ce que je lui avais dit au sujet des vélos rouillés. Une longue discussion a suivi, portant sur la question de qui avait réellement le droit de se revendiquer authentique autochtone de l'île. Même si certains de ces pêcheurs étaient nés sur le continent, le fait qu'ils vivent ici toute l'année les rendait de vrais Rétais, estimaient-ils.

– Et quand le pont a été construit, vous avez été contents ? leur ai-je demandé.

– Que oui ! s'est exclamé Albert, dont l'enthousiasme a reçu l'approbation du marin valétudinaire sous la forme d'un faible sourire. On était tous ravis, non ? (Les autres ont énergiquement hoché la tête.) C'était pas étonnant, que tous les jeunes s'en aillent... Tu imagines ? Une femme enceinte avec des complications, en plein hiver, elle devait attendre que le temps s'améliore un peu pour pouvoir être transportée à l'hôpital en hélicoptère...

– Les gosses s'en allaient, oui, a confirmé un autre. Ceux qui continuaient l'école après quinze ans, ils devaient aller sur le continent et ils finissaient par rester là-bas.

– Le truc, a continué Albert, c'est qu'il n'y a eu que les Parisiens pour dire que le pont rendait l'île moins « authentique ». Ils voulaient juste avoir la paix pendant le mois d'août. Et ils ne te le diront pas, mais en réalité ils sont tous très satisfaits, parce que maintenant ils peuvent garer leurs Range Rover devant leurs maisons de campagne. Dont la valeur a été multipliée par dix, grâce au pont.

– Nos maisons aussi, a remarqué l'ancêtre.

Cette remarque a provoqué des rires, une nouvelle tournée et plusieurs anecdotes à propos de simples cabanes de pêcheurs transformées en coûteuses villégiatures par les touristes. C'était l'opposé de ce qui arrivait à la malheureuse Corrèze.

– Mais on partirait pas d'ici, hein ? a demandé Albert aux autres. Non, le climat est idéal pour nos vieux os ! C'est un microclimat, tu comprends ? Il ne gèle jamais, sur l'île.

– Comme en Angleterre, ai-je avancé. Toujours le beau temps, là-bas...

Les Français adorent se moquer du climat anglais. Si un Anglais veut se rendre populaire, il n'a qu'à sortir une blague sur sa vie dans le brouillard et sous la pluie. Et ce même si le sud-est de l'Angleterre est beaucoup moins pluvieux que certaines régions du Sud français. Ma plaisanterie m'a valu un autre verre. Je me suis demandé qui allait payer pour tout ce pineau, et si Albert avait laissé tourner le compteur de son taxi. Mais le vin des Charentes ne vous laisse pas longtemps vous enfoncer dans la morosité.

– Hé, hé! (Albert venait d'avoir une idée.) Tu joues au baby-foot?

– Oui.

La maîtrise du baby-foot, comme celle du rock, est un élément indispensable de la vie sociale, en France.

– Allez, on l'installe!

En un clin d'œil, chaises et tables ont été poussées de côté tandis que deux ex-marins sortaient de l'arrière-salle un imposant baby-foot. Un tournoi a été organisé, opposant des joueurs réunis par paires. Je formais pour ma part une équipe internationale avec Albert.

– On va être les plus fair-play de tous, m'a-t-il affirmé d'un ton grave, puisqu'on a un Anglais...

Il m'a expliqué que les Français disent « jouer à l'anglaise » lorsque les concurrents s'abstiennent de faire virevolter les petits footballeurs de table sur eux-mêmes, ce qui n'est pas jugé « correct ».

– Oui, ai-je plaisanté, vous dites qu'on est bons joueurs, nous Anglais, mais c'est juste une façon polie de dire que nous perdons toujours...

Encore des rires, encore des verres. Et des parties acharnées. Et d'autres tournées. Le soleil déclinait peu à peu sur les marais salants. J'ai entendu le clocher de l'église sonner au loin, mais je n'ai pas pu compter. Était-ce six heures? ou sept? ou dix?

10

C'est une vérité éternelle qu'un homme ivre qui tente de regagner discrètement ses pénates se fait toujours surprendre. Je dis « homme », parce que je n'ai jamais connu de femme ivre essayant d'en faire de même : ou bien j'ai été épargné par la vie, ou bien elles sont beaucoup plus douées pour rester discrètes quand elles sont bourrées.

Moi, en tout cas, je n'y suis jamais arrivé. Ma seule chance de ne pas réveiller toute la maisonnée, quand je suis dans cet état, serait peut-être d'ouvrir la porte d'entrée, de la refermer doucement, de me pelotonner sur le paillasson et d'attendre que le courrier m'atterrisse sur la tête, le matin venu. Et encore.

Mais si on ajoute aux difficultés intrinsèques de l'opération le fait d'être déposé en pleine nuit par un groupe de marins-pêcheurs tout aussi pintés, d'essayer de faire passer par le portail un VTT qui semble s'être soudain transformé en poulpe géant, de tâtonner longuement à la recherche du loquet de la porte, d'aller chercher une torche dans la cabane à outils en renversant quelques étagères, puis de se prendre les pieds dans la première marche de l'escalier, de penser à retirer ses sandales une fois arrivé à l'étage seulement, et de les laisser tomber au rez-de-chaussée où elles exploseront sur le carrelage comme deux grenades à main, alors on peut être sûr de s'exposer dès le lendemain matin à une série de reproches véhéments.

De plus, j'aurais dû manger plus de bacon quand j'étais petit, parce que mon organisme, sans doute parce que dépourvu de la couche de graisse suffisante pour protéger mes reins ou mon foie, a tendance à succomber à une gueule de bois aussi destructrice qu'un char d'assaut. À ces moments, des missiles à tête chercheuse explosent dans mon cerveau, ma bouche est attaquée au lance-flammes et la bataille fait rage au sein de mon estomac pendant une journée entière. Il ne me reste plus alors qu'à rester étendu en espérant que la mort, ou au moins un tonneau de milkshake à la morphine, vienne mettre fin au supplice.

Florence devait ignorer la gravité de ces réactions physiques car l'aube pointait à peine qu'elle avait entrepris de me passer un savon monumental, soulignant ses récriminations par des coups de poing vengeurs sur le matelas, lequel s'agitait sous moi comme un cheval de rodéo. Ses mots me perçaient les tympans comme des clous.

– Où tu étais ? a-t-elle demandé. On a essayé de t'appeler du restaurant mais ton téléphone était coupé.

– Neu, ai-je marmonné.

Pas très éclairant, il faut reconnaître.

– Quoi ?

– Pneu. Vélo. Taxi. Pêcheurs. Baby-foot.

– Hein ?

– Cages à homards, ai-je ajouté dans mon désir de lui apporter des détails indispensables.

– Qu'est-ce que tu racontes, Paul ?

Était-elle bouchée à ce point ? N'avais-je pas déjà tout expliqué ?

– Je crevais...

– Hein ?

– Pneu... Vélo... Pffff...

– Ah, tu as crevé ?

– Yes.

Pour quelqu'un ayant des bombes qui explosaient dans sa tête et une pouliche de rodéo sur son lit, j'étais très heureux. J'avais mis les choses au point, enfin.

– Tu as crevé, d'accord, mais en quoi ça t'obligeait d'arriver ici après minuit, et complètement bourré ?

Le matelas s'est à nouveau cabré violemment.

– Café ? ai-je réussi à coasser. Please ?

– Pas tant que tu n'auras pas expliqué où tu étais.

– Où j'étais ? (La seule perspective d'une tasse de café paraissait m'avoir éclairci les idées.) Non, où tu étais, toi ? Si tu avais été avec moi, j'aurais été avec toi.

Bon, je n'étais évidemment pas revenu au mieux de ma forme intellectuelle, mais c'était une tentative, certes confuse, de faire remarquer à Florence que nous ne passions pas beaucoup de temps ensemble.

– Vous pouvez faire moins de potin, vous deux ?

Un Indien à la mine ronchonne et aux cheveux hirsutes, en pyjama de soie écarlate, était apparu sur le seuil de notre chambre.

– Oui, sorry.

J'étais bien d'accord avec lui : beaucoup trop de bruit.

– C'est déjà un problème de partager ma maison de vacances avec deux olibrius qui se croient invités à l'hôtel, mais j'apprécie encore moins d'être réveillé en pleine nuit par une bande de types beuglant le God Save the Queen, et qu'un d'entre eux essaie ensuite de démolir ma porte d'entrée.

– Oui, sorry, ai-je répété.

Son éruption s'étant éteinte d'un coup, il m'a laissé tranquille. En fait, il était bien plus facile à vivre que Brigitte. Ou que Florence, à vrai dire...

Quand j'ai repris conscience, une énorme tasse blanche flottait devant mon visage. Du café ! Mon cerveau embrumé a adressé quelques ordres hésitants au reste de mon corps : mise en mouvement du bras le plus proche de la table de nuit, entrée en contact des doigts avec ledit récipient...

La tasse était froide. Elle devait être là depuis un bon moment. Tant pis. Un homme affamé ne réclame pas que son premier quignon de pain après des jours de privation soit grillé à point. Mais essayer de boire du café en gardant la tête sur un oreiller révèle un défaut notable de l'anatomie humaine, à savoir que la bouche n'est pas située sur le côté, mais au centre du visage. Approchant la tasse tout près de ma caboche, que j'avais réussi à soulever de deux millimètres, je me suis versé la moitié de son contenu dans l'oreille droite. Bah ! ai-je pensé, ça finirait bien par couler sur mes lèvres. Ou bien par atteindre mon système nerveux à travers le canal auditif.

– Paul ! Tu m'écoutes, ou non ?

J'ai levé prudemment les yeux. Oui, en effet : durant ma piètre tentative d'absorption du café, j'avais noté une voix désagréablement forte dans la pièce, mais j'avais été trop accaparé par mon besoin de caféine pour y prêter attention. Debout près du lit, Florence avait l'air un peu floue, m'a-t-il semblé. Comme si elle couvait quelque maladie.

– Yes ?

– Il faut que tu descendes, tout de suite !

– Why ? Pourquoi ?

– Tes amis t'ont apporté un cadeau.

– Mes amis ?

– Les pêcheurs.

– Un cadeau ?

– Oui.

– Pas maintenant...

Même s'il s'agissait d'une paire des plus beaux homards jamais attrapés sur les côtes de l'Atlantique, cela pouvait attendre.

– Maintenant !

Florence a entrepris de me tirer vers l'effrayant précipice qui s'ouvrait au bord du matelas.

– Non, pitié ! J'ai crevé. Je suis la crève. Je...

– Paul ! Ça suffit !

Ce dernier sifflement avait de quoi vous glacer le sang, tel celui d'un cobra s'apprêtant à vous sauter à la jugulaire. Il m'a convaincu que je ferais mieux de bouger.

L'escalier était plus raide que dans mes souvenirs, et les murs avaient du mal à rester à la verticale, mais j'ai réussi à arriver en bas. Le carrelage de l'entrée était d'une délicieuse fraîcheur, sous mes pieds. J'aurais voulu m'allonger dessus et...

– Paul ! Qu'est-ce tu fous par terre ? C'est dehors !

Elle tendait le doigt vers le patio, où la lumière était si brutale que je ne pouvais rien distinguer. Est-ce que mes amis pêcheurs m'avaient apporté le projecteur du phare, et oublié de l'éteindre ?

– Sors, va voir !

Après quelques violents battements de paupières, j'ai réussi à distinguer ce que la courette contenait. Et ma première idée a alors été : « Ah, ils ont eu des bébés ! » Soigneusement empilés contre la porte de la cabane, il y avait en effet au moins sept vieux vélos rouillés. Certains avaient perdu leur selle, d'autres une roue ou le guidon. Tous les pneus étaient à plat, toutes les chaînes étaient lâches et orangées, mais il s'agissait incontestablement de bicyclettes. Ou de ce qui avait été des bicyclettes.

– Pourquoi ? ai-je demandé, surpris par la profondeur de ma question.

– En revenant de la boulangerie, je suis tombée sur plusieurs types dans la cour. Ton copain Albert m'a dit qu'ils ont inspecté leurs garages et leurs hangars à bateaux, et ceux de leurs potes, et qu'ils t'ont apporté tous les vieux clous qu'ils ont pu trouver. Je leur ai dit de déguerpir, mais ils n'ont pas voulu remporter ces épaves. Ils ont répété que c'était pour toi.

– Moi ?

– Tu leur as dit que tu voulais monter une affaire ? Vendre des vélos rouillés aux touristes ?

– Moi ?

– Oui.

– Non.

– C'est quoi, ce bordel ?

En tenue de tennis, devant le portail, papa braquait un regard stupéfait sur sa nouvelle nichée de vélocipèdes « authentiques ». D'un geste, Florence m'a cédé la responsabilité d'une explication.

– Je suis... j'ai crevé, ai-je avancé, content de maîtriser enfin cette subtilité de la langue française.

Le roi Charlemagne est entré dans une colère napoléonienne. Est-ce qu'il n'était pas accablé d'assez de fous à son travail pour devoir s'en coltiner d'autres pendant ses vacances ? Après avoir tenté d'empoisonner sa femme, voulais-je maintenant le supprimer en lui flanquant une crise cardiaque ? Entrait-il dans mes plans de me faire livrer une douzaine d'épaves de voitures, également, afin de remplacer l'auto toute neuve que je lui avais démolie ?

Ce flot de paroles a été interrompu par l'irruption d'une fourgonnette bleue décorée de bandes rouges et blanches sur son toit, qui s'est arrêtée juste devant la maison. Nos trois paires d'yeux se sont tournées vers un gendarme sorti du véhicule et occupé à visser un képi noir sur sa tête rasée. Il s'est approché, et a porté ses doigts à sa visière.

– Monsieur Bourbon ?

– Oui, a avoué Charlemagne à contrecœur.

– Vous êtes propriétaire d'une Renault Vel Satis ?

– Oui.

– Quelqu'un a porté plainte contre vous.

Florence et son père m'ont dévisagé comme si ce qui allait suivre était forcément de ma faute. Ce qui ne l'était pas du tout. Ou pas entièrement, du moins.

D'après l'exposé du gendarme, il s'avérait que le conducteur d'un 4 × 4 coréen rouge, injustement accusé d'avoir provoqué un accident, s'était finalement décidé à rompre le long silence qu'il avait observé quant aux circonstances exactes de la collision, et qu'il se sentait désormais dans l'obligation morale de révéler que la Vel Satis se déplaçait à une vitesse très supérieure à la limite légale lorsqu'elle s'était engagée sur le rond-point, rendant le choc entre les deux véhicules hélas inévitable. En conséquence, il avait résolu de porter plainte, et ce avec le soutien actif de sa compagnie d'assurances.

Mais ce n'était pas tout. M. Bourbon avait certainement entendu parler de la Vel Satis repérée ce même jour sur l'autoroute proche de Brive alors qu'elle avait dépassé les deux cents kilomètres-heure, a supposé le gendarme. Mais bien que les témoignages aient indiqué que cette voiture devenue folle était d'une couleur différente de celle de M. Bourbon, la maréchaussée française était maintenant obligée d'enquêter sur l'hypothèse que la « même » Vel Satis ait été impliquée dans les deux incidents. Pour commencer, les témoins visuels allaient être à nouveau convoqués et soumis à des tests oculaires, pour le cas où ils auraient été daltoniens.

À la fin du topo, la figure de Charlemagne avait viré à un rouge tellement profond que le plus daltonien des daltoniens n'aurait pu s'y tromper, cependant. Le volcan Charles allait faire éruption et emporter Ars avec lui.

Il a ouvert la bouche, et la première coulée de lave a jailli. Je n'ai pas essayé de lui apporter la contradiction, préférant attendre une accalmie. Sauf qu'il avait cette fois atteint l'activité d'un Vésuve et que j'étais son Pompéi. Lorsque son accès de rage s'est transformé en fureur destructrice moins désordonnée, il m'a regardé un instant avant d'édicter :

– Je suis désolé mais il y a trop de bordel, ici. Je te demande de quitter cette maison.

Le tutoiement ne laissait place à aucune ambiguïté : j'étais le seul banni.

– Mais papa..., a commencé Florence.

– C'est mon dernier mot ! l'a coupé Charles.

– C'est bon, Florence, suis-je intervenu. Tu restes, je m'en vais. De toute façon, il faut que je rentre à Paris pour voir ce que ton ami Nicolas fabrique.

J'ai tourné des talons instables et je suis retourné à l'étage.

Avant le début de la beuverie, Albert m'avait donné sa carte de visite avec son numéro de portable, en cas d'urgence. « Ars Taxi » : la raison sociale était plutôt appropriée, puisque c'était le moyen de transport avec lequel j'allais tirer mon cul loin d'ici.

III

Waterloo aux watères

1

Je suis rentré à Paris, seul, le jour que nous autres Anglais appelons nostalgiquement « Bastille Day » et les Français « 14 Juillet », tout simplement. Qui a dit que les Anglais étaient moins romantiques que les Français ?

Des avions de chasse striaient le ciel de traînées bleu, blanc et rouge, couleurs des macarons qui ornaient tous les lampadaires aux abords des Champs-Élysées, sur lesquels se massaient soldats, policiers et touristes agitant de petits drapeaux en attendant le défilé. Je suis resté dans le coin un moment, histoire de voir la cause de toute cette agitation, puis je suis reparti : des colonnes de chars envahissant le centre d'une ville ne constituent pas à mon sens un spectacle, mais une menace.

Pourquoi ne faisaient-ils pas défiler des vignerons, des footballeurs et des créateurs de lingerie féminine, me suis-je demandé ? C'est de ça que la France devrait être fière !

Ma déception s'est encore accrue lorsque je suis entré dans mon futur salon de thé : quatre murs nus, pas le moindre signe d'un début de travaux. Je n'ai pas maudit les artisans, cependant. En France, ils sont comme partout ailleurs. C'est un corps de métier qui forme une conspiration mondiale, de Manchester à la Mongolie. Partout ils ont sûrement recours aux mêmes méthodes : réclamer une avance avant de disparaître pendant un mois, laisser l'eau coupée un week-end entier, s'assurer que la tuyauterie est installée de telle sorte qu'il faudra casser tous les carreaux de la salle de bains pour intervenir contre la fuite la plus minime...

Mes artisans n'étaient pas à blâmer, donc : ils étaient aussi peu fiables que je m'y étais attendu. Non, celui que j'avais en ligne de mire, c'était Nicolas. Son boulot consistait à ne faire aucune confiance aux artisans et à les menacer de les conduire à la faillite jusqu'à ce qu'ils accomplissent ce qu'ils s'étaient engagés à faire. Mais l'ex-partenaire de Florence en galipettes érotiques s'était visiblement persuadé que sa mission se limitait à imprimer quelques crobars et à ajouter une exorbitante commission de dix pour cent aux devis présentés par les divers corps de métier.

Puisqu'il refusait résolument de répondre à mes coups de fil, j'ai décidé d'utiliser le seul et unique avantage à employer un architecte qui a jadis sauté votre petite amie – c'est-à-dire que je me suis arrangé pour que ce soit Florence qui lui fasse passer le message qu'il devrait se considérer licencié s'il n'était pas présent sur le chantier le lendemain matin, à huit heures et demie tapantes.

Le plan a marché comme sur des roulettes. Des roulettes qui grinçaient désagréablement, certes, mais qui ont rempli leur rôle.

Une demi-heure avant mon ultimatum, j'étais sur le chantier et, armé d'une massette et d'un ciseau de maçon, j'ai attaqué la grotesque mosaïque violacée qui s'étalait sur deux des murs. Ce n'était pas mon travail, certes, mais l'activité constituait un défoulement très bénéfique, un moyen de me libérer de toutes mes frustrations à propos du père de Florence, de la passivité de Florence et de l'ancien petit copain de Florence... Oui, Florence était décidément très présente dans mes pensées tandis que je cognais comme un sourd contre les parois.

À neuf heures moins dix, Nicolas a passé le bout de son nez patricien par la porte ouverte. J'avais prévu son retard : pour les êtres de son acabit, la ponctualité est un signe de faiblesse.

On aurait cru qu'il n'avait encore jamais vu une brique nue de sa vie. En découvrant le massacre auquel je m'étais livré, il s'est reculé comme s'il craignait de recevoir un coup de marteau sur la tête.

– Bonjour, a-t-il prononcé sans dépasser le seuil.

– Bonjour, Nicolas. Je suis très content de vous voir, enfin.

Malgré la chaleur humide, il portait une veste en lin crème sur son impeccable chemise blanche. Le genre de type qui mesurait toujours ses efforts pour ne pas avoir à verser une seule goutte de sueur. Pourquoi avait-il choisi un secteur d'activité aussi physique que le bâtiment, alors ? Mystère. J'avais l'impression qu'il aurait préféré être chef d'orchestre, par exemple, si seulement il avait pu s'épargner tous ces mouvements de baguette épuisants. Lorsqu'il avait étalé devant moi son premier croquis de rénovation du sous-sol, il avait caressé la feuille comme si c'était la partition d'une symphonie plutôt que le plan de futures toilettes.

Ce matin-là, pourtant, il m'a surtout rappelé l'un des hérons que j'avais vus dans les marais salants de l'île de Ré, avec son long cou blanc, ses jambes filiformes et ses mouvements prudemment étudiés.

Je n'ai pas pris la peine de lui tendre la main, tant il était évident que ses doigts ne consentaient jamais à toucher ce qui n'avait pas été préalablement essuyé avec une serviette aseptisée. Comme lors de notre échange téléphonique précédent, il a essayé de prétendre que nous n'étions que de vagues connaissances qui s'étaient retrouvées pour parler de leurs vacances.

– Oui, oui, Florence va très bien, l'ai-je rassuré en anglais. À cette heure, elle doit encore être au lit, en train de rêver de moi. Mais *moi*, je ne vais pas très bien, non. Je ne suis pas heureux, non. On a quinze jours de retard et il ne se passe rien. Où sont les ouvriers ? Where are the workers ?

– Ah, ze weurkaire ! a-t-il gémi sur un ton qui laissait penser que cette étrange catégorie humaine n'existait que pour rendre sa vie infernale.

– Oui, les ouvriers. Où sont-ils ? Vous ne pouvez pas les appeler et leur demander pourquoi ils ne sont pas en train de travailler ici ?

– Je le sais, pourquoi. Ils finissent un autre chantier.

Bien que n'étant pas du genre violent, j'ai commencé à visualiser le crâne distingué de Nicolas avec un grand trou dedans.

– Bien sûr qu'ils finissent un autre chantier, Nicolas ! C'est toujours ce qu'ils font. Mais votre travail, à vous, c'est de les amener à venir bosser sur *mon* chantier. C'est pour ça que je vous paierai.

L'emploi du futur était très calculé, ici. C'était une manière de lui faire comprendre qu'il ne devait pas se croire sur le point de palper son argent, et je lui ai accordé quelques secondes pour méditer cette mise en garde à peine voilée. Dès qu'il a ouvert la bouche, j'ai pris les devants :

– Vous allez les appeler tout de suite. Dites-leur que, s'ils ne commencent pas dès demain, ils sont virés.

Si j'avais approché de sa veste en lin un chiffon maculé d'huile de vidange, sa panique aurait été la même. Il s'est pratiquement pissé dessus.

– Je... je ne peux pas faire ça ! On ne trouvera jamais d'autres artisans !

– Je sais ça, Nicolas, et ils le savent aussi, mais on est en France, voyons ! Le seul moyen de les faire bouger, c'est de se fâcher. Conclusion : fâchez-vous, s'il vous plaît. C'est votre job.

Je dois reconnaître qu'il a bien joué son rôle, une fois lancé. Il a supplié, flatté, menacé, avant de finir en expliquant que son client « chiantissime » – un terme que j'ai aussitôt gravé dans ma mémoire – était prêt à annuler les travaux s'ils ne se pointaient pas à la première heure le lendemain. Quand il a employé ce qualificatif à mon encontre, il m'a demandé pardon du regard, mais je n'en ai pas moins senti qu'il n'y avait rien eu de plus sincère dans tout son discours. Et, franchement, je n'en avais rien à battre. Un an passé à Paris m'avait parfaitement mis en condition : je me moquais que les autres me détestent, tant qu'ils faisaient ce que je voulais.

Comme par miracle, une grande camionnette blanche s'est garée devant le local à huit heures du matin le lendemain, déversant sur le trottoir sa cargaison d'ouvriers et de matériel.

La force de travail était constituée par quatre gaillards polonais – Fred, Pavel, Stan et Stefan – qui à eux tous ne devaient pas posséder plus de cinquante mots de français. Qu'importe ! Leurs mains couvertes de cicatrices et leurs dos musculeux prouvaient qu'ils avaient l'expérience et l'énergie nécessaires à l'aménagement d'un salon de thé. Ils ont paru assez impressionnés que je sois là pour les accueillir, ma présence sur un chantier à une heure pareille et en plein mois de juillet étant sans doute ce qui tranchait le plus avec l'attitude du Parisien typique. Lorsqu'ils ont constaté que je n'allais pas dégager et leur laisser le champ libre, ils se sont montrés un peu moins ravis, mais j'étais convaincu que le seul moyen de venir à bout de ces fichus travaux était de rester sur place et d'aboyer sur tous ceux qui s'aviseraient de se diriger vers la sortie avant la fin de la journée.

– Nous faire plein de bruit, plein de merde, m'a prévenu le chef d'équipe, Pavel.

Il devait avoir trente-cinq ans mais sa voix était aussi éraillée que celle d'un sergent-major à la retraite.

– Parfait. Plus de bruit et de merde, ça veut dire plus de travail. Je dois ouvrir ce salon de thé le 1er septembre, moi.

– 1er septembre ?

Pavel a traduit cette bonne blague à ses camarades. Les trois autres, qui présentaient tous un teint gris comme le plâtre, se sont esclaffés.

– Je suis sérieux, les ai-je prévenus. C'est dans le contrat avec Nicolas, l'architecte.

– Contrat ? a grogné Pavel. Je dis toi quelque chose pour le contrat !

Dès qu'il a eu fini d'expliquer, que j'ai mesuré toutes les implications de ce qu'il venait de me révéler, j'ai tout de suite commencé à composer le numéro de Nicolas sur mon portable, en préparant dans ma tête la bordée d'injures françaises que j'allais lui servir. Puis je me suis ravisé. Non. Il fallait concevoir une stratégie en vue de régler mes comptes avec ce salaud. Oui, comme disent les Français : la vengeance est un plat qui se mange froid.

Les Polonais se démenaient depuis une semaine entière lorsque Nicolas a daigné effectuer une nouvelle apparition. On était passés de la phase de démolition accompagnée d'impénétrables nuages de poussière à celle consistant à remplir chaque millimètre carré du local avec tout le matos possible et imaginable, tout en gardant les impénétrables nuages de poussière.

Le futur salon de thé était ainsi envahi de piles de carrelage, de carreaux de plâtre, d'un comptoir en acier inoxydable qui restait à assembler et d'une cuvette de toilette périlleusement abandonnée en haut des escaliers conduisant au sous-sol, où les jurons polonais et la poussière de brique meulée étaient en plus grande quantité que l'oxygène.

Accablé d'ennui et de bruit, j'étais cependant plutôt satisfait en mon for intérieur : les travaux avançaient rapidement, et puis j'avais eu le temps de mettre au point la riposte que je réservais à mon filou d'architecte.

C'était un vrai lundi matin de juillet parisien, étouffant à souhait. À chaque week-end, la capitale s'était vidée un peu plus jusqu'à finir par ressembler à une station balnéaire hors saison. La boutique de fringues ringarde à quelques pas du salon de thé tentait d'écouler ses maillots de bain avant que les derniers citadins au portefeuille bien garni se joignent à l'exode. De l'autre côté, l'agence de recrutement n'avait rien d'autre à proposer dans sa vitrine que des remplacements saisonniers.

Comme Nicolas, fidèle à son habitude, ne jugeait pas nécessaire de mettre les pieds sur un chantier qu'il était pourtant censé superviser, je l'ai rejoint sur le trottoir, au pied d'un peuplier à l'air maladif. Même à l'ombre de ses branches, l'air restait brûlant, humide et chargé de la pollution automobile qui, tel un parfum bon marché, nous parvenait des Champs-Élysées perpétuellement embouteillés.

Avec mon architecte, j'ai commencé par les bonnes nouvelles, en le félicitant d'avoir si bien choisi les ouvriers. Sur ce point au moins, il n'avait pas foiré : non seulement ils étaient des as de la démolition mais ils avaient aussi accepté de renoncer à parler sur leur téléphone portable le temps de pousser une brouette chargée de sacs de ciment parmi les passants. Je n'avais en effet aucune envie de m'aliéner mes futurs clients en les envoyant à l'hôpital avant qu'ils aient eu la chance de goûter à leur première tasse d'authentique thé anglais.

– C'est bien, c'est bien, a lancé Nicolas à l'un des Polonais qui passait devant nous, mais son expression paternaliste s'est transformée en une discrète grimace de dégoût lorsque Pavel a fait flotter jusqu'à ses narines des effluves de sueur prolétarienne.

– Mais il y a une chose dont je dois vous parler, Nicolas.

– Oui ?

Il a pris un air préoccupé, montrant son noble front savamment plissé à une jeune touriste qui déambulait par là.

– C'est à propos de notre contrat.

– Oui ?

– Je crois qu'il y a une erreur.

– Hein ? Une erreur ?

C'était aussi vraisemblable qu'un Gaulois acceptant de boire du vin californien, à ses yeux.

– Venez à l'intérieur, je vais vous montrer.

J'avais apporté toute ma paperasse, protégée de la poussière par le sac-poubelle dans lequel je l'avais emballée, vestige de l'époque où je n'avais pas encore appris à éviter les étrons de chiens dans les rues parisiennes et où je circulais avec des sacs-poubelle par-dessus mes chaussures.

– Amenez-le ici, plutôt.

Repoussant ses cheveux longs et bien lavés derrière les oreilles, Nicolas a attendu que j'obtempère. Lorsque je suis revenu avec mon dossier, il parlait dans son Nokia dernier modèle. Il s'est hâté de lancer « oui, oui, OK » avant de refermer l'élégant appareil.

– Désolé, Paul, il faut que j'aille sur un chantier urgent.

« Quel mauvais menteur tu fais ! » ai-je pensé. Même les artisans évitent ce prétexte éculé, de nos jours. Parce que la riposte est trop facile.

– Vous en avez un ici, de chantier urgent !

– Pardon, vraiment. Je dois filer. Ciao !

Et il a pris ses longues jambes à son cou. Je n'ai pas essayé de le retenir. Il ne faisait que retarder l'inéluctable.

– Tu as dit à lui, ou non ? m'a interrogé Pavel, qui avait surveillé notre conversation planté sur le seuil du local.

– Non, pas encore.

– Quand tu dis à lui ?

– La prochaine fois. S'il ne fuit pas.

Nous avons observé en riant la silhouette qui filait telle une immense araignée sur l'horizon macadamisé.

– OK, boss. Maintenant, nous allons. On va acheter trucs.

– Vous partez ?

– Oui.

– Pas vous tous, quand même ?

– Oui, tous nous. On achète trucs très lourds. Après, c'est déjeuner. On revient deux heures. OK, boss ?

OK ou pas, ils étaient dans la camionnette avant que j'aie le temps de protester.

Mon téléphone a sonné environ une heure plus tard. C'était Florence. Depuis mon départ de l'île de Ré, nous nous étions parlé presque tous les jours, même si j'avais l'impression qu'elle n'était pas précisément enthousiasmée par ce que j'avais à lui raconter. C'était compréhensible : lorsqu'on est langoureusement étendu dans un jardin au bord de l'océan, il doit être difficile de partager l'allégresse de quelqu'un qui bondit de joie parce que quatre Polonais viennent de décharger un évier en inox de leur guimbarde.

Ce jour-là, cependant, elle a manifesté le plus grand intérêt pour un aspect spécifique de l'entreprise, à savoir le contrat avec Nicolas. Y avait-il quelque chose qui n'allait pas ? Elle m'a interrogé à plusieurs reprises à ce sujet. Notre ami l'architecte avait essayé de la sonder, c'était clair.

– Oh, c'est juste une petite question de dates, ai-je menti. Comme tu le sais, on est très en retard.

Mon instinct me recommandait de garder la vérité pour moi.

– Oui, mais bon, inutile d'être agressif avec lui, d'accord ? Tout va finir par se régler. Je le connais très bien, Nicolas.

« Trop bien, ai-je commenté en moi-même : C'est ça, le problème. »

2

Un mirage n'est pas une hallucination, on est bien d'accord ? Un mirage, c'est quand une réalité lointaine semble beaucoup plus proche. L'image de l'oasis à l'horizon, projetée vers le voyageur par les vibrations de l'air surchauffé.

Dans mon cas, l'illusion d'optique devait être produite par les gaz d'échappement en suspension au-dessus des toits en zinc de Paris, ai-je conclu. Car l'oasis venait d'être catapultée juste sur le seuil de mon futur fonds de commerce.

Les mots se sont échappés de ma bouche :

– I was just thinking about you...

Cet aveu que j'étais justement en train de penser à elle l'a fait rougir.

– Hello, Paul, a-t-elle soufflé.

Elle s'est penchée pour me donner un baiser, a eu un mouvement de recul en découvrant comme j'étais sale, s'est reprise et a pressé sa joue contre la mienne. La joue, pas les lèvres.

Alexa. Dès que je l'ai vue apparaître à l'entrée du chantier deux jours après ma tentative d'explication avec Nicolas, j'ai immédiatement compris qu'elle était en tête de la liste de ceux que j'avais envie de voir arriver. Personne n'aurait pu me faire

185

autant plaisir, à part peut-être John Lennon réincarné, pour qu'il me chante des chansons qui rendent mes journées moins longues et, au passage, autographie pour moi une guitare que je vendrais ensuite sur eBay.

Je suis sorti sur le trottoir pour mieux la regarder. Et elle valait le coup d'œil, croyez-moi. Pendant tous ces mois où je ne l'avais pas revue, elle avait changé. Sans doute sous l'influence de son séjour en Angleterre, sa coiffure était plus punk. Les Anglaises ne peuvent jamais laisser leurs cheveux tranquilles, comme le font les Françaises : il faut qu'ils soient « sculptés », « stylisés ». Alexa avait joliment sacrifié à cette tendance en ajoutant une touche d'écarlate au blond naturel de sa chevelure. Sa silhouette était toujours aussi fabuleuse, et elle ne paraissait toujours pas s'en rendre compte. Quoi, elle n'avait donc pas conscience que la lanière de son sac faisait jaillir en avant ses seins tel l'appuie-tête de mes rêves les plus fous ? J'étais presque certain que c'était la première fois que je la voyais en jupe sans collants. Là, ses jambes étaient laissées à la vue de tous, dans une merveilleuse nuance de... beige, oui. On dit souvent que le beige est une couleur passe-partout, mais sur ces gambettes elle était très, très exceptionnelle. Alexa aurait pu faire la couverture du magazine Beige is Beautiful.

– Tu as des jambes ! ai-je murmuré bêtement.

– Tu les connais déjà, Paul. Ou bien tu as oublié ?

– Non, non ! Bien sûr que non ! En fait, j'en rêve presque toutes les... Je veux dire que...

Heureusement que cet échange se déroulait en anglais, ai-je pensé. Personne ne pouvait nous comprendre, dans le coin. Stan et Pavel étaient là, et ils restaient obstinément près de la porte, simulant une intense discussion à propos de technique de pose des carreaux en ciment.

– Ta copine n'est pas là ? a demandé Alexa en scrutant le brouillard de poussière.

– Non... Elle n'est pas vraiment du genre à fréquenter les chantiers.

Elle m'a jaugé de haut en bas.

– Et toi, tu l'es ?

Et dire que j'avais cru passer pour un maçon chevronné...

– Ben oui, non ? Mais je suis aussi le genre à t'inviter à prendre un café, si tu veux.

– J'ai une meilleure idée. Je vais à une exposition, maintenant. Et si tu m'accompagnais ?

– Tes photos ?

– Non ! (Elle a lâché un petit rire.) C'est la nouvelle exposition Monet, au Grand Palais. Tu ne l'as pas encore vue ?

Le ton sur lequel elle m'avait posé la question laissait penser que toutes les espèces vivantes un peu plus évoluées que les crevettes s'y étaient rendues, ce qui me reléguait au rang du bulot, probablement.

– J'avoue que non. J'ai été légèrement trop occupé pour fréquenter les musées, ces derniers temps.

– Alors viens avec moi !

– Comment ? Dans cet état ?

La claque que j'ai envoyée sur mon jean a produit un bref geyser de poussière de plâtre.

– Mais oui ! Tout le monde pensera que tu es un sculpteur. C'est très chic d'aller à une exposition sale comme un peigne.

– Non, je ne peux pas. Les ouvriers vont tous se tirer.

Se tournant vers Stan et Pavel, elle leur a adressé un magnifique sourire avant de les interpeller en français, aucunement intimidée par les regards concupiscents qu'ils faisaient peser sur elle.

– Bonjour, messieurs. Je peux vous emprunter Paul un moment ?

– Oh ! oui, a soufflé Pavel, qui tâtait déjà les clés de la camionnette dans sa poche.

– On revient dans une heure, disons. Vous serez toujours là, pas vrai ?

– Oui, a fait Pavel. On est ici.

– Super. (Elle m'a lancé un clin d'œil.) Et voilà ! L'admirable naïveté de cette fille...

Nous n'étions qu'à cinq minutes à pied du Grand Palais, au bas des Champs-Élysées. Tout en foulant le trottoir chauffé à blanc, je n'ai pu m'empêcher de penser à quel point ce moment était différent de la manière dont j'avais paradé avec Florence à travers la bonne ville d'Ars. C'était une exposition en soi, du spectacle, alors que marcher en compagnie d'Alexa n'était rien de plus que cela : deux êtres en train d'avancer en bavardant, dont l'un semblait avoir échappé à une explosion dans une usine de farine.

– Donc tu habites Newcastle, maintenant ? lui ai-je demandé.

– Ah non ! Je suis à Londres. C'est de là que Youri, le copain de maman, dirige ses affaires. Il a une maison à Notting Hill.

– Notting Hill, rien que ça ! Chicos ! Et ton pote Sacha, c'est là qu'il vit aussi ?

Sacha, le costaud hilare sur la photo qu'elle m'avait envoyée par e-mail.

– Oui.

Ses yeux ont dérivé sur la vitrine du magasin Courrèges, une apothéose de nostalgie rétro, furieusement années soixante, des robes blanches exposées sur un fond blanc et baignées d'une lumière fluorescente blanche. C'était comme regarder à l'intérieur d'un nuage.

– Je voudrais prendre une photo, a annoncé Alexa en fouillant dans son sac.

Aussitôt, ses seins se sont agités si furieusement qu'il aurait fallu les saisir à deux mains pour empêcher Alexa de perdre l'équilibre.

– Mais tu ne vas rien avoir, ai-je objecté. C'est tout blanc !

– Justement. Mets-toi devant la vitrine.

Ainsi que je l'ai déjà souligné, elle ne m'avait jamais pris en photo, au temps où nous étions ensemble. Pas quand j'étais éveillé, en tout cas. Et maintenant, elle me souriait derrière son petit appareil digital argenté, tout en fredonnant *White Light, White Heat...*

– Comment tu me veux ?

– Comme ça. Les mains dans les poches, les yeux sur l'objectif... Yes ! (Elle a vérifié l'image sur l'écran miniature.) Super. Et maintenant, si tu veux, on va dans un café. Comme ça, tu pourras te nettoyer un peu avant d'aller à l'exposition.

J'en suis resté bouche bée, n'en croyant pas mes oreilles.

– Me... nettoyer ? Il y a cinq minutes, tu as dit que c'était très cool, que je sois sale.

– Et alors ?

– Alors tu m'as demandé de venir avec toi juste parce que tu voulais prendre cette photo, hein ?

– Mais non !

Elle a rougi, sans que j'arrive à décider si c'était sous le coup de l'embarras ou de l'irritation.

– Toutes ces foutaises que j'aurais l'air d'un artiste... Ce n'était que du barratin ?

Une partie de moi protestait : « Et puis quoi ? On s'en fout. » Mais l'autre ne pouvait résister à l'envie de la pousser dans ses derniers retranchements.

– Non. Quand j'ai vu cette vitrine, je me suis dit que ça ferait une bonne photo avec toi. Et après, j'ai pensé que tu ne voulais peut-être pas arriver couvert de plâtre dans un musée. C'est tout.

– Non, tu es comme Florence. Tu me pousses à faire des trucs bizarres pour t'amuser.

– De quoi tu parles, là ?

Elle m'a fait face, les mains sur les hanches, dans une attitude d'autodéfense agressive.

– En Corrèze, ils m'ont forcé à porter des fringues monstrueuses, ils m'ont fait patauger dans la boue, ils ont voulu me vendre des champs... J'étais le clown de la famille, du village !

– Eh bien, si ça se passe mal avec ta petite amie, Paul, ce n'est pas mon affaire. Elle, c'est elle, et moi c'est moi, pigé ? Je me suis dit que tout ce blanc, la boutique, toi, c'était intéressant, visuellement. Et basta.

– Ouais... Mais c'est la manière dont tu as dit : « Comme ça, tu pourras te nettoyer un peu. » (Sans aucun scrupule, j'ai affecté une voix haut perchée, et un léger accent français.) C'était tellement... condescendant. Genre, je ferais mieux de me laver pour ne pas que les gens puissent penser que tu fréquentes des sans-abri.

C'était à son tour d'être suffoquée. Mais elle a vite retrouvé l'usage de la parole.

– OK, Paul. Alors au lieu de « Tu pourras te nettoyer », je vais dire plutôt « Tu pourras... bugger off ! » C'est une des expressions que j'ai apprises en Angleterre. Bugger off ! Très bon, non ?

Comme pour me prouver qu'elle en saisissait parfaitement le sens, elle a en effet entrepris de bugger off, de foutre le camp. Sa jupe très seyante ondulait furieusement tandis qu'elle s'est mise à dévaler la rue François-Iᵉʳ. Ainsi que me l'avait appris Jean-Marie, mon ex-patron, c'était un roi français qui avait essayé de faire ami-ami avec Henry VIII mais auquel il avait été conseillé de bugger off. De toute évidence, son nom n'était guère propice à l'entente anglo-française...

– Alexa !

Par-dessus son épaule, elle a répété :

– Bugger off !

En la regardant s'éloigner de dix, vingt, trente mètres, j'ai compris qu'elle ne m'adresserait plus jamais la parole. Sa démarche, d'abord tendue et saccadée, s'est faite progressivement plus souple, plus lente, plus détendue, comme si mon souvenir glissait de son corps à chaque pas.

Elle a atteint le coin de la rue et elle a disparu. Pour toujours.

3

À qui revenait la faute de l'accident, je ne pourrais le dire.

Moralement parlant, c'était sans doute celle du conducteur du scooter, parce que, bon, n'importe quelle collision entre un piéton et un scooter qui se produit sur le trottoir est la faute de ce dernier, j'imagine. Que les scooters parisiens aient tendance à confondre les trottoirs et la chaussée n'enlève rien à ce constat.

Je dois tout de même préciser que celui-là ne circulait pas à proprement parler sur le trottoir, mais avait seulement bondi dessus dans le but de se garer à l'une de ces cartes touristiques en forme de raquette de ping pong que l'on trouve à tous les coins de Paris. Qu'il ait eu les oreilles prises par son iPod était cependant un facteur aggravant : s'il avait pu entendre l'Anglais poussiéreux en train de dévaler la rue François-Ier en hurlant « Alexa ! », il l'aurait peut-être évité.

Cette fois, j'ai été vraiment convaincu qu'Alexa était non un mirage, mais une hallucination. Ou bien un ange du ciel qui baissait les yeux sur moi, auréolé de soleil.

– Paul, are you OK ?

Sa voix semblait réelle, pourtant.

– I think so...

J'ai remué les doigts et les orteils en guise de vérification d'urgence. Tout avait l'air en place. Et ma vision n'était pas trop brouillée, puisque je distinguais très nettement les quatre jambes d'Alexa.

– Tu peux te mettre debout ? m'a-t-elle demandé.

L'inquiétude la rendait encore plus belle.

– Non.

– Non ?

– Je veux dire pas tout de suite, non. Est-ce que tu peux prendre une photo ?

– Une photo ? Maintenant ?

– Oui. De moi et du scooter. Au cas où je déciderais de traîner cet enfoiré en justice.

Tout en nettoyant mon coude écorché avec une serviette en coton trempée dans l'eau chaude d'une théière, elle m'a raconté comment l'accident était arrivé. Nous étions dans un café où le charme naturel d'Alexa nous avait instantanément attiré les bonnes grâces du serveur. Il s'était empressé de nous apporter deux bières glacées et ce pot d'eau brûlante en guise de trousse de secours.

– Je me suis retournée et je t'ai vu dégringoler la rue à toute vitesse. Tu as percuté le scooter, et là, tu as fait un saut périlleux.

– Un quoi ?

Elle a exécuté le geste par lequel les arbitres de basket-ball indiquent qu'un joueur a marché en tenant le ballon.

– Tu as fait une roulade juste entre le conducteur et le pare-brise. Tu as atterri sur tes pieds, mais là tu es parti en arrière, comme si tu étais surpris d'être encore entier.

– Et je l'étais. Surpris, je veux dire. Ouch !

L'écorchure était douloureuse, mais propre. La perspective d'une plaie ouverte sur un trottoir parisien envahi de bacilles échappés des merdes de chiens fermentant sous le féroce soleil de juillet n'avait rien de réjouissant.

Alexa a pris une longue gorgée de bière, puis :

– Bon, alors on y va, à cette exposition ?

– Quoi, tu veux toujours ? Avec moi ?

– Tu me courais après pour demander pardon de t'être comporté comme un crétin, non ?

– Oui.

– Alors allons-y !

Toutes les lois de l'univers me commandaient de l'embrasser, là, sur-le-champ. Le serveur qui nous observait de loin, son plateau vide à la main, paraissait me supplier du regard de le faire. Même les pépiements du moineau qui sautillait tristement près de la roue d'une Smart devant la terrasse semblaient dire : « Vas-y, bécote-la ! » Et Alexa qui essuyait la bière sur ses lèvres comme si elle les préparait à un baiser, ou étendait le restant de mousse dessus pour les rendre encore plus fraîches...

Et pourtant, je ne suis pas passé à l'acte. Une voix en moi me prévenait que, si elle n'avait eu pour but que d'effacer l'odeur de bière sur sa bouche, et si le moineau ne faisait que se plaindre de ne pas avoir la climatisation sous ses plumes, alors je passerais pour une complète tête de nœud lorsqu'elle se reculerait en me demandant pour qui je me prenais. Elle avait un nouveau copain, j'étais avec Florence. L'embrasser était hors de propos.

Oui, je me montrais beaucoup trop rationnel, je sais. Sans doute une réaction postraumatique.

Alexa me contemplait avec une expression de sollicitude qui appelait cruellement un baiser.

– Le salon de thé te donne des soucis, j'ai l'impression...

– Oui. Il y a tellement de trucs qui ne sont pas ma tasse de thé, et qu'il faut quand même avaler tout seul.

– Quand est-ce qu'*elle* va rentrer à Paris pour t'aider ?

– Quand l'horizon sera dégagé. Que la poussière sera retombée. Que ce sera prêt pour l'ouverture.

C'est tout ce que j'ai trouvé pour expliquer l'attitude de Florence. Elle n'aimait pas le désordre, la confusion. C'était une comptable, qui évoluait dans un monde de classeurs bien rangés et de colonnes de chiffres impeccables. Une fois que le salon de thé serait aussi rassurant que l'un de ses tiroirs, elle allait y prendre volontiers sa place. C'est ce que je supposais, en tout cas.

– Allons voir ces tableaux, a édicté Alexa. Ça te changera les idées. Et puis avec ton bras abîmé, maintenant, les gens vont croire que tu es un peintre spécialisé en happenings.

Malheureusement, la queue qui serpentait devant le Grand Palais avait les proportions d'un anaconda. Tous les estivants étrangers à Paris s'étaient apparemment donné rendez-vous sur le parvis du musée. Tablant sur le pouvoir d'attraction permanent des Impressionnistes, les responsables parisiens en avaient toujours au moins un à offrir dans quelque exposition thématique : les femmes de Renoir, les danseuses de Degas, les chaussettes de Manet... Tout était bon. Du coup, plus de deux cents personnes attendaient en file indienne pour voir Monet et des peintres moins connus qui partageaient l'affiche avec lui. Les amateurs d'art

195

s'abreuvaient d'eau minérale, se frictionnaient d'écran total ou cuisaient passivement sous le soleil. Des groupes d'Américains équipés de matériel de camping conçu pour la jungle et de chaussures de marche ultracompensées côtoyaient des familles anglaises dont les enfants obèses se dépêchaient de lécher leurs énormes cornets de glace avant qu'ils ne fondent sur leur bras plus rouges que des écrevisses, et une douzaine d'autres catégories touristiques. Tous plantés là avant Alexa et moi. La journée était fichue, me suis-je dit, mais mon ex m'entraînait déjà vers l'entrée.

– Viens ! Je suis abonnée, m'a-t-elle expliqué en brandissant une carte plastifiée.

– Mais moi non...

– Non, toi, tu es un artiste. Allez !

Ça a marché, en plus. Elle a servi un baratin au type de la sécurité, qui était trop cool et trop fasciné par son corps féminin pour prendre la peine de demander plus d'explications. Au guichet des admissions, par contre, les choses ont été moins simples.

– S'il n'a pas la carte de la Maison des artistes ou des Beaux-Arts, il ne peut pas entrer sans payer, a annoncé la préposée, cheveux noirs et raides, lunettes à monture noire carrée et âme plus noire que la poix, dont la froideur était peut-être accrue par le petit climatiseur personnel qu'elle avait installé par terre à côté d'elle et qui lui soufflait une brise rafraîchissante sous la jupe.

– Mais *c'est* un artiste, a insisté Alexa. Il n'a pas de carte sur lui, il est en plein travail !

J'ai levé mon coude devant elle, preuve éloquente que j'étais capable de souffrir pour mon art, mais elle s'est contentée du haussement d'épaules parisien classique, confortablement consciente de ce que sa fonction professionnelle se limitait à rester perchée sur sa chaise pivotante et à se laisser climatiser le popotin jusqu'à la fermeture du musée.

– Vous ne pouvez pas le laisser passer ? C'est un artiste anglais, je voulais lui montrer de la grande peinture française...

Sans qu'elle s'en rende compte, Alexa donnait une telle vue sur son anatomie en se penchant au-dessus du comptoir pour plaider ma cause qu'elle aurait obtenu des entrées gratuites pour nous et nos familles élargies respectives si cette femme avait eu les tendances sexuelles adéquates.

– Non. J'ai besoin d'une preuve quelconque.

Elle était intraitable. Alexa a laissé échapper un petit piaulement de désespoir.

– Mais on va devoir faire la queue pendant des heures !

L'employée a levé un sourcil.

– Pourquoi ça ? Vous n'avez qu'à aller payer là-bas...

Nous avons tourné la tête vers la rangée de caisses vitrées où les visiteurs, autorisés à entrer par groupes de trois ou quatre, attendaient pour acheter leurs billets. Géniale, cette femme ! Il nous a suffi de traverser le hall, de nous placer dans la queue la plus courte, et au bout de trois minutes, j'étais en règle. Dans un pays où éviter les files d'attente est un sport national, nous venions de gagner la médaille d'or.

L'exposition elle-même s'est révélée décevante : une énorme toile où le vieux Monet, déjà presque aveugle, avait barbouillé ce qui aurait pu être aussi bien des nénuphars que des blessures par balles ou les conséquences d'une bataille de tartes à la crème, ainsi que divers paysages de la France du xixe proposés par des peintres qui croyaient que les arbres étaient des choux. La brochure certifiait qu'ils étaient tous « des artistes, plus ou moins doués, qui s'étaient libérés des limites réductrices de l'atelier ». Je me suis dit qu'il était regrettable que plusieurs d'entre eux ne se soient pas carrément libérés de la nécessité de peindre.

Pendant que nous nous déplacions, les gens me regardaient fixement, le sourire aux lèvres. Alexa avait vu juste : ils pensaient être en présence d'un artiste et de sa muse. J'ai fait de mon mieux pour prendre un air inspiré, sculptant le vide de mes doigts comme si un tableau ou un autre venait de me suggérer une idée plastique. Cela m'avait valu plusieurs gloussements d'Alexa, et même un complet inconnu qui a insisté pour me prendre en photo. « C'est chouette, la vie d'artiste », ai-je conclu.

Nous approchions de la sortie, et j'étais en train de penser que j'avais eu mon compte de rigolade artistique pour la journée, quand Alexa, m'obligeant à retourner au tout début de l'exposition, s'est laissée tomber sur un banc juste en face du Monet.

– Alors, qu'est-ce que tu en penses ?

Ah ! Trouver une remarque intelligente, et vite...

– Eh bien, j'aime les Impressionnistes, oui. Les cafés, les pique-niques, tout ça... C'est joyeux, c'est frais, non ?

– Si, a-t-elle approuvé en souriant.

J'avais touché juste, visiblement. Elle a levé à nouveau son regard sur le tableau.

– C'est plein de joie, oui.

– Exactement. It's so French.

– Tellement français ? Tu penses que nous sommes tous joyeux, alors ?

– Non, je veux dire, c'est tout un style de vie, quoi.

– Un style de vie ?

Elle a interrompu sa contemplation des nénuphars, ou des pâtés de crème à la fraise, ou de ce que ça pouvait bien représenter.

– Mais oui. Je me rappelle une fois, quand j'étais au lycée. Avec ma classe, je suis allé voir une exposition impressionniste à Londres. Ce qui m'a frappé, à part toutes les nanas bien en chair, c'est qu'ils avaient l'air de s'être amusés, en peignant ça. Ils ont inventé un style de tableaux qui ne demandaient pas trop de temps, comme ça ils pouvaient les terminer rapidement et se remettre à picoler de l'absinthe.

– Quoi ?

Ce n'était visiblement pas ce qu'Alexa avait appris pendant ses études aux Beaux-Arts.

– Oui. Tiens, quand tu prends ce gars qui a peint des centaines de danseuses de french-cancan...

– Toulouse-Lautrec ?

– Exact. Quelle meilleure excuse pour traîner dans les bars en lorgnant sous les jupes des filles ? Et l'autre, celui qui est parti vivre à Tahiti...

– Gauguin.

– Oui ! Lui, il est allé tout au bout de la logique, non ? Ce qui l'intéressait, c'était d'aller sauter plein de femmes tropicales.

Alexa a lâché un petit rire dédaigneux :

– Ah, merci beaucoup pour cette nouvelle interprétation de notre histoire de l'art, Paul ! Monet a inventé l'impressionnisme parce qu'il aimait trop les pique-niques...

– Ne te méprends pas sur ce que je dis. Je respecte tout à fait ça. La plus notable contribution britannique à l'art, dernièrement, a été de découper des vaches en deux. Si j'étais vraiment un artiste (là, j'ai baissé la voix, ne voulant pas décevoir mon public), je serais impressionniste. Peindre un pique-nique, c'est autrement plus sympa que d'attaquer le bétail à la tronçonneuse, tu ne penses pas ?

J'espérais qu'elle m'approuverait, sur ce point, mais pour l'heure elle me considérait comme si j'étais un tableau, moi aussi, cherchant des symboles et un sens dans ce qui n'était peut-être pour elle qu'un amas de taches informes.

– Je pense que tu as raison, a-t-elle fini par annoncer.

– C'est vrai ?

– Oui. Monet n'est pas allé jusqu'au point de vendre son vieux plumard en tant qu'œuvre d'art mais il a fait un premier pas dans cette voie, c'est sûr.

– Oui ?

– Mais oui. Le lifestyle français ! C'est la base, c'est l'essence ! Tu viens de me donner une idée fantastique.

– Moi ?

– Oui. Pour une série de photos, ou... Non ! (Elle avait crié si fort que les gens se sont retournés, cherchant à voir qui était en train d'essayer de la violer.) Un film ! Un documentaire ! Oui !

Ce « Oui » était si énergique que les gens ont voulu constater ce qui justifiait un consentement aussi enthousiaste, maintenant.

– Un film ?

– Oui ! Ah, c'est génial !

Et elle m'a embrassé.

Il faut croire qu'il existe un type de baiser particulier qu'une fille réserve à un garçon qui vient de lui donner une idée de documentaire. En plein sur les lèvres, aussi mouillé et passionné que s'il venait de lui déclarer sa flamme, mais totalement dénué d'érotisme. De la part de la fille, en tout cas. Et il ne dure qu'une seconde, puis la vie reprend son cours.

Dehors, la fournaise avait baissé d'un ou deux degrés au fur et à mesure que les rues basculaient dans l'ombre. Nous sommes retournés au salon de thé en gardant une distance convenable entre nous, disons vingt centimètres.

Alexa a été sincèrement étonnée de constater que les ouvriers s'étaient éclipsés.

– Oh! ils ne sont pas là!

– Non, et ça leur arrive souvent de ne pas être là. Il va falloir que je téléphone et que je hurle un peu pour qu'ils viennent plus tôt, demain.

– Ah, d'accord... Bon...

Elle est restée debout devant moi, ne sachant pas comment prendre congé. J'ai posé une main chaste sur son bras, effleuré ses joues de la mienne.

– Il faut qu'on se revoie, pour que tu m'expliques tout à propos de ce documentaire.

– Oui, oui... Mais je dois retourner à Londres demain. C'est l'anniversaire de Sacha, il doit y avoir une grande fête.

– Ah bon? Il va avoir dix-huit ans, c'est ça?

Remarque très mesquine, je sais...

– Ha, ha! Non. Vingt et un.

– Eh ben...

Elle en avait vingt-trois, elle, et elle faisait déjà dans les petits jeunes... Super.

– Je t'appellerai quand je reviens à Paris.

– Ce serait bien.

– Bon...

Elle a hoché plusieurs fois la tête avec les sourcils levés, cette mimique chère aux acteurs américains lorsqu'ils n'ont plus rien à dire mais que le réalisateur n'a pas encore hurlé : « Coupez ! » J'ai décidé de mettre fin à sa torture.

– J'ai été très content de te voir, Alexa. Merci d'être passée et de m'avoir fait oublier un instant mes problèmes.

« Tout en en ajoutant d'autres », ai-je complété en mon for intérieur.

4

Ce qui est bien, quand on est dans les problèmes professionnels, c'est qu'ils ne laissent pas le temps de réfléchir à tous les autres genres d'emmerdements dans lesquels on serait tenté de se fourrer.

Pendant les quinze jours suivants, je n'ai pas eu d'autre choix que de me concentrer entièrement sur la rénovation du salon de thé. Et ça a payé : peu à peu, sous les coups de marteau et de truelle de Pavel et Cie, l'endroit a commencé à prendre tournure. Avec quelques crises, bien sûr, comme le jour où nous avons découvert que les toilettes dessinées par Nicolas auraient contraint les clients à monter sur la cuvette s'ils voulaient fermer la porte, mais nous y avons répondu en faisant appel à notre bon sens, lequel était bien moins coûteux que les conseils experts de l'architecte.

Chaque soir, je sortais la serpillière et je nettoyais les lieux afin que ma main-d'œuvre y voie clair à la reprise du travail le lendemain. Une fois, j'ai capté une odeur bizarre qui semblait venir de l'arrière de l'évier en inox resplendissant qui avait été installé depuis peu. Il m'a fallu une demi-heure de contorsions diverses, avec tout le torse passé dans un placard, pour localiser la source de la puanteur. Croyez-moi : avoir à recueillir avec les doigts les restes d'un casse-croûte d'ouvrier vieux de deux semaines a de quoi vous rappeler pourquoi vous vous satisfaisiez de la morne tranquillité de la vie de bureau, dans le temps.

C'était à cette même confortable routine que Florence allait renoncer en venant travailler au salon de thé avec moi et, les jours passant, je percevais toujours plus clairement qu'elle ne se rendait pas compte dans quels draps elle était sur le point de se fourrer. Comme à son habitude, elle préférait fermer les yeux devant les difficultés à l'horizon, alors que de mon côté je commençais à me dire, et ce avant même d'avoir servi la première tasse de thé, que le partenaire commercial dont j'avais besoin – si tant est que j'en aie eu vraiment besoin – devrait au contraire garder les mirettes bien ouvertes.

Je discernais maintenant que le secret de la survie d'un petit commerce reposait essentiellement sur la volonté de travailler sept jours sur sept, vingt-quatre heures sur vingt-quatre, et d'enregistrer les moindres détails relatifs au fonctionnement de l'affaire dans son cerveau déjà en ébullition. La gestion du salon de thé allait être comparable à courir un marathon tout en jonglant avec dix assiettes de spaghetti, et la dernière chose que l'on souhaite, lorsqu'on est engagé dans un tel défi, c'est la présence de quelqu'un désireux de vous le tirer des poils des aisselles.

Par exemple, je voyais très clairement ce qui arriverait si j'essayais un soir de passer commande d'un lot de cuillères en plastique sur Internet. Florence se lèverait d'un bond en s'exclamant : « J'en ai marre de tout ça ! Allez, on sort ! » Moi aussi, je serais las, mais il serait inconcevable de me détendre avant d'avoir terminé ce que j'avais à faire. Ça serait le seul moyen de parvenir au stade où nous serions en mesure de payer quelqu'un d'autre pour commander les fichues cuillères.

Bref, je voyais la catastrophe arriver, et la moitié la plus honnête de moi-même me recommandait d'assumer cette réalité : « Florence et toi en vacances, c'est – presque – super, mais pour le reste ça ne peut pas marcher. »

Il y avait néanmoins un obstacle logistique majeur à lui annoncer que tout était terminé entre nous : à Paris je vivais chez elle, sans payer de loyer. En la quittant, je deviendrais un sans-abri. Et la dernière fois où j'avais tenté de me trouver un logement à Paris, le désastre avait été tellement cuisant que je n'avais ni le temps ni l'énergie de répéter cette lamentable aventure. Conclusion, il fallait que je serre les dents et que je me taise, quitte à me transformer en infâme hypocrite. En m'observant dans la glace des toilettes à moitié achevées du salon de thé, j'essayais de prendre l'air désinvolte d'un titi parisien en lançant à mon image : « Hypocrite, mouaaa ? » Vachement convaincant.

Je ne vois rien d'autre que ce masochisme intrinsèque qui puisse expliquer ce qu'a été ma décision suivante : aller prendre quelques affaires de première nécessité chez Florence et m'installer à la dure au sous-sol du salon de thé.

Comparé au luxe orgiaque de l'immense lit de Florence, un sac de couchage sur le sol en béton de la cave était notablement inconfortable, et cependant j'ai découvert que je dormais mieux sur une conscience tranquille que sur son coûteux matelas. Plus important encore : libéré de toute dette morale envers Florence, j'étais maintenant prêt à tendre mon piège à Nicolas.

Dès le lendemain matin, dans notre français à la syntaxe hasardeuse mais bien suffisant pour comploter ensemble, Pavel et moi avons mis au point la machination. Il allait téléphoner à Nicolas en lui demandant de passer au salon à cause d'un problème de dernière minute avec les « watères », comme disent les Français de la vieille école. Il lui raconterait que j'étais parti en voyage – une visite surprise à l'île de Ré ? – et qu'ils ne pouvaient donc pas me consulter à ce sujet. Et, dès que l'architecte véreux pointerait son nez, je lui tomberais sur le râble.

– Bon plan, OK plan, a approuvé Pavel, son éclat de rire cruellement sardonique résumant très bien notre état d'esprit commun.

C'est donc avec la joie maligne d'un garnement farceur que je me suis assis sur les WC du sous-sol dans l'après-midi, en attendant que mon complice pilote amène Nicolas jusqu'à moi. Sur mes genoux se trouvaient son contrat ainsi que le devis fourni par Pavel. En les relisant encore, j'ai été plus que jamais convaincu que l'architecte méritait le sérieux coup dans les plumes qui l'attendait.

Il est arrivé avec vingt minutes de retard, évidemment, mais j'ai fini par entendre leurs voix en haut, puis leurs pas dans l'escalier.

– Oh ! bonjour, ai-je susurré lorsque Nicolas a ouvert la porte du chiotte.

Ses yeux paniqués et ses narines palpitantes se sont abaissés en hâte au niveau de mon entre-jambe, pour vérifier si je pouvais être réellement en train de poser ma prune.

– Je croyais que... ?

Il s'est interrompu, déjà conscient d'un traquenard. Un rapide regard par-dessus son épaule lui a prouvé qu'il lui serait impossible de se débiner comme il avait coutume de le faire, car Pavel et ses camarades avaient pris place sur les marches tel le public d'un reality show tourné dans une cave.

– Non, non, je suis ici. J'aime venir dans les toilettes pour lire.

J'ai levé devant lui les deux documents à comparer. Il a été frappé de stupéfaction, n'arrivant pas à deviner comment j'avais pu me procurer le devis.

– Je... je ne comprends pas.

– Ça, c'est votre contrat, avec le devis pour les travaux et votre dix pour cent. Et ça, c'est le vrai devis de Pavel pour les travaux. Mais son devis et la somme que vous donnez sont très différents, vous voyez ?

J'avais révisé tout le vocabulaire technique français dont j'allais avoir besoin avant cette petite explication. Dans la langue de Voltaire, l'anglais estimate est « devis », qui présente une nette ressemblance avec « deviner ». Les Français ne racontent pas d'histoires, sur ce plan ; pour eux, un devis est aussi incertain et imprévisible qu'un acte divinatoire.

– Il t'a... Il vous a donné son... ?

– Mais oui. Et il dit que ce n'est pas la première fois que vous jouez ce petit jeu avec lui.

– Mais je...

« ... suis un enculé de voleur ? » aurais-je voulu compléter, mais c'était une repartie que je n'avais pas assez bien préparée.

– Je suis désolé, Nicolas, mais j'ai fait un deal avec Pavel, après avoir vu ça. Je vais payer son devis, plus un bonus s'ils terminent à temps. Vous, je vous donne une somme pour votre travail sur les plans et pour votre gestion avant les travaux, et rien de plus.

– Vous...

J'ai avancé une main poussiéreuse assez près de sa veste en lin noir pour le dissuader de m'interrompre.

– Vous avez dit à Florence que vous faisiez un « prix d'ami », mais vous vouliez nous arnaquer.

Je tenais ce dernier mot, extrêmement pratique dans la vie courante en France, d'un ami absolument dénué de sens pratique, à savoir Jake, le poète américain.

– Je... Vous ne pouvez pas faire ça ! On l'a signé, ce contrat !

Ah, ah... Le supercool Nicolas était capable de s'échauffer, lui aussi.

– Le contrat dit que les travaux commençaient à cette date. (J'ai tapé du doigt sur le feuillet correspondant.) C'était faux. Le contrat dit que vous supervisez le chantier. Vous n'êtes jamais là. Et le contrat donne un devis qui est erroné. De plus, le plan des toilettes était complètement absurde. C'est uniquement grâce à Pavel et à moi que vous avez pu ouvrir la porte pour me trouver ici.

Il est resté à sa place, bouillant de rage. Il me serait sans doute tombé dessus s'il n'avait pas craint de soulever trop de poussière.

– Voilà. (Je lui ai tendu deux autres documents.) Ça, c'est un nouveau contrat, avec mes conditions. Et ça, c'est une lettre que je vais envoyer à l'Ordre des architectes de France si vous ne signez pas le contrat.

Il ne leur a même pas accordé un coup d'œil, préférant fulminer d'un ton plein de rancœur.

– C'est de la jalousie ! Vous êtes jaloux qu'elle ait eu une histoire avec moi.

– Peut-être. Je n'aime pas l'idée que vous ayez baisé Florence, c'est vrai. Mais j'aime encore moins que vous essayiez de me baiser, moi.

Il a interprété de travers mon sourire : j'étais juste content d'avoir pu sortir une phrase aussi compliquée en français, mais dans son arrogance il a dû penser que j'étais en train d'imaginer avec délectation une partie à trois entre Florence, lui et moi, car il a levé un sourcil hautain, comme pour dire : « Dans tes rêves, oui ! Tu as vu ta dégaine de plâtrier ? »

– Vous allez me payer tout ce que vous devez, ou vous aurez des ennuis !

Sur cette menace, il a entrepris de grimper l'escalier en se faufilant entre les ouvriers aux traits épanouis. Il avait les fesses farouchement serrées de celui qui sait que son mouvement de retraite est observé par quatre prolos polonais. Elles se sont crispées encore plus lorsque son public a éclaté d'un rire tonitruant.

5

Le meilleur moment pour envahir la France? Chaque premier mercredi du mois, à midi tapant. C'est alors que toutes les sirènes antiaériennes se mettent à ululer d'un bout du pays à l'autre, superbement ignorées par les Français. Une force d'invasion par les airs disposerait de plusieurs minutes avant que quiconque se rende compte qu'il ne s'agissait pas de l'exercice d'alerte mensuel, et que d'authentiques chasseurs-bombardiers frôlaient la tour Eiffel.

Le premier mercredi d'août serait idéal : à ce stade, les classes dirigeantes ont quitté Paris en masse, parmi lesquelles tous les ministres en exercice, barricadés dans leurs maisons de vacances où ils oublient jusqu'à ce que le mot « politique » peut signifier. Il y a quelques années, la France a été touchée par une canicule qui a fait tomber les personnes âgées comme des mouches, notamment celles laissées seules à Paris par leurs familles parties en vacances. Les rares médecins et infirmières restés en service dans la capitale ont supplié le ministre de la Santé de décréter un état d'urgence, mais sa réponse a été, grosso modo : « Ici, sur la Côte, on a une brise très agréable, alors qu'est-ce que vous avez à chouiner ? » Deux cents ans après la Révolution, l'esprit du « Qu'ils mangent de la brioche ! » règne toujours. Ou plutôt « Qu'ils se rafraîchissent avec des brumisateurs d'Évian », dans le contexte que je viens d'évoquer.

Ce premier mercredi d'août, donc, j'ai eu l'impression que toutes les sirènes sonnaient pour moi, surtout.

Non seulement je passais mes nuits sur un matelas gonflable au sous-sol d'un interminable chantier, mais il ne me restait qu'un mois avant l'ouverture supposée du salon de thé et je n'avais encore ni personnel, ni mobilier, ni menus puisque l'imprimeur ne cessait de me renvoyer des projets remplis de bourdes orthographiques. « Hand sandwich » à la place de ham sandwich ? Qui voudrait manger de la main plutôt que du jambon ? « Hot buttered stones » ? Des pierres chaudes beurrées, quand il était question de servir des scones ?

Pis encore, Pavel et sa troupe s'étaient volatilisés après avoir héroïquement conduit le salon de thé tout près de son aspect final. Apparemment, notre complicité en vue de démasquer le vil Nicolas n'avait pas été suffisante pour les faire renoncer à l'immémoriale tactique de l'artisan rénovateur : tout-laisser-à-moitié-terminé-de-sorte-que-le-client-est-tellement-soulagé-de-vous-revoir-enfin-qu'il-se-fiche-que-les-finitions-soient-bâclées.

C'était un exemple très frustrant de *renovatus interruptus*.

Dehors, l'air était assez brûlant pour cuire des asperges à la vapeur, et ce n'était pas mieux dans l'aquarium pas encore climatisé qu'était le futur salon de thé. Si mes gars avaient terminé l'installation électrique au sous-sol, le local lui-même, là où je devais travailler, restait une forêt de câbles attendant d'être connectés, de sorte que je ne pouvais même pas brancher un ventilateur portable.

Et qui ai-je vu entrer, soudain ? Michel, le frère de Florence, aussi insouciant que d'habitude, parfaitement équipé contre la chaleur avec une ample chemise tropicale et un pantalon en coton indien. Lançant un regard circulaire, il a eu un hochement de tête approbateur :

– You have made big progrès, Paul. Congratulations !

– Merci, mais le progrès ne progresse plus, ai-je répondu en français. Je suis comme une jeep bloquée dans la merde : impossible de continuer, impossible de descendre pour pousser.

Il a tripoté une guirlande de câbles inutiles, en électricien admirant l'ingéniosité d'un confrère à laisser un chantier en carafe.

– No, but I like the floor, very cool. Et le bar, là. Plein de space. It will be a good café.

– Thanks.

Mais il n'était pas venu que pour admirer mon nouveau carrelage. Il se faisait du souci, m'a-t-il confié, passant au français pour mieux s'expliquer : chez Florence, il avait remarqué plein d'affaires à moi mais aucun signe de leur propriétaire.

– Je savais que tu n'étais pas à Ars, mais alors où ? je me suis demandé. Ça fait deux jours que je crèche dans l'appart, et aucun signe de toi, donc j'ai pensé que...

Il a penché la tête de côté, tel un épagneul attendant que son maître prononce le mot « promenade ». J'ai compris où il voulait en venir. Il avait dû interroger Florence à mon sujet, obtenir une réponse pleine de perplexité stupéfaite, et les deux avaient alors conclu que j'avais fugué avec quelque nana.

– Je dors ici, en bas.

– Ici ?

Avec une grimace dubitative, il a contemplé le décor résolument peu accueillant du local.

– Oui. Il y a une salle de gym de l'autre côté des Champs-Élysées où je vais prendre une douche tous les matins. Je me suis acheté un matelas gonflable. J'ai quelques fringues, un sac de couchage, l'essentiel, quoi. Ça me va.

– Ah ?

Il aurait voulu poser les questions cruciales, mais il ne savait comment s'y prendre et ça le tarabustait : est-ce que j'allais retourner à l'appartement ? Est-ce que ma liaison avec Florence continuait, ou appartenait déjà à l'histoire ancienne ? Il s'est remis à tripoter les câbles électriques, cette fois en formant une branche de corail avec les trois fils qui émergeaient du trou ménagé pour une future prise. Et si ceux-là étaient déjà reliés au secteur, me suis-je soudain demandé, m'attendant presque à humer une désagréable odeur de chair humaine brûlée qui ne manquerait pas de faire fuir mes premiers clients. Mais il faut croire qu'il devait connaître son métier, puisqu'il est resté indemne et, me lançant un coup d'œil :

– Si tu as besoin d'aide...

– Quelle aide ?

– Pour l'électricité. Je suis à Paris car j'attends un boulot. Un nouveau film qui est déjà en route. Mais, en ce moment, je suis fauché, parce que je n'ai pas eu mes heures.

– Tes heures ?

– Oui. Dans l'industrie du spectacle, si tu travailles un nombre d'heures suffisant dans l'année, tu touches le chômage pour le reste du temps. Très bien payé. Mais si tu n'as pas fait assez d'heures, tu reçois que dalle.

Il préférait clairement parler des trucs de sa profession plutôt que de ma dangereuse relation avec sa sœur, au point de s'asseoir et d'entreprendre de me dépeindre l'incroyable système d'intermittence du spectacle que les Français ont inventé pour leurs stars de cinéma. Beaucoup d'acteurs à succès reçoivent de l'État des allocations calculées sur leur dernier cachet, lorsqu'ils n'ont pas de travail. Résultat, ils palpent les mêmes sommes dans tous les cas, qu'ils bossent à un tournage ou qu'ils se prélassent sur leurs yachts à Saint Tropez.

– Même chose pour les réalisateurs, les scénaristes, tout le monde. C'est pour ça qu'on veut tous travailler dans le cinéma. Mais à condition d'avoir assez d'heures.

Il a pris l'air navré de quelqu'un qui n'est pas encore assez grand pour arriver à la clé du placard à bouteilles.

– Eh bien oui, j'ai besoin d'un électricien, comme tu le vois, lui ai-je avoué.

– Combien tu me paierais ?

– Combien tu prendrais ?

Lorsque je me suis remis de mon attaque cardiaque après avoir entendu son tarif horaire, il m'a assuré qu'il pouvait terminer toute l'installation en deux jours pour le prix d'un seul, payable en liquide.

Et c'est ainsi que mes premiers entretiens de recrutement, dans l'après-midi, se sont déroulés tandis qu'un électricien indien s'activait de-ci de-là, preuve vivante que My Tea is Rich – tel était le nom de mon bouiboui – était une entreprise dynamique, sans cesse en mouvement. Le personnel était choisi alors que le salon de thé prenait forme sous ses yeux. Certes, Michel pouvait donner l'impression aux candidats que, sous ma férule, il

214

était très acceptable de bosser torse nu et en chantant faux, mais j'étais tellement content de voir à nouveau les choses avancer que je ne m'en suis pas soucié.

À la tombée du soir, nous n'étions pas peu fiers des résultats respectivement obtenus, Michel et moi. J'avais reçu pas moins de sept garçons et filles, dont deux seulement avaient été mis en fuite par mes erreurs grammaticales et ma stricte politique antitabac. Il avait quant à lui branché toutes les lumières, et même réussi à démarrer la climatisation. Nous avons résolu de fêter ça en allant dîner ensemble.

C'est ce moment que Florence a choisi pour téléphoner à son frère et lui demander un rapport complet. Michel lui a révélé où je dormais, ajoutant : « Oui, tout seul », puis « Oui, je suis sûr ! » Emporté sur sa lancée, il lui a raconté qu'il était avec moi et, pis encore, ce qu'il venait d'accomplir. Je l'ai vu se troubler, murmurer un « Pardon », puis il m'a passé son portable.

– Hi Florence, how are you ? me suis-je informé d'un ton qui se voulait très copain-copain.

– Tu fais travailler Michel au salon de thé ?

– Oui. C'est que les ouvriers n'avaient pas ter...

– Alors tu vires mon ancien petit ami et ensuite tu te sers de mon frère ?

– Me servir de lui ? Je le paie !

– Je ne savais pas que tu étais comme ça, prêt à exploiter les gens.

– Exploiter ?

J'ai lancé un regard incrédule à Michel, qui a secoué la tête comme pour dire : « Ah, les sœurs, toutes pareilles ! »

– Oui ! Nicolas se donne un mal de chien pour toi et maintenant tu essaies de lui refuser son dû !

– Je lui paierai ce qu'il mérite, pas ce qu'il a essayé de m'arnaquer.

– Si tu ne lui donnes pas ses dix pour cent, il va t'attaquer en justice.

Tiens, tiens... Le héron s'était semble-t-il montré très précis, en pleurant sur l'épaule de son ex-petite amie.

– S'il m'attaque, il perdra encore plus d'argent. J'ai la preuve qu'il a cherché à me rouler.

– Franchement, Paul ! Tout ce à quoi tu penses, c'est au fric et aux affaires.

Un argument pareil valait-il la peine d'être relevé ? Sans doute, puisque j'ai répliqué :

– Je reconnais que je suis assez concentré sur l'idée de ne pas envoyer aux chiottes tout l'argent que j'ai emprunté, oui. Des chiottes que ton cher Nicolas n'a même pas été capable de dessiner correctement, soit dit en passant.

Si notre histoire n'était pas déjà morte, elle a pris un vilain coup dans les roustons lorsque Florence m'a raccroché au nez.

6

Est-ce que les gens jouent encore au jeu de l'oie ? J'imagine que non : c'est beaucoup trop simple pour être transposé en jeu vidéo. Et pourtant la même sensation m'est revenue de mes jeunes années, quand on tombe sur « retour à la case départ ». Ou même avant celle-ci, parce qu'à mon arrivée à Paris au mois de septembre précédent j'avais un travail et un toit, au moins. Désormais, j'étais sans logement, et sans autre activité que de dépenser l'argent que j'avais emprunté. La seule chose qui n'avait pas changé, depuis le début, c'était mes catastrophiques histoires d'amour. Une fois encore, je me retrouvais en pleine shit sentimentale.

Qui était le pire choix pour confier mes problèmes de cœur, à part la mère de Florence, peut-être ? Assurément Jake, le poète beatnik et déjanté. Mais vu la crise de masochisme aigu que je traversais alors, il était somme toute très logique que je l'appelle. C'est ce que j'ai fait. Nous sommes convenus de nous retrouver le soir même, pour voir un spectacle ensemble dans ce qui, selon ses dires, était « une completely géniale boîte », à Belleville.

Il m'a fixé rendez-vous dans un café tunisien au coin d'une allée marchande du siècle précédent qui avait vu des jours meilleurs, je veux dire des jours où elle accueillait encore des marchands. La boîte en question était au fond de ce passage, m'a-t-il expliqué.

Dans cette portion de Belleville coincée entre l'effervescence mercantile de République et la zone très animée des restaurants chinois un peu plus haut, l'accumulation de magasins de pacotille importée et de gargotes, l'humidité étouffante et la lumière crue des néons vous donnaient l'impression d'évoluer au milieu de la médina de Marrakech plutôt qu'à quelques jets de pierre de la Seine. Des femmes voilées passaient furtivement, des groupes de mecs discutaient ferme en arabe sur les trottoirs.

Jake m'avait appris qu'il vivait maintenant dans le coin, ayant emménagé avec la dernière en date de ses copines.

– Hey, Paul! a-t-il hélé dès qu'il m'a vu arriver de la station de métro, et j'ai eu l'impression que tous les passants s'arrêtaient pour voir qui il appelait.

Il était habillé à l'orientale, avec une longue chemise flottante à col brodé alors que tout le monde autour était vêtu à l'occidentale. En concession à la chaleur étouffante, sans doute, il avait raccourci ses cheveux raides qui faisaient sur sa tête comme un bonnet de douche blond. Il paraissait plus qu'à l'aise, vautré sur une chaise en osier, un imposant narguilé marocain s'élevant entre ses jambes étendues.

– C'est légal, ce machin? me suis-je enquis en m'asseyant à sa table.

– C'est only du tobacco, man. Essaie.

Il m'a tendu le bec en cuivre qui terminait le tuyau mais j'ai refusé d'un geste : j'avais déjà les poumons suffisamment cramés par l'air brûlant de la rue.

– Allez, be cool ! Faut s'intégrer !

– Si tu insistes...

Saisissant le bout du narguilé, j'ai soufflé dedans, ce qui a provoqué un joyeux bouillonnement dans le réservoir d'eau et une grimace sardonique de Jake.

– T'es pas serious, man !

Il a aspiré une longue bouffée, comme pour prouver aux badauds qu'il prenait très au sérieux l'art d'avaler de la fumée à travers une paille, lui.

– What are you up to these days, Jake ?

Ce qu'il faisait de beau ces derniers temps, il me l'a détaillé dans son sabir franco-américain habituel. Il continuait à enseigner l'anglais, certes devant des classes aux trois quarts vides car ses élèves, adultes suivant des cours de perfectionnement professionnel, étaient pour la plupart partis en vacances. Il prévoyait d'abandonner l'enseignement, de toute façon. Son plan supposait de « reculer pour mieux avancer », une formule qui devait certainement avoir un sens, dans son impossible jargon, mais qu'il s'est refusé d'expliquer « pour l'instant ». En ce qui concernait sa vie sentimentale, il était présentement en ménage avec une femme originaire d'Algérie.

– C'est une valve, a-t-il précisé.

– Une quoi ?

– You know. Merde, comment c'est ? Dead husband ? Ah oui, une veuve.

– Widow.

– Yeah. Widow. Shit. Tu as déjà essayé une valve ?

– Non. Je me limite aux nanas de ma génération, habituellement.

– Yeah, well, she's seulement quarante, mais
elle fait plus vieux because elle a eu trois kids. En
tout cas, elle sait comment take her foot !

– Take her foot ?

Et pour le mettre où, exactement ?

– Mais oui, « prendre son pied », tu comprends ?
Comment on dit ça en anglais, déjà ?

Je lui ai dit que je n'avais pas vraiment envie d'y
penser. J'avais assez de soucis avec mes propres
tendances masochistes perverses pour éviter de
m'intéresser aux formes d'autopunition pratiquées
dans d'autres continents.

– Anyway, comment ça va for you, Paul ? Not
très bien, I think ?

– No, not very bien at all.

Tout en hochant la tête comme un sage de tribu
et en suçant son bec de cuivre, il m'a écouté lui
narrer mes doutes à propos du dernier coup de fil
de Florence et des seins hallucinatoires d'Alexa.
Le temps de me confier, la rue s'était encore
assombrie, les moustiques s'étaient enhardis et
j'avais sué par tous les pores le thé à la menthe que
j'avais commandé.

– OK, if I comprends well, a finalement relevé
Jake, tu as cassé avec une girlfriend who is French,
and tu bandes pour une ex-girlfriend who is French
aussi. It is évident pourquoi tu es in the shit : tu
dois élargir ton geographic horizon !

J'ai été tenté de pisser dans son narguilé afin de
donner à son tabac la saveur de mon incommensurable dédain.

– Ouais, merci du conseil, Jake. Préviens-moi
quand tu arrêtes d'écrire de la poésie et que tu te
mets aux bouquins de développement personnel,
OK ? Bon, et ce concert, c'est quoi ?

– Une chanteuse de jazz lituanienne.

– Du jazz lituanien? Ça ressemble à quoi?

– I don't know. Probably à du jazz estonien.

Voilà ce qui arrive lorsqu'on pose des questions idiotes...

– Tu peux faire la différence entre les deux?

– Oh yeah! Tu vois, les French, ils ont aucun goût for music. Ils savent pas distinguer what's good and what's merde. Résultat, ils écoutent tout et n'importe quoi. C'est pour ça que la world music a un succès not possible en France. Because ils arrivent pas à choisir. Alors moi, j'écoute la musique d'everywhere.

– Ouais. Et, à chaque concert de world music, c'est des femmes de nationalité différente qui viennent? C'est pour ça que ça te branche?

– Exact.

– Mais je croyais que tu étais maqué avec une Algérienne?

– Oh, elle est cool avec mon poésie project, à condition que je bring pas les meufs à la maison. Hé, Mokhtar!

Il a agité le bras et le jeune serveur est sorti prendre l'argent des consommations. Brusquement, je me suis dit que Jake était génétiquement programmé pour se balancer de tout. Si les moustiques qui vrombissaient autour de nous absorbaient une seule goutte de son sang, ils se mettraient à penser que la vie est trop courte pour s'enquiquiner à piquer les humains et ils décideraient d'aller plutôt se rafraîchir avec un bain de pied dans le caniveau. Il suffirait que l'Organisation mondiale de la santé envoie ce mec en tournée dans le tiers-monde pour qu'il fasse disparaître la malaria.

La boîte de nuit en sous-sol était aussi fraîche que l'intérieur d'un réacteur d'avion. Grâce au plafond bas peint en noir et aux spots braqués sur la scène, la chaleur tropicale du dehors frôlait ici la température de la surface du soleil. Avant même de m'écrouler en nage sur un tabouret du bar, j'avais le haut de mon jean trempé de sueur.

Sur l'estrade, un micro solitaire, une batterie de taille modeste et une contrebasse attendaient. Je me suis dit que tout cet équipement allait fondre d'une minute à l'autre. Mais Jake ne regardait pas dans cette direction, lui : il avait les yeux fixés sur l'entrée.

– C'est forcé qu'il y ait des Lithuanian women, right? Peut-être même des Latviennes, aussi. Il faut que tu ask the question à toutes les women que tu croises.

Et donc, tandis que la cave s'emplissait peu à peu et que nous luttions contre la déshydratation en nous enfilant des bouteilles de bière qui semblaient s'évaporer avant d'avoir touché nos lèvres, je me suis amusé à demander à chaque nana qui entrait quel était son pays d'origine. La plupart d'entre elles étaient françaises, bien sûr, trois ou quatre seulement se sont offusquées que je les interroge à ce sujet. Mais le fun s'est arrêté pour moi dès que la chanteuse, une maigrichonne qui biberonnait de la vodka, est montée sur scène.

Je suis persuadé qu'il existe des divas authentiques en Lituanie, mais celle-ci était plutôt du genre serial killer de mélodies : elle ululait, vrombissait, tonnait, au point que même sous la cuirasse protectrice d'une dizaine de bières et des vapeurs du hasch que tout le monde fumait autour de moi j'ai été gravement affecté par son déchaînement unilatéral contre *Summertime*, devenu dans sa bouche « Sommerr-tam »,

– J'en ai un, ai-je soudain annoncé à Jake, alors plongé dans une conversation animée avec une fille aux traits indiscutablement slaves.

– Un what ?

– Un poème pour toi : « C'est l'histoire d'une chanteuse de Tbilissi, /Qui piaillait que the living is easy... »

Il m'a arrêté avant que je puisse continuer un tel affront à la littérature mondiale.

– That is merde, man. Tbilissi, c'est même pas in Lithuania ! Tu es shit en géographie.

Comme c'était vrai ! me suis-je dit en moi-même. J'arrivais tout juste à me rappeler où je vivais, ce qui est toujours un signe qu'il est temps de rentrer chez soi. Par ailleurs, toute cette thématique Europe de l'Est commençait à me déprimer. J'en venais à soupçonner la chanteuse de glisser du jazz ukrainien dans sa prestation, rien que pour me narguer.

Un taxi m'a ramené au salon de thé, où je me suis jeté de tout mon long sur mon matelas pneumatique, me rappelant trop tard que je ne l'avais pas regonflé avant de sortir. Quand on est masochiste, c'est pour la vie.

7

La question, c'était de savoir s'il fallait ou non compliquer la vie d'Alexa en lui annonçant la grande nouvelle : tel un tableau de Picasso emprisonné pendant cinquante ans dans le coffre-fort d'un collectionneur privé, Paul West était de retour sur le marché. Accessible à la plus offrante. S'il prenait à Alexa l'envie de m'embrasser encore, elle ne devait surtout pas s'inquiéter de me donner mauvaise conscience.

Avant que j'aie pu résoudre ce dilemme, c'est elle qui m'a téléphoné pour me communiquer ses propres informations : elle était à Paris.

— Tu ne veux pas passer me voir ? a-t-elle suggéré. Je suis sur le tournage, là. On a des vraies movie stars françaises, tu sais ?

— Où est-ce ?

— À la Bastille. Alors, tu viens ?

— Yeah. Super.

— Et apporte des cartes de visite. Tu arriveras peut-être à décrocher un contrat pour fournir l'équipe en snacks et en boissons. Le café est tout simplement atroce, ici.

Sorti du métro, j'ai tourné le dos au nouvel Opéra de Paris... Enfin, pas si nouveau, en fait, parce qu'il paraissait déjà plus décati que le Palais-Garnier, lequel était pourtant d'un siècle son aîné. Plusieurs de ses entrées avaient été transformées en pissotières pour sans-abri, un escalier monumental servait maintenant aux touristes de zone de pique-nique, et tout un pan du bâtiment était couvert de filets destinés à empêcher la chute, potentiellement mortelle pour des passants innocents, de plaques entières de revêtement. Il devait avoir été conçu par le professeur d'architecture de Nicolas, ai-je pensé avec un petit rire intérieur.

J'ai longé une longue vitrine qui présentait des canapés en cuir blanc, des guépards en porcelaine grandeur nature et des lustres compliqués qui auraient été jugés too much dans une soirée de travestis en l'honneur du groupe Abba. C'était l'un des derniers vestiges de l'époque où le quartier abritait toute une corporation de fabricants et de vendeurs de mobilier. Une fois où j'étais passé par là avec Florence, en route vers une boîte latino, elle n'avait cessé de se lamenter sur la disparition des artisans et de se récrier devant les « horreurs » exposées dans les rares magasins de meubles restants. Désormais, la rue était bordée de boutiques de grandes chaînes internationales et de quelques génies de la fringue tricolores, dont un immeuble gothique Jean-Paul Gaultier sur le perron duquel un sans-abri surexcité avait élu domicile. Était-ce qu'après ses campagnes de pub mettant à l'honneur des marins aux joues de chérubins, le cher Jean-Paul avait décidé de partir dans un look nettement plus hirsute-crado ?

Je suis entré dans une ruelle latérale où la tendance était plutôt aux cafés branchés et aux boutiques de mode de taille plus modeste. Le soleil tombait droit entre les façades rapprochées, surchauffant le macadam dans ce passage sans air. J'avais l'impression d'avancer dans un tube de purée de piments, mais tout cela a changé dès que j'ai poussé un portail banal, après une centaine de mètres. Il dissimulait une allée privative en pavés, flanquée de vieux immeubles et conduisant à un jardin peuplé d'arbres. La vigne qui courait sur les façades blanches semblait exhaler des bouffées d'oxygène. Ici, point de frime mais de vrais ateliers d'artisans : on apercevait des feuilles de cuir coloré suspendues en liasse dans le studio d'un relieur de livres ou, dans un hangar rempli de chaises à moitié terminées, des pièces de bois ouvragé qui attendaient d'être vernies et assemblées.

Mais où était l'équipe de tournage ? J'ai avisé une jolie fille au visage arrondi qui était en train de rêvasser, assise sur un vieux chariot. En m'approchant, j'ai noté qu'en plus de très longues jambes nues et d'un short moulant elle avait un talkie-walkie à la main. Bon signe.

– Bonjour. Le film, il est là ?

La question sonnait assez bizarrement, je dois dire. On aurait cru un type entrant dans le sex-shop où il a réservé un DVD « sur commande uniquement ».

– Pourquoi ? a-t-elle susurré.

– Je veux Alexa...

Ce qui aurait pu être un bon titre, pour le fameux DVD cochon.

– Ah oui, Alexa !

Ce qui aurait pu être ma meilleure réplique, dans le film.

Toujours à voix très basse, elle m'a expliqué qu'elle devait attendre le signal off avant d'envoyer un message à Alexa, car ils s'apprêtaient à tourner une scène. « Ils » devaient opérer en sous-

226

sol, me suis-je dit, puisqu'il n'y avait personne en vue, pas même le reflet de projecteurs derrière l'une des vitres autour de nous.

– Combien de temps ?

Elle a haussé les épaules.

– Je ne sais pas. Vous pouvez attendre avec moi, si vous voulez.

Je me suis demandé comment sa contribution allait être formulée au générique. Chef contrôleuse de chariot ? Ou chef mouleuse de short, puisque le sien était ultratendu sur des cuisses soyeuses et rondes qu'elle a entrepris de gratter consciencieusement avec l'antenne de son talkie-walkie.

– Vous êtes son petit ami ? m'a-t-elle demandé en me jaugeant ouvertement, ses yeux s'attardant sur la bosse, que j'espérais de taille adéquate, sous mon caleçon de surfeur.

– Non.

Je lui ai rendu la politesse, consacrant un agréable moment à admirer le décolleté en triangle qui découpait son haut en Lycra orange. Elle portait au cou un petit crucifix en pierreries et Jésus baissait un regard décidément peu chrétien sur le creux succulent entre ses seins.

– Non, c'est vrai, vous n'avez pas l'air ukrainien, a-t-elle remarqué. (Je me suis demandé quelles proportions gigantesques ma bosse aurait dû avoir pour me valoir pareil honneur.) Et vous n'êtes pas français, si ?

– Non. Anglais.

– Ah oui ? Vous pourriez m'apprendre ?

La question paraissait venir directement du DVD de cul, elle aussi : la fille aux yeux de biche cherchant un maître en science de l'amour...

Quand on est un Britannique en France, c'est une requête que l'on entend très souvent : « Apprends-moi l'anglais. » Lorsqu'elle provient d'une femme, il s'agit souvent d'une proposition codée à laquelle on est censé répondre en la contemplant avec des yeux pétillant d'ironie et en lui demandant ce qu'elle est prête à vous apprendre en échange. J'aurais préféré que ce soit Alexa qui me le propose, mais pour l'heure elle était trop occupée à étudier la voyellisation d'Europe centrale en parcourant de sa langue les cordes vocales d'un amant ukrainien.

– Tu as vraiment le temps d'enseigner l'anglais, Paul ?

Arrivée derrière moi sans crier gare, Alexa m'a épargné la difficulté d'une réponse. Elle portait un short militaire et ce qui aurait pu être un haut de bikini vert si l'agrafe du dos n'avait pas été remplacée par une bande de tissu. Elle exsudait l'érotisme terrifiant de la fille qui baise régulièrement, et bien, avec un autre homme que vous. Après un chaste baiser réciproque, elle m'a présenté à Virginie, qui avait semble-t-il dépassé depuis longtemps le stade suggéré par son prénom.

– See you letter, m'a lancé cette dernière dans un anglais adorablement approximatif tandis qu'Alexa m'entraînait un peu plus loin dans l'allée.

– Où est-ce que vous filmez ? l'ai-je interrogée.

– Chut ! L'assistante de direction va se mettre en colère, si elle nous entend. Même quand la caméra ne tourne pas, il faut se taire. C'est une salope. Elle nous a dit qu'on devait aller dire de la fermer aux gens qui parlaient dans l'allée. J'ai pensé que ce devait être toi qui étais arrivé.

Elle a poussé une autre porte sans prétention qui donnait sur un autre havre ombragé, trois maisons à la façade entièrement vitrée le long d'une courette paisible, elle aussi pavée. Une foule de jeunes à demi nus étaient assis sur des caisses d'équipement métalliques. Un torrent de câbles jaillissait de l'un des perrons, courait le long de la cour et allait se jeter dans un escalier en pierre qui devait sans doute conduire à un studio souterrain. J'ai distingué le sommet de sculptures métalliques émergeant d'une flaque de lumière blanche.

– C'est là que sont les stars, a chuchoté Alexa. Il ne faut faire aucun bruit !

Elle m'a attrapé par le bras comme s'il y avait un vrai risque que je me précipite au milieu de tout ce monde pour me lancer dans ma version karaoké de « I Will Survive », fausses notes comprises.

– Quelle est ta fonction, sur ce tournage ? lui ai-je demandé.

– Assistante.

– Assistante en quoi ?

– En tout. Comme les autres. On est en stage.

– En stage de quoi ?

Personne ne semblait faire autre chose qu'user son short sur les pavés de la cour.

Alexa a baissé la voix encore plus, si c'était possible, et approché sa bouche tout contre mon oreille :

– Pour être honnête, it gets very boring sometimes...

J'allais lui demander ce qui lui semblait barbant, lorsqu'un hurlement a retenti :

– Taisez-vous, bordel !

Une femme aux cheveux très longs surmontés d'un casque audio ultraléger venait de passer la tête dans les escaliers pour éructer cette injonction qui, je l'ai remarqué, revient très souvent en France, peut-être parce que leurs bordels sont particulièrement bruyants ?

Elle a braqué sur Alexa et moi un regard furibond, sans se rendre compte que je n'appartenais pas au groupe de ces esclaves modernes.

– On peut aller parler quelque part ? ai-je chuchoté à Alexa, peu transporté par l'idée de passer l'après-midi les fesses sur un caisson en métal.

Elle a fait signe à un type très occupé à lire les slogans publicitaires sur une cannette de Coca-Cola, lui indiquant qu'elle sortait pour une pause. Il a approuvé du bonnet, mais il avait l'air de s'en contrefoutre.

Quand nous sommes passés, Virginie m'a adressé un petit geste et un clin d'œil auxquels je n'ai pu répondre, car Alexa me cornaquait vers la rue, quasiment au galop.

– Ah, enfin libre ! s'est-elle exclamée lorsque, sitôt le portail refermé derrière nous, nous avons plongé à nouveau dans le tube de purée de piments. C'est comme d'être au couvent, là-dedans !

– Pourquoi tu le fais, alors ?

– Hé, pour les contacts que ça t'apporte, d'abord. Et puis le réalisateur est un type génial. C'est trop passionnant, de le regarder travailler.

– Mais tu ne peux rien voir, il est tout le temps dans sa cave...

– On le voit préparer les scènes, on écoute ses explications. Oh, est-ce que tu as pensé à apporter une carte de visite ?

– Oui.

Je la lui ai remise.

– Bon, je vais la donner à l'assistante de réalisation.

– Celle qui vient de me beugler dessus ! Elle me déteste, c'est clair.

– Mais non. Elle gueule après tout le monde. Et le plus important, c'est qu'elle t'ait vu. C'est pour ça qu'on est là.

Nous sommes entrés dans un café qui s'était annexé une énorme portion de trottoir, délimitant sa terrasse de bambous en pots, comme pour signifier aux riverains qu'ils ne pourraient plus jamais déambuler par là. Alexa nous a commandé deux jus de fruits tellement denses qu'on aurait pu y planter une cuillère. « Pêche de vigne » : la dénomination m'a laissé perplexe mais le nectar, bien que servi dans de petites bouteilles, avait la même saveur que s'il venait d'être extrait du fruit.

Quand elle s'est laissée aller contre le dossier de sa chaise en se frictionnant le cou pour dissiper le stress, j'ai été obligé de détourner le regard. Et dire que ça aurait pu être ma main, là, sur sa nuque... Ou est-ce qu'elle aurait préféré celle d'un autre garçon ? Je n'ai pas eu le temps de lui demander si elle avait besoin d'aide dans son massage, cependant, parce qu'elle s'est aussitôt mise à déblatérer sur le fichu anniversaire du fichu Sacha.

Il y avait eu des fleuves de caviar, des lacs de vodka et de champagne. Devant la maison, la rue avait pris les allures d'un parking de circuit de Formule 1 avant la course. Des gardes du corps armés s'étaient postés sur une demi-douzaine de toits avoisinants. Parmi les cadeaux que Sacha avait reçus, on remarquait une Ferrari et un studio d'enregistrement : pas un magnéto dernier cri pour sa chambre à coucher, non, mais le sacré machin au complet, tout un bâtiment truffé d'équipement technique, d'instruments de musique et d'ingénieurs du son. La brutasse était maintenant à la tête des Sacha's Studios, à Soho. Et comme si tout ça n'était déjà pas assez « bluffant », Youri, père de Sacha et célèbre pirateur de DVD, s'était engagé à financer le nouveau documentaire d'Alexa. Je n'ai pas demandé s'il comptait aussi vendre la version piratée de l'œuvre, craignant de passer pour un aigri aux yeux de mon ancienne petite amie.

– À propos, merci, a-t-elle dit.

– De quoi ?

– De m'avoir donné l'idée du docu. (Elle a levé sa petite bouteille, l'a fait tinter contre la mienne. J'ai pris soin de la regarder droit dans les yeux.) Na zdorovyé !

« Oh ! non, ai-je pensé, il est en train de la transformer en tankiste de l'Armée rouge ! »

– Là où on vit à Notting Hill, ça ressemble un peu à cette rue, a-t-elle commenté. En plus chic, quoique.

Visiblement, elle n'envisageait pas une seconde que je puisse avoir envie de parler de nous. D'elle et moi. Comme je n'avais pas le choix, je l'ai écoutée se lancer dans une description élaborée du film qu'ils avaient commencé à tourner. L'histoire d'un artiste en proie au démon de midi qui n'arrive pas à décider s'il doit partir refaire sa vie avec la jeune mannequin qu'il fréquente ou rester avec sa romancière d'épouse, laquelle est au courant de son aventure extraconjugale et lui conseille de la vivre jusqu'au bout. Très français, tout ça.

– À la fin, la top model se suicide.

– C'est une comédie, donc ?

– Vous, les Anglais, vous croyez que tout doit être comique.

– Et vous, les Français, vous croyez que tout doit tourner autour de l'Amour, avec un grand A. Et que c'est tellement sérieux qu'on n'a pas le droit d'en rire. « Ne riez pas, je suis amoureux » : ça pourrait être le film français typique.

Paradoxalement, c'était aussi exactement ce que je ressentais. Étais-je en train de me franciser ?

– Et le film anglais de base, c'est quoi ? « Voyons si c'est assez bon pour me permettre de décrocher un contrat pour un film d'action à Hollywood » ? C'est la seule ambition de vos cinéastes, maintenant.

– Mais c'est quand même plus intéressant que ton réalisateur et ses états d'âme à propos de sa petite vie privée. S'ils lui proposaient de venir faire un film d'action à Hollywood, lui, ça donnerait : « Alors que le pays est menacé par des terroristes nucléarisés et une invasion de sauterelles mangeuses d'homme, le président en vient à se demander si sa femme est en train de le tromper ».

Sans préavis, Alexa a laissé échapper un éclat de rire cristallin.

– J'étais sur le point de t'étrangler mais tu as tapé dans le mille, a-t-elle avoué. L'assistante du réalisateur est sa maîtresse dans la vie. Et tu sais qui a écrit le scénario ? Sa bourgeoise ! (Elle a frappé dans ses mains.) Ce devrait être une comédie, oui ! L'amante du cinéaste l'aide à mettre en boîte un film écrit par l'épouse de celui-ci, et à la fin la maîtresse se zigouille... Grandiose ! Ah, c'est pour ça que j'adore parler avec toi, Paul !

– Vraiment ?

– Oui ! Tu ne connais rien à la peinture, ni au cinéma, et pourtant tu en parles de manière plus convaincante que n'importe qui que je connais.

Si l'on passait sur son allusion perfide à mon inculture, les conditions paraissaient soudain réunies pour une célébration de notre complicité retrouvée, avec la langue et tout. Mais tout ce que je pouvais sucer, pour l'instant, c'était le goulot de ma bouteille de jus de pêche.

– C'est génial, quand on bavarde, a-t-elle poursuivi. Tu me donnes des idées. Et pas seulement pour un documentaire...

Elle a levé les sourcils dans une mimique suggestive.

233

– Oui ?

Était-ce l'occasion de me déclarer disponible à toutes les nouvelles idées qu'elle voudrait expérimenter ?

– Mais aussi pour un autre projet dont je ne peux pas te confier les détails, pour l'instant.

– Ah ?

Donc, ces idées que je lui inspirais ne comportaient pas, par exemple, celle de terminer la journée dans un lit avec moi...

– Ne prends pas cet air déçu ! Je te le dirai bientôt, promis. Et puis moi aussi, je pourrais t'en donner.

Aucun doute là-dessus. Simplement, je n'arrivais jamais à lui parler de « ces » idées-là.

– Bon, il faut que j'y retourne, a-t-elle annoncé.

– Quoi, déjà ?

– Oui.

Elle m'a expliqué que c'était son dernier jour de tournage, et qu'elle repartait pour Londres le lendemain.

– Mais tu m'appelles toujours la veille de ton départ ! ai-je protesté.

– Je sais. Désolée. C'est que tout se bouscule tellement pour moi, en ce moment. Mettre en place l'exposition, essayer de commencer le film, me faire des contacts ici. La prochaine fois, je te téléphonerai plus tôt.

– La prochaine fois ? Ce sera quand ?

– Bientôt.

Elle s'est levée, se penchant pour me donner un baiser d'au revoir. Je n'ai évidemment pas résisté à glisser un regard dans l'échancrure de son haut, là où la délicieuse double portion de chair beige était maintenue en captivité. Lorsque mes yeux sont remontés vers les siens, j'ai capté un début de sourire en eux. Elle savait pertinemment ce qui m'occupait les rétines et l'esprit. C'est le cas de toutes les filles qui portent ce genre de décolleté, j'imagine.

– Pardon, Paul.

– Pour quoi ?

– On n'a pas eu beaucoup de temps ensemble, aujourd'hui, et je n'ai pas arrêté de parler de mes trucs. La prochaine fois, et ce sera bientôt, je serai moins égoïste. Tu n'as pas l'air heureux. Il faut que tu me dises pourquoi.

Une légère caresse sur ma main. Elle était partie. J'aurais voulu la regarder s'éloigner à loisir, mais j'ai été dérangé par un infime et infâme roquet qui avait entrepris de pisser contre un pot de la terrasse, à environ dix centimètres de mon pied gauche. Le maudissant à voix basse, j'ai fait mine de botter son derrière osseux. Le chien, qui était plutôt un rat haut sur pattes, s'est mis à japper et à gronder, imité par sa propriétaire qui venait de surgir à son secours.

– Hé, la touchez pas, elle est gentille !

Une rate, donc. Sa maîtresse, une quinquagénaire en jean haute couture, a fondu sur elle pour l'écarter de moi.

– Lui aussi, madame ! (Alexa s'était immobilisée sur le trottoir, quelques mètres derrière la femme qu'elle venait d'interpeller de cette façon.) Il est très gentil, même.

Après m'avoir soufflé un baiser sur sa paume, elle a disparu dans le passage. Je suis resté à ma place, cherchant avec le bout de la langue les dernières gouttes de l'épais jus de fruit et tentant d'analyser ce qui venait de se passer. C'était quoi, ce délire ? Pourquoi est-ce qu'elle attendait d'être sur le point de quitter Paris pour me contacter tout en déplorant que nous n'ayons pas pu passer plus de temps ensemble ? Ses roucoulements à propos de la fête d'anniversaire et du tournage avaient-ils été un moyen de neutraliser des thèmes de conversation plus intimes avec moi, ou tout bonnement la preuve qu'elle était très contente de sa nouvelle vie ?

Je ne prétends pas être un grand expert en communication humaine, certes, mais il fallait reconnaître qu'elle venait de m'envoyer plus de messages contradictoires qu'une chronique vidéo réalisée par un schizo profond.

Lorsque ma bouteille n'a plus recelé une seule goutte de liquide, je suis resté avec deux conclusions relativement indéniables. La première, c'est qu'on est censé venir à Paris pour tomber amoureux, mais que si je ne faisais pas plus attention j'allais laisser échapper toutes mes chances sur ce terrain. La seconde, c'est qu'il n'existait pas la queue d'une consolation à me dire que, si les choses tournaient aussi mal qu'elles en avaient l'air, je serais au moins chargé du buffet à la noce d'Alexa et de Sacha.

IV
Liberté, égalité, salon de thé

1

Coucher avec quelqu'un pour la première fois, c'est comme manger une clémentine. Et non, il ne s'agit pas de cracher les pépins. Lorque vous prenez l'un de ces fruits dans la main, vous ne savez jamais à quoi vous attendre. Parfois, l'écorce est parfaitement tendue, promesse d'une chair ferme et sucrée qui se révélera pourtant sèche comme la trique. Et parfois un zeste flétri et boursouflé qui laissait attendre des quartiers pourrissants recèle une petite merveille... C'est l'inconnu, chaque fois. Les clémentines sont beaucoup plus difficiles à calculer que les pommes ou les bananes.

Il y a certes une différence notable entre déshabiller une fille et peler une clémentine, c'est que cette dernière ne parlera jamais au cours de l'opération. Et c'est également l'une des multiples raisons pour lesquelles décortiquer une nana française est toujours pour moi une activité passionnante. Parce que depuis le moment où vous glissez un doigt dans l'élastique de sa culotte jusqu'à celui où vous vous retrouvez tous les deux hors d'haleine, côte à côte dans un lit, vous n'avez cessé d'entendre des tas de locutions et d'exclamations exotiques. Et je suis sûr qu'il y a aussi de quoi dépayser une Française qui décide de coucher avec un Anglais car, lorsque l'extase est proche, combien de ses compatriotes sont du genre à éructer : « Yahoo ! », ou : « Happy Christmas ! », ou : « Goal ! » ? Inutile de dire que je ne me laisse jamais aller à ce genre de transports, pour ma part...

Mais bon, je vais plus vite que la musique, là.

Il était huit heures moins dix, le troisième mercredi de septembre. Le salon de thé aurait dû ouvrir le premier lundi de ce mois, mais je savais depuis le début que ça n'arriverait pas ; on ne changera jamais les artisans. Les rues commençaient juste à s'animer. Des femmes passaient devant le local en talons hauts, en route vers le bureau ou vers quelque boutique chic dont elles avaient la clé. Des voitures rôdaient en quête de places de stationnement récemment libérées. Des chienchiens cherchaient le meilleur endroit où poser leur crotte tandis que leurs maîtres prenaient un air dégagé au coin de la rue. Debout au milieu de mon salon de thé flambant neuf, je réfléchissais à ce que je pouvais avoir oublié.

Les jours précédents avaient pris la tournure d'une compétition de saut à l'élastique : chaque matin, je tombais la tête la première dans le précipice sans savoir si j'allais éprouver le frisson de repartir à travers les airs ou si j'allais m'écraser ignominieusement au fond. Et d'ailleurs, est-ce que j'avais bien attaché l'élastique à mes chevilles, avant de sauter ? Je veux dire, est-ce que j'allais me rendre compte que j'avais oublié de stocker les sachets de thé juste lorsque les portes de l'établissement s'ouvriraient ? Est-ce que les premiers clients allaient commander au comptoir avant de se rendre compte qu'il n'y avait pas une seule chaise où s'asseoir ?

Afin de combattre ma nervosité, j'ai croqué une pomme. Non sans l'avoir préalablement pelée et coupée en tranches, ce qui ne me serait pas venu à l'idée avant de vivre en France. Ici, les gens épluchent tout, jusqu'aux brugnons, ce qui les laisse couverts de jus jusqu'aux coudes. En massacrant ma pomme, donc, je me suis dit que j'aurais préféré de loin peler une clémentine. Mais les semaines passées avaient été singulièrement dépourvues de ce fruit délectable, à une juteuse exception près. Et ce n'était pas plus mal, car les clémentines ont une fâcheuse tendance à vous prendre la tête, si vous les laissez faire.

En parlant de prise de tête : Florence m'en a offert une dernière, cet été-là.

Rentrée à Paris à la mi-août, elle m'a téléphoné de chez elle en me priant de venir prendre le restant de mes affaires. Je me suis exécuté, bien sûr, mais avant de pouvoir emporter mes hardes j'ai été soumis à une fouille en règle par son garde du corps personnel, ou du moins est-ce l'impression que j'ai retirée de mon accueil : lorsque j'ai sonné à la porte, j'ai été accueilli par une paire d'épaules tellement larges qu'elles avaient sans doute dû entrer de biais dans l'appartement. Posée dessus, une belle tête rasée, terminée par une petite barbiche noire.

– Poule ? s'est enquis le malabar, sans vouloir être désobligeant, j'en suis sûr.

– Oui, Paul. Bonsoir.

Je lui ai tendu la main, qu'il a aussitôt écrabouillée jusqu'à lui donner la consistance d'un lapin écrasé sur le bord de la route.

– Jean-Paul.

Florence se dissimulait derrière lui. Superbronzée, sexy à se damner, mais d'une remarquable froideur à mon encontre. Si j'avais eu le temps de penser à ma fierté, je me serais un peu mieux fringué pour cette scène d'adieux, mais lorsque l'on a passé sa énième journée à suer sur un chantier et que l'on est convoqué à un minidéménagement alors que la nuit est déjà tombée depuis longtemps, il est difficile de jouer le dandy, et c'est pourquoi je me suis présenté en short effiloché, constellé de taches de vernis, et en tee-shirt informe que de multiples lessives avaient fait passer du rouge au rosâtre.

Florence m'a présenté le type comme son ancien prof de Pilates, la gymnastique contorsionniste dont elle était férue. Elle avait jadis mentionné cette liaison, oui, mais soudain tout s'est éclairé pour moi : ce pantalon dans lequel j'avais flotté en Corrèze, ces remarques de tous les villageois m'assimilant plus ou moins à un nabot, c'était lui ! L'ex gigantesque, le surhomme au corps de Titan, mais affligé d'un goût de chiottes en matière de fringues... Ce soir-là, pourtant, il paraissait sortir d'une revue de mode avec son jean noir et son tee-shirt argenté spécialement conçu pour mettre en valeur de façon irritante ses biceps et ses pectoraux. Peut-être avait-il laissé en Corrèze les seuls éléments hideux de sa garde-robe dans le but précis d'humilier les futurs petits amis de Florence ?

J'ai remarqué qu'il paraissait sur la défensive, ce qui m'a rempli de satisfaction. Après tout, c'était un gars qui pouvait passer au pied d'un échafaudage, demander : « Vous avez besoin d'un coup de main, les gars ? », et toute l'équipe se précipiterait pour lui trouver un casque de chantier ; or il m'observait maintenant avec la même méfiance que si j'avais été Bruce Lee ! C'était bon à savoir, qu'un type pareil soit lui aussi à la merci du complexe « un-autre-mec-a-baisé-ma-copine ».

Avec une sollicitude toute fraternelle, j'ai interrogé Florence sur ses perspectives professionnelles, puisqu'elle avait renoncé à un bon poste dans une boîte importante pour m'accompagner dans l'aventure du salon de thé. Pas de problème, m'a-t-elle répondu : les syndicats avaient obligé la direction à revenir sur ses réductions d'effectifs, de sorte qu'elle allait retrouver sa place. Très logique, ai-je pensé. Elle reprenait son ancienne vie, comme si je n'avais jamais existé.

Notre conversation venait de pousser son dernier soupir quand Jake, mon ami et conseiller psychologique, s'est présenté à la porte. Il devait m'aider à charrier mes affaires. Il allait garder chez lui, et sans doute utiliser à sa guise, mon excédent vestimentaire et ma collection d'ustensiles de cuisine français les plus bizarres. Il avait été occupé à trouver une place pour la camionnette que j'avais louée pendant que je montais dire bonsoir et adieu à Florence.

Restait une question délicate : est-ce que l'étiquette française requiert que l'on bécote sur les deux joues une amante dont on se sépare ? À mon arrivée, elle n'avait pas fait mine d'initier la cérémonie des bisous, croisant même les bras sur sa poitrine en guise de défense. Elle avait l'air fâché, indiscutablement, alors que ma seule faute avait été de me mettre au travail pour de bon, conformément à ce que je lui avais toujours dit. Ah, et aussi en être arrivé à ne plus éprouver d'amour, ou de désir, ou de je ne sais quoi, envers elle. Mais nous étions à égalité, sur ce plan.

J'ai résolu d'apporter ma contribution aux règles de politesse tricolores : avec un « au revoir, Florence » très sonore, cela afin qu'aucun témoin ne puisse penser que mon intention était de l'entraîner sur le balcon dans le but d'une ultime séance de gymnastique à poil, je me suis approché d'elle, sans qu'elle recule – elle a même consenti à décroiser les bras –, je me suis penché en gardant le bassin aussi reculé que possible pour ne risquer aucun frôlement génital, et j'ai dit « mouaa » à chacune de ses joues. Elle m'a rendu la pareille, allant jusqu'à laisser sa main se poser deux secondes sur mon épaule, ce qui n'était pas une obligation.

Comme d'habitude, elle dégageait un doux parfum de noix de coco qui m'a inspiré un instant de faiblesse et de regret à l'idée que c'était la dernière fois que je le respirais. Ma période noix de coco appartenait désormais au passé, j'entrais dans une phase dominée par le cheddar, le cake aux fruits confits et le toast au jambon.

2

– Est-ce que l'eau bout, Katy ? Si elle n'est pas bouillante, le thé sera imbuvable.

– Elle bout, oui. Ou bien le percolateur lâche un peu de vapeur maintenant, ou bien il va exploser.

– Je connais cette impression, ouais...

Katy était une jeune Anglaise a priori prof-assistante de langues dans un lycée parisien mais qui avait presque tous ses jours libres, parce que les enseignants français avaient trop peur de la pré-sence d'une véritable anglophone à leurs cours. Elle me rappelait un peu Alexa au temps où je l'avais rencontrée. Il était clair qu'elle n'avait pas d'expérience dans le métier de la restauration mais cela n'avait pas d'importance. Elle était enjouée, elle souriait tout le temps et ne serait pas du genre à penser que les clients doivent être ignorés ou agressés. C'est ce que j'espérais, en tout cas.

Elle se tenait devant l'éléphantesque percolateur en acier inoxydable qui trônait au centre du comptoir, à droite du local. Elle avait à portée de main une batterie de petites théières en terre cuite ornées du logo My Tea Is Rich, la première chose que l'on devait voir en entrant. Je tenais à ce qu'il soit clair qu'on était là dans un salon de thé british, même si les Français auraient sans doute attendu des murs lambrissés en chêne, des bouquets de fleurs séchées et des rideaux à froufrous. Mon idée était qu'après la mise en scène des théières le regard dériverait naturellement sur le long présentoir vitré et la succession de délices gastronomiques britanniques que l'on pourrait contempler en salivant et en faisant la queue – à condition qu'il y ait assez de consommateurs pour cela.

Derrière ces fleurons de la cuisine anglaise, les deux employés en charge n'avaient absolument aucun rapport avec le royaume d'Angleterre. D'abord, une fille de Madagascar qui avait demandé à tout le monde de l'appeler Jeanne car son véritable prénom comportait au moins quatorze syllabes. Elle parlait un français impeccable et un anglais passable, accompagnant ses paroles de mouvements des mains dont la délicatesse me confondait. Pourvue d'une formation de dentiste, elle était venue en France avec l'espoir de voir ses diplômes reconnus mais s'était retrouvée victime des chamailleries entre les ministères de la Santé des deux pays, avait recommencé ses études depuis le début et assurait des petits boulots en plus. Malheureusement pour elle, elle convenait parfaitement à mon salon de thé. À ses côtés, Yannick, un Bill Gates à la française avec sa lourde frange, ses lunettes rondes métalliques et sa dégaine inimitable de matheux.

Pour être exact, très peu des délices gastronomiques que Jeanne et Yannick allaient servir étaient à cent pour cent anglaises. Il avait fallu transiger, si je ne voulais pas voir les clients s'enfuir en courant. Notre salade de pommes de terre au curry contenait la meilleure des mayonnaises françaises, et la vinaigrette de toutes les autres était aussi anglaise que le béret basque. Quant aux ingrédients entrant dans la composition de nos sandwichs grillés – fromage, fromage-jambon, fromage-tomate et, pour les plus aventureux, fromage-jambon-tomate –, aucun n'avait traversé une seule frontière. C'est à la moitié du présentoir, lorsque le visiteur s'était déjà acclimaté, que les choses devenaient légèrement plus british : je proposais ainsi de l'authentique chicken tikka en provenance de Bradford et de véritables saucisses du Somerset, suffisamment rôties pour ne pas faire flasque figure devant leurs concurrentes françaises.

Seuls les desserts revendiquaient ouvertement leur origine nationale. Les Français, c'est bien connu, raffolent des pâtisseries anglaises. Les cafés parisiens ont souvent sur leur carte un crumble qu'ils s'obstinent à servir froid, pour des raisons échappant à l'entendement, et le carrot cake a nombre de partisans de ce côté de la Manche. Ces spécialités, ainsi que notre sélection de friandises du tea-time, auraient persuadé n'importe quel top model français de renoncer à son régime draconien.

Enfin, tout au bout de cette allée de plaisirs terrestres, j'allais trôner à la caisse, ravi d'entendre les pièces tinter joyeusement dans le tiroir – ou plutôt les billets craquer. Pièces et billets qui devaient servir à payer la facture faramineuse des travaux. C'est seulement lorsque les consommateurs auraient choisi leurs victuailles et les auraient payées en espèces sonnantes et trébuchantes qu'ils pourraient aller prendre place à l'une des quinze tables en Formica industriel que j'avais importées de Grande-Bretagne.

Mais bon, tout cela restait encore de la théorie, puisque c'était aujourd'hui le grand jour. L'heure fatidique de l'ouverture allait sonner dans quelques minutes.

– OK, everyone ready ?

Après avoir jeté ma pomme mutilée à la poubelle, j'ai regardé chaque membre de mon équipe, inspecté une dernière fois les lieux. Il était trop tard pour se ronger les sangs, de toute façon. Ma question a obtenu un « Yup ! » enthousiaste de Katy, visiblement beaucoup plus détendue et confiante que moi. Ses cheveux courts étaient réunis en deux petites nattes sur son crâne qui lui faisaient comme deux antennes captant l'énergie céleste pour la transférer dans son sourire éclatant. Jeanne paraissait aussi calme qu'on peut l'être lorsqu'on a eu le choix entre préparer une théière et farfouiller dans la bouche d'inconnus avec ses doigts. Gilles, le plus grand de mes deux chefs en herbe, m'a lancé un sourire encourageant du haut de l'escalier qui conduisait à la cuisine en sous-sol. Son ami Julien et lui, tous deux en dernière année d'école hôtelière, allaient se relayer aux fourneaux. Ils avaient souvent regardé Jamie Oliver sur Cuisine TV et trouvaient l'idée de travailler dans un café anglais aussi cool que de déambuler en scooter à travers les couloirs de Buckingham Palace.

Seul Yannick était aussi nerveux que moi, ne cessant de tripoter son badge nominatif. Nous en portions tous un car je voulais que les clients nous prennent pour des amis potentiels, et non des ennemis mortels ainsi que les professionnels gaulois du service essaient souvent de vous le faire croire. Voilà, c'était tout ce qui nous manquait, maintenant : les clients.

Quand j'ai ouvert les portes, pourtant, qui ai-je eu en face de moi ? Mon ancien patron, Jean-Marie. Jean-Marie Martin, président-directeur général de la société alimentaire VianDiffusion

– spécialisée dans la bidoche, comme on l'a compris –, maire de Trou-sur-Mayenne. Garé en double file de l'autre côté de la rue, il a traversé avec témérité le flot de bagnoles dès qu'il a remarqué un signe de vie dans le salon de thé. Aucun automobiliste n'a osé contester sa provocation : quand on a une telle dose d'autorité naturelle, on n'a pas à craindre les voitures, même en France.

Dès qu'il est entré, il a jeté un long regard circulaire, comme si les lieux lui appartenaient. Ce qui était le cas, d'ailleurs. Ou du moins les murs et le pas-de-porte. Il avait acheté six ou sept locaux commerciaux de ce genre dans Paris au temps où il m'avait recruté pour lancer une chaîne de salons de thé appartenant à son groupe. Puis il avait changé d'avis, m'avait mis à la porte mais avait conservé son investissement immobilier, se résignant à louer les magasins. Lorsque j'avais décidé de me lancer tout seul dans l'aventure, je l'avais convaincu de m'accorder un bail d'un an, avec une option d'achat au prix du marché à la fin de ce délai.

– Hello and congratulations ! a-t-il articulé dans son anglais impeccable. Hello ! a-t-il répété quand ses yeux se sont arrêtés sur Katy.

Il n'avait pas perdu sa manie de toujours chercher à hypnotiser le beau sexe.

– Welcome, Jean-Marie.

J'ai serré sa main qui, comme toujours, dépassait d'un costume impeccablement taillé. Ce jour-là, c'était un complet gris perle dont la doublure avait la couleur d'un saumé fumé d'Écosse qui vient d'être tranché, complété d'une cravate en soie violette dont le nœud avait dû être réalisé par une équipe d'ingénieurs en industrie de précision, laquelle s'était également chargée d'appliquer ses cheveux rares, et teints en brun, sur son front idéalement bronzé.

Voir quelqu'un d'aussi obsédé par les détails manifester son approbation par de multiples hochements de tête tandis qu'il contemplait la salle a été un vrai soulagement, pour moi. C'était presque aussi rassurant que la visite de l'inspecteur de l'hygiène la semaine précédente.

– Qu'est-ce que vous prenez ? l'ai-je interrogé.

– Ah... (Il a souri pour la galerie.) Peut-être la jeune et charmante... Katy pourrait-elle me servir une tasse de thé anglais ?

– Of course, sir, lequel aimeriez-vous ?

Comme toutes les femmes, même quand elles ont le tiers de son âge, Katy plongeait ses yeux dans ceux de Jean-Marie avec autant d'intensité que si elle mourait d'envie qu'il lui demande de lui tailler une pipe, là, tout de suite. Je n'ai jamais su où mon patron achetait son charme viril, et croyez-moi, j'ai bien cherché la boutique. Soupirant d'aise en prévision du plaisir qui l'attendait, il a parcouru la liste des thés présentée à côté du percolateur.

– Darjeeling ? With a nuage of milk ?

Avec un gloussement chaviré, Katy a exécuté sa cérémonie de la théière, mais déjà Jean-Marie se tournait vers moi :

– Venez, il faut qu'on parle.

Plus du tout rassurant, d'un coup. Pendant que nous prenions place autour d'une table en Formica blanc, le souvenir de notre dernière rencontre au mois de mai précédent m'est revenu. J'étais allé le trouver chez lui et je lui avais annoncé mon intention d'utiliser pour moi le label My Tea Is Rich, qui techniquement appartenait à sa société. Plus que sur ma conviction personnelle, j'avais compté sur le chantage : je l'avais menacé – ou plutôt lui avais laissé entendre que j'en avais les moyens – de révéler à la presse qu'il avait importé de la viande de bœuf anglaise à l'époque où celle-ci était interdite en France. Comme il cherchait alors à se faire élire dans une ville où il avait besoin du soutien de deux partis d'extrême droite, il ne tenait pas du tout à ce que des rumeurs l'accusent d'avoir illégalement pactisé avec l'ennemi séculaire de la France...

Depuis lors, son ascension sur la scène politique nationale avait été fulgurante. En France, les partis explosent et se reforment avec une fréquence sidérante tandis que les plus ambitieux se disputent le contrôle des diverses fractions. D'après d'anciens collègues à moi, son monumental toupet et une série d'amis influents avaient déjà placé Jean-Marie dans une position où il ne restait plus qu'à prononcer quelques discours percutants pour arriver à la tête d'une nouvelle formation politique qui faisait dans le genre « traditionnel » : contre la criminalité, pour la famille, très vague sur la question européenne, anti-américain et promettant un steak français pour chaque habitant. Quel électeur ayant une once de sang gaulois dans les veines aurait pu émettre des objections sur un pareil programme ? Me rappelant tout cela, je me suis préparé à recevoir une menace de mort violente exquisément formulée pour le cas où j'aurais tenté de réactiver cette histoire de bœuf anglais.

– Je vous ai surveillé, a-t-il commencé.

– Oh yes ?

– Quand je suis rentré à Paris cet été, j'ai vu comment vous bossiez ici. J'ai constaté les progrès au cours des derniers quinze jours. The décor is excellent ! (Il a embrassé d'un geste les tableaux sur les murs peints couleur thé. Au lieu de faire dans le golf, le cricket ou le croquet, j'avais retenu une série de photos magnifiquement kitsch du photographe Martin Parr : gros plans écœurants de tranches de gâteaux fluorescentes, une queue devant un stand de frites, des estivants couverts de coups de soleil tenant des cornets de glace dégoulinants et autres instantanés qui se moquaient affectueusement de la culture de la bouffe en Angleterre.) And the... how do you say façade in English ?

– Facade.

– Vraiment ? Oui, la façade est très bien aussi. Le nom, My Tea Is Rich... C'est super, non ?

– Oui, merci, Jean-Marie. Je n'ai pas oublié que c'était votre idée, et elle était très bonne.

– Mais vous aviez dit qu'elle était nulle, d'abord.

– Oui, je sais...

J'ai pris un air contrit, bien que le mot que j'eusse alors employé n'avait pas été « nulle », mais « ridicule ». C'était pourtant avant que je ne découvre que les Français trouvaient cette raison sociale hilarante, parce qu'elle leur rappelait la phrase soi-disant « typiquement anglaise » que des générations de potaches ont apprise à l'école : « My tailor is rich. » Pour nous, Britanniques, elle n'a évidememnt aucun sens et cependant nous avons nos bizarreries linguistiques, nous aussi : que penser de l'énigmatique : « Où est la plume de ma tante ? », exemple type utilisé par des milliers de professeurs de français chez nous, qui n'a servi qu'à convaincre nos voisins que nos vieilles parentes égarent trop facilement leur stylo ?

– Et votre... comment vous dites, « slogan » ? « Le plus british des salons de thé ». J'aime beaucoup !

– Merci.

Nous y sommes, ai-je pensé, après m'avoir rappelé tout ce que j'avais à perdre, il va maintenant m'expliquer ce que je dois lui donner pour le garder.

– Nous allons venir à votre fête.

– Ah oui ? Très bien.

J'avais planifié le pot d'inauguration officiel une quinzaine de jours plus tard, préférant avoir établi une certaine routine avant d'annoncer au monde entier que nous étions ouverts. La présence de Jean-Marie à ce petit raout serait un bon point. Une star politique comme lui constituerait un merveilleux coup de pub, dans le quartier.

– Je viendrai avec ma femme. Et avec mon fils.

– Benoît ? Comment va-t-il ?

– Hmmm... (Une pointe d'exaspération a percé un bref instant son masque de frime.) Après avoir laissé tomber la médecine pour la biologie, il vient de se lancer dans l'œnologie.

– Œnologie ?

Est-ce que ça avait un rapport quelconque avec la masturbation ?

– Mais oui, vous savez, l'étude du vin. Il se fout de ma gueule, franchement ! (Pour fustiger l'irresponsabilité de son fils, il avait retrouvé le franc-parler ulcéré avec lequel il avait dénoncé mes menaces de chantage des mois entiers.) Il a vingt-cinq ans, bordel ! Il faut qu'il se trouve un travail !

– Oui. Et comment va... ?

J'allais l'interroger à propos d'Élodie, sa très généreuse fille qui m'avait donné bien plus qu'une chambre lorsqu'elle m'avait sous-loué son appartement, mais Jean-Marie, qui n'en avait pas terminé avec Benoît, m'a arrêté de sa main levée et a continué en me regardant droit dans les yeux :

– Il faut qu'il travaille ici, pour vous.

– What ?

– Benoît. Il doit bosser ici. Avec vous.

– Ici ? Mais j'ai déjà tous les...

Sa main s'est abattue sur mon avant-bras, qu'elle a serré discrètement mais fermement. Sa voix est devenue un ronronnement doucereux.

– Nous allons venir le samedi de votre fête. Avec Benoît et avec une journaliste qui prépare une émission télé sur moi. Qu'on voie votre salon de thé à la télévision, ça vous plairait, j'imagine ?

– Oui, bien sûr...

Il a relâché sa prise.

– Alors vous allez proposer à Benoît de travailler ici. En tandem avec la charmante Katy, peut-être ?

Il s'est retourné pour lancer un sourire à l'intéressée. Mais qu'est-ce qu'il avait donc en tête, me suis-je demandé. Benoît séduit Katy, la présente aux parents, puis papa la barbote à son demeuré de fils et l'emmène passer un week-end dans un château ? Non, impossible. Il n'avait pas eu le temps de monter un plan pareil. C'était la première fois qu'il voyait Katy, non ? Malgré l'appétit connu du vieux satyre pour la chair fraîche et impressionnable, il devait forcément y avoir autre chose. Mais quoi ?

Tapant dans ses mains afin de donner notre entretien pour terminé, Jean-Marie s'est levé.

– Délicieux, ce thé, a-t-il affirmé alors qu'il n'en avait pas bu une goutte. (Katy a piqué un fard. En passant devant la caisse, il a laissé tomber un billet de dix euros sur le comptoir.) Et le service aussi.

Elle a rougi encore plus, si c'était possible. Après avoir retraversé la rue, Jean-Marie a fait du plat à la contractuelle qui s'apprêtait à déposer une contravention sur son pare-brise, l'a convaincue de la reprendre et a démarré en trombe, saluant de la main mon staff au complet qui avait contemplé la scène derrière la vitrine, bouche bée. Ils ne se rendaient pas compte que sa visite venait probablement de coûter son emploi à l'un d'entre eux. Mais n'est-ce pas le propre d'un homme politique consommé que de vous mettre au chômage sans que vous renonciez à voter pour lui ?

3

Après une première matinée très calme, les affaires ont commencé à rouler. Le salon n'était jamais complet, mais dès le deuxième jour nous avons eu tout le temps des clients entre neuf heures du matin et la fermeture à dix-neuf heures, ce qui était fabuleux. Le seul problème, c'est que la routine rassurante qui a commencé à s'installer laissait à mon esprit le loisir de vagabonder.

De penser aux clémentines, par exemple. J'avais encore tellement à apprendre, à leur sujet... Par exemple : pourquoi, alors que les choses paraissaient s'améliorer avec Alexa, n'a-t-elle rien trouvé de mieux que de déposer devant ma porte l'un de ces fruits, mûr et charnu à souhait ?

À la fin de la première semaine, une fille qui disait avoir eu mon numéro par Alexa m'a appelé. C'était la très mignonne Virginie, la nonchalante surveillante de l'accès au tournage du film. Une clémentine qui avait tout l'air d'être du pamplemousse aux endroits stratégiques. Qu'est-ce qu'Alexa s'attendait que je fasse ? L'inviter à prendre un verre pour discuter des conditions de travail dans l'industrie cinématographique française ? Non, évidemment. Elle devait savoir ce qui allait se passer, et donc avoir donné carte blanche à Virginie pour que celle-ci se laisse emporter là où ses pulsions la guideraient. Et quelles pulsions...

Le lendemain de son appel, un samedi, nous avons dîné ensemble dans un excellent restaurant de couscous près de la Bastille. Soupes épicées, vin nord-africain qui montait vite à la tête et pâtisseries gluantes qui ont permis à Virginie de démontrer qu'elle n'avait aucun complexe à se lécher les doigts en public, son premier coup de langue faisant aussitôt se pâmer de désir tous les types aux autres tables.

Après, elle m'a emmené dans un bar tout proche, dont le plafond était décoré d'une forêt de soutiens-gorge, ce qui a logiquement provoqué une conversation plutôt troublante sur la lingerie féminine et sur ses préférences en la matière. Un autre bar, ensuite, avec de longs canapés bas qui permettaient à une fille et un garçon de faire plus ample connaissance en s'affalant dans un coin et vérifiant si leurs jambes et leurs lèvres appréciaient de se frotter les unes contre les autres. La question est venue naturellement : « Chez toi ou chez moi ? » Un rapide trajet en taxi jusque dans le XXe arrondissement et nous avons grimpé les escaliers conduisant à son studio dans une galopade après nos hormones respectives.

Les meilleures clémentines étant celles qui se pèlent le plus facilement, il n'a fallu que trois secondes à Virginie pour se retrouver nue sur son lit. Et là, une cascade de sons exotiques s'est écoulée d'elle. Le moindre contact de mes doigts produisait des mots qui semblaient venir de la carte du restaurant où nous avions dîné, « chiiish, kiiif, muuuwah », mêlés à d'autres bien français mais prononcés avec l'insistance d'un professeur de diction, « c'est booon », « douououcement », et encore un que j'avais déjà entendu auparavant mais qui restait toujours agréable aux oreilles, « ouiiiiii »...

– Wouaou, ai-je commenté lorsque j'ai retrouvé mon souffle.

– Est-ce que tu veux rester ? m'a-t-elle interrogé. Si tu préfères rentrer, ça m'est égal, mais tu peux rester.

– J'aimerais bien, oui.

Dormir sur un vrai matelas et aux côtés d'une vraie femme représenterait une amélioration considérable de ma situation. Et le petit déjeuner risquait d'être intéressant, aussi.

– Il faut que je te dise : Je ne suis pas vraiment à la recherche d'un petit ami, tu sais.

Étendue sur un coude, elle avait une expression de culpabilité charmante, comme c'est souvent le cas chez les femmes qui viennent de baiser, et ce même si elle n'avait aucune raison de se sentir coupable. Elle a tripoté le crucifix qui restait à sa place douillette entre ses seins avec une insistance que je ne pouvais blâmer, car cette partie de son corps s'était révélée encore meilleure que dans mon imagination, deux magnifiques globes qui se rejoignaient presque et inspiraient la tentation de multiples jeux inconvenants avec eux.

– Non ?

– Non. Je viens de rompre avec le mien. Il était trop lourd, il me gonflait. (Avec la vue d'elle que j'avais, je ne pouvais m'empêcher de penser qu'il l'avait très joliment « gonflée ».) J'ai parlé de toi à mes copines, a-t-elle poursuivi, et elles ont toutes dit : « Vas-y, prends du bon temps avec lui. »

– Eh bien, tu les remercieras de ma part, d'accord ? (Une idée m'a traversé l'esprit, soudain.) C'est ce qu'Alexa t'a dit aussi, quand elle t'a donné mon téléphone ?

– Non, elle n'est pas ce que j'appellerais une « copine ». Je l'ai seulement connue sur le tournage.

– Qu'est-ce qu'elle t'a dit sur moi, exactement ?

– Mais rien !

– Ah ?

Se méprenant sur ma réaction, elle a eu l'air de croire que j'étais blessé car elle s'est empressée d'ajouter :

– J'ai l'impression qu'elle t'apprécie beaucoup, en tout cas.

– Je vois...

Je ne voyais rien, en fait.

– Tu n'es pas obligé de rester. Ça m'est égal. Mais ça pourrait être fun, tu ne crois pas ?

– Si, je crois.

– Bien. Est-ce que tu aimes quand je mets mes seins ici ? Et ici ?

Je n'ai pas eu besoin de confirmer verbalement que oui, j'aimais énormément. Mais la question continuait à me tourner dans la tête : Alexa avait-elle vraiment voulu m'entraîner jusque ici ?

4

J'avais maintenant le temps de me préoccuper d'autre chose encore : trouver un endroit où crécher.

Dissimuler mon matelas gonflable derrière un rideau chaque matin n'était pas très pratique. Il suffisait qu'un client descendu aux toilettes s'égare de quelques pas dans l'étroit couloir pour découvrir que le sympathique patron du salon de thé n'était ni plus ni moins qu'un vagabond passant ses nuits près de la cuisine.

C'est là que Yannick, l'étudiant en maths, s'est révélé extrêmement utile. Bien que peu doué pour extraire les toasts du grill, il avait des amis qui cherchaient un quatrième colocataire afin de partager leur appartement. Celui-ci se trouvait au fin fond du XVe, dans un quartier de familles de la classe moyenne qui n'avait rien de folichon, mais Yannick m'a assuré que ses potes, tous en dernière année d'école de commerce et stagiaires dans des grosses sociétés françaises, seraient très agréables à fréquenter. Des stagiaires « payés », a-t-il précisé, ce qui était une bonne nouvelle, car je ne me voyais pas payer tout le loyer chaque mois. J'ai donc pris rendez-vous pour aller les rencontrer un soir après la fermeture.

À la réaction du chauffeur du taxi, j'aurais dû deviner que le plan s'annonçait mal.

– Rue Eugène, lui ai-je annoncé.

– Rue quoi ?

Devant sa perplexité, j'ai vérifié l'adresse que j'avais notée sur un bout de papier. J'avais omis le patronyme. Lorsque je l'ai prononcé en entier, il est parti d'un éclat de rire et n'a cessé de ricaner pendant la majeure partie du trajet d'une quinzaine de minutes. Pour quelle raison ? Mystère.

L'immeuble en question n'avait cependant rien de particulièrement amusant. C'était l'un de ces innombrables immeubles d'appartements parisiens de six étages qui paraissent avoir été construits en quinze jours à un moment ou à un autre des années 1890. Ou plutôt cinq semaines, en tenant compte de l'inévitable retard des artisans.

En général, le digicode donne accès à une entrée au sol en petits carreaux noirs et blancs, avec une rangée de boîtes aux lettres dont certaines débordent de prospectus, au bout, une porte vitrée au cadre peint en faux bois, et à côté la plaque en aluminium d'un interphone, sa double rangée de boutons correspondant à une liste de noms. Une fois ce filtre passé, c'est une étroite cage d'escalier, parfois malheureusement équipée d'un minuscule ascenseur qui n'est là que pour ajouter un peu de valeur aux appartements des étages supérieurs. Je dis « malheureusement » parce que si vous allez au cinquième, comme moi ce jour-là, vous serez tenté de vous en servir, seulement pour vous demander, une fois la porte en accordéon refermée, si vous aurez assez d'oxygène pour parvenir vivant à votre destination.

Des immeubles de ce style, il y en a des milliers à Paris, mais je n'avais pas perçu leurs subtiles différences jusqu'à ce que Jake me les détaille. Tout d'abord, observer si certaines des boîtes aux lettres ont été forcées – dans le cas présent, aucun signe de tentatives d'effraction. Ensuite, est-ce que les marches sont sales, dépourvues de vernis, ce qui indique un concierge inexistant ou je-m'en-foutiste ? Sont-elles couvertes d'un épais tapis rouge, preuve de la présence de copropriétaires cossus et d'un concierge snobinard ? Sont-elles cirées si furieusement qu'il est impossible de les descendre sans crampons, indiquant une concierge à cheval sur la propreté et qui ne dira peut-être pas non à quelques heures de ménage supplémentaires chez vous ?

Ici, l'ascenseur était neuf et grimpait sans à-coups alarmants, même si j'ai amplement eu le temps de lire la longue notice expliquant qu'il était interdit de l'utiliser au cas où toute la baraque serait en flammes. Seul problème : on ne découvrait cet avertissement qu'une fois à l'intérieur et la porte hermétiquement close sur vous. De plus, il n'y a jamais d'issues de secours, dans ces immeubles. D'où la question que je me suis posée : qu'est-on censé faire quand on habite au cinquième et qu'un incendie se déclare dans l'escalier ? S'asperger de Perrier ?

– You are Pool ? (Une fille au souffle court, aux cheveux filasse, aux joues rouges et au sourire légèrement hagard m'a fait signe d'entrer avant que j'aie pu répondre oui ou non.) I am Marie-Christine.

Deux mecs se tassaient dans le hall d'entrée derrière elle et me dévisageaient avec une insistance inquiétante qui m'a rappelé le genre de film où un type est invité à dîner chez des inconnus et se rend compte qu'il est le dîner.

Le trio m'a serré la main et m'a souhaité la bienvenue dans ce qui pouvait passer pour de l'anglais. Il y avait Théodore, un petit brun aux mâchoires bleuies par une barbe naissante, Matthieu, un blond à taches de rousseur encore plus grand que moi, et Marie-Christine l'essoufflée, qui semblait vouloir échapper aux regards en gigotant sans cesse, peut-être afin que l'on ne remarque pas qu'elle avait quelques kilos en trop. Ils m'ont assuré que je pouvais leur donner du « Théo », du « Matt » et du « Marie-Hi », ce dernier petit nom paraissant avoir pour terminaison une sorte de tic nerveux.

– Come into ear.

Habitué aux accents français, heureusement, j'ai compris que Marie m'invitait à passer au salon et non à éjaculer dans son oreille. J'ai pris place dans l'un des quatre fauteuils en cuir usé qui faisaient face à un poste de télévision lilliputien. Le parquet nu m'a semblé étonnamment propre pour une colocation : pas de taches de vin, ni de journaux au sol, ni de fausse traînée de vomi en plastique ou de perruque cramée dépassant de sous une chaise... Oui, j'avoue avoir eu des colocataires assez excentriques, dans ma jeunesse. Cette pièce, tout comme l'entrée – bordée d'une rangée de chaussures soigneusement alignées et d'un porte-manteau très ordonné –, fleurait le propre à un point inquiétant : nettoyage frénétique après une soirée cannibalesque fortement arrosée d'hémoglobine, peut-être ?

– You on drink ?

J'ai supposé que Théo ne me demandait pas si j'étais un alcoolique chronique mais me proposait simplement une boisson.

– Yes, please.

J'ai accepté la bouteille de bière qu'il m'a apportée et j'ai soutenu le regard pesant de ces trois zombies qui avaient l'intention de me dévorer. Histoire de meubler le silence, je me suis enquis :

– So, you're looking for a fourth person to share ?

Ils ont continué à me scruter, paupières plissées.

– Foot person ? a répété Marie, interloquée.

– Un quatrième.

– Ah, yes, we want an ozaire.

Ils cherchent un autre locataire, ai-je traduit dans ma tête.

– You Hinglish ou Hamerican ? a demandé Matt.

– English.

– Good. I like earring Hinglish.

Qu'il aime les boucles d'oreilles anglaises, c'était un plus...

– You like frendzes ?

La question de Marie m'a plongé dans la perplexité. Elle parlait de frénésie ? Pas trop meurtrière, il fallait espérer.

– Frendzes ?

– Yes, you know ! Hoss, champs de l'air...

De quoi elle parlait exactement ? De ballons gonflables ? Quelqu'un lui aurait dit que j'étais fan de montgolfières ?

– I don't know anything about them. Je ne m'y connais pas trop, ai-je concédé prudemment.

Ils ont failli en tomber par terre.

– You don't know frendzes ? a soufflé Théo, estomaqué.

– No.

– You wash ! a lancé Marie en se précipitant hors du salon.

Moi, me laver ? Je n'étais pas loin de paniquer, soudain. « Si elle revient avec une éponge, du

savon et un ballon gonflable, je me casse d'ici ! »
ai-je résolu.

Les deux autres m'ont souri fixement pendant
que nous attendions. Entendant les pas précipités
de Marie dans le couloir, je me suis préparé à la
fuite. Mais elle ne tenait rien de plus menaçant
qu'un lecteur de DVD portable, et en voyant les
premières images sur le petit écran je me suis
détendu d'un coup. Sur fond de guitares électriques, des types à l'impossible coupe bouffantes
des années quatre-vingt-dix sautaient dans une
fontaine.

– *Friends* ! Ross, Chandler...

– Yes ! ont-ils crié en chœur. And Phoebe, and
Rachel, and Djouhi...

– You know, yes ? a insisté Théo.

– Of course.

– Ouf ! a-t-il lâché comme si je venais de lui
envoyer un direct au ventre, mais je savais que c'est
ainsi que les Français expriment le soulagement.

Ce léger malentendu surmonté, nous avons pu
faire plus ample connaissance. Je leur ai appris
comment prononcer « Chandler » et ils m'ont
abreuvé de bière : je ne perdais pas au change, je
crois. Ils m'ont annoncé le montant du loyer, fort
raisonnable, montré plusieurs compartiments vides
du frigidaire qui me seraient réservés et qui dépassaient de loin mes ambitions culinaires, et entraîné
à la salle de bains, remarquablement propre et
dépourvue de cheveux non identifiés, pour que je
voie où je pourrais poser mes affaires de toilette.

Plus important encore, j'ai appris que l'état
immaculé de l'appartement n'était pas dû à quelque sinistre tour de rôle des colocataires pour les
corvées ménagères mais à la fameuse idée qu'ils
avaient eu de se cotiser afin de payer un petit extra

à la concierge, qui allait même jusqu'à repasser le linge et à récurer les casseroles sales quand celles-ci avaient tendance à s'accumuler. Bref, tout s'annonçait fort bien et le soir même, vers dix heures, j'étais de retour avec mon barda. Quand Marie a tenu à me prêter une paire de draps, j'ai failli en pleurer de gratitude.

Je sortais un peu de la merde, me suis-je dit joyeusement. Silly moi.

La veille de l'inauguration du salon de thé, j'avais reçu un curieux e-mail d'Alexa. Elle me souhaitait bonne chance et me recommandait de ne pas m'exténuer au travail. « N'oublie pas de penser un peu à toi, écrivait-elle. Relaxe-toi, fais-toi gâter... » Est-ce qu'elle sous-entendait ce que je pensais ? Était-ce sa manière de me dire d'appeler Virginie pour une autre séance de décompression clémentinesque ?

Comme ce n'est pas le genre de question que l'on peut poser directement à une fille, j'ai répondu que j'avais été amplement choyé et gâté quelques jours plus tôt, et que je la remerciais d'avoir communiqué mon numéro de téléphone.

Peu après, Jake m'a appelé. Il avait de très inquiétantes informations, qu'il m'a données à sa manière typiquement déboussolante :

– I don't think your site's branched, man.

– My what's not what ?

– Your site web. It's not en ligne.

– Hein ?

– No. I was posting my poussie and...

– You were what ?

– Posting my poésie. La mettre online, quoi. Et impossible to find ton site. Et, oh man, à propos, j'ai trouvé a super Estonian site. Genre « Estonians reunited », you see? Toutes ces nanas... It's génial. Tu savais qu'ils ont un rapport avec les Basques?

Il s'est lancé dans un monologue à propos de la proximité linguistique des Estoniens, des Basques, des Finlandais et des Hongrois, ainsi que sur ses chances de coucher avec les fractions féminines de ces populations. Moi, pendant ce temps, je commençais à me faire un sérieux mouron au sujet de mon site Internet, qui aurait dû être déjà accessible. La dernière fois que j'avais parlé à la web designeresse, tout paraissait en ordre. Est-ce que Jake avait essayé une adresse erronée?

– Jake?

– Donc l'Europe c'est more or less couvert but finir avec l'Afrique, ça c'est really dur, man.

– Jake?

– You know, there is no femme in Paris from Soudan, Somalie, Erythrée... It's too ironic, no?

– Ironique?

– Ben yeah, tous ces pays, c'est là où il fait le plus chaud. Elles doivent être chaudes, the women from là-bas!

– Ouais, alors que dis-tu de ça : « Ne trouvant pas de femmes de l'Est africain,/J'ai dû me rabattre sur ma main » ?

Méchant, j'avoue, mais la dérision était le seul moyen de mettre un barrage à son délire géo-sexuel, une fois qu'il avait démarré.

– Hey, man, je t'avais demandé déjà, you know, tu pourrais montrer some respect pour ma poussie!

– Oui, pardon, Jake. J'ai le plus grand respect pour ta poussie, en fait, mais j'ai besoin que tu me donnes plus de détails au sujet de mon site web, parce que...

– Oh shit, faut que j'y go! The boss arrive.

– Tu m'appelles du travail?

– Yeah. In a course with Mme Brunerie.

– En cours? Maintenant?

– Ouais, je lui ai dit que ce serait good pour elle d'écouter une real English conversation on the téléphone. But my boss is arriving. At tomorrow... Ciao!

Il a raccroché en hâte. Qu'est-ce que son étudiante avait pu apprendre de cet échange? Que son prof était un maniaque sexuel. Et il n'avait toujours pas été viré de son emploi? Incredible!

Il avait dit vrai, cependant. Mon site n'était nulle part sur la Toile. Lorsque j'ai téléphoné à la designeresse, j'ai obtenu la clé du mystère, laquelle était vraiment très, très simple : elle ne savait pas comment mettre un site en ligne.

– Mais vous êtes website designer! ai-je objecté dans mon meilleur français, et en essayant de garder mon calme.

– Je crée des websites, oui. Ça ne signifie pas que je sois capable de les mettre en ligne.

– Mais, c'est comme si j'étais conducteur de train, sauf que je ne sais pas comment l'arrêter!

– Non, ce n'est pas du tout pareil.

– Bon... Et qui va le mettre en ligne, alors?

– Aucune idée.

– Mais j'ai besoin de mon site web!

– Ah, alors vous allez devoir trouver quelqu'un rapidement.

Sa logique était tellement effarante, son indifférence tellement remarquable que je n'ai eu pour seul recours que de me frapper la tête à plusieurs reprises avec mon téléphone, en une sorte d'hommage à son accablant génie.

6

Samedi après-midi, peu avant seize heures. J'avais demandé à toute mon équipe de venir aider à la fête d'inauguration. Katy, Jeanne, Yannick, les deux cuisiniers et un mi-temps, Fabrice, un petit Corse qui n'avait pu être présent à l'ouverture parce qu'il avait dû aller s'inscrire à ses cours de polonais à l'université. Non qu'il ait eu l'intention d'apprendre cette langue : il voulait seulement avoir la carte de Sécurité sociale étudiante. D'après ce que j'ai compris, les facultés de langues d'Europe de l'Est sont bourrées d'inscrits qui ne viennent jamais en cours et d'enseignants payés à ne rien faire.

Une fois mes troupes réunies, je les ai félicitées pour le travail accompli. Sitôt après le coup de tabac du déjeuner, nous avions fermé le local et réaligné les tables en un grand L que nous avions couvert de toutes les spécialités quasi anglaises qui accompagnent l'heure du thé. Le comptoir avait été consacré aux tasses et aux pots du breuvage sacré qui était la raison d'être – et la raison sociale – de l'établissement. Nous avions décoré le mur de toutes les cartes d'encouragement que j'avais reçues, dont celle de mes parents s'excusant

270

de n'avoir pu faire le voyage pour l'occasion et me rappelant qu'ils n'avaient pas assez d'argent pour me tirer d'affaire si l'entreprise venait à capoter. La confiance régnait, par là-bas...

Quand nous avons pris la pose derrière nos remparts de gâteaux et de sandwichs, arborant tous le tee-shirt My Tea Is Rich réglementaire, nous avions l'air d'une bande de nouvelles recrues qui débordaient de relative jeunesse et d'énergie. Si j'avais évidemment caressé l'idée qu'Alexa soit la photographe de l'événement, je n'avais même pas osé le lui proposer, l'apparition du facteur Virginie dans l'équation venant tout compliquer, et j'avais finalement dégotté un type dans les Pages jaunes.

En parlant de Virginie, elle a été parmi les premiers invités à arriver. Nous ne nous étions pas revus depuis notre nuit endiablée mais ni elle ni moi ne semblions nous en offusquer. Elle m'a embrassé sur la bouche, et avec assez de langue pour que tout mon staff comprenne que nous avions couché ensemble. Puis elle s'est approchée avec intérêt de la batterie de pâtisseries, même si je ne voyais pas comment elle aurait pu caser la moindre portion de pudding dans son pantalon taille basse qui lui collait à la peau.

Mon ancien collègue Bernard – dit aussi « le morse humain » – est apparu. J'ai trouvé cela très chic de sa part, étant donné les tensions survenues entre nous au temps où nous travaillions de concert. Notre boss Jean-Marie l'avait forcé à parler anglais durant toutes nos réunions, ce qui avait été pour lui une épreuve aussi cruelle que d'obliger un morse authentique à accomplir un quatre cents mètres-haies. Il se ramassait à tous les obstacles linguistiques, le pauvre.

– Tu as été au soleil, lui ai-je dit en français pour lui montrer qu'il pouvait se détendre et se considérer libéré des obligations professionnelles.

Son front et son nez écarlates contrastaient nettement avec ses joues livides et sa grosse moustache blonde, de sorte qu'il ressemblait désormais moins à un morse qu'à un muffin aux fraises.

– Oui. En Norvège.

En visite dans sa famille morse, ai-je supposé.

– Très bien, maintenant tu vas oublier le saumon cru et goûter la bonne cuisine anglaise.

– « Bonne cuisine anglaise » ?

Il s'est éloigné en gloussant tout seul à l'absurdité de ce concept.

Deux autres ex-collègues ont surgi ensemble : Stéphanie, la blonde agressive qui, à ma connaissance, était encore la maîtresse de Jean-Marie, et Nicole, la discrète experte-comptable qui avait été discrètement amoureuse de moi, à une époque. Dès qu'elle a passé la porte, la première a tout considéré de son œil critique de responsable des achats dans une grosse boîte de l'industrie alimentaire, des sachets de thé aux petites cuillères en passant par les feuilletés à la viande, comme si elle était capable de décider au seul aspect de ces derniers si j'étais en train de me faire rouler ou non.

– Pas mal, pas mal, a-t-elle fini par concéder. Laissez-moi essayer votre saucisse.

– Je vous en prie, ai-je répondu, flatté, car c'était probablement une proposition qu'elle réservait en général à Jean-Marie.

Après avoir frotté son visage contre le mien, Nicole s'est déclarée ravie de constater que tout allait bien pour moi, puis elle s'est approchée de la table des sandwichs et a entrepris de chipoter timidement dans les trois tonnes de toasts qui s'y trouvaient.

Ma bêcheuse de voisine, la propriétaire du magasin de vêtements, est passée pour me dire que mon truc n'avait pas du tout l'air anglais.

– Il faudrait un tapis rouge, des canapés Chesterfield, des majordomes qui serviraient le thé...

Oui, ai-je pensé, et c'était exactement pour ça qu'elle n'avait jamais personne dans sa boutique : elle vivait avec un demi-siècle de retard.

Nombre de Français auraient été d'accord avec elle, pourtant. Ils ont tendance à croire que tous les Anglais portent le chapeau melon et ne font l'amour avec leur femme qu'une fois par an, au début de la saison du croquet. Il est heureux que cette catégorie de Français soit rapidement dépassée par la multitude de compatriotes qui voient au contraire l'Angleterre comme un endroit à la mode regorgeant de pop stars, de princes sexy et de carrot cake.

Quelques minutes plus tard, alors que la salle était maintenant remplie de bruit et (malgré les panneaux non-fumeurs) de fumée de cigarette, une surprise s'est présentée : l'épouse de Jean-Marie, une wonderwoman Dior chirurgicalement améliorée, est entrée avec son fils Benoît sur ses talons.

Je ne l'avais pas revue depuis le soir où j'étais allé soumettre son mari à ma petite extorsion, et où elle m'avait naturellement traité comme si je venais de pisser sur son tapis de Chiraz préféré. Là, elle s'est montrée absolument charmante, ce qui était tout aussi prévisible : à l'école des wonderwomen Dior, ils apprennent sans doute aux futures épouses d'hommes politiques français de sourire aux rats et aux cafards, en guise d'entraînement à la vie qu'elles auront si leur mari est un jour élu. À ce niveau, traiter gentiment un ex-maître chanteur britannique était un jeu d'enfant.

– Bonjour, Paul ! a-t-elle proposé avec une chaleur très convaincante.

– Bonjour, madame Martin.

J'ai saisi les doigts qu'elle me tendait tout en me sentant cruellement dépourvu de manières raffinées puisque je n'avais pas les couilles de déposer un baiser dessus.

– Appelez-moi Catherine, a-t-elle suggéré en pressant légèrement ma main, et si je ne l'avais pas si bien connue j'aurais pu m'imaginer qu'elle était d'humeur à flirter.

Elle était habillée plutôt sexy, dans la limite de son style classique : une jupe aux genoux qui révélait bien la souplesse de ses hanches et un chemisier en coton dont les premiers boutons laissés ouverts donnaient une bonne vue sur le haut de ses seins. Sa poitrine était entièrement dépourvue de rides, tout comme son visage, et j'ai même eu l'impression qu'elle avait pris une ou deux tailles de soutien-gorge depuis notre dernière rencontre. Elle avait peut-être eu des chèques-cadeaux pour la clinique de chirugie esthétique à son anniversaire.

Tout en gardant ma main dans la sienne, elle m'a affirmé qu'elle trouvait mon salon wonderful. C'était énervant, à la fin : elle allait beaucoup plus loin que les politesses automatiques à une garden-party de la chambre de commerce. J'en suis même venu à céder à ce réflexe qui survient parfois quand on a une conversation des plus anodines avec une femme mais que l'on se met à chercher des indices d'excitation sexuelle, pupilles dilatées, langue maintes fois passée sur les lèvres, etc. Avec la femme de Jean-Marie, c'était tout à fait grotesque : non seulement cela aurait constitué pour moi un suicide commercial, voire peut-être un suicide tout court, mais j'avais à peine deux ans de plus que le fils de cette dame.

Le fiston en question était resté derrière elle, la dominant d'une tête et souriant benoîtement, si j'ose dire, à la foule autour de nous. Ayant renoncé à ses dreadlocks, il avait maintenant ses cheveux sombres coiffés en arrière, ce qui le faisait ressembler à un Jean-Marie plus jeune mais moins bronzé et assurément moins sûr de lui. À en juger par son expression de curiosité très modérée, il ne devait pas savoir qu'il était là pour rencontrer son nouveau patron.

Libérant enfin mes doigts de son emprise, j'ai escorté madame jusqu'au comptoir et je lui ai versé une tasse de mon meilleur Lapsang Souchong avant de me précipiter vers l'entrée pour me confronter à la vision abominable que je venais de capter du coin de l'œil.

Des mèches comme des harengs fumés, des joues qui semblaient avoir été rasées trois jours plus tôt par un barbier parkinsonien, une cibiche roulée à la main en train de s'éparpiller sur son menton... Le type n'était pas présentable, non, mais alors pourquoi était-il sanglé dans un impeccable deux-pièces anthracite, comme si c'était un clochard qui venait de dévaliser une boutique de luxe ?

— C'est mon costard ! ai-je hurlé aussi discrètement que possible.

— Oh, yeah, man. I wanted to demand you if c'était OK, but...

— Un costume Paul Smith, Jake !

Lui permettre de porter ces fringues équivalait à offrir votre plus belle théière à l'éléphant qui vient de dévaster votre magasin de porcelaine.

— Je l'essaie so I can get habituated.

– À quoi ? Au reste de ma garde-robe ?

– Non. I have un entretien for a job.

– Quoi ? Ils se sont enfin décidés à te virer, alors ?

Il a tiré mélancoliquement sur sa cigarette boursouflée.

– Non, that's the problem. And ça commence à presser. Je fais teacher of English depuis presque quatre years, là. Je sens the toxins envahir salement my brain. Alors je présente myself for un nouveau job in relations public.

– Public relations ? ai-je répété, non pour corriger son anglais mais parce que j'étais trop éberlué pour en croire mes oreilles.

Quel chef d'entreprise serait assez dément pour charger Jake de représenter sa société auprès du public ? À moins qu'il ne soit affecté au service des réclamations pour servir d'épouvantail. Parce qu'il suffisait de le regarder une seconde pour comprendre qu'il ne résoudrait jamais rien.

– Yeah, je te l'ai dit. I have this plan.

– Plan ?

– Yeah. Tu as forgetté ? (Il s'est penché sur moi, ne voulant pas révéler son secret aux masses buveuses de thé et mangeuses de cake.) Je vais aller de l'avant pour mieux reculer.

– J'espère que tu n'as pas mis cette devise en haut de ton CV, Jake. On croirait que tu essaies de vendre des machines à ramer.

Avec un claquement de langue excédé, il m'a reproché d'être incapable de comprendre ce « very clair concept ».

– I want to sortir à reculons de la lutte quotidienne. Trouver a better job où il est plus facile to get myself viré, and comme ça j'aurai un better chômage.

– Chômage ? C'est ça, ton but ?

– Yeah, man. In France, it's proportional to le dernier salaire. Tu es viré d'un good job, tu reçois good money !

– Donc tu veux trouver un bon emploi dans les RP juste pour le perdre ?

– Yeah. Brilliant, non ?

Je me suis laissé aller contre le chambranle de la porte en fermant les yeux. C'était épuisant, de suivre la vie de ce mec. On aurait cru un match de football américain : une répétition sans fin de sprints brévissimes qui se terminaient contre un mur de briques. À part qu'il ne paraissait jamais ressentir le moindre choc.

– Va manger un peu de gâteau, Jake. Et essaie de ne pas trop en mettre sur mon costard.

J'allais retourner à mes invités lorsque j'ai aperçu par la vitrine Jean-Marie en train de traverser la rue, absorbé dans sa conversation avec une femme de haute taille, très classe dans son long manteau en cuir. Elle le laissait la tenir par le bras, ai-je remarqué. Était-il inconscient au point d'emmener l'une de ses maîtresses à une tea-party où sa femme l'attendait ? Et où sa maîtresse « officielle », Stéphanie, venait de risquer une comparaison osée entre les saucisses anglaises et françaises ? Mais enfin on était en France, après tout. Peut-être ce genre de retrouvailles étaient-elles acceptées à condition que l'on ne se mette pas à baiser la nouvelle venue devant tout le monde.

Après avoir fait signe au photographe de se tenir prêt pour immortaliser le moment, j'ai ouvert les bras et pris la pose de l'hôte ravi.

– Ah, Paul ! (Tout en prenant ma main, Jean-Marie s'est tourné instinctivement vers l'objectif.

Une vraie gravure de mode, comme toujours, il semblait tout juste sorti du salon d'essayage de Karl Lagerfeld.) Je veux vous présenter Nathalie. Elle est journaliste. Elle prépare un portrait de moi pour la télévision.

J'ai rencontré une paire d'yeux encore plus hypnotisants que ceux de mon ancien patron. Bleu curaçao, et visiblement équipés d'un éclairage interne, ils semblaient capables de déchiffrer mes pensées les plus secrètes. Si c'était le cas, elle devait être en train de lire : « Pas de doute, il sait choisir ses nanas... »

Dans les trente-cinq ans, presque aussi grande que moi dans ses bottes à talons hauts très sexy, des traits minces et racés, des lèvres maquillées d'un rouge très sombre, une chevelure blonde attachée négligemment en arrière dans un chignon queue-de-cheval retenu par un crayon. Et une alliance en or à l'annulaire, détail qui apparemment ne faisait ni chaud ni froid à Jean-Marie.

– Enchanté, lui ai-je dit, et pour une fois j'utilisais le terme presque littéralement.

– J'étais juste en train de raconter à Nathalie que ce salon de thé était une idée à moi, au départ, a annoncé Jean-Marie, le roi de la promotion personnelle. Pas vrai, Paul ?

– Oh, si.

– Mais c'est Paul qui l'a menée à... maturation, a complété Jean-Marie en savourant ce dernier mot comme s'il s'était agi d'une bouchée de foie gras.

La journaliste canon a incliné la tête de côté en me souriant :

– Ce ne doit pas être facile pour vous, un businessman anglais en France ?

En anglais, elle avait l'accent assez rupin que les Français croient souvent devoir affecter lorsqu'ils

ont étudié cette langue sous la férule de la génération de profs persuadés que tous les Anglais
portent le chapeau melon et ne sautent leur femme
qu'une fois... Voir plus haut.

– Non, pas trop, mais Jean-Marie m'a beaucoup
aidé.

Le photographe a pris encore un cliché du directeur de salon de thé reconnaissant échangeant une
poignée de main avec le responsable politique
altruiste. Ensuite, Jean-Marie m'a pris à part :

– Vous avez parlé à Benoît ?

– Non, pas encore.

– Bon, je ne peux pas rester longtemps. Je vais
lui dire deux mots.

Avec un dernier sourire à l'intention de l'objectif, il a avancé plus loin dans la salle tandis que la
foule lui ouvrait instinctivement un chemin. Du
coup, je me suis retrouvé en tête à tête avec la
journaliste. La plupart de mes rencontres avec
Jean-Marie avaient eu une issue moins agréable,
ai-je noté en mon for intérieur.

– Alors vous faites un sujet sur lui ? (Je me suis
aussitôt donné deux claques pour l'intelligence de
cette constatation, qui avait été explicitement
exposée trente secondes auparavant.) Je veux dire,
rien que sur lui, pas sur tous les... euh... candidats ?

De pis en pis. Mais elle a eu un sourire poli,
comme si elle me pardonnait d'avoir mis un pied
dans la merde de mes tentatives de conversation.

– Il mérite bien un portrait télévisé à lui seul,
vous ne trouvez pas ? Ou toute une série, si vous le
laissez écrire le scénario. (Elle a lâché un rire
sonore. Si elle était sa maîtresse, elle n'était pas du
style biche effarouchée.) Il a parlé d'une séquence
qu'on pourrait faire dans votre café, a-t-elle poursuivi. Genre vous bavardez tous les deux et à un

moment vous dites que vous avez eu l'idée de ce café ensemble.

J'ai pigé le message qu'il était question de faire passer. Jean-Marie, le leader intégré dans la vie sociale, l'ami du petit commerce. Pourquoi pas ? Comme il l'avait remarqué lui-même, je n'allais pas fermer ma porte aux caméras de la télé.

– Oui, ça serait super.

– Vous avez une carte ?

– Bien sûr. Mais tenez, prenez plutôt notre menu de livraisons. Qui sait, nous pourrons peut-être vous apporter votre déjeuner, un jour ?

Elle a hoché la tête, ses yeux incandescents perçant à nouveau mon cerveau au laser. Je me suis soudain rendu compte que ce que je venais de dire passerait facilement pour du gringue. Et pas trop mal, pour une fois... Oh, merde ! Qu'est-ce qui se passait, avec moi ? Faire du plat à l'épouse de Jean-Marie et à sa nouvelle maîtresse ? Tandis qu'une de mes récentes compagnes de lit évoluait à quelques mètres de là ? Dément ! Et il n'y avait qu'une explication, qui était aussi une excuse : les signaux contradictoires qu'Alexa m'avait envoyés m'avaient transformé en accro de la clémentine.

7

Avant que j'aie eu le temps de calmer mes nerfs avec une bonne tasse de thé, j'ai été pris en embuscade par Jean-Marie et sa femme, qui œuvraient de concert à pousser un Benoît paniqué dans mes pattes.

– Benoît passera vous voir lundi, a annoncé Jean-Marie d'un ton menaçant.

– Mais papa...

– Il va vous demander du travail, a continué le père. Vingt heures par semaine, minimum.

– Quoi ? !

On aurait cru que c'était là une atteinte aux droits de l'homme.

– Si nécessaire, il peut aussi travailler toute la journée du samedi.

Jean-Marie brandissait un doigt menaçant en direction de son fils. J'ai compris qu'il y avait en jeu bien plus qu'un boulot à mi-temps. Hébergement et repas, utilisation de la voiture et de la maison de campagne, voire héritage, étaient en question. La pression parentale était sérieuse. Et j'ai aussi entrevu l'engrenage probable : papa force le fiston à bosser, celui-ci décide de rendre la vie impossible à son patron pour se venger de son père, et Paul West, dans le rôle de la nounou, doit accueillir stoïquement la révolte post-adolescente du fils rebelle dans son salon de thé anglais. Thank you vachement much.

Adoptant de nouveau son sourire d'homme public, Jean-Marie a foncé vers la sortie. Mme Martin a fait mine de lui emboîter le pas mais s'est arrêtée soudain et, posant une main sur mon bras :

– S'il vous plaît, soyez gentil avec Benoît, a-t-elle imploré tandis qu'une minuscule ride de préoccupation apparaissait entre ses sourcils passés à l'électrolyse. Je vous en serai très reconnaissante.

Je n'aurais pas été surpris si elle m'avait donné une petite caresse de remerciement sur les roustons, en supplément.

J'étais encore sous le choc du mélodrame familial de Jean-Marie lorsque Stéphanie est arrivée derrière moi et m'a soufflé des miettes dans l'oreille :

– Ce fromage is not english !

Elle agitait un sandwich grillé à moitié entamé sous mes yeux.

– Well don't bloody eat it, then.

La réponse, authentiquement anglaise, était partie toute seule. Ben, t'as qu'à pas le manger, alors... Dans les dents !

J'ai trouvé Jake à côté du comptoir, en train de faire du plat à Katy.

– Tu n'es pas lituanienne ? lui a-t-il demandé.

– Non, a gloussé Katy.

– Hmmm... (Il s'est gratté le menton en la dévisageant, à la recherche de détails qui lui révéleraient ses origines.) Biélarusse ?

– Jake you idiot ! l'ai-je interrompu.

– Oh, hello, Paul...

– Je parie qu'il vous a aussi demandé si vous étiez estonienne, non ?

– Oui, mais...

Elle paraissait un peu perdue.

– Tu oses demander à mes employés s'ils sont estoniens ? ai-je grondé en faisant face à Jake.

– Oh, come on, Paul, je voulais pas...

– Est-ce qu'il a cité d'autres républiques de l'ex-URSS ?

Devant mon ton menaçant, Katy a reculé d'un pas. Elle semblait s'interroger sur le bien-fondé de travailler dans un salon de thé où les questions géostratégiques prenaient une telle ampleur.

– Non.

– Parce qu'il n'a pas eu le temps. La suite, ça aurait été : « Est-ce que vous êtes géorgienne ? » Et après : « Vous êtes sûre que vous n'êtes pas une fichue Ukrainienne ? » Il commence par me voler mon costume et après il s'attaque à mon staff ! Bon Dieu, tu vois pas qu'elle est anglaise, Jake ?

Katy s'est hâtée vers l'escalier menant à la cuisine en marmonnant qu'elle avait besoin d'autres sachets de thé.

Saisissant une tasse, j'ai pris une longue gorgée qui a eu comme toujours son effet apaisant. Je suis certain que nous, les Britanniques, n'aurions jamais eu besoin de Prozac, de Valium ou de cannabis si nous nous en étions tenus à notre boisson nationale au lieu de nous rallier en masse au latte glacé. Il s'est établi une relation génétique entre le sang anglais et le thé indien.

La tasse chaude dans ma paume, j'ai laissé mon regard errer sur la cohue occupée à bavarder et à picorer joyeusement. Je connaissais la moitié des présents, seulement, le reste étant constitué d'amis d'amis ou de promeneurs du samedi après-midi qui s'étaient invités pour goûter à mes scones en passant devant le salon.

Le photographe s'affairait dans tous les sens, mitraillant les sourires luisants de sucre glace. Tout compte fait, c'était un démarrage fantastiquement réussi. Même Benoît aurait du mal à gâcher notre succès, surtout si je le confinais à la corvée de peluche de pommes-fruits en cuisine.

– Désolé, Jake, mais je suis un peu à cran, tu comprends ?

– No problem, man. Mais hey, tu m'en veux pas trop pour le costume, seriously ?

Celui-ci restait étonnamment propre, après une heure passée sur lui.

– Non, Jake. Je ne crois pas que j'en aurai besoin.

À cet instant, je me suis fait la remarque que le monde est divisé en deux catégories : ceux qui doivent rentrer leur chemise dans le pantalon et ceux qui n'en ont pas besoin, ceux qui sont obligés d'être en costume-cravate tous les jours et ceux qui peuvent laisser libre cours à leur fantaisie. Et j'ai résolu que j'allais appartenir à la deuxième pendant un moment.

– C'est bon d'être dans le camp de la chemise flottante, ai-je soupiré tout haut.

– Hein ?

Pour une fois, c'était à moi que revenait le soin des réflexions aussi profondes qu'absconses. J'ai expliqué ma théorie à Jake, qui s'est montré d'accord même s'il comprenait aussi bien les codes vestimentaires qu'un ours le latin.

– Ouais, tu as trouvé ce que tu researched, toi, a-t-il observé d'un ton presque envieux.

– À part en ce qui concerne les nanas, l'ai-je corrigé.

Il a lâché un éclat de rire qui a fait trembler les tasses sur leurs soucoupes.

– Ouais, sur ce terrain tu es dans ton usual merde, man. But pas aussi largué que moi. I mean, man, j'étais en train d'essayer d'emballer une English, là !

– Draguer une Anglaise ? Pourquoi pas une Française ?

Virginie, qui avait capté la fin de son commentaire, nous a adressé une moue des plus mignonnes.

– Une Française ? s'est exclamé Jake d'une voix oppressée. No ! Elles apportent que la merde !

Il allait certainement représenter une recrue de choix pour l'industrie des relations publiques en France...

8

Il m'arrivait souvent de rêver à une nouvelle conversation avec Alexa, mais cette fois tous les deux nus dans un lit. Évidemment, il n'y avait pas dans ces rêveries la Manche entre nous, ni un Ukrainien endormi le nez dans l'aisselle de mon ex-petite amie. Sauf que la vie ne ressemble pas toujours à nos fantasmes, et il fallait donc que je me résigne à mon sort.

– Hello, Paul.

Comme elle avait répondu en chuchotant, j'en ai déduit qu'elle n'était pas seule. Elle a bâillé et j'ai capté le bruissement d'une couette. J'imaginais très bien la scène dans son appartement parisien, le type à côté d'elle percevant un mouvement et cherchant à se pelotonner dans la chaleur du corps en train de s'étirer...

– Hello, Alexa. Je voulais seulement te raconter l'inauguration du salon de thé qui a eu lieu hier soir.

Il fallait que j'aie une raison pour appeler. Nous étions désormais loin de la situation où je pouvais lui téléphoner juste parce que j'avais envie de bavarder.

– Oui ?

Elle n'avait pas l'air incroyablement intéressée mais elle n'était pas réveillée pour de bon, non plus. En lui donnant un rapide compte-rendu de la tea-party, j'ai été content de constater que la mention du nom de Jean-Marie ne produisait aucune réaction particulière sur elle. La dernière fois qu'elle l'avait croisé, son charme l'avait pourtant quasiment placée en état de lévitation.

– Mais les photos ne sont pas géniales, hélas. Elles auraient été bien meilleures si tu t'en étais chargée.

– Oui ?

– Tu aurais aimé les prendre ?

Elle a répondu par un petit grognement. Il était trop tôt – et un dimanche matin, en plus ! – pour des raisonnements aussi abstraits. Quelle frustration c'était pour moi d'entendre une fille nue me grogner joliment dans l'oreille alors que j'étais si loin d'elle. Enfin, nue, je n'en savais rien. Elle aurait aussi bien pu être enveloppée des pieds à la tête dans un pyjama de chasteté en toile de bure. Oui, il était sans doute préférable que son image sur ma vidéo mentale se transforme en quelque chose rappelant une religieuse cloîtrée dans un couvent, ou même une momie égyptienne, plutôt que le corps délicieusement parfumé, aux jambes interminables, sur lequel je fantasmais dur.

– Et toi, tu aurais voulu... ?

Elle n'a pas terminé sa phrase, trop somnolente pour se risquer dans des constructions syntaxiques anglaises trop élaborées.

– Que tu sois ma photographe ? Oui, bien sûr ! J'aurais dû te proposer, je sais. Mais je ne l'ai pas fait.

– Ah.

Impasse complète. De quoi devais-je parler maintenant si je voulais l'empêcher de se rendormir ? Comme je n'avais pas encore lu le journal ni écouté la radio, il m'était impossible de choisir un fait d'actualité sur lequel broder. J'ignorais même si l'équipe de foot de son nouveau beau-père avait remporté le match !

– Oh ! my God, Alexa !

Une idée terrible venait de me traverser l'esprit.

– Yes ?

– « Beau-père », en français ? Ça peut vouloir dire stepfather et aussi father-in-law, non ?

– Oui... (J'ai presque entendu ses muscles se tendre tant elle paraissait sur la défensive, brusquement.) Et alors ?

– Rien. Juste que si tu dois présenter Youri à tes amis français, tu n'auras pas besoin de préciser quel genre de beau-père il est pour toi. Puisqu'il est les deux à la fois.

Sitôt après avoir terminé, je me suis rendu compte que c'était probablement la remarque la plus stupide jamais adressée par un homme tout nu à une femme en tenue d'Ève, même aux premières heures d'un dimanche matin.

– Merci, Paul. Je suis vraiment contente que tu m'aies réveillée, maintenant.

Encore un cul-de-sac. Et, dans ce cas, que faire ? Deux choix possibles : ou faire demi-tour et rentrer chez soi, ou attaquer le mur à coups de pied afin de s'ouvrir une issue. J'ai décidé de tenter la deuxième option.

– Euh, Alexa, il faut que je te pose une question.

– Pas encore sur les subtilités du vocabulaire français, j'espère.

– Non. Écoute-moi bien, Alexa. (Le sujet était tellement sérieux que j'en suis même venu à cesser de me gratter les roustons, à ce moment.) Pourquoi est-ce que tu as voulu m'arranger le coup avec Virginie ?

– Virginie ?

– Oui. La fille du tournage.

Allait-elle prétendre ne pas savoir de qui je parlais ?

– Qu'est-ce que tu veux dire par « arranger le coup » ?

– Lui dire de m'appeler et de me proposer qu'on se voie.

– Te proposer quoi ?

– Tu lui as donné mon numéro de téléphone.

– Moi ? Pas du tout.

– Tu ne le lui as pas donné ?

– Non. Ah, si, c'est vrai !

– Tu vois ?

– Mais c'était juste pour qu'elle le transmette à l'assistante, en recommandant ton salon de thé. Quand je suis revenue sur le tournage, ils avaient recommencé à filmer, l'accès à la cour était bloqué, alors j'ai donné ta carte à Virginie et je suis rentrée à la maison.

Oh shit ! Donc il n'y avait eu aucun plan machiavélique de sa part. Cherchant à recentrer la conversation sur elle, j'ai enchaîné :

– Pourquoi tu n'es pas revenue au café, alors ?

– C'est ce que j'ai fait, mais tu étais déjà parti.

Silence. Elle n'avait pas saisi ce que sous-tendait ma question à propos de Virginie, Dieu merci, et elle ne chuchotait plus du tout. Elle était peut-être seule dans son lit, finalement. Aussitôt, le revêche pyjama de chasteté s'est dissous et elle a été à nouveau nue dans les yeux de mon imagination.

– Pourquoi ? a-t-elle demandé.

– Pourquoi quoi ?

– Pourquoi tu voulais savoir pourquoi j'avais donné ton numéro à Virginie ?

Double shit.

– Oh, juste comme ça. À propos, est-ce que Newcastle jouait, hier soir ? Est-ce qu'ils...

– Tu as couché avec elle.

– Non !

Toujours nier, en bloc, c'est ma philosophie, du moins jusqu'à ce qu'on vous fourre les polaroïds sous le nez. Et même alors vous pouvez encore clamer qu'ils ont été trafiqués sur un ordinateur.

– Pardon ? Je ne te crois pas. Elle est très sexy. Et elle t'aimait bien, je le sais.

– Si j'avais couché avec elle, ça te ferait quelque chose ?

– Tu voudrais que ça me fasse quelque chose ? (Et voilà ! Elle était encore mieux réveillée que moi, maintenant. Pas juste !) De toute façon, Paul, je sais que c'est ce qui est arrivé. C'est pour ça que tu disais que tu étais gâté, dans ton e-mail. Tu as couché avec elle. Tu l'as sautée.

Re-re-*shit*. Le polaroïd m'était présenté, et c'était moi qui l'avais envoyé à Alexa. What a con.

– Bon, oublie Virginie, ai-je commandé en espérant que ma seule voix aurait le pouvoir de réaliser ce miracle. Quand est-ce que tu rentres à Paris ? Ton exposition commence bientôt, non ?

– Je ne veux pas que tu voies mon exposition !

– Quoi ? Pourquoi pas ?

Bien sûr que j'allais y aller ! Qu'une ex-petite amie expose ses photos à Paris, cela n'arrivait pas tous les jours, si ? Et j'allais en faire partie, non ? Cette photo qu'elle avait prise devant le magasin Courrèges. Pas question que je ne lui apporte pas mon soutien ! J'allais amener des amis avec moi, faire l'acquisition d'un tirage, tout mettre en œuvre pour qu'elle ait du succès. Le temps de ces quelques réflexions, elle n'était plus en ligne. Lorsque j'ai rappelé, je suis tombé sur sa boîte vocale. « Bien joué, Paul, ai-je pensé. Du beau boulot pour commencer la journée, et il est à peine dix heures et demie ! »

– Pol ? You're OK ?

La voix nasillarde de ma colocataire, Marie-Christine, a flotté jusque dans ma chambre. Empreinte d'une inquiétude notable, très certainement parce qu'elle m'avait entendu beugler comme quelqu'un qui vient de renverser un pot de dissolvant sur la Joconde : « Meeeerde ! »

9

Les Français aiment à dire que « le client est roi ». Le problème, c'est que l'on sait comment ils ont traité leurs souverains, dans le passé. Lorsque la tête guillotinée de Louis XVI a roulé sur les pavés de l'actuelle place de la Concorde, les milliers de spectateurs présents se sont esclaffés bruyamment. Quant à l'épouse de Louis, Marie-Antoinette, elle reste jusqu'à aujourd'hui l'objet de la haine populaire pour avoir soi-disant conseillé en ces termes aux foules affamées qui se plaignaient de ne plus avoir de pain : « Qu'ils mangent de la brioche ! » Exécutée pour avoir suggéré à son peuple une amélioration alimentaire...

En réalité, « le client est roi » constitue une formule aussi creuse que « my tea is rich ». Et ce qui m'inquiétait particulièrement, chaque fois que je pensais aux chances de survie à long terme de mon salon de thé, c'était de constater que mes employés étaient peu à peu en train de reprendre le véritable credo des industries de service en France, qui est : « Le client est une perte de temps. »

Cette philosophie a depuis longtemps inspiré un comportement de base à l'égard des malheureux consommateurs pour lequel Benoît, notamment, semblait génétiquement équipé. En fait, il ignorait purement et simplement la présence, voire l'existence de la clientèle. S'il était occupé à briquer notre grand samovar en inox ou à remplir un saladier, un nouvel arrivant n'aurait pu attirer son attention qu'en se penchant par-dessus le comptoir et en le saisissant par les oreilles. Comme mes clients étaient généralement peu enclins à ce type de violence et se contentaient d'un timide : « Euh, excusez-moi... », il leur répondait poliment qu'il était très occupé, pour l'instant, mais qu'il ne manquerait pas de s'occuper d'eux dès qu'il en aurait terminé avec la mission vitale qui l'occupait.

J'ai donc dû lui expliquer qu'il ne servait à rien de tenir les saladiers remplis à ras bord s'il effarouchait tous les éventuels consommateurs de salade et lui démontrer qu'il était possible d'interrompre n'importe quelle tâche pour saluer un client qui venait d'entrer. Mais même après en être convenus, Benoît et le reste de ses collègues n'ont pu s'empêcher de céder à cette autre habitude typiquement française héritée de la fameuse devise des Trois Mousquetaires, « Tous pour un et un pour tous ». Quand un client revenait au comptoir après avoir payé l'addition et annonçait à Yannick ou à Jeanne qu'il n'avait pas eu ce qu'il avait commandé, l'équipe au complet s'arrêtait soudain pour se lancer dans un grand débat quant au contexte dans lequel l'erreur avait pu survenir, et si le menu anglais expliquait assez clairement la différence entre un sandwich au fromage – « cheese » – et un sandwich qui contiendrait une chaise. Puis ils se remémoraient mutuellement la fois où une confusion encore plus grave s'était produite dans un épisode de série télé dont ils ne se souvenaient plus du titre exact. Pendant ce temps, les gens qui faisaient la queue n'avaient qu'à prendre leur mal en patience.

Mes dévoués coéquipiers, et jusqu'à la très accueillante Katy, attendaient avec une grande délectation le moment de la journée, très précisément onze heures cinquante-cinq, où ils fondaient sur les consommateurs attablés devant une simple boisson ou un léger snack pour débarrasser leur table avec une énergie qui proclamait : « Commandez un vrai déjeuner ou foutez le camp ! » Et que je t'enlève une théière encore à moitié pleine, et que je te fasse pratiquement avaler de force un dernier biscuit traînant sur l'assiette... Là encore, j'ai dû intervenir. Le message implicite, leur ai-je expliqué, devait être : « Et si vous restiez déjeuner ? » Et, dans ce cas, il fallait annoncer correctement la spécialité du jour et attendre de voir leur réaction. Il n'était possible de les éjecter – avec un luxe de politesse, s'il vous plaît – que si de nouveaux arrivants restaient plantés au milieu de la salle, un plateau chargé de victuailles entre les mains, cherchant du regard une ultime table libre.

Quelle attitude adopter devant un client qui objecterait que l'on peut rester tranquillement assis devant la même consommation pendant des heures, dans un café français ? Demander au récalcitrant s'il a déjà essayé de commander une menthe à l'eau tout en étant installé à une table déjà dressée pour le déjeuner. J'ai commis cette erreur une fois, en tentant de brandir mes droits inaliénables de consommateur : on m'a répondu d'aller me faire voir chez McDonald's, si je n'étais pas content. La règle d'or, ai-je martelé à mon staff, c'est que notre souhait le plus cher est de voir nos clients revenir. Une évidence, me direz-vous ? Pas pour l'entièreté du personnel de restaurant en France.

Je dois reconnaître que, parfois, la faute ne revenait pas à l'équipe, mais au client. Celui-ci pouvait se révéler être une vraie tête de nœud.

Ainsi de ce touriste d'une trentaine d'années, muni de l'équipement complet du visiteur anglophone qui se risque en territoire ennemi l'espace d'un week-end prolongé : coupe-vent prévu pour résister aux typhons, guide touristique gardé ouvert d'un doigt au chapitre consacré aux échanges avec la populace locale et mine perpétuellement soupçonneuse. Il avait même une gigantesque ceinture-portefeuille qui devait sans doute receler un parachute, avec une boucle spécialement prévue pour y loger une petite bouteille d'eau minérale à laquelle il était raccordé par un tube en plastique accroché à son col, ce qui lui permettait de boire sans s'arrêter et d'éviter ainsi de tomber dans une embuscade. Ledit tube se balançait devant lui à chaque mouvement telle l'antenne d'un capteur satellitaire, fonction qu'il remplissait peut-être également.

C'était un vendredi matin, vers onze heures et demie. Le type est entré dans le salon de thé, a considéré les lieux d'un œil inquiet et s'est dirigé sur Benoît, qui était en train de rêvasser derrière le comptoir, une joue posée contre le samovar tout chaud. Le fils de Jean-Marie était tombé amoureux de la rutilante machine, au point de polir sans relâche sa carcasse en inox et de tripoter avec ravissement son robinet. Je n'étais pas opposé à sa passion contre nature, loin de là : pour une fois que ce blasé intégral manifestait de l'enthousiasme pour quoi que ce soit.

– Quelles sont les options végétariennes ? a prononcé soigneusement le touriste, avec un fort accent britannique.

C'était à tous les coups l'une des formules d'urgence qu'il avait apprises par cœur avant de traverser la Manche, en plus de « Appelez l'ambassade » et « Où est mon anorak ? »

Interrompant ses jeux érotiques avec le samovar, Benoît a levé les yeux sur le défi qui venait d'être lancé à son intellect. On ne lui avait encore jamais posé une telle question, et, en bon Gaulois qui se respecte, il n'imaginait même pas ce que le concept pouvait englober. Mais il a bien réagi : pointant un doigt sur le menu affiché au mur, il a déclaré au nouveau venu, en articulant clairement, qu'il y avait plein de légumes, là-dedans, salades, pommes de terre au four, toasts au fromage... Il n'avait que l'embarras du choix. Le touriste l'a observé un moment.

– Mais pourquoi vous n'indiquez pas les options végétariennes avec le signe ?

– Le signe ?

– Oui !

Le type a tracé un V dans les airs.

– Ah...

Benoît s'est penché vers lui et, sur un ton de conspirateur, lui a confié que nous ne ferions pour rien au monde une chose pareille, parce que cela rebuterait les clients français. Croisant mon regard, il m'a cligné de l'œil. Il apprenait vite, pas de doute. Mais le touriste venu d'Albion n'était pas convaincu.

– Est-ce que vos pommes de terre au four sont végétariennes ?

« Non, ai-je répondu en mon for intérieur. Elles sont carnivores. Essaie de planter ta fourchette dans une de ces patates et elle t'arrache le bras ! » Mais je savais ce qu'il avait voulu dire, évidemment : est-ce que la farce est végétarienne ? Sauf

296

qu'avec un peu de jugeote on peut voir que les baked beans – des haricots en sauce rouge – sont exactement ça dans toutes les langues du monde. Des haricots à la tomate, pas des rognons de grenouille mitonnés au sang de cheval.

Benoît en a d'abord été tétanisé : sommé de décider si un légume était un végétal, son cerveau cartésien avait court-circuité. Heureusement, les jeunes Français étudient la philosophie jusqu'à l'âge de dix-huit ans et il a donc été en mesure d'exécuter une esquive logique des plus spectaculaires.

– Pourquoi vous ne prendriez pas un sandwich tomate-fromage ?

– Est-ce que le fromage est végétarien ? s'est enquis le client.

Là, mon serveur a manqué d'être terrassé par le surmenage cérébral. Du fromage végétarien ? Aucun Français n'est prêt à assumer cette idée, même si vous lui offrez une piscine pleine de champagne tous les matins jusqu'à la fin de sa vie. Je me suis approché, prêt à retenir Benoît au vol s'il tombait dans les pommes.

– No, it's French cheese, ai-je informé le type et, toujours en anglais : contrairement à chez nous, vous ne pouvez jamais savoir si la présure est animale ou végétale. Alors si vous avez déjà mangé du fromage français, ce n'est plus la peine de poser la question.

– Hmmm.

Le touriste a médité cette information, complètement immobile. Le seul signe de vie venu de lui était le léger balancement de son tube d'alimentation en eau. Par chance, il était encore tôt. Une demi-heure de plus et une queue impatiente se serait formée derrière lui, tandis que mon équipe au complet aurait convergé sur l'importun afin de lui donner une leçon de « tous pour un ».

Et là, à cet instant, j'ai enfin compris la mentalité des garçons de café français. Ils s'exténuent à servir vingt tables à la fois quand soudain un olibrius tel que celui-ci apparaît et se met à leur demander où sont les « options végétariennes ». Un serveur tricolore à l'heure de pointe pensera naturellement à la première option végétarienne : enfoncer la tête du bonhomme dans la cuvette des toilettes. En plus du facteur perte de temps, ici, poser de pareilles questions constitue une forme d'impolitesse choquante. Après tout, un cuisinier passe des années en école hôtelière, des mois à concocter un menu, des heures à faire le marché, et voici qu'une famille de touristes se pointe pour commander trois omelettes nature et une assiette de spaghettis. Avec ketchup, en plus ! C'est un peu comme si Michel-Ange avait commencé à peindre la chapelle Sixtine et que le pape apparaissait en disant : « Vous savez, je pense que je préférerais une couche de blanc partout ».

– Écoutez, votre français est vraiment excellent, ai-je glissé au type en anglais, mais il ne sert à rien de parler leur langue si c'est pour exprimer des choses qu'ils ne comprendront jamais. La bouffe végétarienne, c'est tout bonnement inconcevable, pour eux. Ils sont convaincus qu'un quidam qui n'a pas un orgasme en attaquant une pièce de bœuf pratiquement crue est un philistin irrécupérable. Venir en France pour manger végétarien, dans leur esprit, c'est comme quelqu'un qui fait vœu de chasteté et part vivre dans un harem. Ils ne pigent pas du tout votre salade. Sans mauvais jeu de mots, bien sûr.

J'ai bien senti que j'étais tombé dans le piège en commençant à traiter un client comme une tête de nœud, mais j'étais aussi convaincu qu'il avait besoin de mieux comprendre le pays dans lequel il s'était aventuré s'il ne voulait pas mourir de faim une fois qu'il aurait terminé les rations de survie stockées dans sa ceinture.

– Mais vous devriez indiquer les options végétariennes sur votre menu, a-t-il insisté.

– Impossible. La loi française l'interdit.

Se réfugier derrière les idées préconçues a du bon, des fois.

– Vous êtes sûr ?

– Non, vous avez raison, je ne suis pas sûr. Je vais appeler la police et leur demander, si vous préférez.

Contrairement à ce que j'attendais, il n'a pas pris ses jambes à son cou, mais s'est contenté de lâcher un grognement dubitatif et, se tournant vers Benoît, a passé commande :

– Un toastie avec fromage, s'il vous plaît.

– Comment ?

Le pauvre Benoît avait du mal à sortir de son coma.

– Un sandwich toasté au fromage, s'il vous plaît.

« Oh ! allez, sois un peu français ! l'ai-je admonesté en mon for intérieur. Lève les bras au ciel en te plaignant de ma grossièreté, crie plus fort que moi jusqu'à ce que tu aies le dernier mot, ne t'aplatis pas ! » Qui a appelé les Français des « singes capitulards mangeurs de fromage » ? Un personnage dans les *Simpson*, non ? Mais la réalité est tout autre : c'est nous, les Britanniques, qui sommes de petits trouillards, mangeurs de fromage végétarien, prisonniers des bonnes manières et des saveurs fades.

– Oui, monsieur, a soudain réagi Benoît en ouvrant le grille-pain d'un coup sec et en y glissant un sandwich.

– Est-ce que vos jus de fruits sont bio ? a demandé le touriste, ce qui m'a inspiré une envie irrépressible d'aller presser quelques oranges.

De nous deux, pourtant, c'est moi qui venais de recevoir une leçon.

Les serveurs français sont des pros, avais-je découvert alors que trop de leurs clients ne sont que de fichus amateurs. Pour de pareils virtuoses, s'occuper de consommateurs qui ne connaissent rien à leur culture est aussi frustrant qu'un international de tennis dont pas une seule balle n'est retournée : il réussit tous ses services, évidemment, mais où est l'intérêt ? Un bon garçon de café est pareil – il aime les parties serrées, les adversaires qui ont du style.

Il attaque par un « Vous avez fait vot' choix ? » fulgurant, le client répond par une sélection bien envoyée que l'autre arrête au filet et renvoie en une énergique volée à propos du vin, laquelle ne peut être récupérée que par un lob prudent, « Qu'est-ce que vous en pensez ? », et là le serveur case le smash de la bouteille du mois, et il score le jeu. Des échanges similaires se produisent à propos du dessert, puis du café. À la fin, tout le monde a pris une bonne suée et tout le monde est content... Sauf si le consommateur ignore jusqu'à la raison d'être du service. « C'est quoi, ce boulet blanc qui m'arrive dessus, s'interroge le puceau du tennis, et qu'est-ce que je dois en faire ? » On ne s'étonnera alors pas que les pros perdent parfois patience et salent la note des amateurs, juste pour leur avoir fait perdre leur temps.

« Une minute !, me suis-je brusquement repris. Qu'est-ce qui m'arrive ? Qu'on m'apporte un miroir, vite ! J'ai l'impression que je suis en train de me métamorphoser en serveur français. »

V
Certains les aiment chaudes

1

Quand une femme mariée vous propose de la rejoindre dans un musée, vous êtes en droit de présumer que c'est une invitation innocente. Non? Mais quand elle vous donne l'adresse dudit musée sans vous dire le nom du lieu, vous êtes en droit de trouver ça un peu bizarre.

Plus surprenant encore : à peine sorti du métro, je me suis retrouvé nez à nez avec une phalange de dames à la poitrine dénudée. Certaines étaient même affublées de grandes croix noires ou de cœurs rouges couvrant leur bas-ventre. Leurs mains, passées derrière ces cache-sexe peu courants, se trouvaient apparemment effarées de constater qu'elles ne portaient pas de petite culotte. D'autres, bouche ouverte en un O figé, braquaient leurs seins remarquablement développés sur moi comme si j'étais la cible désignée d'un concours à qui giclerait son lait avec le plus de précision.

Ce n'était que des photographies, certes, mais presque grandeur nature et se succédant en une longue allée. Drôle de musée, me suis-je dit. Dédié à quoi? La collection nationale des vibromasseurs? Alors que l'étonnement m'avait immobilisé sur place, un type en blouson de cuir très ajusté est apparu sur le perron et m'a informé que ces dames, spécialistes en lapdance, m'attendaient toutes au sous-sol.

J'ai eu du mal à le croire pour deux raisons. La première, c'était que personne, hormis la femme mariée qui m'avait convié là, n'était au courant de ma venue ; deuxièmement, l'étroit escalier que j'apercevais par la porte vitrée à montants dorés ne semblait pas mener à un espace assez grand pour contenir cette armée d'amazones. Lorsque je me suis permis de douter qu'elles soient « toutes » réunies en bas pour m'accueillir, le gars s'est fâché, me réservant une épithète qui, littéralement traduite du français, signifiait que je n'étais qu'un vagin de taille réduite. Je n'ai pas bien compris pourquoi il était tellement furieux que je puisse manquer une séance de lapdance démultipliée.

De l'autre côté du boulevard de Clichy, deux cars de touristes, qui n'étaient visiblement pas les premiers de la journée, déchargeaient leur cargaison humaine devant un alignement de sex-shops et de théâtres porno. Des groupes d'étrangers gloussants déambulaient, tentant de glisser des regards concupiscents derrière les croix et les cœurs. La plupart restaient à distance prudente mais certains s'apprêtaient à se risquer entre les rideaux noirs qui protégeaient l'entrée des boutiques. À ce stade, j'aurais dû me demander pourquoi elle m'avait donné rendez-vous dans un quartier pareil. À la place, je me suis interrogé sur les raisons pour lesquelles les magasins X étaient immanquablement flanqués de gargotes à kebabs et chawarmas : était-ce parce que les dames en sous-sol avaient un besoin constant de protéines pour conserver leur pleine capacité à rouler du popotin ?

Continuant le long de cet étalage de sexe et de cuisine méditerranéenne, j'ai fini par atteindre le numéro qu'elle m'avait donné. C'est là que j'ai commencé à douter sérieusement de ses motivations à me convoquer en un tel lieu : le musée ressemblait en tout point aux multiples sex-shops, à la seule différence que les objets exposés dans la vitrine étaient accompagnés de petits écriteaux explicatifs en diverses langues, bien qu'à mon avis un énorme phallus en bois sculpté n'ait eu besoin d'aucune explication. Une enseigne en néons proclamait fièrement qu'il s'agissait là du « musée de l'Érotisme ».

Si les photos de femmes nues derrière la vitre avaient été plus modernes, je n'aurais sans doute pas osé m'approcher d'aussi près afin de les examiner mais bon, c'était un musée, non ? De la culture avec un grand C ! Alors, au lieu d'adopter l'attitude furtive des touristes, j'ai froncé les sourcils en me concentrant sur la signification sociologique de ce déploiement de chairs féminines. Il m'a certes été plus difficile de garder une impassibilité scientifique devant la pièce exposée au centre de la façade transparente, à savoir une chaise droite tendue de faux léopard, équipée d'une roue émergeant du siège sur laquelle une série de langues en plastique tournaient lentement. L'idée était probablement qu'une femme nue s'asseyant là-dessus connaisse une mémorable expérience. Mais, en notant la poussière accumulée sur ces appendices lubriques, je n'ai pu m'empêcher de penser qu'elle s'en sortirait avec beaucoup d'eczéma et peu d'extase.

C'est là que je devais retrouver une femme mariée ? Quel était le message implicite de ce rendez-vous ? S'il m'avait été fixé par l'épouse légitime de Jean-Marie, j'aurais conclu qu'il s'agissait d'une taquine mise en condition avant de passer aux choses sérieuses, et je me serais enfui au triple galop. Mais l'invitation était venue de Nathalie, la journaliste télé, qui m'avait expliqué qu'elle préparait un sujet magazine sur les endroits insolites à Paris, parmi lesquels figuraient mon salon de thé et ce musée. Si je n'avais pas bien saisi le rapport entre l'un et l'autre, c'est certainement parce que je n'avais pas la fibre du reporter.

Je m'étais attendu à un lieu plus classiquement ringard, comme la capitale française en compte tant : le musée du Tabac, par exemple – « Oh, papa, regarde cette belle tumeur ! » –, ou celui du Parfum – « Ah, un flacon ! Hé, encore un autre ! », etc. –, ou celui de la Poupée – « Dis, m'man, pourquoi le monsieur bizarre prend toutes ces photos des Barbie ? » Mais après tout, pourquoi pas l'Érotisme ? Quoi de plus parisien, finalement, à part peut-être une exposition de crottes de chiens ?

À l'intérieur du bâtiment, les choses devenaient encore plus explicites. Je n'avais même pas encore payé l'exorbitant ticket d'entrée que j'avais eu sous les yeux un « hibou phallique » – un oiseau en porcelaine de vingt centimètres de haut dont le crâne se terminait inexplicablement en braquemart humain – et une fontaine formée par une nymphe dénudée, à genoux, dont les tétons et la bouche laissaient échapper des jets d'eau aussi énergiques que celui qui lui administrait un lavement rectal de l'autre côté. Je n'ai jamais rien vu de tel chez Habitat.

L'impression générale se situait cependant à des années-lumière du réalisme sordide des salons de massage et des cabines de projection privée. Tandis qu'un jeune couple italien très élégant se penchait sur la fontaine, une petite compagnie de Japonaises ou Coréennes – j'allais devoir vérifier auprès de Jake – prenaient des photos d'estampes grivoises sur leur téléphone portable.

Je n'ai pas eu conscience d'être un visiteur mâle non accompagné jusqu'à ce mon regard s'arrête sur un pauvre bougre arrêté dans l'escalier qui conduisait aux étages : la trentaine, casquette de base-ball, blouson en jean, dépourvu des accessoires du touriste moyen, il n'observait pas les œuvres exposées mais dévisageait avec insistance toutes les femmes présentes comme s'il attendait désespérément que l'une d'elles l'accoste et lui dise : « Hé, tu veux essayer ça avec moi ? » À l'exception de la casquette, de quelques années en plus et de cet air expectatif, je devais beaucoup lui ressembler et soudain j'ai compris pourquoi les gens venaient ici en couple ou en groupe.

Il était temps de trouver Nathalie, et vite.

Je suis tombé sur elle au deuxième étage, où elle était plongée dans la contemplation d'une collection de godemichés népalais taillés dans un bois qui semblait ne pas avoir été suffisamment poli – j'ai espéré que ces objets soient des symboles de fertilité plutôt que des ustensiles sexuels : une seule séance avec eux et c'était vingt-quatre heures de microchirurgie obligatoire pour retirer les échardes.

Après avoir échangé une poignée de main très professionnelle, nous nous sommes mis à parcourir le musée ensemble. Je me suis rendu compte que ce n'était guère moins embarrassant que de déambuler tout seul, car, si dans un musée normal on peut faire des remarques spirituelles sur l'âge incroyable de telle pièce ou sur les souvenirs d'enfance que telle autre inspire, les seuls commentaires appropriés, ici, auraient été du style :

« Vise un peu où elle se met ça ! », ou : « Je comprends pourquoi il a l'air si content. » Et quand on connaît à peine la femme avec laquelle on visite, il n'est guère facile de briller devant la reproduction à grande échelle d'un utérus en résine. Nathalie ne paraissait aucunement gênée, cependant, se déplaçant à grands pas, pouffant à la lecture de certaines notices techniques et dictant de courtes observations sur son magnétophone de poche.

– Fascinant, a-t-elle observé dans le micro : les hommes sur les peintures indiennes ont le membre long et fin, alors que sur les japonaises ils se pavanent avec des engins monstrueux, très disproportionnés. Complexe d'infériorité ? (Puis, se tournant vers moi tout en jetant un coup d'œil appréciateur sur un samouraï monté comme un éléphant en kimono :) Qu'en pensez-vous ?

– Pauvres Japonaises, ai-je répondu.

– Ah oui, on dit toujours que les Anglais sont très attentionnés. C'est vrai ?

– Un peu plus que ce samouraï en tout cas.

– Hmm. Vous évitez la question. Par modestie, j'en suis sûre.

Admettons. Nous sommes parvenus devant une vitrine remplie de cruches aux motifs obscènes. L'anse de l'une d'elles était constituée par un couple en train de réaliser un 69, et son bec verseur avait la forme d'une bite en pleine érection.

– Précolombien, a affirmé un touriste américain à son épouse. Aztèque, je dirais.

Il se croyait au Louvre, ma parole !

– Pas étonnant que leur civilisation ait disparu, a-t-elle répliqué ; je serais morte de soif plutôt que de boire à ce machin.

– Ce n'est pas ce qu'on dit des Américaines, m'a chuchoté Nathalie.

Peu après, elle m'a demandé ce qui m'avait conduit à venir vivre à Paris et à y ouvrir un salon de thé. Devant un assemblage de phallus en jade ostensiblement débandés, je lui ai narré mes déboires initiaux en France puis, alors que nous tentions de trouver un sens à un dessin surréaliste représentant une femme en train d'enfoncer sa tête entre ses propres fesses, je lui ai décrit combien l'équipe réunie par Jean-Marie s'était évertuée à me casser cette même partie de mon anatomie. Ensuite, à peine distrait par une statue thaïlandaise d'un homme en robe de moine qui avait deux pénis à la place des mains, je lui ai décrit les arnaques de l'architecte Nicolas.

– Mais vous, personnellement, vous vous sentez chez vous, à Paris ? m'a-t-elle interrogé.

J'ai affirmé qu'à part quelques malentendus avec un assortiment de réceptionnistes, de serveurs, d'employés de la préfecture, d'agents immobiliers, d'anciens collègues et avec toute la population canine de la capitale, je m'étais bien acclimaté à mon nouveau statut d'« Anglais in Paris ».

– À propos de ça, regardez un peu !

Nous nous sommes penchés sur une photographie intitulée « la chambre du prince de Galles », qui n'était autre que le pied-à-terre permanent du futur roi Édouard VII dans un lupanar parisien. Le lit pharaonesque et le sourire épanoui de la mère maquerelle prouvaient que le fils aîné de la reine Victoria avait été un chaud lapin, mais mon attention a surtout été attirée par le divan que le prince avait spécialement conçu pour son nid d'amour. C'était un canapé bas recouvert de chintz sur lequel l'homme s'agenouillait, surmonté d'un siège surélevé muni d'accoudoirs, là où vraisemblablement la femme s'installait jambes écartées pour que le galant la satisfasse. Ou bien c'était lui qui était assis et elle à genoux ? Je n'avais pas vraiment envie de savoir.

– Je ne me doutais pas que vous aviez tant d'imagination, vous autres Anglais, a glissé Nathalie qui, tête penchée de côté, considérait les multiples ressources du lubrique divan.

– Son père était allemand, ai-je concédé modestement.

– Et vous, vous habitez un appartement comme ça ? s'est-elle enquise.

– Non, hélas. Ils n'avaient plus de chambre pour moi, au bordel.

– Quel dommage... Où vous habitez, sérieusement ?

En entendant mon adresse, elle a éclaté de rire. Pourquoi ils réagissaient tous de cette manière ? Je commençais à avoir de sérieux doutes quant à mon choix du XVᵉ arrondissement : d'accord, ce n'était pas le quartier le plus branché de la capitale, mais de là à déclencher cette hilarité chaque fois...

Nathalie a fini par me révéler les arcanes de la consonance de la rue Eugène-Gibez : pour une oreille française, ça donne « rue Eugène, j'y baise ». Ce qui expliquait pourquoi tous les chauffeurs de taxi qui m'avaient ramené chez moi, sans exception, avaient ponctué mes instructions par un « Tant mieux pour vous ». Bien ma veine, ai-je pensé, d'avoir choisi cette artère parmi les quatre mille huit cents que compte le centre de Paris.

– Et c'est vrai ? a interrogé Nathalie en passant un doigt rêveur sur une selle de bicyclette dont le cuir présentait une fente d'un rose très suggestif.

– Qu'est-ce qui est vrai ?

– Que vous y... baisez ?

Le millième de seconde qui avait précédé le mot clé était digne de figurer dans ce musée, en tant qu'exemple parfait d'érotisme mis en pratique.

– Vous avez entendu parler de l'hôtel... Gibez ? a-t-elle repris.

Encore cette pause infime mais spectaculaire. Ses yeux étaient plongés dans les miens. J'ai compris que cet établissement n'existait pas pour de bon. Nous avions là une déclaration en bonne et due forme.

2

De la détermination avec laquelle elle m'a fait traverser le boulevard et m'a conduit à un hôtel situé à un carrefour très fréquenté, j'ai déduit que Nathalie n'en était pas à son coup d'essai.

C'était un immeuble du XIXe siècle reconverti dont chaque fenêtre était surmontée d'une banne rouge sang. Hôtel Réage, proclamait la devanture ornée d'une plaque bleu marine qui alignait trois étoiles.

Avait-elle réservé une chambre ? Et, si oui, était-ce incroyablement sexy, ou un peu flippant ? Dès que nous avons passé le seuil, pourtant, elle a perdu son assurance et, m'attrapant par le bras, elle a chuchoté :

– Tu demandes, toi. S'il te plaît. Moi je déteste ça.

La réception, petite mais cossue, était à moitié occupée par un grand escalier qui desservait les chambres. On ne venait pas ici pour traîner dans les fauteuils, c'était clair. Le décor rappelait la maison de passe classique, ou du moins l'idée que je m'en faisais, murs et moquette écarlates, miroirs à cadre doré, et ainsi de suite, tout comme la photo de l'appart' du prince de Galles. Derrière le comptoir, cependant, le jeune Espagnol en costume sombre et chemise blanche n'avait rien de l'entremetteuse poudrée. Son comportement était aussi discret et réservé que sa tenue, car il n'a pas du tout montré qu'il se doutait fort bien de ce que Nathalie et moi avions en tête, se bornant à nous saluer d'un sobre « Bonjour madame, monsieur ».

– Vous avez une chambre ? me suis-je lancé. Pour...

Fallait-il dire « une nuit », ou était-ce pousser la mise en scène trop loin ? Il devait avoir constaté que nous n'avions pas apporté de pyjamas...

– Pour deux ? a-t-il complété avec tact.

– Oui.

Je me suis retourné pour partager mon soulagement avec Nathalie, mais elle s'était absorbée dans l'étude des brochures touristiques présentées sur un tourniquet près de l'entrée. Comme le réceptionniste s'était lancé dans des explications détaillées sur l'heure du petit déjeuner et la manière de se rendre à la salle à manger, elle a fini par intervenir pour lui déclarer fermement que ce ne serait pas nécessaire, merci beaucoup. Sans insister, il m'a tendu la clé. Deux secondes plus tard, nous mettions le cap sur le premier étage.

Gravir un escalier derrière une femme à Paris est généralement une expérience très agréable, les Parisiennes apportant un soin extrême à mouler leurs formes postérieures. Ici, le métro est beaucoup moins profond que celui de Londres, de sorte que les escalators sont moins courants. Le temps de grimper toutes ces marches jusqu'au niveau de la rue, on dispose d'un très grand choix de derrières féminins à admirer. Au bout d'une semaine, ce vaste assortiment de rondeurs vous a réconcilié avec le genre humain, et je suis certain que les femmes prennent autant de plaisir à cet exercice que les hommes.

Mais ce ne sont que des rêveries vagabondes, de quoi se distraire de la routine des trajets en métro. Autrement plus excitant est de monter l'escalier d'un hôtel en plein après-midi à la suite d'une paire de fesses que vous savez être sur le point de découvrir, et de caresser dans toute leur splendeur, sans voile. Dans mon cas, que la paire en question ait l'expérience de l'âge, et appartienne à la première femme mariée de mon cursus sexuel, ne faisait que rajouter du sel au moment. Après le musée, j'avais décidément une journée riche en découvertes culturelles.

Puisque Nathalie n'était de toute évidence pas une novice dans ces rencontres furtives, j'ai jugé nécessaire de jouer les vétérans du cinq à sept lorsque nous sommes entrés dans la chambre, ce qui m'a conduit à résister à la tentation d'allumer aussitôt la télé pour voir quelles chaînes ils proposaient. J'ai néanmoins inspecté le minibar pendant qu'elle disparaissait dans la salle de bains, mais elle en est ressortie si vite qu'elle m'a surpris dans cette attitude. « Pas du tout cool, ça ! » me suis-je tancé. À ma grande surprise, pourtant, elle a lancé un petit cri ravi et déclaré que j'avais des réflexes « géniaux » :

– Champagne, oui ! Très classe !

Ensuite, elle m'a suggéré de m'approcher et de la déshabiller, repassant soudain au vouvoiement comme si nous avions à peine été présentés alors que nous étions déjà sur un pied d'intimité plus qu'avancé. Pourquoi n'avais-je plus droit au « tu », ai-je été tenté de lui demander. Mais entre débou-tonner son chemisier et s'engager dans une discussion sur un point de grammaire française, le choix était évident et j'ai résolu de remettre les éclaircissements linguistiques à plus tard.

« Superbes dessous, ai-je pensé en la regardant s'en dépouiller lascivement ; si elle porte ce genre de lingerie tous les jours, son mari est le plus heureux du monde. À part quand son épouse s'envoie en l'air avec des inconnus, bien entendu. » Et aussi une grande inventivité dans l'usage du champagne, dont seule une faible partie a terminé dans nos verres, le reste allant pétiller sur les points les plus sensibles de notre anatomie jusqu'à ce que nous l'asséchions sous nos baisers.

Son corps était étonnamment délectable. Je m'étais souvent demandé ce qui arrive à l'enveloppe physique d'une femme quand elle passe de vingt-cinq à trente-cinq ans, disons : dans le cas de Nathalie, rien de grave. Elle avait eu deux enfants, ce qui n'était notable qu'à d'infimes rides sous les seins et autour du nombril. Son ventre impeccablement plat aurait valu une médaille d'or au système médical français qui aide si bien les nanas à rester dans une forme excellente pour les parties de jambes en l'air postnatales et extraconjugales.

Expérimentée, elle l'était, et ô combien ! Elle savait ce qu'elle voulait et comment l'obtenir, pour citer les Sex Pistols. Et elle était prête à « démolir les passants », comme dans la même chanson, ou du moins leurs tympans car j'ai eu à plusieurs reprises l'impression que ses cris allaient finir par fracasser les vitres ou parvenir à un crescendo final. Mais ils se calmaient à chaque fois, me laissant avec la question : est-ce que le show est terminé ? J'ai failli lui proposer de transférer notre rencontre à un hôtel proche de l'aéroport, me disant qu'avec un décollage d'Airbus à chaque minute nous ne dérangerions personne.

– Ne vous inquiétez pas, m'a-t-elle rassuré plus tard. Ce n'est pas votre faute. Si je ne crie pas, je ne peux pas avoir d'orgasme.

« Hurler » m'aurait paru un terme plus approprié, mais je n'avais pas envie de m'engager dans une polémique sur le niveau exact de décibels qu'elle était capable de produire. Par ailleurs, le Français en moi était déjà préoccupé par des considérations plus intellectuelles : elle persistait à me vouvoyer, alors que nous étions incontestablement devenus des intimes, au cours de la dernière demi-heure. Quand je me suis senti autorisé à l'interroger à ce sujet, elle est devenue rouge comme une tomate. Ils font vraiment une fixette sur la grammaire : alors que ses joues n'avaient pas même rosi pendant nos ébats, voici qu'elle piquait un fard telle une bonne sœur assistant à une compétition de trampoline pour nudistes parce que je la priais d'expliquer son usage des pronoms personnels...

– C'est très sexy, a-t-elle enfin avoué.

Quoi ? Dire « vous » à la place de « tu » était érotique ? Pas étonnant que les Anglais utilisent l'euphémisme « leçon de français » pour désigner une séance avec une prostituée. Est-ce que les professionnelles tricolores lisent un passage du *Bon Usage de la langue française* à chacun de leurs clients ? Mais c'était plus compliqué que ça, comme me l'a appris Nathalie : en fait, maris, épouses et amants de la haute bourgeoisie se vouvoient souvent, dans la vie quotidienne, et selon elle, cette politesse guindée contrastait merveilleusement avec l'abandon sans apprêts de leurs moments au lit. Elle m'a certifié qu'il n'y avait rien de meilleur que de passer soudain du « vous » au « tu » à l'instant précédant l'orgasme, et que c'était souvent suffisant pour la faire jouir. Dommage qu'elle ne me l'ait pas dit avant.

– C'est comme d'être séduite par un ouvrier aux mains sales pendant un bal, a-t-elle ajouté.

Une perspective qui pour ma part ne m'a jamais emballé mais bon, à chacun ses goûts...

La décoration superkitsch de notre chambre n'était d'ailleurs pas sans rappeler une salle de bal. Un énorme lustre en cristal planait au-dessus du lit et de lourdes tentures violettes laissaient à peine passer le jour, même quand elles étaient retenues par leurs embrasses dorées, créant une pénombre propice à bien des turpitudes. La seule faute de goût, à mon sens, était le portrait photographique en noir et blanc qui baissait des yeux sardoniques sur nous. J'ai reconnu le fameux chanteur français Serge Gainsbourg, une clope éternelle entre les doigts. Nathalie a surpris le regard désapprobateur que je lançais au cadre.

– C'était un amant fantastique, m'a-t-elle assuré. Un jour, sur un plateau de télévision, il a déclaré à Whitney Houston qu'il voulait la sauter.

– J'espère qu'il lui a dit « vous ».

Je n'avais jamais compris comment ce vilain nabot picoleur avait pu devenir un sex symbol en France, mais je ne pouvais pas me mettre dans la peau d'une Française, certes...

– Toutes les chambres de cet hôtel portent le nom d'un amant français célèbre, m'a informé Nathalie.

– Donc tu... vous êtes déjà venue ici ? Avec votre mari, bien sûr ? (Son petit rire amusé m'a donné la réponse.) Pourquoi vous faites ça ? Le tromper, je veux dire ?

Il ne m'a pas échappé que je venais de parler comme un collégien naïf, ou un curé. Et un hypocrite patenté, en plus : le type qui fait un cours de morale à la femme mariée qu'il vient de baiser.

Elle a réfléchi à sa réponse un moment tout en me caressant la cuisse.

– De toi à moi, tromper mon mari, je pense que c'est simplement un moyen de me prouver que je suis encore en vie.

– Oh ! tu l'es, aucun doute là-dessus !

– Et toi, qui est-ce que tu trompes ? s'est-elle enquise avec un sourire taquin. (Elle plaisantait, évidemment, mais sa question m'a aussitôt plongé dans un accès de mélancolie. Notant le changement de mon expression, elle s'est hâtée de continuer :) Ah non ! Quelqu'un t'a trompé, toi !

Ce n'était pas exactement la façon dont je voyais mon histoire avec Alexa, et pourtant je me suis laissé aller et je lui ai tout raconté : notre rencontre au restaurant où elle travaillait pendant la grève générale des garçons de café, sa détermination à m'initier aux fromages français les plus malodorants, mon égarement d'une nuit qui avait tout bousillé entre nous... C'était étrange de confier les sentiments les plus secrets que j'éprouvais pour une femme à une autre femme avec laquelle je venais de me retrouver au lit. Étrange, mais aussi très naturel. Après tout, il n'y a pas de meilleur endroit pour se faire consoler.

– Qu'est-ce qui la rend si spéciale pour toi ? m'a demandé Nathalie.

Sa question m'a pris au dépourvu. Je ne me l'étais jamais posée en ces termes. Alexa était très belle, certes, mais sans avoir la classe de Florence, par exemple. Et elle était sexy, assurément, mais n'en était pas aussi audacieusement consciente que Virginie ou Nathalie. Je me souvenais précisément de la courbe de son nez, de la couleur de ses tétons, de l'odeur de ses cheveux, du goût de sa sueur, mais toutes ces réminiscences remontaient à longtemps. Je ne lui avais pas souvent parlé dans la dernière période, et, presque chaque fois, cela s'était terminé en dispute. Alors, oui, qu'avait-elle de si spécial ?

– Elle est... elle.

Nathalie a médité cette piètre réponse comme s'il s'agissait d'une réflexion incroyablement profonde.

– She has something ?

Elle était revenue à l'anglais. Si Alexa avait « quelque chose » ?

– Oui. Elle me fascine. Elle a toujours des projets, des trucs qu'elle est déterminée à accomplir et en même temps elle m'encourage dans tout ce que je veux faire, moi. Et j'aimerais pouvoir l'aider. Entre nous, ça pourrait tellement...

Je me suis arrêté, ne trouvant pas le mot juste.

– Marcher ? a-t-elle proposé.

– Oui. Marcher.

– Alors il faut que tu décides ce que tu veux vraiment. C'est comme moi. Je ne veux pas quitter mon mari. Je ne le ferais que si je tombais amoureuse au point de ne plus pouvoir rester une seconde de plus à la maison. C'est peut-être pour ça que je me contente de ces petites aventures. (Un rire bref.) Oh, Serge nous trouve complètement idiots, là !

J'ai levé les yeux sur le cadre. C'était vrai. La moue ironique de Gainsbourg ne paraissait pas exprimer le plus grand respect pour nos considérations sur les mystères du cœur humain. « Fermez-la et baisez ! » semblait-elle nous intimer. D'après ce que je connaissais de ses chansons, il était capable de plus de subtilité.

Nathalie, elle, a pris le message de Serge au pied de la lettre. Revenant au vouvoiement, elle s'est installée sur moi et a susurré :

– Ce que je veux, pour l'instant, c'est que vous
versiez encore du champagne sur moi et que vous
me fassiez crier.

– Vos désirs sont des ordres, madame.

Elle a frissonné de plaisir. Le vaudou du « vous »
opérait à nouveau.

3

Depuis qu'il avait une relation stable, Benoît était transfiguré. Je veux parler de sa passion pour le samovar.

Progressant de jour en jour, il a commencé à assurer une vraie semaine de trente-cinq heures et à occuper le rôle de débonnaire capitaine d'équipe. En l'observant mieux, j'ai compris que ce que j'avais d'abord pris pour de la paresse était plutôt une tranquille confiance en soi. Lorsqu'il remplissait une tasse de thé, son expression concentrée vous donnait l'impression qu'il accordait une importance particulière à *cette* tasse, et le sourire paisible qu'il avait en vous la tendant laissait entendre que vous aviez pris la décision la plus sage de votre vie en la commandant.

Quand Jean-Marie m'a téléphoné pour prendre des nouvelles, j'ai donc été très content de pouvoir lui répondre la vérité. Non sans mentionner que j'avais en conséquence dû me séparer de l'un de mes premiers employés, Fabrice, le soi-disant étudiant en philologie polonaise. Ce dernier avait été simplement incapable de respecter les horaires, mais j'ai pensé qu'il était préférable de faire porter la responsabilité morale de son licenciement à

Jean-Marie, en supposant qu'il ait une vague notion de ce que ce concept signifiait. Tout en se montrant satisfait, l'heureux père m'a paru pressé de passer à un autre sujet. Une note d'impatience était perceptible dans sa voix.

– Nathalie, la journaliste. Vous l'avez vue ?

– Oui.

Et de près, aurais-je voulu ajouter. Après cet après-midi à l'hôtel, elle avait débarqué un dimanche à l'appartement de la rue J'y baise, s'était fait passer pour une Anglaise auprès de mes colocataires ravis, puis s'tait enferémée avec moi dans ma chambre pour hurler en très bon français. Bien qu'ayant passé la plupart du temps à mordre dans un oreiller, elle les avait apparemment traumatisés par ses cris d'extase puisqu'ils m'avaient fait remarquer ensuite que ce genre de situation ne se produisait jamais dans *Frendzes*.

Si seulement Nathalie avait joué à la place de Jennifer Anniston, leur ai-je rétorqué, le feuilleton aurait battu tous les records d'audimat. Mais Jean-Marie a interrompu ces agréables réminiscences :

– Est-ce qu'elle va faire un sujet sur le salon de thé ?

– Je ne sais pas.

Ce qui était vrai. Depuis notre rencontre au musée, nous n'avions jamais parlé travail. Peut-être que tout ce qu'elle voulait de moi était mon corps ? Je n'allais certes pas me plaindre qu'elle me prenne de temps à autre pour objet sexuel.

– Eh bien... (J'ai deviné qu'il cherchait quelle version de la vérité il allait me servir.) On devait commencer à tourner pour mon portrait mais elle s'est rétractée.

– Rétractée ?

– Oui. Elle a changé d'avis. Elle a dit qu'elle voulait travailler sur un autre angle.

– Je n'ai pas eu de ses nouvelles récemment, mais si vous voulez, je pourrais lui demander où elle en est.

La perspective d'appeler Nathalie et de me retrouver peut-être impliqué dans un nouveau concert de hurlements extatiques n'était certes pas pour me déplaire. Pour le moment, aucune femme à Paris, ni d'ailleurs dans aucune des capitales européennes, n'était aussi disposée qu'elle à coucher avec moi.

– Oui, pourquoi pas ? Bonne idée. (Ce qui voulait dire en clair que c'était ce qu'il avait en tête depuis le début.) Vous savez, a-t-il repris d'une voix maintenant plus enjouée, si Benoît est content, je pourrais éventuellement racheter le tea room pour lui.

J'ai préféré penser qu'il plaisantait.

N'écoutant que mon devoir, j'ai laissé un message à Nathalie. Le lendemain matin, de bonne heure, elle a fait son apparition au salon de thé. Contrairement à Virginie, elle excellait dans ce que les Français appellent « mondanités », c'est-à-dire bavarder le plus naturellement du monde en public avec quelqu'un qui a partagé votre lit, comme si cela n'était jamais arrivé. D'après ce que je comprenais, c'était une condition *sine qua non* pour évoluer dans les cercles parisiens les plus chics.

Nous avons donc bavardé devant le comptoir tandis que les oreilles de Benoît et de Katy se tortillaient à force de faire comme s'ils ne cherchaient pas à suivre notre conversation. Ils auraient cependant eu du mal à déduire que Nathalie et moi étions liés par une aventure érotique, me suis-je dit, car elle a passé le plus clair du temps à parler d'Alexa. En commençant par me montrer un petit encart dans *Pariscope*.

– C'est bien « votre » Alexa, non ?

J'ai parcouru les quatre lignes de l'annonce, à propos d'une exposition photo qui devait avoir lieu à un certain « Espace Photo Beaubourg » et qui était décrite dans un jargon intello-artistique dont je n'ai pas saisi toutes les subtilités : un voyage à travers les hommes capturés par le regard clandestin d'une femme, si ça voulait dire quelque chose. Regard de femme clandestin ? On aurait cru l'intitulé de l'une des sculptures libidineuses du musée de l'Érotisme, surtout quand on le mettait en rapport avec le titre de l'exposition d'Alexa : « Des hommes, rien que des hommes ».

Ainsi mon ex-copine avait-elle produit sa version de l'œuvre de Tracy Emin, cette artiste anglaise qui avait brodé sur une tente le nom de tous les mecs avec lesquels elle s'était envoyée en l'air. Mais, en sus, j'allais avoir le privilège de voir leur tronche en photo. Était-ce pour cette raison qu'Alexa avait dit qu'elle ne voulait pas que j'y aille ? Trop gentil, assurément.

– C'est elle ? a insisté Nathalie.

– Oui.

– Vous voulez y aller, à cette exposition ?

– Pas particulièrement.

– Ah ? Vous pensez que ce n'est pas intéressant ? Vous m'avez raconté qu'il y aurait une photo de vous, alors je me suis dit que ça pourrait bien cadrer avec mon sujet sur votre tea room. Histoire de vous filmer dans un autre contexte. Mais si vous croyez que ça ne vaut pas le coup...

À nouveau, le sort me jouait l'un de ses sales tours : une journaliste de la télé française attendant de connaître mon avis sur une exposition parisienne à laquelle je redoutais de me rendre. Et, bien entendu, si Nathalie avait envie de mentionner Alexa dans son programme, il faudrait que je l'emmène avec moi par devoir à l'égard de mon ex.

– Je suis certain que ce sera excellent, ai-je répondu. Je crains seulement de crever de jalousie, c'est tout.

– Oh...

Elle a fait mine de me donner une caresse consolatrice sur la main, s'est ravisée au dernier moment et, se détournant légèrement de mes peu discrets employés, elle m'a suggéré à voix basse :

– On peut y aller demain, si tu veux. Comme ça, tu seras avec une maîtresse. Même si elle va avoir sa photo avec vingt types qu'elle a connus...

Elle semblait trouver le paradoxe extrêmement amusant. Moi pas. Ah, si seulement Alexa avait su les tourments que j'endurais à cause d'elle !

4

Entre-temps, j'ai dû subir quelques souffrances d'un autre genre.

Monter mon affaire à Paris s'était révélé étonnamment facile. Je m'étais imaginé passer des jours et des jours à supplier à genoux une succession de bureaucrates sadiques de bien vouloir apposer leur sceau sur mes requêtes froissées, puis apprendre que je devrais recommencer toutes ces harassantes démarches depuis le début parce que l'encre des tampons initiaux avait déteint. Mais, en réalité, j'avais seulement eu besoin de me déplacer jusqu'à un gros bâtiment surmonté d'un dôme, la Bourse du commerce, pour y retirer un formulaire que j'avais rempli et rapporté le lendemain avec un chèque couvrant les frais d'inscription – moins que le prix d'un demi-flacon de Chanel $N^o 5$ –, et hop, j'étais devenu le président de ma société.

L'unique partie du questionnaire qui m'avait tracassé était la définition du type d'entreprise que je me proposais de créer. Il y avait toute une série de statuts possibles, chacun affligé de ses propres exigences fiscales et des divers montants qu'il faudrait débourser au cas où l'affaire capoterait. Mais, comme je n'avais pas l'intention de parvenir à la banqueroute, j'avais opté pour celui de « micro-entreprise », une dénomination qui me semblait assez modeste pour ne pas attirer l'attention des ronds-de-cuir. À quel point je me trompais...

Signer ce formulaire revenait à s'entailler un doigt avant de plonger la main dans les flots du fleuve Amazone. Le premier piranha à fondre dessus a été un zigue en chemise à carreaux et gilet molletonné.

C'est arrivé un soir, peu avant l'heure de la fermeture, alors que je reposais mes jambes en lisant le journal devant une tasse d'Orange Pekoe. Je n'ai guère fait attention au type qui venait d'entrer, sinon pour noter l'impeccable coordination de couleurs que révélait sa tenue : gilet sable, chemise à carreaux beiges et verts, pantalon kaki, chaussures en daim clair. Même ses cheveux, un mélange de brun noisette et de gris, allaient bien avec le reste. Le bonhomme devait avoir un tiroir à chaussettes rangé selon un dégradé de nuances élaboré, ai-je pensé avant de me replonger dans l'étude des pages football.

Je n'arrivais pas à comprendre pourquoi je ne trouvais jamais la moindre allusion au nouveau beau-père d'Alexa. Comment ? Il était devenu propriétaire de l'un des principaux clubs de foot anglais et personne ne parlait de lui ? Il devait être encore plus louche que je ne l'avais supposé. Mais j'ai levé les yeux sur le maniaque du camaïeu en l'entendant engager une bruyante discussion avec Benoît, qui n'était pourtant pas du genre à élever la voix.

– Il faut que vous traduisiez tout ! martelait l'inconnu. « Cup of tea », par exemple !

– Mais tous les Français comprennent « cup of tea », a protesté Benoît.

– Comment en êtes-vous si sûr ? Et si je ne comprenais pas, moi ?

– Vous ne savez pas ce qu'est une « cup of tea » ?

– Non.

– Mais si ! C'est ce que vous avez commandé dès que vous êtes entré.

– Je voulais peut-être découvrir ce que pouvait être cette mention bizarre sur le menu.

Il fallait que j'intervienne. Benoît faisait face à un esprit bien plus pervers que tout ce qu'il pouvait imaginer – l'esprit d'un fonctionnaire français. Après m'être approché, je me suis présenté et je lui ai demandé s'il avait un problème. Sans prendre la peine de se nommer, le type m'a jappé au visage :

– Qu'est-ce que c'est qu'un moug ?

– Moug ?

– Oui ! Moug of tea !

– Ah, un mug, vous voulez dire.

– Ouais, un mag.

– Mug.

– Moug.

– Mug.

– Meuuug.

– Très bien ! l'ai-encouragé. Un mug, c'est une grande cup.

– Ah, une coupe ?

– Comment ?

Il a eu un reniflement triomphant.

– Ah, vous voyez ? Même vous, vous ne savez pas ce que c'est, « cup ». Voilà pourquoi il faut traduire ! Toute la carte, il faut la traduire !

Il s'est enfin présenté. C'était un inspecteur du ministère de la Culture, qui tente, entre autres missions, de protéger la langue française d'agressions étrangères aussi abominables que le marketing, le walkman et, apparemment, la cup of tea. Brandissant sa carte de visite devant moi et un Benoît estomaqué, il a annoncé qu'il était illégal de proposer un menu où le moindre intitulé non français n'était pas accompagné de sa traduction.

– Quoi, même « sandwich » ? me suis-je récrié en prononçant ce mot comme le font les Gaulois – « sand-ouiche » –, alors qu'ils l'écrivent pourtant correctement.

– Bien sûr que non !

– Parfait. Donc, si c'est un mot anglais qui est connu par les Français, pas besoin de le traduire.

– Anglais ? Mais c'est un mot français, « sand-ouiche » !

Ses joues s'étaient brièvement empourprées avant de reprendre leur teinte gris-vert, sans doute pour ne pas nuire à la coordination de couleurs.

– Quoi ? « Sandwich », c'est anglais !

– Ha !

Ce n'était pas du tout un rire, mais un glapissement d'indignation. Il a cherché des yeux le soutien de Benoît, qui était cependant frappé de stupeur, bouche ouverte, et caressait nerveusement le samovar à la recherche de quelque réconfort moral.

– C'est comme les frites ! a poursuivi l'inspecteur. Le monde entier sait qu'elles sont françaises, à part les Anglais qui prétendent les avoir inventées. Remarquez, les Belges racontent ça aussi, mais on s'en fout des Belges. Nous mangeons des sand-ouiches depuis bien plus longtemps que vous ! Notre baguette ancestrale est le pain idéal pour se faire un sand-ouiche !

Sans même parler de cette réécriture délirante de la cuisine mondiale, il venait de me tendre la perche, là.

– Ah non, au contraire. Il n'y a rien de pire qu'une baguette, pour un sandwich. (J'ai mimé le malheureux qui ouvre démesurément les mâchoires afin d'attaquer un sandwich-baguette sans l'avoir d'abord aplati entre ses doigts.) Si vous ne faites pas très attention, tout le fromage et le jambon finissent sur votre pantalon.

Il a plissé les yeux pour mieux m'observer.

– Je croyais que nous parlions linguistique, monsieur, et non des manières de table françaises que vous semblez vouloir critiquer.

Quand un Français vous donne du « monsieur » en plein milieu d'une discussion surchauffée, vous devez en déduire que vous l'avez gravement insulté.

– Je ne critiquais rien, ai-je cherché à l'apaiser, mais « sandwich » est un mot anglais, je vous assure.

– Absurde ! Qu'est-ce que ça voudrait dire, d'ailleurs ? Quelque chose à propos de « sand », sans doute ! Du sable !

– Non. C'est le nom de celui qui l'a inventé.

– Ah oui ! M. Sandwich ! Un cousin de M. Fish and Chips, je présume ?

Il s'est incliné comme s'il acceptait des applaudissements polis pour la vivacité de son trait d'esprit, et il est vrai que Benoît a eu l'air d'apprécier.

J'ai compris que j'étais en train de me laisser entraîner dans les sables mouvants d'un débat intellectuel dont je ne pourrais m'échapper. Ce gus était un enculeur de mouches professionnel, ainsi que son habillement et sa carte de visite le prouvaient. Je savais également qu'une fois engagé dans de tels sables, il faut surtout s'abstenir de s'agiter et de mouliner des bras. Le hic, c'est que je suis agité de naissance, comme un certain nombre d'entre nous.

– Sandwich est anglais, alors je vais le traduire en français sur mon menu, lui ai-je envoyé dans les dents.

– Pas question. C'est un mot fran-çais !

– C'est un mot anglais, et j'ai le droit de le traduire !

– Et moi, je vous interdis de le traduire !

Nous étions pratiquement front contre front, à ce stade.

– Si ! Je vais le traduire par « plat traditionnel anglais formé par deux tranches de pain et, euh, quelque chose au milieu ».

Bien que mon vocabulaire en français m'ait lâché en cours de route, la flèche a atteint sa cible.

– Ce serait une grossière contre-vérité ! La loi interdit les traductions incorrectes.

– Vraiment ? Eh bien, on va voir ce que Bruxelles pense de ça. Ou bien faut-il dire « Brussel », comme les Flamands ? Parce que « Bruxelles », c'est seulement une mauvaise traduction, n'est-ce pas ?

Ramassant le gant, l'inspecteur me l'a renvoyé à la figure.

– Je repasserai bientôt. Si je trouve une seule erreur de traduction, vous serez obligé de réimprimer tous vos menus, ou de payer une lourde amende.

Mais personne ne peut impunément me jeter son gant au visage, surtout quand c'est la seule partie de mon anatomie qui dépasse encore des sables mouvants.

– Ah oui ? Alors nous irons à « Brussel » ensemble, et nous nous expliquerons devant la Cour européenne !

331

Quand il est parti en claquant brutalement la porte vitrée derrière lui, je suis sûr que nous éprouvions l'un et l'autre l'étonnante satisfaction, typiquement française, de nous être portés mutuellement sur les nerfs. Rien n'avait été résolu mais nous avions eu une excellente prise de bec, dont chacun était ressorti plus sûr que jamais de son bon droit. J'étais aussi frétillant qu'un caniche qui trotte fièrement vers son jardin après avoir disputé un concours de jappements avec un rival.

– Elle est à Strasbourg, m'a dit Benoît.

– Comment ?

– La Cour européenne. Elle est à Strasbourg, pas à Bruxelles.

– En France ? Typique ! Comme ça, la France gagne toujours.

– Vous croyez qu'on va avoir des ennuis ? m'a-t-il demandé.

– Oh ! non. On n'entendra plus jamais parler de lui.

Sur le moment, j'étais presque persuadé que c'était vrai.

Et pourtant, quelle injustice ! Au cours de mon existence parisienne, j'avais eu sous les yeux des dizaines de cartes de restaurants où les traductions, malgré toutes les bonnes intentions de leurs auteurs, étaient erronées jusqu'à l'absurdité. Et personne n'avait eu à débourser d'amende, que je sache.

J'avais déjeuné dans des établissements qui proposaient gaillardement une « omlet with fungus » – omelette « à la mycose », au lieu d' « aux champignons » –, ou des « jumped potatoes » – traduction mot pour mot absurde de « pommes sautées » –, ou encore un « mangled steak » – un steak « déchiqueté », au lieu de « haché ». Certes, il s'agissait de traduire vers l'anglais, mais passer sous silence de pareils contresens était une preuve d'intolérable double mesure. D'ailleurs, les Français commettent chaque jour des crimes linguistiques qui restent scandaleusement impunis. Par exemple, je grince des dents chaque fois qu'un francophone appelle « un sweet » – littéralement, « un bonbon » – un sweatshirt. Et pour le sport, ils massacrent tout, aussi : chez eux, « football » devient le « foot » – un pied –, le « skateboarding » le « skate » – un patin –, et le « basket-ball » le « basket » – un panier. C'est comme si ces termes associés n'avaient pas une signification précise en anglais. Un gardien de but est un « goalkeeper », pas seulement un « goal », c'est-à-dire un but.

Ma préférée de ces abréviations abusives, je l'entendais souvent le vendredi quand je travaillais pour Jean-Marie. « Bon week ! » disaient mes collègues. Ne voyaient-ils pas qu'en voulant me souhaiter un bon week-end, ils me renvoyaient au début de la semaine ? Quelle cruelle erreur !

Non, ai-je conclu, l'inspecteur de l'intégrité linguistique ne reviendrait pas m'importuner. Après tout, il devait être bien trop occupé à repousser les invasions antifrançaises conduites par tous ces anglicismes sans queue ni tête, sans parler de l'horrible jargon technologique anglais produit par l'internet et la téléphonie portable. À moins que tourmenter les anglophones installés à Paris n'ait vraiment été sa « cup of tea »...

5

J'avais notablement sous-estimé l'importance de l'exposition d'Alexa, et ce pour des raisons qui m'obligent à effectuer ici un détour philologique.

À l'époque, j'ignorais que les Français appellent « BN » leur Bibliothèque nationale François-Mitterrand du nom d'un fameux « biscuit au chocolat ». Ils semblent d'ailleurs éprouver la même répugnance à nommer leurs autres chefs d'État, jusqu'à Charles de Gaulle, qui prête pourtant son nom à tout un tas d'endroits. Et cette aversion est susceptible de créer des malentendus bien plus graves que la confusion entre une bibliothèque et un goûter d'écolier.

Dans le monde entier, le principal aéroport parisien est appelé Paris-Charles-de-Gaulle. Preuve en est le grand « CDG » noir qui apparaît sur les étiquettes de bagages. Mais les Parisiens disent « Roissy », la petite ville qui a eu la chance d'avoir un gigantesque terminal aéronautique pour voisin. De même, la vaste station de métro au pied de l'Arc de Triomphe, Charles De Gaulle-Étoile, reste dans leur bouche « Étoile », le fameux rond-point en haut des Champs-Élysées. Il est évidemment très courant que les visiteurs étrangers aient à se rendre à l'un ou l'autre de ces endroits, et tout aussi fréquent de surprendre l'échange suivant entre un touriste linguistiquement démuni et l'employé du guichet des tickets de métro :

Le touriste : – Euh, hello, I mean bone-djoaw, je veux aller à, euh, Charlez di Goal ?

L'employé (s'exprimant sur un débit effarant derrière sa vitre renforcée, et ce au milieu du brouhaha d'une station de métro) : – Roissy ou Étoile ?

Le touriste : – Euh, bone-djoaw, je voulais, euh... Charlez di Goal ?

L'employé (sans changer de vitesse ni hausser la voix) : – Roissy ou Étoile ?

Et ainsi de suite.

Donc, mon erreur d'évaluation à propos de l'exposition d'Alexa provenait de la même confusion, cette fois à propos du Centre Pompidou. C'est Georges Pompidou, le président qui a succédé à de Gaulle à la fin des années soixante, qui a décidé de la construction d'un nouveau musée en forme de grille-pain. Mais alors que tous les étrangers le connaissent sous ce label, Centre Georges-Pompidou, les Parisiens ne l'appellent que Beaubourg, du nom du quartier historique partiellement démoli pour faire de la place au musée et aux hideux immeubles d'habitation qui ont poussé autour. Tout cela pour dire que je n'ai pas tout de suite saisi que les photos d'Alexa allaient être présentées dans l'un des espaces d'exposition temporaire du centre artistique, ce qui constituait une fantastique consécration.

Nathalie a été logiquement impressionnée en repérant le nom d'Alexa au milieu de ceux des vedettes du musée.

– C'est la fille d'un artiste célèbre ? ou du directeur du musée ? ou bien elle couche avec lui ?

Me voyant tressaillir, elle m'a demandé pardon, mais le pire, c'est qu'elle ne plaisantait pas : elle n'arrivait positivement pas à comprendre qu'une jeune photographe soit accueillie dans ce temple de l'art officiel.

– Peut-être qu'elle est très bonne photographe ? ai-je suggéré, mais l'explication était trop simple pour plaire à Nathalie.

Nous nous trouvions juste au pied de l'énorme structure métallique et de ses tuyauteries multicolores. De loin, et notamment lorsqu'on émerge des rues médiévales du Marais, le musée ressemble à une plaie moderniste dans la chair de la cité ; de près, il faut reconnaître que c'est une construction spectaculaire. Mettre les viscères du bâtiment à l'extérieur était un choix sacrément gonflé, et en voyant comment les poutres sont retenues ensemble dans des articulations de géant par d'immenses boulons qui paraissent trop faciles à dévisser, on se prend à imaginer les clés anglaises (pardon !) démesurées qu'il a fallu employer...

Le soir approchait, mais il y avait encore une queue d'une trentaine de personnes devant l'entrée de l'exposition principale, une rétrospective de pop-art qui avait sans doute provoqué la déforestation de la moitié de la Suède pour approvisionner la boutique de souvenirs en posters d'Andy Warhol.

Nathalie a sorti sa carte de presse et nous sommes passés devant tout le monde. C'était ma deuxième fois en quelques mois, ai-je songé : quand on n'a plus à faire la queue devant un musée, à Paris, c'est la preuve qu'on a gravi un échelon social déterminant.

– On cherche « Des hommes, rien que des hommes », a annoncé à un jeune Black du service de sécurité Nathalie, prenant plaisir à ce que cette déclaration pouvait avoir d'équivoque.

Nous avons dû descendre au sous-sol par un escalier dont les murs portaient toutes les cicatrices d'un passage public des années soixante-dix emprunté par des millions d'individus. Malgré cette entrée en matière plutôt glauque, qu'Alexa ait été accueillie dans ce haut lieu culturel restait époustouflant. En silence, je me suis encore demandé comment elle avait réussi un coup pareil. Soixante pour cent du Tout-Paris artistique avait l'air de s'être donné rendez-vous à son vernissage. Au milieu de ces sommités, le directeur d'un salon de thé anglais ne pouvait que passer inaperçu, à moins qu'il ne se soûle au champagne gracieusement offert, tente de déposer un baiser sur le nombril dénudé de l'artiste et s'écroule derrière une photo tout en blanc en proclamant à la ronde, avec des sanglots dans la voix : « C'est moi, là-dessus ! »

Et là, j'ai peut-être compris pourquoi elle ne m'avait pas invité. Tout autour de cette grande salle aux murs blancs et au sol couvert d'une moquette grise industrielle, une quarantaine de portraits en couleurs de bonne taille dévisageaient fixement les visiteurs. Plus de la moitié d'entre eux étaient consacrés au père d'Alexa, seul ou accompagné de trois ou quatre types différents, qui n'étaient identifiés que par leur prénom mais qui, à en juger par la pose affectueuse qu'ils prenaient tous, devaient être les amants du papa.

C'étaient des gros plans rugueux, sans apprêt, souvent flous, rayés de zébrures colorées quand l'un des sujets avait bougé au dernier moment ou qu'une chemise blanche avait retenu les reflets du flash. Sur la plupart d'entre eux, le père d'Alexa souriait à l'objectif ou à son compagnon, mais elle l'avait parfois surpris dans un millième de seconde mélancolique qui contrastait durement avec l'ambiance très gaie – et très gay – de l'ensemble.

Le reste des tirages présentaient un gars qui avait visiblement été photographié à son insu, en train de marcher dans des rues parisiennes avec un regard flottant, ou assis à une table de café en attendant quelqu'un, ou même plissant les yeux devant l'objectif comme s'il n'arrivait pas à distinguer ce qu'il avait devant lui. Ces photos étaient tout aussi brouillées et « bougées » que les autres mais paraissaient avoir été prises de loin, par une fenêtre ou entre des voitures en mouvement. Ce n'était pas la gaieté qui donnait la note, ici, mais plutôt un enjouement pressé : un jeune type en vadrouille à Paris, aux aguets de ce que la ville peut lui apporter.

C'est Nathalie qui a rompu le silence d'une voix stupéfaite :

– Mais... c'est toi ! Tu es partout !

Dire que j'étais tout aussi étonné serait insuffisant : je me sentais tel un catcheur qui vient de recevoir un coup de tête à l'abdomen et s'apprête à recevoir le poids de son mastodonte d'adversaire sur la poitrine, ce qui le privera du peu d'air qui lui restait dans les poumons.

J'ai fait plusieurs fois le tour de la salle, essayant de mettre de l'ordre dans le goulasch d'émotions contradictoires qui bouillonnaient en moi. Quand avait-elle pris toutes ces photos ? Pourquoi ne m'en avait-elle pas parlé ? Comment pouvais-je ne rien avoir remarqué ? La photo devant la boutique Courrèges était là, elle aussi, mais paradoxalement cette nuée blanche percée d'un visage souriant était celle où l'on me voyait le moins distinctement, alors que c'était la seule où j'avais posé en connaissance de cause. Les autres donnaient l'impression que quelqu'un avait focalisé des jumelles sur moi, captant chaque détail de mes traits sur un fond hors-champ.

La seule supposition que j'ai été capable de former, c'est qu'elle était venue en avance à chacun de nos rendez-vous et qu'elle m'avait mitraillé à mon arrivée. Et moi qui avais cru qu'elle avait toujours un quart d'heure de retard. En fait, elle avait été là pendant une trentaine de minutes, à me photographier pendant que je l'attendais. Incroyable.

Après avoir jacassé un moment sur la mise au point, l'intensité et la lumière de ces photos, Nathalie s'est concentrée avec moi sur la question cardinale que soulevait toute cette exposition, l'énigme très « Centre Pompidou » qu'avait posée Alexa en extériorisant les rouages intérieurs tout en dissimulant les motifs profonds : où donc était le sexy Sacha, l'amant ukrainien ?

– Deux possibilités, a avancé Nathalie en m'attirant au centre de la salle pour m'empêcher de continuer à tourner autour tel un aigle à la poursuite de trop de lapins à la fois. La première, c'est que nous avons ici les hommes de sa vie et tu es l'un des deux. La seconde, c'est qu'elle a voulu montrer ceux qui « ont été » les hommes de sa vie.

Elle a levé les mains en l'air dans ce geste par lequel les Français expriment l'impossibilité de saisir tous les mystères de l'existence. Quant à moi, j'ai soufflé le seul mot qui résumait l'état de mes pensées :

– Merde !

– Tu n'as qu'à lui demander, a fait Nathalie en tendant un doigt vers l'entrée.

Je me suis retourné, m'attendant à voir Alexa s'approcher de nous après avoir pris encore une photo de moi à mon insu, mais non ! ce que Nathalie me montrait, c'était le livre d'or de l'exposition, offert aux commentaires des visiteurs sur une petite table près de la porte.

– Je ne peux quand même pas écrire : « Où est Sacha, alors ? », si ?

J'étais penché au-dessus du cahier, stylo en main, en proie à la perplexité angoissée qui me saisit chaque fois que je dois gribouiller quelque chose d'intelligemment énigmatique et qui, ce jour-là, était particulièrement paralysante.

– Non, ce ne serait pas gentil, a reconnu Nathalie.

Assise derrière la table, une employée en tee-shirt blanc floqué du logo du Centre Pompidou, la quarantaine, observait nos tergiversations devant le livre de visites. À chacun des grognements exaspérés que mon accès de phobie de la page blanche suscitait en moi, ses sourcils montaient d'un millimètre. Ils sont redescendus au même rythme lorsque, me dévisageant toujours plus intensément, elle a fini par comprendre.

Je me suis décidé pour un « Merci beaucoup, Alexa », sans prétention.

La gardienne me souriait, maintenant.

– C'est vous, non ?

– Oui, ai-je avoué avec la satisfaction intérieure d'un acteur que l'on reconnaît dans la rue le jour où il est apparu pour la première fois dans un feuilleton télévisé.

– Vous êtes l'un des petits copains du père, a-t-elle ajouté, ce qui a brusquement tout gâché.

– Non, madame, c'est le mien, a lancé Nathalie avec une mimique lascive, et nous avons effectué une sortie pleine de panache.

– Attends-moi ici, a ordonné Nathalie.

Déposant son sac à main en cuir dans mes bras, elle a traversé le couloir et poussé une porte ornée d'une petite silhouette de femme. Je suis resté au milieu du large passage en me sentant idiot de me sentir idiot parce que j'avais à porter un sac féminin. Mais les gens ne penseraient jamais que c'était le mien, me suis-je rassuré. Et même s'ils le pensaient, qu'est-ce que ça pouvait me faire ? Un homme est quand même libre d'avoir le sac à main de son choix, non ? J'ai fini par trouver la position qui indiquerait que ce n'était pas mon sac, sans pour autant révéler à quel point je me trouvais ridicule de devoir le tenir : bras croisés, la sangle passée sur la paume que j'avais laissée ouverte. Tout mon maintien proclamait : « Vous voyez, je ne fais qu'attendre que sa propriétaire revienne des toilettes et me débarrasse de ce machin. » Ayant résolu ce délicat problème, j'ai pu laisser mon esprit revenir à des préoccupations plus importantes. Alexa, les photos, Sacha, moi... C'était un puzzle qui comptait trop de pièces.

– Paul ?

Elle avait changé et elle était toujours la même. Plus pâle, certainement, mais nous étions début novembre, l'été déjà loin derrière nous. Son vieux blouson en cuir noir usé lui ceignait le torse comme l'armure d'un gladiateur romain. Désormais, pourtant, il semblait faire partie d'un look étudié, non dicté par une mode quelconque mais par une « attitude » nouvelle, celle de la rockeuse affranchie. Complété par un anneau de plus à l'oreille et un soupçon de rouge doré sur les paupières, il affirmait le style « Je suis comme je suis et si ça ne vous plaît pas, allez vous faire foutre » typiquement londonien. Anar sexy, je dirais.

– Alexa ! Qu'est-ce que tu fais ici ?

Oui, il y avait un million de questions pertinentes à lui poser et j'avais choisi celle tout au bas de la liste.

– Devine.

Elle m'a montré du menton la salle d'exposition avec un air amusé qui semblait indiquer : « Ce vieux Paul, toujours le même ! »

– Et toi, qu'est-ce que tu fais ici, Paul ? Et où tu as trouvé ce sac ? Très chic. Ça te va bien.

Il y avait aussi un million d'autres questions que j'aurais préféré qu'elle pose.

– C'est... c'est pour ma mère, ai-je improvisé en souhaitant que quelqu'un me tende la suite du scénario. Un cadeau de Noël. De Paris.

– C'est tôt, pour un cadeau de Noël.

– Oh, je fais toujours mes courses très à l'avance. Ça évite la folie des fêtes.

– Tu lui as aussi offert une bouteille d'Évian à moitié vide ?

Nathalie se baladait toujours avec une petite réserve d'eau, sans doute pour le cas où elle traverserait accidentellement la Méditerranée et se retrouverait au Sahara.

– Non, non ! Elle est là, ici. Aux toilettes.

J'ai lancé un coup d'œil à la porte en priant tous les dieux protecteurs des toilettes publiques pour que Nathalie n'apparaisse pas à cet instant et révèle ainsi que j'étais un menteur chronique, ou bien que ma mère, en sus d'être parisienne, m'avait conçu à un âge remarquablement précoce.

– Ah ! je comprends.

Ma prière avait été exaucée ! Alexa commençait à me croire. Même si elle allait radicalement changer d'avis dans quelques minutes, lorsque Nathalie finirait par revenir. Shit, ai-je pensé, pourquoi ne pas lui avoir simplement dit que j'avais demandé à une journaliste télé de venir avec moi voir son exposition ? Je m'enfonçais dans un abîme de mensonges alors que j'aurais pu être un héros juché sur le château de sable de mon influence présumée auprès des médias de France.

– Attends-moi ici ! ai-je demandé à Alexa avant de foncer aux toilettes, manquant d'arracher une oreille à un amateur d'art contemporain avec mon sac.

Entré en trombe chez les dames, j'ai découvert que, non contents d'accéder à ma supplication initiale, les dieux de l'endroit avaient veillé à ce que mon humiliation reste confinée dans des proportions acceptables.

Plusieurs femmes m'ont regardé avec stupeur quand j'ai laissé la porte se refermer en claquant derrière moi, si bien que je me suis hâté de leur offrir un « Bonjour, mesdames ! » patelin, une formule de politesse qui permet presque toujours de désamorcer les situations explosives en France. Parmi elles se tenait Nathalie, visiblement courroucée par l'injustice qui prouve que les dieux des toilettes publiques sont tous mâles et qui consiste en ce qu'il n'y a jamais assez de box, du côté des dames. Elle était en troisième place dans la queue pour les deux cabines.

– Désolé, Nathalie, il faut que je file, ai-je chuchoté en lui fourrant son sac dans les mains.

– Comment ?

– Oui. Une question urgente à régler au travail. Jean-Marie. Très urgent. Pardon.

Et j'ai déguerpi avant qu'elle ait eu le temps de réagir.

Encore un miracle : Alexa avait patienté jusqu'à mon retour. Tendant mes mains vers elle comme si c'étaient des aimants qui allaient l'attirer dans l'escalier, je lui ai déclaré qu'il fallait absolument que nous trouvions un endroit plus tranquille pour parler. Tout de suite.

– Mais j'allais à mon...

– S'il te plaît, Alexa !

Je n'ai pas hésité à prendre le ton et la posture du suppliant.

– Mais ta mère ? Tu ne veux pas l'attendre ?

– Quoi ? Euh, non, non. Elle a des crises de constipation terribles, parfois. Elle en a pour des heures.

Comme on dit en anglais, quand on est désespéré, n'importe quel prétexte est un bon prétexte.

6

Nous sommes allés nous réfugier dans un des cafés les plus branchés du quartier, avec une vue imprenable sur le Centre Pompidou et des serveurs plus snobinards que possible. À l'étage, dans un éclairage tamisé, les chaises métalliques signées Philippe Starck étaient tellement dures qu'elles vous obligeaient à vous pencher par-dessus la table, pratiquement dans les bras de votre interlocuteur. Lorsqu'on s'apprêtait à déclarer à son ex qu'il est vital d'arrêter de déconner et que le moment est venu de reconnaître que l'on est fait l'un pour l'autre, c'était donc un lieu très propice. D'autant que mon objectif number one était d'une clarté absolue : s'en tenir à la vérité et rien qu'à la vérité, pour une fois.

— Ma mère va venir ici dès qu'elle aura fini, ai-je affirmé à Alexa.

Mauvais départ : je recommençais déjà à baratiner alors que j'avais bien conscience qu'il valait mieux éviter de creuser les prétendus problèmes gastriques de ma maman.

— Mais si elle ne nous trouve pas ?

— On voit l'entrée du café, d'ici.

— Comment elle est ? Décris-la-moi.

Est-ce qu'Alexa se payait ma tête ? Mais non, elle avait l'air sincèrement préoccupée, ce qui m'a donné envie de lui sauter dessus et de l'embrasser sauvagement.

– Elle est comme moi, mais avec des seins. Euh, écoute, Alexa, je voulais te dire que ton exposition... (À ce mot, elle a cessé de scruter les abords du musée par la vitre.) C'était fantastique ! Et pas seulement parce que je suis dedans, me suis-je hâté d'ajouter. Toutes tes photos sont remarquables. Et une exposition à Beaubourg, en plus ! Tu peux être très fière de toi. Mais je crois que je peux comprendre pourquoi tu ne voulais pas que je les voie, aussi.

– C'est vrai ?

Ces deux mots ont eu le même effet que si un doux manteau de neige était tombé sur nous. Nous sommes restés silencieux, mais des milliers de mots et d'images passaient entre nous tels des kilobits sur une ligne téléphonique : souvenirs, malentendus, colère, tendresse et, dans mon cas du moins, des tonnes d'espoir. Je crois bien que je n'ai jamais fixé mes yeux dans ceux d'une femme aussi longtemps, sauf peut-être au temps où je fixais le poster de Kylie Minogue dans ma chambre et lui demandais si elle aimait bien les lycéens anglais.

– Paul ?

L'anxiété m'a violemment saisi à la gorge. S'apprêtait-elle à dire : « Désolé, mon grand, mais je me suis mariée hier et je suis enceinte de trois mois » ? Non. Elle n'avait pas d'alliance. Rien de plus qu'un annulaire sans parure. Et enceinte ? Non plus. Pas de trois mois, en tout cas. Beaucoup trop mince pour ça.

– Qu'est-ce que tu avais de si urgent à me dire ? a-t-elle continué dans un tout petit filet de voix.

– Rien qu'une chose, en fait.

Sauf que j'étais soudain incapable de la formuler. J'étais comme un bidasse inexpérimenté qui vient de dégoupiller une grenade mais qui a oublié comment s'y prendre pour la lancer. Non que j'aie eu en tête de lancer des grenades sur Alexa, au contraire...

– Oui ?

Sur la table, mes doigts ont avancé d'un millimètre en direction des siens. Si elle reculait sa main, ou même la crispait à peine, je renoncerais à ma déclaration. Le hic, c'est que je n'aurais pas pu le voir, puisque mon regard restait vissé à ses pupilles.

– It's... Oh shit ! Par où commencer ?

– It's so shit ?

– Non, non, pas du tout ! Ou bien si, justement. C'est exactement le truc, Alexa : sans toi, c'est tellement la merde.

Elle a éclaté de rire mais j'ai cru aussi apercevoir une infime larme à la commissure de ses paupières. Ce qui aurait pu être une réaction allergique à la fumée de cigarette planant dans la salle, bien sûr, mais c'était l'espoir qu'il me fallait pour avoir le courage de continuer.

– Oui, Alexa. C'est exactement ça, et rien d'autre. C'est ce que j'ai découvert. Ces trois derniers mois, et plus, j'ai consacré toutes mes forces au salon de thé, etc., et j'ai rompu avec ma petite amie, aussi, et tout ça, tout ça, c'est parce que je me suis rendu compte que sans toi, sans te savoir près de moi, tout devient... (J'ai agité mes mains au-dessus de la table pour exprimer la vacuité qui peut envahir votre existence sans pour autant n'être plus que cela : de l'air.) Tout n'est que...

– Shit ?

La larmichette n'avait ni grossi ni disparu, mais Alexa souriait, maintenant. Et moi aussi. Bon Dieu, me suis-je dit, c'est tellement plus facile d'exprimer ce que l'on ressent vraiment ! Pourquoi perdons-nous tout ce temps à dissimuler nos sentiments ? À quoi rime ce mécanisme d'autodéfense stupide dont le seul résultat est de nous infliger toute cette souffrance ?

– Bon, pas shit complet, d'accord, parce que le salon de thé marche bien, c'est fun, et...

– Et sauter Virginie, c'était aussi fun, j'imagine ?

– Oui... Peut-être presque aussi fun que de sauter des Ukrainiens. Je ne sais pas, je n'ai jamais essayé. Mais peu importe. Tout ça est sans importance. C'est toi que je veux. Enfin, que je désire. Enfin, tu sais... Que j'aime.

Ouch ! Le mot avait fait très mal en sortant, mais je me suis senti nettement mieux que si je l'avais gardé en moi. Nous autres Britanniques avons beaucoup plus de difficultés avec ce terme que les Français. Le verbe français « aimer » désigne à la fois ce qui est pour nous to love, aimer profondément, et to like, apprécier, de sorte que déclarer à quelqu'un son amour en français suppose beaucoup moins d'engagement, et de risques, qu'en anglais. Ça m'était arrivé, à moi aussi : entendre une fille française me dire : « Je t'aime... » et ajouter aussitôt : « ... bien », ce qui revenait à dire qu'elle ne m'aimait pas d'amour. En anglais aussi, nous pouvons relativiser la force du mot love, mais en général nous ne l'employons pas à tort et à travers. Quand on love, on love.

– Tu es certain que ce n'est pas parce que tu es flatté, à cause des photos ? m'a-t-elle demandé.

– Non, non ! Enfin, si. Je suis très flatté, bien sûr. Pourquoi tu ne m'as jamais dit que tu en avais pris autant ?

Elle a haussé les épaules mais ce n'était pas la mimique dédaigneuse de la Parisienne, plutôt un simple aveu d'impuissance.

– Si je te l'avais dit sur le moment, ça aurait enlevé tout le charme. C'était important, que tu ne le saches pas. Et, ensuite, quand j'ai pensé que je pourrais te le dire puisque tout était fini entre nous, tu...

– Je t'ai énervée avec mes coups de téléphone débiles et tu as décidé que c'était inutile que je voie ces photos. Je comprends, et je suis désolé.

– Non, ce n'est pas pour ça. Ah ! c'est compliqué ! Je suis avec quelqu'un d'autre, maintenant.

« Je sais, me suis-je retenu de dire, tu es avec un hercule blond et plein aux as, et alors ? Les hercules blonds et pleins aux as ont tendance à se remettre d'une rupture beaucoup plus vite que le reste des mortels. C'est dans leur nature, de ne rester jamais seuls très longtemps. »

– Et puis, aaah ! (Elle a pressé ses doigts sur ses sourcils comme si elle tentait de se dégager les sinus.) Ça a l'air horrible à dire mais Youri, le père de Sacha, il va financer mon film.

C'était ce que l'on pourrait appeler l'instant du seau d'eau glacé dans le caleçon. Sacha était non seulement un hercule blond et plein aux as mais aussi une aubaine dans la carrière d'Alexa. Il m'a cependant paru qu'elle ne saisissait pas un élément important de la situation. Même si elle tenait tant à réaliser ce film, s'apprêtait-elle à rester avec Sacha juste parce que le père de ce dernier avait promis de casquer ? Et après ? Est-ce qu'elle envisagerait de le quitter au cas où le papa ne voudrait pas financer un « film d'Alexa, le retour » ?

– Écoute, Alexa, allons dîner ensemble. Il faut continuer à parler. C'est essentiel.

– Je ne peux pas. Sacha m'attend chez mon père.

– Appelle-le et dis-lui que tu rentreras tard. Que le directeur du Centre Pompidou t'a invitée, ou je ne sais quoi. S'il te plaît !

Elle a poussé un grand soupir. Elle allait devoir assener un direct en pleine poire à l'un de nous deux. Lui, oui moi ?

– OK. (Elle a sorti son cellulaire de son blouson.) Et toi, tu appelles ta mère et tu t'excuses de l'avoir laissée tomber.

– Bien sûr. Avec ses problèmes, elle n'aura pas faim de toute façon.

7

La toute première fois que j'ai embrassé Alexa, elle avait le goût d'une fermière française : elle venait de manger du reblochon, un fromage coulant dont l'arôme évoque à la fois les chaussettes sales et la bouse de vache. Je ne me suis pas formalisé, néanmoins, puisque j'avais moi-même consommé quelques instants auparavant de l'andouille de Vire, dont l'odeur est encore plus forte.

Un an plus tard, sa bouche et la mienne sentaient la boîte de caviar vide, ce qui prouvait que nous avions tous deux fait notre chemin dans le monde.

Nous étions debout sur le pont des Arts, cette passerelle piétonnière balayée par le vent depuis laquelle on aperçoit Notre-Dame qui, de loin, fait penser à quelque animal cornu s'apprêtant à fondre sur l'un des nombreux bateaux-mouches qui sillonnent le fleuve.

Plus près de nous, presque en contrebas du pont, il y avait un jardin en forme d'arc qui terminait la proue de l'île de la Cité. C'est là, m'a appris Alexa, que le roi Henri IV venait conter fleurette à ses amantes.

– J'espère que c'était moins rempli de touristes et de sans-abri, à l'époque, ai-je observé.

– Tu n'as vraiment pas l'esprit romantique, hein, Paul ?

– Non, pas du tout, ai-je rétorqué avant de l'embrasser encore.

– Tu sais ? a-t-elle fait en baissant la voix. J'aime beaucoup Sacha, vraiment.

– Très bien. (Et j'étais sincère. Elle me donnait la preuve que ce pauvre vieux Sacha venait d'être relégué dans la liste de ceux qu'on « aime beaucoup ». Il n'appartenait plus à ceux que l'on « aime tout court ».) Mais moi je te love, Alexa, et je veux être avec toi, et maintenant je suis assez vieux pour être sûr de ce que je veux.

C'était la première fois que je me servais de mon âge pour convaincre une fille. Bon sang de bonsoir, me suis-je dit, est-ce que j'avais enfin atteint la maturité ? Ou était-ce déjà le gâtisme ?

Auparavant, au restaurant russe où Alexa m'avait proposé de dîner, je m'étais prudemment risqué sur un champ de mines en évoquant les raisons pour lesquelles il était erroné de rester avec quelqu'un sous le seul prétexte que son père était riche. Si je m'en étais tiré relativement indemne, c'est surtout parce que c'était un sujet qui la tracassait déjà elle-même. Mais elle avait répliqué avec une question en forme de missile à tête chercheuse : en admettant qu'elle laisse tout tomber, qu'elle quitte la maison londonienne de Youri et qu'elle cherche ailleurs un financement pour son film, est-ce que je serais encore là pour elle ?

Après avoir pris une gorgée de vodka frappée, elle m'a exposé ses inquiétudes dans tout ce qu'elles avaient de glaçant.

– Quand nous étions ensemble, tu as couché avec une autre.

– J'étais dans les vapes, cette nuit-là.

– D'accord, on en a parlé, de ça. Et, ensuite, avec Virginie.

– J'ai cru que c'était une façon de me dire de t'oublier et de trouver quelqu'un d'autre, pour toi.

– Une fille en guise de cadeau d'adieu ? Je ne suis pas généreuse à ce point. OK, on a discuté ce point aussi. Mais tu vois ce que je veux dire ? Je ne suis pas encore prête à quitter Londres. J'essaie de monter l'exposition photo là-bas, aussi. Alors, si je t'appelle à Paris et que c'est une nana qui décroche le téléphone sur la table de nuit ?

– Bien sûr que non ! (J'ai failli ajouter que je ne laisserais personne répondre à ma place, de toute façon, mais le moment n'était pas aux plaisanteries de ce genre.) Maintenant, je sais ce que je veux, Alexa. C'est toi que je veux, et seulement toi. Je n'aurais jamais couché avec Virginie ni aucune autre si j'avais été avec toi.

– « Ni aucune autre » ?

Oups !

– Euh, mais oui, tu sais bien. Florence, mon ex-copine, avec qui j'ai rompu.

Inutile de compliquer le tableau en mentionnant Nathalie. Et puis je parlais sérieusement : si quelqu'un avait fait irruption dans ce restaurant en m'annonçant que je venais de gagner à la loterie du « Couchez avec qui vous voulez dans le monde entier », j'aurais dit merci beaucoup et choisi Alexa. À moins qu'il n'y ait eu une énorme cagnotte si j'acceptais de faire l'amour avec la vedette d'un reality show télévisé, évidemment. Dans ce cas, j'aurais enfilé une douzaine de préservatifs les uns sur les autres et j'aurais investi tout cet argent dans le film d'Alexa. Mais seulement après avoir eu son accord.

– Oublions les autres, ai-je repris. Les tiens et les miennes. La raison pour laquelle je peux aller au milieu des marais salants à minuit pour te parler, ou te téléphoner un dimanche matin à l'aube avec tout un tas de questions idiotes, ou faire des sauts périlleux par-dessus des scooters, ou aller à ton exposition même si tu m'as demandé de ne pas le faire, c'est que je sais réellement ce que je veux, maintenant : toi.

C'est cette tirade qui m'a valu mon premier baiser au caviar de la soirée. Et c'est ce qui expliquait que nous nous soyons ensuite retrouvés enlacés sur la passerelle des Arts, contemplant les lumières dorées des lampadaires danser sur les flots sombres de la Seine...

J'ai chuchoté à son oreille :

– Et maintenant, tu viens chez moi, d'accord ? S'il te plaît.

Je l'ai sentie se crisper dans mes bras, puis il y a eu son souffle chaud sur mon cou quand elle s'est détendue et a murmuré : « Oui. » Je l'ai serrée contre moi comme si elle avait été prise en otage et que je venais de la retrouver. Et c'était le cas, en effet : j'avais été privée d'elle mais elle était de retour.

8

– Où tu habites ? m'a-t-elle demandé alors que nous scrutions la nuit à la recherche de la lumière blanche sur le toit d'un taxi libre.

– Tu me promets de ne pas rigoler ?

– Mais oui.

Je le lui ai dit. Elle a ri. Et dire que c'était elle qui attendait que je tienne mes promesses.

La porte d'entrée de l'appartement était toute neuve, heureusement. La propriétaire venait de faire installer un cadre en acier indestructible autour de l'ancien battant en bois verni, de sorte qu'en s'y prenant bien on pouvait entrer et sortir sans produire plus qu'un chuintement assourdi. Ensuite, il y avait l'épreuve des lames de parquet grinçantes jusqu'à ma chambre, mais en tendant l'oreille j'ai capté des rires télévisés qui montaient faiblement du salon : le ou les colocataires présents étaient absorbés dans un énième épisode de *Friends*. Parfait, parce que je n'avais nulle envie de perdre du temps en présentations : « Salut, voici Alexa, avec qui je veux être dans un lit aussi vite que possible, donc bonsoir. »

Nous sommes arrivés à ma chambre sans encombre et, toujours très discrètement, j'ai poussé la porte pour y faire entrer Alexa.

Elle n'a pas bougé, cependant. Et ce n'était pas parce qu'elle voulait que je la soulève dans mes bras pour passer le seuil. Par-dessus son épaule, j'ai découvert ce qui l'avait arrêtée.

Braquant sur nous des yeux éblouis, à moitié endormie et pratiquement nue, Nathalie était dans mon lit.

Merde, remerde et encore shit.

Alexa me dévisageait avec l'amertume stupéfaite de la fiancée qui découvre que son promis a retardé la date des noces dans le seul but d'aller à une soirée échangiste avec sa mère.

– Alexa, je te présente Nathalie, qui est... la femme de quelqu'un d'autre. Nathalie, Alexa.

Espérais-je éviter une conflagration meurtrière en respectant ainsi quelques conventions sociales ?

– Vous êtes Alexa ?

Nathalie avait aussitôt saisi la situation dans toute son horreur. Elle a remonté la couette jusqu'aux épaules, comme s'il suffisait de couvrir un peu de chair nue pour rendre le moment moins embarrassant.

– La femme de quelqu'un d'autre dort dans ton lit ?

Dans l'œil d'Alexa, une larme était revenue mais celle-ci n'était pas accompagnée d'un sourire.

– Non, non ! Ce... ce n'est pas ma chambre. Je n'ai pas encore de chambre, ici. Je... je dors sur le canapé. Mais je me suis dit qu'on pourrait prendre le lit de Matthieu. Mon colocataire. Il est... Il est en voyage, tu vois. Et Nathalie, c'est sa femme.

Plutôt convaincant, ai-je pensé, mais Alexa n'était visiblement pas de cet avis. Pas du tout, même.

– Paul! a-t-elle lancé d'un ton coupant. Arrête de dire n'importe quoi!

– Elle a raison, Paul. Arrêtez de dire n'importe quoi.

Nathalie avait renchéri avec un signe de tête maternel. Elles se liguaient contre moi, alors... Mais je voyais bien qu'elles avaient raison : plus que jamais, l'heure était à la vérité, toute la vérité, rien que la vérité.

– Bon. Pardon, Alexa. C'est Nathalie. J'ai couché avec elle deux ou trois fois, mais c'était au temps où je croyais que je ne t'intéressais plus. Elle est mariée. Je ne l'ai pas invitée ici, ce soir. Je ne sais pas pourquoi elle est dans ce lit. Je ne pense pas que nous coucherons encore ensemble. Pas vrai, Nathalie ? (Elle a opiné du bonnet.) C'est la vérité, Alexa. Je le jure.

J'aurais peut-être pu m'en tirer si Alexa n'avait pas baissé un instant les yeux tandis qu'elle réfléchissait à son rôle dans ce ménage à trois qui n'en était pas vraiment un. Soudain, elle a pointé un doigt tremblant sur un objet sombre posé au pied de la table de nuit.

Elle n'a rien eu besoin de dire. Elle a seulement fait non de la tête, résignée, m'a jeté un dernier regard qui ressemblait à une malédiction muette, puis elle a tourné les talons.

La lourde porte renforcée s'est refermée en claquant, faisant vibrer tout le quartier.

C'était le sac à main, bien sûr. Le sac et la bouteille d'eau minérale qui en dépassait. Un monument constitué par un entassement de nouveaux mensonges. À cette vue, Alexa avait été convaincue que tout ce qui était sorti de ma bouche pendant la soirée n'avait été que bobards et affabulation.

J'aurais pu tenter de lui expliquer, ou au moins dire : « Je peux t'expliquer. » Sauf que quand on dit : « Je peux expliquer », on ne vous laisse généralement pas la chance de le faire.

– Et alors, crétin ?

Les bras sévèrement croisés, Nathalie me considérait d'un air sombre.

– Et alors ? Alors j'ai vraiment tout fichu par terre, cette fois.

– Mais non, imbécile ! Il faut l'arrêter. Vite !

Bien sûr ! Comment n'y avais-je pas pensé moi-même ?

VI
Ex and the City

1

Les Grecs avaient bien vu le truc : il y a des fois où les dieux sont avec vous et d'autres où, assis sur leur Olympe, ils se pissent de rire dessus en contemplant le merdier qu'ils ont provoqué. Les divinités protectrices des toilettes publiques m'avaient mené droit à un piège ; elles m'avaient laissé croire que mes affligeants mensonges me tiraient d'affaire, mais pendant tout ce temps elles se préparaient à me renverser un seau de caca brûlant sur la tête.

Lorsque je me suis rué hors de l'appartement, une dame âgée en imperméable bleu venait de quitter l'ascenseur. C'était Mme Gibert, notre voisine de palier, et elle gardait la porte ouverte pour moi. Mon cerveau s'est livré à un rapide calcul. D'habitude, je préférais emprunter les escaliers mais l'ascenseur était tout neuf, apparemment rapide. J'entendais Alexa fouler rageusement les marches, quelque part plus bas. Pouvais-je la gagner de vitesse ? Et cette porte coulissante laissée béante devant moi paraissait être un signe des dieux. « Entre, me disaient-ils, entre, et tu seras à nous, tout à nous... »

Je me suis jeté dans la cabine, j'ai appuyé sur la

touche 0. L'ascenseur est descendu de moins d'un mètre et s'est arrêté.

Sur le coup, je n'ai vu qu'une explication à cette catastrophe : les dieux des ascenseurs, furieux que je les dédaigne si souvent, avaient décidé de se venger. Mais notre bonne voisine avait une autre interprétation.

– Non, non, non ! (Penchée sur les parois en verre de la cage, elle a entrepris de me haranguer sur l'erreur consistant à se servir des commandes sans attendre que la porte ne se soit complètement refermée.) Il s'est bloqué comme ça la semaine dernière encore ! Et, cet été, Mme Lagrange, vous voyez qui c'est ? Elle habite au troisième, et elle est restée enfermée tout un dimanche, parce que les réparateurs étaient en vacances ! Et, avant ça, le petit malin du deuxième a pressé le bouton tellement fort que...

Le bruit des pas d'Alexa s'affaiblissait toujours plus. Affolé, je me suis mis à pianoter rageusement sur le panneau de commande. 0, 1, 4, 5, n'importe quoi, pourvu que le foutu engin se remette en route ! Cela n'a servi qu'à emporter Mme Gibert vers de nouveaux sommets d'indignation.

– Non, non, non ! Vous allez complètement l'esquinter, comme ça ! Appelez le numéro d'urgence ! En face de vous, le numéro sur la porte !

Mais oui, mon téléphone ! Pourquoi n'y avais-je pas pensé ? Il était éteint. Dans ma précipitation, j'ai dû m'y reprendre à deux fois pour entrer le code pin. Il a sonné, enfin. « Allez. Alexa, je t'en prie, donne-moi encore une chance ! » Je suppliais le portable de me permettre de lui parler, mais il a renoncé dès qu'il est tombé sur sa boîte vocale. J'ai laissé un message qui expliquait tout – le sac,

Nathalie en tant que journaliste de la télévision, pourquoi je n'étais présentement pas en train de courir après elle –, mais n'était sans doute pas très intelligible : la voisine, qui croyait que mes excuses et mes suppliques s'adressaient aux techniciens, m'apportait en effet un arrière-fond geignard où elle glapissait que c'était la troisième fois en un mois et qu'elle était résolue à ne pas renoncer tant que « l'immeuble ne sera pas débarrassé de ce danger public ». Résultat : si Alexa a entendu le message, elle a dû croire que j'étais enfermé quelque part après avoir commis une agression sexuelle sur la personne d'une vieille voisine, et ce pour la troisième fois consécutive.

Mes colocataires, eux, ont trouvé tout l'incident extrêmement amusant. Il leur rappelait l'épisode de *Frendzes* dans lequel « Hoss » cherche à séduire « Ha-shell » sans savoir qu'une ancienne copine à lui se trouve dans l'appartement. Ou bien était-ce le contraire ? Ils se sont mis à polémiquer à ce sujet sur le palier tandis que je me recroquevillais dans la cabine en essayant de ne pas hurler que ce n'était pas un fucking feuilleton, non, mais ma fucking life qui venait d'être foutue en l'air par les fucking dieux...

Très prévenante, Nathalie est venue s'asseoir un moment sur les marches à côté de moi. Elle s'était rhabillée, heureusement. Après avoir demandé aux autres d'aller se faire voir ailleurs et de nous laisser tranquilles, elle m'a même proposé de se rendre chez Alexa pour lui donner une explication. J'ai décliné son offre. Ce n'était pas une bonne idée, non ; Alexa avait déjà assez vu Nathalie pour la soirée. Mais j'ai laissé entendre qu'une déclaration sur l'honneur selon laquelle mon intention n'avait jamais été que Nathalie se trouve dans mon lit cette nuit-là pourrait se révéler utile, à un point ou un autre de la crise.

Tiens, d'ailleurs : pourquoi et comment y avait-elle échoué ?

D'après ce que j'ai compris, son mari avait été assez imprudent pour la laisser seule à Paris et prendre leurs enfants avec lui pour rendre visite à sa mère. Ainsi Nathalie était-elle libre de coucher où elle voulait. Elle avait persuadé mes colocataires de la laisser entrer, pensant que je devais encore être en réunion de travail avec Jean-Marie et que j'aurais ensuite besoin d'une séance de relaxation poussée. Il est vrai que le bonhomme était tout simplement insupportable, ces derniers temps. Plus que jamais décidé à s'emparer de la direction de son parti, il avait tourné ses batteries contre l'un de ses rivaux, le député du VIIIᵉ arrondissement, fomentant dans ce quartier toute une série de troubles médiatisables afin de le mettre en mauvaise posture. C'est pour cela, m'a-t-elle expliqué, que Nathalie ne voulait plus faire l'émission sur Jean-Marie : elle était en train d'enquêter sur son compte pour trouver une « vraie histoire », un sujet d'actualité controversé et non le portrait hagiographique qui aurait dû servir à sa campagne interne.

Deux garçons sympathiques en combinaison argentée ont enfin grimpé l'escalier pour venir à mon secours. Ils ont commencé par me remercier chaleureusement de ne pas avoir uriné dans la cage d'ascenseur.

– Jamais monter là-dedans quand on n'a ni mangé ni bu ou qu'on a besoin d'aller aux toilettes, m'ont-ils conseillé.

– Et quand on est à la poursuite de sa petite amie ? me suis-je enquis.

– Ça dépend si vous voulez la rattraper ou pas.

Ce qui les a fait bien rire, mais pas moi. Si seulement j'avais pu la rejoindre à temps...

Une demi-heure plus tard, Nathalie et moi avions le nez levé sur la verrière du loft où Alexa devait être en train de dormir. Pas de lumière, aucun signe de vie. La cour et ses hangars reconvertis en appartements étaient plongés dans l'obscurité et le silence. À cinq reprises, j'ai pressé la sonnette avec insistance. Pas de réaction. Nous pouvions l'entendre résonner là-haut telle une mouche géante prise au piège dans un aquarium. S'il y avait quelqu'un chez son père, il ou elle avait résolu d'ignorer les visites, ou bien de se bourrer de somnifères.

– Je pourrais essayer d'escalader cette gouttière-là, ai-je pensé tout haut.

– Quoi ? Encore une idée idiote ! Maintenant, il faut que tu te reposes. Tu reviendras demain matin. (Elle se dirigeait déjà vers la sortie.) Allez ! On va se mettre au lit.

C'est ce que nous avons fait, mais seulement pour dormir. D'un commun accord, il a été décidé que ce serait une fin de nuit amicale, avec tee-shirts et sans rien d'osé. Et même s'il n'est pas facile de se réveiller à côté d'une femme séduisante et de se persuader qu'une petite baise matinale est exclue, je me suis dit que ce serait génial, si on pouvait ainsi se tenir compagnie dans un lit de temps à autre. Coucher ensemble, mais au sens strict du terme.

L'aube avait à peine pointé que nous étions à nouveau en bas de chez Alexa, mon doigt sur la sonnette. À nouveau, aucune réaction. Je l'ai appelée sur son portable. Messagerie. J'ai composé le numéro fixe de l'appartement, entendant la sonnerie se déclencher deux étages plus haut, puis la voix d'Alexa : « Bonjour ». Elle m'a informé en français et en anglais qu'elle allait être absente pour au moins quinze jours et qu'elle serait peut-être joignable à Londres.

– Elle est partie, a conclu Nathalie. Peut-être cette nuit, déjà. Elle est très, très fâchée contre toi, je crois.

– Oui. Tu penses que j'arriverai à la calmer et à m'expliquer ?

– Je ne sais pas. Elle doit être vraiment blessée. Tu lui as fait beaucoup de mal. Tu vas devoir regagner sa confiance. Tu es un bon diplomate ?

Non, ai-je pensé en silence. Si j'appartenais au corps diplomatique, je serais du genre à me faire pincer pendant que j'aiderais la femme d'un ambassadeur à récupérer une boucle d'oreille tombée dans son corsage.

2

Nathalie m'a convaincu de laisser passer quelques heures avant de foncer à la gare du Nord pour entreprendre ma mission diplomatique.

– D'abord, il faut que tu préviennes tes employés que tu vas être absent. Et ensuite, tu dois te changer. Alexa pensera sans doute que tu es très romantique si tu pars tout de suite avec ta chemise sale, mais aussi que tu sens le bouc et que tu es ridicule.

C'est donc en fin d'après-midi seulement que j'ai atteint Londres, lorsqu'un crépuscule humide et gris tombait sur la cohorte des bus à impériale de Notting Hill Gate. Comme cela faisait des mois que je n'étais pas revenu au pays, j'ai failli m'évanouir de surprise lorsque les feux du carrefour sont devenus rouges et que j'ai traversé sans qu'aucun automobiliste n'essaie de me renverser. Tandis que j'avançais sur le trottoir, un radar instinctif s'est allumé dans ma tête à la recherche de crottes de chiens mais l'écran est resté vide, ajoutant à ma perplexité. Quoi, pas de déjections canines ni de chauffards ? Étais-je dans une vraie ville, ou dans la section « Expériences urbaines » d'un parc à thèmes politiquement correct ?

Nathalie ayant réussi à soutirer l'adresse londonienne d'Alexa aux gens du Centre Pompidou, je me suis retrouvé dans une petite allée bordée d'anciennes écuries qui ne semblait pas plus avoir sa place dans une capitale moderne. C'était une impasse pavée longue d'une cinquantaine de mètres qui desservait de part et d'autre des maisons basses, certaines en briques nues, d'autres passées à la chaux. Ici, une table de jardin en teck, là, un landau, et pratiquement toutes les portes étaient flanquées de plantes vertes en pots. Même les poubelles paraissaient appartenir à un passé bucolique, comparées aux énormes conteneurs sur roues que la plupart des Londoniens utilisent. Pourquoi un milliardaire est-européen avait-il choisi de vivre dans cette caricature de ruralité petite-bourgeoise plutôt que dans un palais de Kensington ou dans un loft avec vue sur la Tamise ? Mystère. Mais j'ai deviné quelle était la bicoque de Youri sans avoir à vérifier les numéros : celle devant laquelle un coupé Mercedes argenté était garé, évidemment.

On imaginait distinctement l'indignation permanente des riverains devant cette atteinte à la philosophie pré-urbaine de la communauté, d'autant que les panneaux « Interdiction de stationner à toute heure » poussaient partout comme des champignons. Adoptant l'air neutre d'un résident, je suis passé devant l'entrée en jetant un coup d'œil dégagé mais pénétrant par la fenêtre du salon. J'ai aperçu un coin-cuisine désert, et derrière la porte principale à moitié vitrée un hall d'entrée vivement éclairé mais tout aussi vide. Les deux étages étaient quant à eux plongés dans l'obscurité, à l'exception de l'ampoule rouge clignotante d'une alarme anticambriolage.

Au bout de l'allée, j'ai rebroussé chemin pour opérer une retraite temporaire. Il était temps de mettre au point une tactique.

Et de prendre un verre, aussi. Au coin de la rue qui conduisait à la station de métro, il y avait un pub dont les fenêtres donnaient sur l'entrée de l'impasse, ce qui me permettrait de surveiller toutes les allées et venues.

Après avoir rendu silencieusement grâces aux dieux des estaminets ouverts à toute heure – en espérant qu'ils n'étaient pas alliés à ceux des petites amies en cavale ou des beaux-pères agressifs –, j'ai pris une pinte de bière mousseuse, un paquet de chips au vinaigre, et je me suis assis afin de méditer sur la manière dont ma vie avait brutalement déraillé au cours des dernières vingt-quatre heures.

Moi, le patron d'un salon de thé qui venait tout juste d'atteindre sa vitesse de croisière, plaquant tout pour échouer dans un pub londonien depuis lequel j'espionnais la résidence d'un magnat du DVD piraté pour le cas où la fille que je poursuivais ferait enfin son apparition. Combien de jours allais-je tenir ainsi ? Quel était mon plan, exactement ?

Aucune idée.

Même quand j'ai fini par retenir le début d'une ébauche de programme d'action, je n'avais aucune garantie qu'il pourrait marcher. Alexa risquait fort de ne jamais me donner l'occasion de mettre en œuvre mes talents de diplomate amateur. Je n'avais que trop bien vu avec quelle facilité elle avait appris à utiliser cette formule cardinale de la vie quotidienne anglaise, « bugger off ! ».

C'était de la folie pure, donc, et en même temps cela me paraissait le choix le plus sensé que j'aie jamais fait.

3

Je m'étonne que l'on n'ait pas encore rebaptisé ce quartier « Les jardins suspendus de Covent », ou quelque autre appelation exotique de ce style. Parce que Covent Garden, très franchement, c'est le tiers-monde. Prenez tous ces pousse-pousse à pédales, par exemple, qui faisaient tinter leurs sonnettes à mon intention... Même pas le tiers-monde, en fait, puisque la plupart des grandes villes asiatiques ont renoncé à ce moyen de transport esclavagiste. Et que dire de ces pauvres types harnachés de panneaux publicitaires à chaque carrefour ? À Paris, on voit souvent des étudiantes tendre aux passants des prospectus de restaurants, de compagnies téléphoniques ou de grands magasins, mais j'avais oublié qu'ici, dans le centre de Londres, on en était encore aux authentiques hommes-sandwichs ; et non pas des jeunes se faisant de l'argent de poche pour se payer leur prochaine paire de Timberland mais des clodos barbus, toutes leurs maigres possessions contenues dans leur sac à dos tandis qu'ils allaient et venaient sur le trottoir. Quelle vie, de se geler les fesses toute la sainte journée en promenant deux plaques en bois annonçant « 2 pizzas 4 the price of 1 » ! À quand les cireurs de chaussures et les arracheurs de dents en plein air, me suis-je demandé? À quand les mendiants lépreux?

Mon pote Chris avait proposé que nous nous retrouvions à un restaurant indien proche du marché de Covent Garden. Comme je suis arrivé en avance, j'ai eu le temps de prendre une table, de commander une bière et de regretter d'avoir accepté de dîner ici. J'ai su que c'était une erreur dès que j'ai observé le mobilier; d'après mon expérience, la qualité gastronomique d'un indien est souvent inversement proportionnelle à la somptuosité de son décor. Dans ce cas, c'était Delhi à la rencontre de Copenhague : bancs communaux interminables, vaisselle minimaliste, affiches de Bollywood et lustres design qui flottaient au-dessus des têtes comme des robots en forme de scorpions géants mais ne dispensaient qu'une lumière blafarde. La musique était de la chill-out orientale, et les prix tellement exorbitants que je me suis d'abord demandé s'ils n'étaient pas indiqués en roupies. Ici, une entrée valait autant qu'un menu complet, vin compris, dans mon café habituel à Paris.

La carte était trop poétique pour être vraie, tout étant « longuement mariné » dans ceci, « délicatement braisé » dans cela, et toujours « épicé mais rafraîchi » par ceci ou cela. J'étais prêt à parier que chaque plat allait avoir le même goût.

Bref, j'avais oublié à quel point le centre de Londres ne se préoccupait que du style, jamais de la substance.

– Paul! Welcome back to civilization!

Célébrant mon retour dans le monde « civilisé », Chris m'a soudain tiré de mes sombres méditations. Au temps où je travaillais à Londres, il avait été mon meilleur copain, mais nous n'avions plus guère été en contact au cours des derniers mois. C'est ce qui arrive souvent, quand on se transforme en nomade. Je me suis levé pour lui serrer la main. À la place, il m'a attrapé dans une accolade passionnée tout en me tapotant le dos comme si je venais de perdre mon ourson en peluche préféré. Et dire que nous autres Britanniques nous moquons des mecs français parce qu'ils s'embrassent sur la joue, me suis-je dit.

– Tu as l'air en pleine forme, Chris.

Et c'était vrai. Chevelure brune traitée par un coiffeur aux tarifs prohibitifs, épiderme trahissant les trois massages faciaux hebdomadaires, dégaine du vrai branché de la City à mi-chemin du chic bohème et de la réserve businessman, une sacoche plate en cuir passée à l'épaule témoignant qu'il était bien trop occupé pour embarrasser l'une de ses mains avec un attaché-case. Le contraire de Jake, point par point.

– Ouais ? Et toi, t'as l'air à chier, mon poteau ! Qu'est-ce que tu viens foutre à Londres ?

Il m'a fallu deux autres bières, et l'attente interminable jusqu'à ce que nos entrées réchauffées au micro-ondes nous soient servies, pour que je lui décrive la situation. Dès qu'il a compris de quoi il retournait, il a recommencé à m'insulter.

– Jésus Christ, Paul ! Tu es l'archétype de ce qu'on appelle un « prime wanker », dans la City ! Un branleur de première. Pourquoi ne pas lui téléphoner, tout simplement, et exiger qu'elle te donne une chance de t'expliquer ?

– Lui dire que je suis à Londres ?

– Non, surtout pas ! D'après ce que tu racontes, ça la ferait fuir avec ce mec jusqu'à Reykjavik.

– Reykjavik ?

– Ou Minsk.

– La capitale de l'Ukraine, c'est Kiev, abruti ! Tu es à ce point ignorant en géographie ?

Jake aurait été fier de moi.

– Ouais, c'est égal. Appelle-la, dis-lui que tu es à Paris pour ne pas lui flanquer la trouille et sers lui un peu du bon vieux baratinage à la Paul West.

– Non, le baratin c'est terminé, pour moi. Je veux lui dire la vérité.

– Alors t'es encore plus branleur que je pensais, mon pote. Dire la vérité à une femme ? N'importe quoi !

Le très smart serveur indien, habillé et coiffé comme s'il était prêt à partir faire la tournée des boîtes de nuit, a guidé dans notre direction un groupe de six nanas qu'il a casées sur le banc à côté de nous. Instinctivement, Chris et moi leur avons glissé le regard en coin du type qui cherche à savoir avec laquelle des six il aimerait coucher, s'il en avait l'occasion.

Mais ces filles-là n'étaient pas commodes.

– Salut les gars, a trompetté celle qui était installée le plus près de moi. Vous êtes mignons. Possible que je vous baise, ce soir.

Les six se sont gondolées de concert.

– Alors nous promettons de dîner sans ail, a rétorqué Chris, déterminé à ne pas perdre la bataille pour la suprématie sexuelle.

– Qui a dit que c'était ta bouche que j'allais embrasser ?

Ce qui m'a paru une réplique du tonnerre, pour ma part. Comme Chris, elles avaient l'air d'arriver directement du bureau, en tailleur strict mais avec deux ou trois boutons de chemisier déboutonnés, histoire de faire prendre l'air à leurs seins et à leur nombril. Deux d'entre elles étaient très bandantes dans le genre un peu trop potelées, un peu trop maquillées et un peu trop permanentées. Après une année de Françaises ultraminces et qui sortaient rarement en bandes, ce sextuor m'a semblé formidablement intimidant. Et formidablement bruyant, aussi. Avec elles à nos côtés, toute discussion sérieuse devenait impossible car elles guettaient chacune de nos paroles pour nous les renvoyer à la figure avec un quelconque sous-entendu lubrique. Par exemple : « Des photos de lui ? Des photos porno ? Vous pensez qu'il va bientôt nous montrer sa bite ? »

My God, ai-je soupiré en moi-même, mais c'est du harcèlement sexuel, ni plus ni moins ! Pas un mot venu de nous n'échappait à leurs allusions salaces, toutes placées sous la ceinture. Mon seul soulagement, c'était que j'étais plus costaud qu'elles. Si nous avions été deux petites nanas soumises à la même pression par une escouade de mâles accro au Viagra, nous aurions eu de quoi commencer à avoir peur, Chris et moi.

Nous nous sommes donc cantonnés aux sujets les plus généraux possibles, Chris me décrivant ses occupations professionnelles au cours des derniers mois. Le voyagiste sur internet pour lequel il travaillait ayant disparu dans les marais de l'e-commerce, il s'était recasé dans une compagnie de téléphone. Celle-ci avait été rachetée par un duo d'investisseurs qui s'étaient empressés de virer tout le monde pour ne réembaucher qu'une poignée d'anciens employés, dont Chris, avant de saucissonner l'entreprise et de la revendre par pans séparés, provoquant à nouveau une compression de personnel draconienne. Voyant le boulet arriver, Chris s'était accroché au dernier wagon et voyageait désormais à travers le pays pour racheter à tour de bras des boîtes en faillite pour ces mêmes investisseurs.

– Un job très gratifiant, je présume, ai-je persiflé.

– Hé, critique pas ! Tu connais tous ces reality shows qui font fureur à la télé, en ce moment. Ils trouvent un pauvre bougre employé à la voirie de Wolverhampton, disons, ils lui paient le déménagement dans un village de Dordogne, lui et sa famille, et le mec devient un sujet de rigolade générale quand il se met à apprendre le français pour, eh bien, je sais pas...

– Pour ouvrir un salon de thé anglais en France ?

– Ouais, tiens ! Sérieux, tout le monde veut en être, de ces shows ! La moitié de la Grande-Bretagne n'a qu'une idée en tête : se tirer et aller vivre au soleil. Alors moi je dis, pourquoi ne pas les aider à réaliser leur rêve ? Nous, on les licencie en douceur, on leur épargne de rester dans la bagarre pour un boulot pourri, ils partent à l'étranger et ils ont la bonne vie. Je suivrai le même chemin moi aussi, un jour. Pendant ce temps, la piétaille nous laisse le terrain libre ici pour gagner des tonnes de fric.

– Ou faire du télémarketing et prendre des tonnes d'antidépresseurs.

En temps normal, j'aurais proposé un toast à la bonne vie au soleil, mais l'analyse de l'économie britannique que Chris venait de tracer m'avait déprimé. « Encore plus déprimé », devrais-je dire. Non seulement ce qu'il impliquait était une insulte à ma trajectoire et à mon salon de thé, mais il avait aussi été obligé de hurler son cours de sociologie pour se faire entendre malgré la musique de fond indo-danoise et les caquètements incessants du sextuor voisin.

Finalement, il a entrepris de bavarder avec la fille assise à côté de lui, très joliment roulée, je dois l'admettre, et aux cheveux teints dans un blond cheesecake que je n'avais jamais vu à Paris. Malgré ce que sa propension à proférer des obscénités laissait penser, elle n'était pas camionneuse ou catcheuse mais « consultante », comme Chris, et ils ont bientôt échangé des secrets professionnels qui devaient être discrètement gloussés à l'oreille.

Ma voisine, qui aurait pu être séduisante si elle ne s'était pas entêtée à beugler comme un troupier et à porter des vêtements tellement serrés qu'ils faisaient ressortir ses kilos – ou livres ? – en trop, a pris l'initiative de la conversation avec moi. Sans me vanter, je dois cependant préciser que même si nous étions désormais tous lestés de nombreuses tournées de bière dans une dérive collective vers l'intoxication éthylique, j'ai résisté à lui demander plus de détails sur ces baisers non aillés et non destinés à la bouche dont il avait été préalablement question.

À la place, je lui ai donné – ainsi qu'à ses amies qui n'étaient pas occupées à se frotter contre Chris – un rapide résumé des événements de la veille m'ayant conduit à retraverser précipitamment la Manche. Je leur ai bien fait comprendre que j'étais à Londres en service commandé par Cupidon.

– Oh. My. God. C'est... tellement... adoraaable !

Ma voisine n'était pas loin de verser des larmes extasiées dans son curry d'épinards.

– Donc tu as renoncé à tout pour elle ?

Cette question venait de la plus canon des filles, une autre blonde pour laquelle j'aurais en effet tout donné, dans d'autres circonstances.

– Personne n'a jamais renoncé à tout pour moi, a gémi mon interlocutrice la plus proche. Keith, mon mec, il a même pas renoncé à la branlette !

Il n'en a pas fallu plus pour effacer brusquement mes souffrances de la conscience collective de la tablée. Elles se sont toutes lancées dans un concours à qui accablerait le mieux ce pauvre Keith de perfide dérision. Apparemment, il avait été surpris en train de regarder un DVD d'ébats lesbiens un week-end où il avait cru que sa petite amie serait absente. Ce qui peut arriver à tout le monde, non ?

La seule qualité de notre serveur était de veiller constamment à nous réapprovisionner en liquides alcoolisés, sans doute pour nous faire oublier la consistance et le goût des aliments, ou plutôt leur manque de goût. Après avoir fait des adieux déchirants à plusieurs gros billets de banque, je n'ai donc pas été surpris de me découvrir paradant bras-dessus bras-dessous avec deux filles du groupe en direction de Piccadilly.

Bien que l'on ait déjà été... quoi, fin novembre ? décembre ? Je ne savais plus. Malgré le froid intense, en tout cas, mes cavalières étaient habillées comme pour une soirée d'août à Chypre, l'une arborant un haut bain de soleil, l'autre un chemisier tellement léger que l'on distinguait les coutures de son soutien-gorge blanc. Chacune tenait une bouteille de bière dans sa main libre et en versait à tour de rôle des rasades dans ma bouche béante, ce qui semblait être l'unique moyen de m'empêcher un instant de rire et de hurler. À propos de quoi, cette hilarité et ces cris ? Je n'en avais pas idée mais visiblement le reste de l'humanité en faisait autant. La rue grouillait de gens dans le même état que nous. Dans tous ces corps qui se bousculaient sur le trottoir, il circulait probablement plus d'alcool que de sang. Nous marchions tous en bande, avec détermination mais sans but apparent, de même qu'une colonie de fourmis. À un carrefour, deux fourmis soldats provenant de fourmilières rivales essayaient de se démolir mutuellement le portrait tandis que leurs reines respectives leur ordonnaient de « foutre la pâtée à cette tapette » et de « lui en mettre un bon ». Nous avons encouragé les lutteurs pendant quelques minutes, perdant aussitôt notre intérêt pour le pugilat quand une sirène de police ululante est venue gâcher le spectacle.

J'ai remarqué que mes deux fourmis reines et moi étions en train de suivre des traces de petits pieds nus sur le trottoir. Alors les femmes se baladaient non seulement sans manteau mais aussi sans chaussures, par ici ? Ou bien la consigne était-elle que, minuit sonné, tout le monde se déshabille et se jette dans une orgie de sexe et de boxe ? J'ai entraîné mes compagnes à la poursuite de ces pieds mignons mais la piste s'est soudain arrêtée, la bambocheuse inconnue ayant sans doute choisi d'entrer dans une boîte de nuit.

Chris, de son côté, essayait d'attirer sa nouvelle amie vers l'un des quatre millions de taxis qui s'accumulaient dans le coin pour évacuer les victimes de la fiesta. Elle ne voulait pas le suivre, ou bien ses membres ne répondaient plus à sa volonté, car elle s'est brusquement étalée tête la première dans le caniveau, faisant tomber Chris avec elle. Ils ont décidé de rester là, morts de rire, adressant leurs gloussements ravis aux lampadaires.

– Roule-nous une pelle avant de t'en aller ! a meuglé l'une des deux filles contre mon tympan, ce qui m'a laissé penser que j'étais sans doute censé partir quelque part avec Chris et sa nouvelle amoureuse.

Mais oui ! J'avais quelque chose de très important à faire. Une mission. Laquelle, je ne m'en souvenais plus. Tout ce que je savais, c'est qu'elle existait quelque part dans ma mémoire défaillante et qu'elle ne supposait pas ma présence à Piccadilly.

– Chris ? Pourquoi je suis là ?

– Pourquoi on est là, tous ? Pour se pinter et se marrer un peu avant qu'on crève !

De sa position couchée dans un caniveau londonien, il venait de me donner une réponse qu'un existentialiste français aurait volontiers revendiquée. Puis il a violemment gerbé au-dessus d'une grille d'égout avant de se rincer les gencives avec la bouteille de bière qu'il avait miraculeusement réussi à ne pas casser ni renverser au cours de sa chute. Quant à moi, j'ai cru comprendre pourquoi se rendre dans le West End en plein jour procure la même impression que passer chez un copain qui a la gueule de bois.

4

Mon regard brouillé a tenté de se focaliser sur les pattes de mouche du minuscule écran, et mon cerveau de corriger l'image sans y parvenir. Au prix d'un effort surhumain, il a cependant conclu que, d'après mon téléphone portable, il était sept heures. C'est à dire six, ou huit, puisque je me suis rappelé qu'il y avait une heure de décalage entre Paris et Londres. Mais dans quel sens ? Non, il était trop tôt pour résoudre cette énigme, et ça faisait trop mal à la tête.

Et puis je devais me concentrer sur des questions plus importantes, comme par exemple : quelle forme de suicide allais-je choisir ?

Arrêter de respirer paraissait le plus facile, et le plus souhaitable car chaque fois que ma cage thoracique bougeait pour prendre de l'air ou en rejeter elle me rappelait que mon foie avait été récemment plongé dans de l'alcool pur, puis flambé, et que ses restes calcinés envoyaient des messages de détresse qui résonnaient cruellement dans mon crâne presque vide, à la paroi duquel la masse cérébrale déshydratée pendait telle une chauve-souris ratatinée.

J'étais assis-étendu par terre, dans la position « ne pas s'étouffer si on vomit » que je m'étais entraîné à adopter automatiquement lors des fins de soirée trop arrosées. Autour de moi, la moquette était remarquablement blanche et sèche, ce qui était au moins un signe encourageant. Mon seul problème était que l'architecte qui avait conçu cet immeuble – à grands frais, d'après ce que j'entrevoyais alentour – avait oublié de prévoir des fondations, de sorte que la fichue bâtisse se balançait et tremblotait comme le fessier d'un lutteur de sumo.

Par chance, j'avais pas mal pratiqué le skateboard, dans mon enfance, et je n'ai donc pas été effrayé de me mettre debout sur une surface qui cherchait obstinément à se dérober sous mes pieds. J'ai même pu avancer, en ne trébuchant qu'à deux ou trois reprises, vers ce qui avait l'air d'une porte. Je dis « avait l'air » parce que tout, dans cet appartement, avait été prévu pour glisser, se rétracter, ou se replier afin de ne pas encombrer les trois millimètres cubes d'espace vital disponible. En fait, il n'y avait que ça, autour de moi : des portes.

Je me suis alors rendu compte que je me trouvais dans le deux pièces des Docklands que Chris avait eu l'intelligence d'acheter alors que tous ses amis, moi y compris, lui répétaient : « Qui voudrait vivre dans une boîte à chaussures chicos de l'East End ? » Désormais, il pouvait le revendre et acheter tout un village en France avec la plus-value, car il s'avérait que plein, plein de gens rêvaient de vivre dans une boîte à chaussures chicos aussi proche du fleuve.

J'ai fini par échouer dans une salle de bains à l'aménagement tellement ergonomique qu'il m'a fallu ouvrir le panier à linge, la cabine de douche et la cuvette des toilettes avant de découvrir une mini-armoire à pharmacie. Celle-ci ne contenait malheureusement pas une brochure dans laquelle j'aurais pu choisir une tête, un foie et des reins de rechange. Elle recelait en revanche quelques tubes d'un machin effervescent qui m'a redonné un peu de mon désir de vivre.

Et cette douche, quelle merveille ! Des commandes simples réglaient le débit, la température, le type de jet. J'aurais presque voulu que la mère de Florence soit là pour admirer ce triomphe du fonctionnel. Non : penser à cette femme était déjà une épreuve quand j'étais à jeun, alors maintenant... J'ai ouvert en grand l'eau froide et je l'ai laissée entraîner la mère de Florence hors de mon cerveau avant qu'elle ne puisse y provoquer des dégâts irréparables.

Avant de m'en aller, je suis allé jeter un coup d'œil dans la chambre de Chris. Il était là, sur le dos, entortillé dans la couette, la bouche grande ouverte comme s'il espérait gober l'ampoule électrique qui s'aviserait de tomber du lustre. À ses côtés, un corps féminin, bien rembourré et crémeux, ne portait rien d'autre qu'un tatouage chinois au bas de la colonne vertébrale.

J'avoue que j'ai été envieux, un quart de seconde, puis je me suis senti fabuleusement content de moi : me réveiller encore près d'une autre fille aurait présenté mille fois plus de complications que d'avantages.

Aussi loin que ma mémoire pouvait remonter – et ce n'était pas beaucoup, à vrai dire –, nous nous étions rendus avec les nanas du restaurant dans une boîte de nuit, nous nous étions bien marrés et j'aurais pu probablement m'insinuer dans le lit de l'une d'elles, à la fin. Mais quel mérite cela aurait-il eu, alors que tout le monde était assez rond pour baiser avec une poubelle ?

Avec une quoi ? Mais oui ! D'un coup, je me suis rappelé la nature de ma mission : il fallait que je retourne aux poubelles rétro de Notting Hill.

En remontant la rue qui conduisait à l'impasse d'Alexa, je ne me sentais pas au mieux de ma forme. Ces métros londoniens cahotent énormément, n'est-ce pas ? Et c'est très aimable de rappeler aux usagers l'espace entre la rame et le quai, mais pourquoi doivent-ils le faire aussi bruyamment ? La voix d'automate tombée des haut-parleurs m'avait fait sursauter si fort que j'avais bien failli dégringoler dans le fameux interstice.

Il n'était même pas encore huit heures du matin, sur le fuseau horaire de Londres. Comment expliquer qu'au cours de mes pires gueules de bois, alors qu'il ne lui faudrait rien d'autre qu'un sommeil réparateur, mon organisme s'ingénie à me réveiller aussi tôt ? Mais j'avais au moins plus de chance de trouver Alexa au bercail avant qu'elle ne parte vaquer à ses occupations. Il ne me restait qu'à tuer quelques heures avant de pouvoir me présenter devant elle et quémander son pardon.

En réalité, je n'ai pas eu à attendre tout ce temps. Ma première pastille rafraîchisseuse d'haleine de la journée venait à peine de transformer ma langue en bloc de glace quand un mastard est apparu sur le perron de Youri.

Comme tous les étudiants en dessin le savent, lorsqu'un objet arrive sur vous, il grossit dans votre perspective. Au moment où il a été devant moi, donc, le mastard en question n'aurait eu besoin que de quelques touches de maquillage verdâtre pour obtenir le rôle de l'Incroyable Hulk. Et aussi d'une perruque noire, et de sourcils postiches, car sa caboche était entièrement rasée. C'était l'Incroyable Hulk doublé de Tête d'Œuf.

Innocemment posté à l'entrée de l'allée, j'aurais pu aisément passer pour un inspecteur de plantes vertes en pot s'apprêtant à une discrète tournée. Le géant n'a même pas posé la question : étendant un immense bras vert – ou bien cette couleur n'était-elle que le fruit de mon imagination ? –, il m'a propulsé à l'intérieur de la maison.

Avant que j'aie pu comprendre ce qui m'arrivait, je me suis retrouvé assis à une table de cuisine en pin brut, un mug de café en face de moi. À part ce dernier, tout ce que j'apercevais autour de moi était dans ce même bois nu, les chaises, les placards, un vaste buffet... Je me suis demandé si les Ukrainiens n'étaient pas apparentés d'une manière ou d'une autre aux Celtes. Il faudrait que je pose la question à Jake, si je sortais de là vivant.

– You not shout, OK ? (L'incroyable Hulk m'instruisait de ne pas crier. Lui-même n'avait pas la voix aussi forte que la sono du métro, ai-je dû reconnaître.) Ev'ry buddy slip.

Tout le monde dormait ? Il s'exprimait comme s'il avait suivi les cours de diction anglaise à l'école Arnold Schwarzenegger.

– Shout ?

Quelle raison aurais-je eu pour hurler ? J'ai senti mes testicules essayer de se cacher derrière l'os pelvien. Est-ce qu'une séance de torture était prévue, une fois que j'aurais terminé mon café ?

– No. You shoddop.

– OK.

Je ne pouvais pas promettre à cent pour cent de « la fermer », comme il venait de me le suggérer gentiment. Habituellement, j'ai du mal à rester impassible sous la douleur physique.

– Tou voux porler ovec Olyeksa, tou ottends oune heure, à pé pré.

– Alexa ?

– Oui. Tou voux porler ovec elle, no ?

– Oui. Comment vous savez ça ?

Lâchant un petit rire entre ses dents serrées, il m'a fait signe de le suivre d'un mouvement de son cou, qui avait la circonférence d'un tronc d'arbre.

Sur une petite table dans un coin de la cuisine, Hulk a réveillé l'ordinateur qui somnolait là. Il a cliqué d'un doigt étonnamment léger sur quelques icônes et nous avons eu bientôt sous les yeux un film vidéo, en noir et blanc. Une fille en train de faire pipi. Filmée de dos, elle avait remonté sa jupe sur ses hanches, tiré son string de côté et, accroupie juste devant une résidence particulière, se soulageait sur le trottoir. Dans l'objectif, son derrière projetait un reflet d'un blanc intense, mais on distinguait très bien, un peu au-dessus de la raie des fesses, un tatouage chinois.

Si le film était muet, la caméra, en prenant du champ, montrait clairement que l'un des deux hommes qui accompagnaient la fille riait comme un bossu. Il était plié en deux, son torse secoué par une hilarité tellement violente que la sacoche qu'il portait à l'épaule avait glissé et semblait menacer de l'étrangler. À côté de lui, et faisant face à l'objectif, il y avait l'autre type, que j'ai immédiatement reconnu grâce à l'exposition photo d'Alexa. Moi. J'étais en train de hurler quelque chose, et c'est l'Incroyable Hulk qui a fourni la bande-son :

– Olyeksa, Olyeksa ! a-t-il miaulé d'une voix plaintive tandis que son visage imberbe exprimait ce qui aurait pu passer pour de l'amusement.

Il a touché d'un doigt la barre d'espace. Le film s'est arrêté.

– Nous sovons que tou voux porler ovec Olyeksa. Tou voulé à trois heures du motin, déjà.

– Oh, God, quel con... (C'était ça, ce que mon inconscient de soulographe avait élu pour démarche diplomatique ?) Oh non ! (Une hypothèse encore plus monstrueuse que cette grotesque sérénade à toute une allée résidentielle endormie a jailli dans mon esprit.) Je n'ai pas réussi à parler à Alexa, cette nuit déjà ?

– No. Vous tous portir quand nou disons orrêter de crier.

– Que le Ciel en soit remercié !

– Tou porles ovec elle ojourd'hui, tou nous réveilles plus à trois heures du motin, OK ? (Maintenant, ses traits reflétaient ce qu'il avait réellement éprouvé à l'écoute d'une aubade nocturne de cris, de ricanements et de jets d'urine donnée par un trio d'Anglais pintés.) Seulement pasqu'Oleksya nous orrêtait, sans ça nous sortons vous cosser gueule.

C'était une information encourageante, compte non tenu du fait que j'avais été à deux doigts d'avoir ma charmante bouille démolie.

– Donc... donc elle sait que je suis venu cette nuit et elle veut quand même me parler ?

– Pétète.

– Elle sait que je suis ici, maintenant ?

– No. Elle sait que tou étais ici à trois heures du motin, c'est tout. Moi je vois toi orriver, je sors, je veux empêcher toi crier encore : « Olyeksa, Olyeksa ! » (Il a de nouveau émis son petit rire grondant.) Tou restes ossis, tou ottends, pétète elle te porle, pétète elle porle pas.

– Elle dort encore ?

– Elle est fatiguée. Elle s'est réveillée à...

– Trois heures du matin, oui. Je suis vraiment désolé.

J'avais une grosse migraine, maintenant, et je n'ai pas voulu imaginer dans quel état ma tête aurait fini si un couvercle de poubelle, même rétro, avait été abattu sur elle à plusieurs reprises, la nuit précédente.

Alors, je suis resté à ma place, j'ai regardé les présentateurs de la télé du petit déjeuner bavasser joyeusement sur tout et n'importe quoi, j'ai saisi quelques secondes de rétrospective footballistique sur l'écran, je me suis à nouveau vaguement demandé pourquoi Youri ne recevait pas la même attention médiatique que les autres propriétaires étrangers de clubs de foot, et j'ai attendu.

J'ai patienté des jours entiers, m'a-t-il semblé, ou bien était-ce des années ? Lorsque Alexa est enfin entrée dans la cuisine, en effet, non seulement ses cheveux étaient maintenant passés au henné et lui arrivaient aux épaules mais son visage avait vieilli de trente ans. Plus encore, le temps l'avait transformée en hippie vêtue d'une robe d'intérieur violette qui dégageait un léger parfum d'encens, avec le regard intense d'une femme qui se passe les yeux au khôl chaque matin depuis l'époque où elle fréquentait le lycée.

– Bonjour, Paul, a-t-elle lancé d'un ton relativement amène.

Là, j'ai compris que ce n'était pas Alexa. C'était sa mère.

S'il est exact que le meilleur moyen de savoir à quoi votre petite amie ressemblera dans deux ou trois décennies est de regarder attentivement sa maman, les perspectives à long terme d'Alexa ne se présentaient pas mal du tout. Restée mince, souple et gracieuse, sa mère ne trahissait aucun signe de la quête éperdue de l'éternelle jeunesse à la Mme Jean-Marie. Et j'étais doublement impressionné parce que Youri venait une nouvelle fois de me surprendre : en plus de se contenter d'un modeste « cottage » à Londres, il avait choisi pour compagne une Française qui assumait sereinement son âge, et non une starlette porno russe chirurgicalement traficotée.

– Bonjour, lui ai-je répondu avant de lui demander pardon pour les incidents de la nuit dans mon français le plus châtié.

Elle a accepté mes excuses d'une inclination de la tête, sans pour autant pardonner entièrement le crime.

– Vous avez une belle maison, ai-je ajouté.

– Oui, c'est une rue très tranquille. Enfin, d'habitude, a-t-elle glissé avec un éclair d'ironie acérée dans le regard.

Prenant une tasse et une soucoupe en fine porcelaine sur l'une des étagères en pin brut, elle s'est versé du café, et m'a regardé.

– Pour quelle raison veux-tu voir Alexa ?

Comment interpréter ce tutoiement ? Était-ce une confirmation, même subconsciente, que je faisais partie de la famille ? Ou bien était-il réservé à un jeune crétin qui ne méritait pas qu'elle l'honore d'un « vous » ?

– Je l'aime, ai-je annoncé en prenant garde de ne pas ajouter un « bien », ou quelque autre adverbe superflu.

– Ah ! (La tasse qu'elle portait à ses lèvres s'est arrêtée en l'air. La mère d'Alexa a médité un instant, pris une gorgée de café, puis :) Tu l'aimes ?

– Oui.

– Vraiment ?

Ses yeux ne quittaient pas les miens. J'ai soutenu son regard sans ciller.

– Oui.

– Ah... Alors, tu dois me dire qui tu es.

Qui j'étais ? Bonne question. Mais je ne voyais pas comment y répondre en quelques mots. Ce n'était pas : « Quelle est la capitale de l'Ukraine ? », tout de même. Honnêtement, mais en retravaillant quelque peu, je lui ai donc retracé les grandes lignes de l'année écoulée, en commençant par ma première rencontre avec Alexa, en continuant avec les cas de coucheries involontaires ainsi que les désaccords politiques qui nous avaient opposés, et en terminant avec le sac à main, les baisers au caviar, l'épisode de la femme de quelqu'un d'autre dans mon lit et l'acrimonie des dieux des ascenseurs. Enfin, un court épilogue à propos de mauvais restaurants indiens et des dangers d'un excès de bière pour un estomac non seulement vide mais aussi plutôt habitué à la saine cuisine française, car j'ai pensé que flatter son chauvinisme ne serait pas inutile.

Avant qu'elle ait pu rendre son verdict, nous avons été interrompus par l'irruption d'un quinquagénaire pas très grand, aux cheveux poivre et sel coupés en brosse, en survêtement Adidas et maillot de foot, le poignet alourdi par une gourmette en or aussi épaisse qu'un croissant français. Après m'avoir adressé un signe de tête glacial, il a embrassé la mère d'Alexa sur la nuque et a filé dehors. Dès que la porte d'entrée s'est refermée, on a entendu le moteur de la Mercedes démarrer et la voiture de sport s'est éloignée à toute allure. C'était Youri, en route pour sa séance matinale au gymnase, m'a annoncé sa compagne.

Stupéfait, j'ai eu besoin d'un moment pour retrouver l'usage de la parole :

– Son... son tee-shirt ? Il y a marqué « Newcastle Allstars ». Qu'est-ce que c'est ?

– Mais, son équipe de football, évidemment.

– Ce n'est pas Newcastle United ?

Non, m'a-t-elle répondu. C'était Newcastle All-stars, une équipe de football américain soutenue par une petite ville proche de Stoke dont le nom, tel que le prononçait la compagne de Youri, était « Noucasselle ondère Lime », soit Newcastle under Lyme. Brusquement, il devenait très compréhensible que Youri n'ait pas fait la une des journaux sportifs.

La mère d'Alexa a froncé les sourcils. Elle a dit ne pas trouver mon soudain éclat de rire des plus acceptables. Même si Youri ne l'avait pas montré, il n'était pas du tout content que je l'aie réveillé en pleine nuit. S'il s'était finalement abstenu d'envoyer Viktor – alias l'Incroyable Hulk – me faire taire, c'était uniquement parce que Alexa avait affirmé qu'elle était partiellement fautive de l'incident.

« Fautive » ? Tiens, tiens... Était-ce à dire qu'elle était prête à passer l'éponge ?

Sa mère, en tout cas, a paru juger que l'audience préliminaire était terminée. Après avoir vidé sa tasse, elle s'est levée et m'a informé qu'elle allait chercher Alexa. « Et rien qu'Alexa », ai-je prié en mon for intérieur. Je n'avais guère envie que mon procès commence avec Sacha dans le rôle du jury.

5

Lorsque Alexa est arrivée dans la cuisine dix minutes plus tard, j'ai eu à nouveau l'impression d'avoir complètement perdu la notion du temps. Elle paraissait rajeunie de cinq ans, depuis la dernière fois. Une bachelière qui va se présenter à ses premiers entretiens universitaires. Les cheveux encore humides de la douche et lissés au peigne, elle était en tailleur-pantalon noir. Très belle allure, comme toujours, mais cette fois on aurait cru qu'elle avait choisi sa tenue dans le but d'atténuer son attraction sexuelle, de bloquer les signaux érotiques que son corps avait l'habitude d'envoyer à la ronde, et en grande quantité.

Une nouvelle fois, je me trouvais devant une question d'étiquette, non française mais très typiquement anglaise : le lendemain d'une cuite monumentale, est-on censé embrasser les gens que l'on a réveillés en pleine nuit ?

– Je peux te faire la bise ? ai-je demandé en français.

Elle s'est penchée vers moi et nous avons échangé les « mouahh » conventionnels, sauf que j'ai fait le pari audacieux de poser pour de bon mes lèvres sur sa joue. Elle ne m'a pas giflé en retour.

– Je suis vraiment, vraiment désolé, pour hier.
On était ivres.

– Je l'espère.

– Et je suis désolé pour la nuit d'avant, aussi. Je
me suis fait bloquer dans un ascenseur.

– Oui, je crois avoir compris une partie de ton
message. Qu'est-ce qui s'est passé ?

Je lui ai décrit ces deux heures pendant lesquelles une voisine âgée m'avait fait la leçon et
mes colocataires avaient imaginé le rôle que je
pourrais tenir dans un célèbre feuilleton. En
l'entendant rire, mon soulagement a été extrême.

Je lui ai remis la lettre que Nathalie m'avait donnée pour elle. Elle était restée tout le temps dans
ma poche mais n'était que légèrement froissée.
Elle n'a pas fait mine d'ouvrir l'enveloppe, ce qui
pouvait être un bon et un mauvais signe.

– Tu as l'air différente, lui ai-je dit. Magnifique.
Enfin, d'habitude aussi, mais... Tu me comprends.
Tu as un entretien, ou quelque chose de ce genre ?

Elle m'a expliqué qu'une galerie londonienne
était intéressée par son exposition, en effet, et
qu'elle avait longtemps hésité sur sa tenue pour
aller les voir. En France, même quand il s'agit de
rencontrer quelqu'un tel que le directeur de Beaubourg, un artiste est censé rester un peu débraillé,
« bohème », au-dessus de préoccupations aussi
petites-bourgeoises que son apparence. Mais les
Anglais lui semblaient plus à cheval sur les conve-
nances, non ? Est-ce que je trouvais qu'elle s'était
habillée en conséquence ? C'était comme un entretien de candidature, après tout.

– Quelle galerie est-ce ?

– La Saatchi.

– La Saatchi Gallery ? Bon sang, Alexa, mais
c'est génial ! C'est fabuleux ! C'est fabuleusement
génial !

L'empoisonnement éthylique avait donc atteint le lobe cérébral qui contrôle la sélection du vocabulaire.

– C'est tout ce que tu trouves à dire ?

– Comment, « tout » ? Qu'est-ce que je pourrais dire de plus ? Tu es une star ! Tu vas être célèbre ! C'est incroyablement fabuleusement génial, c'est... (Elle a interrompu ce nouveau court-circuit linguistique en se mettant à pleurer.) Alexa ! Qu'est-ce que j'ai fait ? Je ne t'ai pas assez complimentée ? Comment je pourrais te...

Shit ! Je sentais les larmes prêtes à jaillir de quelque part en moi, à mon tour. Et j'ignorais totalement pourquoi nous étions soudain d'humeur aussi larmoyante, tous les deux.

– Qu'est-ce qu'il y a, dans cette lettre ? a fini par interroger Alexa.

Je lui ai résumé la déclaration sur l'honneur de Nathalie, dont je me souvenais pratiquement mot pour mot.

– Ah, des explications, il y en a toujours, a-t-elle soupiré. Mais pourquoi tu ne peux jamais faire les choses simplement, Paul ? Comme Youri, tiens. Il a dit à ma mère : « Viens à Londres, choisis-nous une maison and that's it. » Basta. Pas d'autres femmes, pas de sac à main, rien.

– C'est elle qui a choisi la maison ?

Les plantes en pot et le pin brut s'expliquaient mieux, d'un coup. Alexa a eu un petit rire.

– Oui, c'est elle. Youri dit qu'elle est beaucoup trop petite. Il en voudrait une plus grande, comme celles là-bas, de l'autre côté de la rue.

– Quoi ? Mais c'est un domaine royal ! De vrais palais. La moitié sont des ambassades !

Je présumais qu'elle voulait parler des imposantes résidences du parc situé derrière Kensington

Palace, là où la princesse Diana avait jadis vécu. Dans cette zone, les caméras de surveillance étaient plus nombreuses que les moineaux.

– Oui, exactement. Youri veut racheter l'ancienne ambassade russe. Il y a de la place pour garer six ou sept voitures, devant. Quand nous avons eu la fête d'anniversaire de Sacha ici, les voisins ont appelé la police.

– Trop de jazz ukrainien ? me suis-je enquis, ne connaissant que trop bien ses effets sur le moral.

– Non, à cause des bagnoles ! Les policiers leur ont dit qu'ils ne pouvaient rien faire, parce que c'est une allée privée, et depuis Youri gare tout le temps son auto ici, rien que pour embêter les voisins. Il croit qu'ils sont racistes, mais ce n'est pas ça, c'est juste qu'ils détestent les voitures. Comme ils haïssent la ville. Ils y vivent mais ils aimeraient qu'elle n'existe pas.

– D'accord, mais « toi », Alexa ? C'est là que tu veux vivre ? Dans l'ex-ambassade de Russie, avec de quoi garer vos six ou sept voitures ?

– Pour le moment, je veux rester à Londres, Paul. Et continuer mon travail. Et ce n'est pas facile, avec toi qui entres et sors de ma vie sans arrêt, et qui cries mon nom en pleine nuit pour que toute la rue me déteste...

– Mais si tu n'étais pas sortie de ma vie, je n'aurais pas à crier si fort.

– Je ne suis pas sortie de ta vie, Paul.

– Tu... Non ?

Quelle magnifique déclaration, me suis-je dit. Pas exactement un « Je t'aime » flamboyant mais tout de même très, très loin du fatidique « Bugger off ! ».

J'ai entendu quelqu'un descendre l'escalier. « Oh ! non, ai-je pensé, voilà le type qui est dans sa vie, bien installé, et encore dans d'autres parties d'elle auxquelles je ne veux surtout pas penser tout de suite... »

– C'est Sacha ? ai-je chuchoté.

– Non. Ce doit être Maman. (Elle semblait prête à se remettre à pleurer.) Sacha passe presque tout son temps au studio.

– Ah ?

Je me suis cramponné des deux mains à la table afin d'empêcher le moindre frisson de joie mauvaise de me trahir. J'ai affecté un air compatissant, mais ce n'était pas facile quand j'avais seulement envie de danser à travers la cuisine. « Quel nul ! me suis-je exclamé en moi-même. Alors qu'il pourrait passer toutes ses nuits blotti contre Alexa, il préfère rester dans son studio à tripoter des consoles de mixage. Ou des groupies, peut-être. Ou les deux... » Tant qu'il ne profitait pas de la chance de tripoter Alexa, je n'allais pas me plaindre, certes.

– Ma vie n'est pas simple, tu comprends ? a-t-elle murmuré. Et encore moins quand tu débarques à Londres en pleine nuit pour me déstabiliser avant un rendez-vous important, et...

Je ne sais pas comment les idées se forment dans le cerveau humain. Il paraît que ce sont des réactions chimiques, non ? Eh bien mon cerveau était plein de substances chimiques, ce matin-là, et une décharge électrique a fusé dans ma tête lorsque le mélange toxique, enfin distillé, a produit une idée de génie.

– Simple ? (Tout me semblait aussi clair et limpide qu'une pastille à la menthe, soudain.) Tu veux de la simplicité ? Je vais t'en donner, moi. (J'ai pris sa main dans la mienne.) Tu vas aller à ton entretien, ce matin. Et à propos de ça, tu as le look parfait, pour ça. D'ailleurs, ce n'est pas un entretien, mais une invitation. Ils veulent te rencontrer. Ils adorent tes photos. Ils savent que tu as une expo en ce moment à Pompi... à Beaubourg. Tout ça est très simple, simplissime ! (Attrapant son autre main, j'ai oublié ce que j'allais ajouter, mais je m'en suis souvenu assez vite pour éviter d'avoir l'air d'une tête de nœud.) Moi, je retourne à Paris aujourd'hui, tout de suite, parce que je dois régler des trucs. Et ensuite, je reviens vivre à Londres. Être avec toi. Alors, ce n'est pas vachement simple, ça ?

— Nooon, a-t-elle gémi, envoyant ainsi mon idée à la trappe et rendant tout beaucoup moins simple, brusquement.

6

Je n'avais jamais soupçonné que je pourrais tomber enceint. Habituellement, ce n'est pas quelque chose dont on doit se soucier, quand on est un mec. L'éventualité semblait pourtant énormément inquiéter les autorités françaises, puisque dans le courrier m'attendant à Paris se trouvait une lettre m'informant que j'étais tenu de verser une assurance-maternité à tous les salariés de mon salon de thé. Dans mon cas, et dans celui de plus de la moitié de mes employés, cela revenait à assurer une baleine contre les blessures pouvant survenir en jouant au ping-pong. C'était une impossibilité physiologique. Mais je l'avais bien là, sous les yeux, cette missive qui me réclamait une petite fortune en cotisations.

Et ce n'était pas la seule requête officielle que j'avais reçue : tout un tas d'autres organismes exigeaient leur part sous forme de cotisations de sécurité sociale, de cotisations de retraites, de cotisations d'assurance médicale complémentaires... Alors que je croyais m'être libéré d'eux en les payant pendant l'été, ils revenaient à la charge. Pour des raisons qui m'échappaient, je dépendais de pas moins de trois caisses d'assurance maladie différentes ; une semaine au lit avec la grippe et je pourrais prendre une confortable retraite grâce aux allocations.

Il y avait aussi un très aimable courrier, signé d'un nom cette fois, qui me rappelait que je devais veiller à ce que mes menus soient traduits de bout en bout et ajoutait que la raison sociale de mon établissement n'était pas conforme à la loi, dans son état actuel : il fallait que la traduction « Mon thé est riche » apparaisse quelque part sur la devanture. « Ouais, ai-je été tenté de répondre aussitôt, parce que Pizza Napoli sur le front d'un restau italien, c'est traduit, peut-être ? »

Plus ennuyeux encore, une missive en provenance de la mairie de l'arrondissement que j'avais évité d'ouvrir pendant plus d'un mois m'a appris que le conseil municipal comptait élargir le trottoir dans ma rue – très bonne idée –, mais aussi créer un parc de stationnement pour vélos et motos juste devant mon salon de thé, ce qui était potentiellement catastrophique. Ces concentrations de deux-roues fonctionnent en effet sur le principe accumulatif de la merde de chien : dès que deux ou trois scooters sont garés sur l'une de ces aires, ils attirent aussitôt une nuée d'autres bécanes qui se répand bientôt sur le trottoir. Même si le stationnement serait théoriquement limité à dix motos ou vélomoteurs, nous en aurions rapidement vingt qui bloqueraient l'accès au salon de thé et chasseraient le client.

L'avis précisait que je disposais d'un mois pour contester la décision. En d'autres termes, il me restait à peine vingt minutes, si je voulais manifester mon opposition. Oh, God !

Bref, je tentais désespérément, et sans succès, de « régler des trucs » avant de repartir dare-dare à

Londres. Alexa m'avait certes déconseillé de me donner ce mal :

– C'est une trop lourde responsabilité pour moi, avait-elle objecté. Tu ne peux pas me faire sentir responsable de t'avoir arrêté dans tes affaires à Paris.

– J'assume toujours la pleine et entière responsabilité de mes actes, l'avais-je rassurée, aussi stupides soient-ils.

Elle n'avait pas paru fantastiquement soulagée. De toute façon, avais-je poursuivi, mon intention n'était pas d'arrêter le salon de thé, mais de « déléguer » pendant un moment. Très simple.

Aussi facile que de pisser dans une éprouvette quand on est juché en haut d'une échelle. Ça ne paraît pas évident, je sais, et pourtant il faut essayer. Dans mon cas, cela signifiait rester devant mon tas de courrier à m'arracher les cheveux jusqu'à ce que j'arrive à différencier menaces réelles et harcèlement administratif. Mais si je comptais vraiment quitter Paris un moment, l'élément sur lequel je devais arrêter très vite une opinion était Benoît, le baby-sitter à qui j'allais confier mon commerce encore dans les langes. Je savais qu'il était capable de réchauffer les biberons ; je ne savais pas avec certitude s'il était du genre à s'enfuir en courant quand il serait question de changer une couche pleine à craquer. Par exemple, quelle serait sa réaction si les conducteurs de scooters se mettaient à garer leur bécane en plein milieu du salon de thé ?

Étonnamment, il était déjà au courant du projet d'aire de stationnement.

– Comment tu l'as su ? lui-ai-je demandé.

– Par papa. Il suit de très près tout ce qui se passe dans l'arrondissement.

Évidemment. Nathalie m'avait appris que Jean-Marie avait le député de l'arrondissement dans le collimateur. Sauf que le rappel de cet élément politicard ne faisait qu'aggraver mes maux de tête bureaucratiques : avait-il téléguidé en sous-main ce projet de concentration de deux-roues devant mon établissement ? Et, si oui, dans quel but ? Pour me forcer à lui revendre l'affaire ? Mais non, ça ne tenait pas debout ! Je donnais du travail à son fils, après tout, et même plus : je l'aidais à s'initier aux choses de la vie. Certes, il continuait à prendre un samovar pour partenaire sexuel, mais c'est une erreur qui affecte plein d'autres mammifères : les chiens et les pieds de table, par exemple. Hé, je me rappelais même avoir vu une vidéo-amateur à la télé qui montrait un hippopotame essayant de se taper un tracteur !

Tout compte fait, Jean-Marie n'avait aucune raison de m'irriter avec de mesquines combines municipales. C'est ce que j'espérais, du moins. Et c'était l'un des points que je devais clarifier avant de me précipiter à nouveau vers Alexa.

7

– Il ne faut jamais faire confiance à un philosophe. Surtout un existentialiste. Si vous tombez dans un trou, il ne vous aidera pas à en sortir : il se contentera de rire et de vous balancer que la vie est ainsi faite.

Jean-Marie était d'humeur loquace. Et sa volonté de m'entraîner très loin du sujet supposé de notre rencontre ne pouvait que me paraître louche.

– C'est vrai ! a-t-il poursuivi. Vous avez entendu parler de Simone de Beauvoir ? La femme de Sartre. Eh bien, durant ses obsèques... (J'ai levé les sourcils devant ce mot qui m'était inconnu.) Ah, you know, the ceremony when you are dead ?

– Funeral.

– Yes. Eh bien, pendant son funeral au cimetière Montparnasse, quelqu'un est tombé dans la... tombe.

– Vraiment ?

– Oui. À cause de la bousculade, quelqu'un est tombé dans la tombe et s'est cassé le bras. Et moi, j'imagine tous ces existentialistes le regarder d'en haut, le laisser dans le trou et répéter : « Ah oui, c'est la vie ! »...

D'un coup de coude dans les côtes, il m'a invité à m'esclaffer de cette bonne blague philosophique.

Je dois reconnaître qu'elle cadrait bien avec le contexte, puisque nous étions assis devant des bières – à l'heure du thé – au café de Flore à Saint-Germain-des-Prés, le fameux bistro de Sartre.

Malgré son statut de monument historique, l'établissement était sans prétention à un point surprenant : une petite salle violemment éclairée, une décoration Art déco très discrète, des banquettes en moleskine rouge. Mais c'était bourré à craquer, principalement de Parisiens nantis. J'ai noté la proportion supérieure à la normale de vieux types à longs cheveux gris, chacun attablé seul : la dernière garde des philosophes, peut-être ?

Les conversations que je captais autour de nous étaient surtout d'ordre personnel, néanmoins. Le café n'accueillait plus autant de débats conceptuels qu'à sa belle époque, sans doute pour une raison simple : afin de venir discuter de l'inanité de l'existence humaine ici, il fallait avoir un solide compte en banque, puisque le bock de bière coûtait presque trois fois plus cher que dans la plupart des bars que je fréquentais habituellement. Dès que j'etais entré, j'avais remarqué la présence de quatre ou cinq serveurs, au moins, et d'un maître d'hôtel : pour garder un pareil personnel, il fallait monter les prix au maximum.

Jean-Marie m'avait proposé de le retrouver au Flore parce qu'il devait rencontrer discrètement un sénateur dès que les débats seraient terminés. Et comme les sénateurs ne savent jamais quand ils vont arrêter de débattre, mon ancien patron avait du temps à meubler.

– Tout ça est un jeu, m'a-t-il confié d'un ton toujours aussi philosophique. Il me fait attendre mais ça fait partie du jeu politique. Nous avons un tel respect pour les vieux routiers de la politique. Pas comme en 68, aaaah!

Cette évocation de mai 68 l'a entraîné dans un autre pays de cocagne idéologique. Il a même allumé une cigarette, alors que je ne l'avais jamais vu fumer. C'était surprenant qu'il prenne le risque que des cendres infimes tombent sur son costume impeccable.

– Je l'ai connu, vous savez, a-t-il ajouté en baissant la voix.

– Qui ça?

– Sartre. En 68.

– Vous étiez sur les barricades?

Je n'ai pas réussi à masquer l'incrédulité qui sous-tendait ma question. Quoi, Jean-Marie risquant d'érafler ses mocassins cousus main pour la cause révolutionnaire?

– Bah, tout le monde y était, sur les barricades! Et Sartre aussi. Un petit bonhomme très moche, mais toujours entouré de femmes. Moi, j'ai suivi le mouvement parce que les plus belles filles s'y retrouvaient. Bien entendu, c'était avant que je commence à travailler avec mon père.

– Il n'aurait pas approuvé?

Je connaissais l'histoire du papa, l'humble boucher qui avait créé sa compagnie de distribution de viande et s'était taillé son chemin au hachoir jusqu'aux sommets de l'industrie alimentaire.

– Hein? (Il s'est étranglé sur une bouffée de fumée. Quand il a été en mesure de continuer, il s'est exclamé :) Oh! non. Il détestait les intellectuels, mon père! « Demande-leur ce qu'ils faisaient pendant la guerre, me disait-il souvent : Parler! Parloter au café pendant que d'autres se battaient dans la Résistance! »

– Votre père a été résistant?

– Oh! tous les Français de sa génération l'ont été, a-t-il lancé sur un ton nettement ironique. C'est incompréhensible, que les Allemands soient restés tout ce temps en France, avec ces millions de citoyens qui se battaient contre eux.

– Mais votre père? Il était vraiment dans la Résistance?

– Je ne sais pas. Vous ne pouvez pas demander aux hommes de sa génération ce qu'ils ont vraiment fait pendant la guerre. Il vendait de la viande de bœuf et de cheval, c'est sûr, mais à qui? Pfff! (Il a écrasé son mégot dans le cendrier.) Vous autres Anglais, vous avez eu de la chance. Vous n'avez pas été occupés. Ça ne vous a pas donné l'occasion de trahir votre pays. Oui, vous avez eu beaucoup de chance. Ce n'est pas une épreuve agréable.

Oubliée, l'humeur existentialiste. Les effets de la bière, probablement. Pendant qu'il commandait une nouvelle tournée, j'ai observé un groupe d'Américains qui venaient de risquer un pied à l'intérieur et jetaient un regard circulaire plein de perplexité. « Quoi, c'est ça, le fameux truc? semblaient-ils penser. Tout ce foin pour ça! »

– Et donc, Jean-Marie, pour en venir au parking à scooters, je...

– Ah oui! Ha!

À l'inflexion de sa voix, il paraissait aussi opposé que moi à ce projet. Surprenant.

– Quelles infos vous avez? lui ai-je demandé.

– Je pense que c'est probablement l'œuvre d'un salopard qui a le bras long dans l'arrondissement et qui croit que je suis le propriétaire du tea room.

– Alors vous êtes contre l'idée, Jean-Marie?

– Mais évidemment! (Il a agité la main avec irritation, comme s'il cherchait à dissiper des gaz de vélomoteurs dans l'air.) Un commerce avec cette pagaille sur le trottoir ne peut que perdre de la valeur, c'est forcé. Très sale coup.

– Vous croyez que vous allez pouvoir l'empêcher ?

– Hé...

Il a eu un geste exprimant une ignorance de bonne foi, mais son petit sourire laissait entendre que son rival n'était pas le seul à avoir du pouvoir, dans le quartier. J'ai littéralement soupiré de soulagement.

– Pendant un moment, j'avais pensé que vous essayiez de me forcer à vendre l'affaire, ai-je avoué.

– Vous voulez vendre ?

Plus qu'une question, cela sonnait comme une offre.

– Non, non ! Pas pour l'instant, en tout cas.

Je lui ai présenté mon intention de retourner temporairement à Londres et de confier le salon de thé à Benoît durant mon absence. Son air éberlué m'a donné de sérieux doutes sur la sagesse de ces plans. J'ai eu l'impression d'être un pilote de ligne qui vient d'annoncer à la cabine qu'il doit aller pisser un coup mais qu'il a confié les commandes à son lapin.

– Poool, a-t-il finalement articulé. Mais c'est... (Il n'a pu poursuivre. Le qualificatif lui manquait. Ridicule ? Absurde ? Suicidaire ?) Voyez-vous, Benoît est... (Quoi ? Immature ? Incompétent ? Incontinent ?) Vous avez...

J'ai perdu l'esprit ? Mon affaire ? L'espoir que Jean-Marie soit jamais plus capable de terminer une phrase ? M'attrapant par les épaules, il m'a embrassé sur les deux joues, puis :

– Je le savais !

– Vous saviez quoi ? ai-je demandé non sans glisser un regard inquiet à la ronde pour le cas où des consommateurs auraient surpris cette effusion aussi soudaine qu'embarrassante.

– Vous êtes un modèle. Oui ! Un exemple pour lui. Depuis qu'il travaille pour vous, il est transformé ! Transfiguré ! Il a trouvé son chemin. « Found his way », comme vous dites. Je suis heureux, comblé ! Et maintenant, j'ai une dette envers vous. (Il a hoché gravement du bonnet, essayant d'harmoniser son expression de joie extatique avec le sérieux de ses propos.) Vous ne pouvez pas faire confiance à un philosophe, mais à moi, si ! Pendant que vous serez à Londres, je l'aurai à l'œil. He will not, how do you say... ?

– Fuck up ?

– Yes. He will not fuck up.

Nous avons scellé par une poignée de main cette promesse que Benoît n'allait pas tout foutre en l'air dans mon dos. Et même si Jean-Marie était avant tout un carriériste de la politique, un beau parleur qui avait essayé de me baiser – métaphoriquement – à plusieurs reprises et avait tenté la même chose – littéralement – avec Alexa en une occasion, je me suis dit que je pouvais lui faire confiance. Probablement.

– Vous savez, Benoît m'a même confié qu'il était tombé amoureux, a-t-il ajouté.

– Ah oui ? Super.

Je n'ai pas eu le cœur de lui apprendre que c'était d'un samovar en inox.

8

– J'ai pris mon billet. J'arrive dimanche soir prochain.

– Je dois dîner avec ma mère.

Même si je n'avais pas téléphoné à Alexa pour lui suggérer une sortie en ville, sa réaction était indubitablement une forme d'autodéfense.

– Écoute, Alexa, il n'y a aucun problème. Je compte rester à Londres un moment, donc on peut se voir quand tu voudras. Tout va bien.

Je ne voulais surtout pas qu'elle pense que j'allais monter ma tente dans son impasse et lui mener une vie d'enfer. Si nécessaire, je me rendrais chez un hypnotiseur pour qu'il élimine de mon inconscient le besoin irrépressible d'aller ululer sous les fenêtres de ma chérie à trois heures du matin.

– C'est une grande décision, a remarqué Alexa.

– Je sais, mais c'est aussi le seul moyen de te prouver à quel point je tiens à toi.

– Plus qu'à ton salon de thé ? Après tout le mal que tu t'es donné ?

– Eh oui. Ce que j'ai fait de mieux, encore, c'est de prendre la décision de confier plus de responsabilités à Benoît. Il va faire tourner la baraque pendant mon absence. Alors ne va pas t'imaginer que tu m'obliges à tout balancer dans le caniveau, parce que ce n'est pas le cas. Tu me crois ?

– Oui. (Nous avons tous deux médité cette information un moment.) Et tu sais...

– Oui ? Quoi ?

– Je ne vois plus Sacha.

– Ah.

Mon cœur a sauté en l'air de joie, s'est élancé dans le ciel bleu d'automne, s'est balancé de branche en branche tel Tarzan, faisant la bise à tous les singes qu'il croisait, puis s'est posé fermement au sol, campé sur ses deux pieds, et a marqué le but de la victoire à la dernière minute de la finale de Coupe du Monde avant d'être emporté sur les épaules des fans en liesse à travers les rues de Londres. Mais ma bouche, elle, n'a été capable que de ce « Ah ».

– On dirait que ça te rend triste, a commenté Alexa.

– Eh bien... Seulement parce que je me dis que tu dois l'être. Parce que votre histoire n'a pas marché.

C'était pas une réponse diplomatique, ça ?

– Tu penses que je devrais recommencer avec lui ?

– Hein ? (Aux chiottes la diplomatie !) Non, Alexa. Permets-moi d'être très direct, là : je suis navré s'il t'a fait de la peine, oui, mais je suis aux anges que tu aies rompu avec lui. C'est une nouvelle géniale. Fantastiquement incroyablement géniale. Je suis juste trop poli pour me mettre à pousser des « youpi ! ».

C'est ce que je faisais en mon for intérieur, néanmoins. Elle a eu un petit rire attendri.

– Tu es partie de la maison de Notting Hill ? me suis-je informé en croisant les doigts, les orteils, les yeux, les reins, n'importe quoi pour qu'elle réponde « oui ».

– Non.

– Ah.

– C'est lui qui est parti. Il vit dans l'appartement au-dessus de son studio.

– Est-ce que je peux dire « Youpi ! » ?

– Si tu y tiens.

– Youpi ! It gives us a chance, tu ne crois pas ? Tout ça ?

– Oui, je crois. Ça nous donne une chance.

Dans la langue de Voltaire, « chance » peut avoir deux sens : l'occasion, et la bonne fortune.

Après cet échange, la confirmation de Benoît en tant que commandant intérimaire du salon de thé n'aurait été qu'une formalité si quelqu'un, dont j'aurais attendu une attitude plus constructive, n'avait pas menacé de la compromettre.

Cela s'est passé la veille de mon départ pour Londres, alors que Katy devait se confronter à une plaie commune à tout le VIIIe arrondissement : les réfugiés Da Vinci.

Les lecteurs du *Da Vinci Code* qui se déplaçaient en groupes n'étaient pas un problème majeur, puisqu'ils étaient constamment sous la surveillance de leurs guides, mais ceux qui tentaient de suivre l'itinéraire du livre à leur gré finissaient immanquablement par se perdre, en partie parce que la topographie offerte par le best-seller n'avait pas vraiment la précision d'une photo satellitaire, et aussi, disons-le, parce que certains touristes sont juste un tantinet idiots.

– Le Louuuveur était à chier, a proclamé un adolescent américain de deux mètres de haut en attendant que Katy lui verse un triple Coca.

Il avait aussi quelques tonnes en trop, et son anorak de ski aussi rembourré que ses joues n'aidait pas à affiner sa silhouette.

– On n'emploie pas des mots pareils, a réagi par réflexe sa mère, surtout intéressée par notre étalage de gâteaux.

À en juger par la taille de son postérieur, qui me bouchait entièrement l'horizon, la pâtisserie était une passion essentielle dans sa vie, voire exclusive.

– Pourquoi tu dis ça ? s'est enquis le père, qui était resté mince par miracle, ou peut-être au prix d'une réduction chirurgicale de la poche stomacale.

Il était drapé dans un pardessus vert olive comme s'il avait pensé qu'une dégaine de détective privé l'aiderait à mieux suivre la piste Da Vinci.

– J'veux dire, t'attendrais qu'i-z-aient, genre, une reconstitution ? Avec un cadavre par terre, et tout ? Genre, pourquoi qu'on irait glander là, sinon ? J'veux dire, bleeerk !

– C'est un musée, fiston, lui a rappelé son géniteur.

– Combien de calories, dans cette tarte ? s'est enquise la mère, qui croyait apparemment qu'elle se vendait en entier et non par tranches.

– Paaah, a répondu Katy, désormais experte dans cette onomatopée française qui signifie que l'on n'en sait rien et que l'on s'en moque.

– Et genre, Mona Lisa, elle était même pas là ! Ça rime à quoi, j'veux dire ?

Même le blasé que j'étais n'a pu réprimer un mouvement de surprise. Comment, pas là ? S'il y a bien quelqu'un que l'on est sûr de voir au Louvre, c'est elle. Elle est à ce musée ce que Tom Crüise est à un film de Tom Cruise.

– Mais si, elle y était, a répliqué le père calmement, comme si son fils était connu pour ne dire que des conneries et qu'il suffirait de le contredire de temps en temps pour lui faire perdre cette habitude. C'est le tableau que tous les gens prenaient en photo avec leur téléphone.

– Quoi ?! Cette... Jackonda, là ?

Le gamin a eu la même grimace que si Katy avait ajouté un ver de terre à son Coca taille mammouth. Et c'est là que Benoît a quitté la caisse et s'est rapproché du groupe. Techniquement, c'était une réaction « tous pour un », le syndrome des Trois Mousquetaires que j'avais si souvent récusé, mais Katy manifestait maintenant tous les signes cliniques que l'on constate chez quelqu'un de sensé qui est obligé de servir des demeurés, à commencer par ces frémissements de sourcils indiquant que le cerveau cherche à échapper au supplice en se tassant le plus loin possible à l'arrière du crâne.

Quelques semaines plus tôt seulement, Benoît aurait été en proie aux mêmes symptômes. Mais à cet instant il a démontré qu'il était en mesure de prendre la situation en main, désormais.

– La Joconde, c'est comme ça qu'on appelle Mona Lisa, en France, a-t-il commencé posément, en anglais d'ailleurs.

– Quoi !? Cette petite pétasse chauve, c'est elle ? Aaargh !

L'ado a fait mine de s'évanouir de dégoût.

– C'est qu'elle est très vieille, vous savez, a rétorqué Benoît avec la plus grande impassibilité.

– On ne dit pas « pétasse », a objecté distraitement la mère. Qu'est-ce que vous appelez « scone » ?

– Et c'est tellement minus, aussi ! C'est nul !

– Vous parlez de la Joconde ou du scone ? a demandé Benoît.

Renonçant à participer à cette controverse artistique, le père s'est absorbé dans la tâche de couvrir

411

de nourriture des plateaux destinés à sa famille, sans doute pour que la bouche de son fils soit remplie d'autre chose que de crétineries. Pendant que le rejeton et la mère s'asseyaient, chacun occupant deux chaises, il a payé la note et glissé à Benoît une question qui se voulait discrète :

– Est-ce que l'ambassade américaine est quelque part dans le coin ?

– Elle n'est pas loin, lui a indiqué mon futur remplaçant.

– No, no, no !

Le cri, désespoir et souffrance confondus, était venu de Jake qui, comme il en avait coutume les après-midi de fin de semaine, était installé devant une tasse de café offerte par la maison, occupé à corriger des tirages papier de ses élucubrations poétiques postées sur Internet. Bondissant de son siège, il a quasiment attrapé le touriste à la gorge. Il était toujours vêtu de mon costume, qui gardait une surprenante élégance alors qu'il avait été porté chaque jour des deux derniers mois.

– You have gone to Saint-Lazare station et vous n'avez pas trouvé the quai for Lille, didn't you ? a-t-il éructé.

– The what ? a bafouillé l'autre.

– The quai ! Dammit ! Vous êtes allés à Saint-Lazare mais vous n'avez jamais vu le quai des trains pour Lille, yes or no ?

– No.

– Well, je parie que vous are going to do it !

– Pardon ?

– Foutus Da Vinci tourists ! That book is all conneries ! On prend pas le train pour Lille à Saint-Lazare ! It's from the gare du Nord ! Et vous savez pas que l'American ambassade is only a few mètres from the Louvre ? Juste à côté ! Dans le fucking

412

bouquin, la fuite en voiture aurait duré une demi-minute, si l'auteur knew a little bit la géographie de Paris ! Vous n'avez pas vu the big building avec the American flag, place de la Concorde ? C'est l'ambassade, man ! Vous la trouverez pas on the Champs-Élysées !

– Oh, ah, merci pour le renseignement, a soufflé le touriste tout en essayant de se libérer de ce fou aux lèvres écumantes et de battre en retraite à sa table.

– Oh yes, he is very good avec les codes secrets, votre détective Da Vinci, mais il est infoutu de reconnaître le drapeau de son propre country !

Comme Jake était un client régulier – ou plutôt un habitué autorisé à consommer gratuitement –, et l'un de mes amis, Benoît n'osait pas le remettre à sa place. Il a fallu que je lui montre que les amis devaient respecter les règles, eux aussi. Après m'être placé entre Jake et sa victime, j'ai dit au touriste :

– Je vous prie de l'excuser. C'est un écrivain. Il est un peu jaloux parce qu'il ne vend pas autant de livres que Dan Brown.

– But non !

Jake voulait intervenir mais je l'ai fait taire d'un regard suppliant avant de poursuivre, tout en essayant d'entraîner le type vers la table où sa famille était installée.

– Et il est pas mal passionné de géographie, également, donc il prend ce genre de sujet très à cœur.

– Ah, OK, vous écrivez des manuels de géographie ? a eu la mauvaise idée d'interroger le touriste.

– Non, I am...

J'ai coupé Jake, à nouveau. Je n'avais aucune envie de troubler la digestion de ces pauvres explo-

413

rateurs américains en laissant mon ami se lancer dans la lecture de l'un de ses poèmes très risqués sur la féminité internationale.

– Le public n'est pas encore prêt pour lire son œuvre, ai-je assuré.

Ayant repoussé Jake dans son coin, je lui ai fait comprendre à voix basse qu'il devait s'abstenir d'effrayer la clientèle s'il voulait garder son statut privilégié au salon de thé une fois que je serais parti. Je lui ai même présenté la perspective allé-chante d'un hébergement gratuit.

– Au cas où la nana avec qui tu vis te mettrait dehors, et ce quelle que soit sa nationalité, tu pour-ras toujours venir squatter chez moi. Je vais laisser une clé ici.

Sous mes yeux stupéfaits, il a rougi.

– Ouais, well, merci but...

Qu'il pique un fard était déjà inattendu, mais qu'il perde l'usage de la parole... D'habitude, il était intarissable, même si c'était dans son sabir bilingue.

– Qu'est-ce qui se passe, Jake ? Ne me dis pas que tu couches sous les ponts avec mon costume ?

– Non, on the contrary, c'est tout the opposé, a-t-il bafouillé en devenant encore plus rouge.

– Tu vas échanger mon costume contre un appartement ?

– No, non, je vais, you know, I'm going to loo one.

– Tu vas quoi ?

– To loo. Louer, quoi. Un apartment.

– Pardon ?

Un type qui tapait l'incruste chez les autres depuis que je le connaissais, et encore des années avant, d'après ce qu'il m'avait raconté.

– Ouais, with...

Il n'y arrivait toujours pas.

– Avec quoi? Avec de l'argent de la drogue?

– With, oh merde! With Virginie.

J'ai failli m'évanouir.

– Virginie? La Virginie?

– Ouais.

– French Virginie?

Rouge comme une tomate, il a tenté un haussement d'épaules très existentialiste qui semblait dire : « Eh oui, c'est absurde, je sais, mais la vie est ainsi faite. »

– Eh bien, tu as gardé ça très secret, non, Jake? Une petite Française?

– Ouais, mais tu sais, she is...

– Oh oui, je sais qu'elle l'est. Très, même.

– Et moi, je...

– Tu quoi?

– Je... merde! Je l'aime, quoi. (C'était un aveu de défaite, plus qu'autre chose.) Après l'avoir rencontrée à ta party, je l'ai revue again. Et puis je me suis rendu compte que j'étais writing poems à propos d'elle tout le temps. I couldn't arrêter de penser à elle. Et elle veux quit her studio, et puis I can loo an apartment, maintenant que je suis directeur d'études.

– Quoi? Tu as été nommé directeur d'études à ton école de langues?

– Ben yeah. C'est comme le trench warfare, you know?

– La guerre de tranchées? Pourquoi?

– Les survivants reçoivent the promotion.

– Mais c'est super, Jake! Félicitations! Ça mérite une tournée générale de cake aux fruits, ça!

La volumineuse touriste a levé des yeux pleins d'espoir de son assiette où se trouvaient déjà trois tranches de gâteau. J'ai été tenté de lui dire qu'elle avait eu sa dose. Comme ils étaient les seuls clients présents, toutefois, je lui ai gracieusement appliqué mon offre. En plus, découvrir un Jake avec un boulot digne de ce nom, et un appartement, et vraiment amoureux, et d'une Française... C'était une révolution aussi majeure que l'autre, celle de 1789.

Mais les surprises ne s'arrêtaient pas là. Alors que je garnissais quelques assiettes en expliquant à Benoît et à Katy la raison de ces festivités, j'ai vu du coin de l'œil le fils de Jean-Marie abandonner son samovar, s'approcher de la jeune Anglaise et lui poser une main sur l'épaule ! Elle ne l'a pas repoussé, elle n'a pas protesté, non : elle a baissé la tête et posé un baiser sur ses doigts !

Ainsi, Benoît avait enfin compris la supériorité d'une femme sur une machine à faire bouillir l'eau. J'en ai ressenti une joie presque paternelle.

Et puis j'ai été témoin d'une de ces scènes qui vous marquent pour la vie. Vous marchez sur une plage, les yeux baissés, et vous apercevez soudain la bague que vous aviez perdue ici dix ans plus tôt. Ou bien, vous êtes assis dans un bar à Casablanca, la porte s'ouvre et c'est l'amour de votre vie qui entre. Mais cette scène était encore plus bouleversante.

J'ai fait mine de scruter le trottoir à travers la vitrine pour permettre aux deux tourtereaux de s'embrasser sans être importunés par leur patron. Mon regard est tombé sur un petit caniche brunâtre en train de chier devant le salon de thé. En temps normal, je me serais rué dehors afin d'expédier d'un coup de latte la bestiole jusqu'au carrefour suivant, mais je devais être dans un état second et je me suis contenté d'observer la femme qui le tenait par sa laisse. Une dame d'âge moyen, blonde artificielle, en manteau de fourrure et hauts

talons noirs. Elle a tiré de sa poche un sac en plastique des Galeries Lafayette, a plié les genoux et a
prestement ramassé le petit tas de merde en se ser-
vant du sac comme d'un gant. Puis, dans un ralenti
de clip vidéo, elle a fait quelques pas jusqu'à la cor-
beille à ordures la plus proche et déposé son petit
paquet dedans.

Une Parisienne chic nettoyant le trottoir ? C'était
un signe, décidément : cette ville n'avait plus besoin
de moi.

VII
Ils sont fous, ces Londoniens

1

Il est certains concepts qui échappent totalement aux Français.

Le papier à lignes, par exemple. En France, quand une feuille de correspondance n'est pas blanche, elle est quadrillée, sans doute pour le cas où, fatigué de prendre des notes, vous auriez envie de dessiner une mosaïque.

Ou bien les mugs à café au bureau. Là, les Français sont en territoire inconnu. Les bureaux parisiens sont généralement équipés d'une machine à café qui distille une décoction très acceptable dans un vulgaire gobelet en plastique. Quand on a droit à un café fait « maison », ce sera une tasse à espresso toute simple. Et c'est pourquoi un Gaulois partant travailler pour une société britannique ne se doute pas une seconde que sa vie quotidienne va être désormais dominée par un mug lourd et massif qui portera une phrase à l'humour aussi distinctement English que, disons : « Sex ? No, thanks, I'd prefer a caramel latte ! »

C'est l'une des premières réflexions qui m'est venue à l'esprit lorsque j'ai à nouveau foulé la moquette des locaux de mon ancien employeur,

Waterloo Foods, entre-temps rebaptisé Waterloo TM – TM pour trademark, marque déposée –, pour lequel j'avais conçu une chaîne de restauration « française » en Angleterre, Voulez-vous Café avec Moi, avant d'être repéré et engagé par Jean-Marie.

Pourquoi cette réflexion sur les breuvages en entreprise ? Parce que sitôt passé le filtre de sécurité qui n'aurait pas détonné dans un aéroport, le premier être humain que j'ai vu était un type portant une kyrielle de mugs aux anses passées entre ses doigts, en route vers le coin-cuisine pour préparer un thé ou un café. Cette image, absolument incongrue dans un environnement professionnel français, m'a inspiré le même sourire attendri que si je venais de croiser un très vieil ami.

Ce n'en était pas un, pourtant. C'était un parfait inconnu. Et je n'ai pas plus reconnu le couloir. Le décor fonctionnel rappelant une caserne avait cédé la place à des murs peints en bleu Méditerranée et à une moquette couleur corail. Je nageais en plein yaourt myrtille-fraise. Tout était désormais une proclamation de dynamisme et d'optimisme branché. Une affiche sur la porte de l'office de l'étage soutenait même qu'il suffisait de crisper ses fesses cinquante fois en attendant que la théière finisse par bouillir pour brûler cinquante calories.

Pour l'heure, j'éliminais les miennes en tripotant nerveusement le badge qui m'avait été remis à l'entrée, une carte en plastique portée comme un collier, du style de ceux que l'on porte en coulisses dans les concerts de rock. Même si tout le monde autour de moi semblait accepter cette forme d'identification devenue obligatoire, je n'arrivais pas à m'y résoudre, encore en proie à l'état d'esprit français du « Je ne vais pas avoir l'air d'un niais en me mettant ça autour du cou ».

– Paul, mon pote, il faut que tu portes le badge !

Surgissant d'une embrasure de porte devant laquelle je venais de passer, quelqu'un m'a lancé cet ordre en forme de conseil amical. C'était Charlie, mon ancien boss.

Je lui avais téléphoné la semaine précédente, espérant vaguement qu'il pourrait me reprendre dans son équipe après mon retour à Londres. Sa réponse m'avait laissé baba : dès que je serais prêt à démarrer, j'étais le bienvenu.

Et, à l'instant où je voudrais arrêter, je serais complètement libre, aussi. En effet, ainsi que je l'ai vite découvert, plus personne n'était « employé » par la boîte : nous étions tous des consultants supervisés par d'autres consultants, eux-mêmes ayant à rendre compte auprès du groupe de consultants qui avaient racheté la compagnie quelques mois plus tôt et viré ses deux cents salariés en les invitant à postuler à nouveau « sur une base d'association volontaire ». La majorité des employés de l'ère antérieure n'ayant pas satisfait aux exigences, le staff se résumait désormais à quatre-vingts personnes, plus ou moins, dont la plupart venues de l'extérieur.

En France, un patron qui aurait tenté un « dégraissage » aussi draconien aurait eu droit à la une des journaux. Ici, ce n'était qu'un audacieux takeover parmi tant d'autres. Mais je n'allais pas cracher dans la soupe, puisque ce système me convenait plutôt : étant à la tête de ma propre affaire, le salon de thé parisien, j'étais en mesure de devenir aussitôt consultant pour Charlie, sans avoir à passer par d'infinies complications administratives.

Celui-ci m'avait appris qu'il avait un « very Anglo-French problem » à résoudre, et que j'étais d'après lui l'homme providentiel pour le régler. Et

c'est pourquoi Paul West, le pagailleur international replié à Londres, se trouvait à nouveau en
costard-cravate, ce beau matin-là.

Après une solide poignée de main – pas de bise,
thank God ! – Charlie m'a escorté à ce qui allait
être mon bureau. Il paraissait très viril avec ses
rares cheveux gris coupés ras – à quarante-cinq
ans, la calvitie le guettait – et les manches de sa
chemise blanche à carreaux roses retroussées sur
ses avant-bras aussi solides que poilus. On aurait
cru un rugbyman en repos et c'était le look prédo-
minant dans l'immeuble, à ce que j'ai pu voir : de
nos jours, nos cadres commerciaux ont l'air plus
macho que nos soldats. Avec mon veston et ma
chevelure longue de plus d'un centimètre, je me
suis senti carrément efféminé.

Je ne portais pas le fameux costume « emprunté »
par Jake, soit dit en passant, auquel j'avais définitivement renoncé, en partie parce que je ne dési-
rais pas sortir des poches par inadvertance quelque
ébauche de poème obscène. Avant de quitter
Paris, je m'étais rendu à la boutique Paul Smith et
j'avais fait l'emplette de deux costumes gris, aussi
sobres et respectables qu'une Rolls Royce jusqu'à
ce que je déboutonne la veste et que je découvre
une doublure psychédélique.

– Alors, la « belle France » a fini par être trop
frenchy pour toi, c'est ça ? a plaisanté Charlie qui,
comme nombre de ses compatriotes, aimait se
gausser des Français mais passait le plus clair de
son temps libre outre-Manche.

– Ouais. Les Londoniens commençaient à me
manquer, pour être honnête.

– Pauvre fucking cinglé.

Toutes les portes étaient en verre, maintenant,
ce qui laissait entrer dans le couloir des flots de

lumière du jour venue de la rue. Mais chacune d'elles était contrôlée par un digicode, de sorte que l'on pouvait voir ce qui se passait à l'intérieur, mais non entrer sans autorisation. M'ayant annoncé mon code, Charlie m'a laissé le composer pour que je le mémorise. Nous avons pénétré dans une pièce lumineuse, bien éclairée. Trois des quatre bureaux étaient surmontés d'ordinateurs portables sur lesquels s'affairaient des « consultants » que je n'avais encore jamais vus, un jeune Indien, une fille black et un clone de Charlie. Tous étaient en pantalon à pinces et chemise à motifs, comme leur supérieur.

– Hé, les gars, voilà Paul !

Il m'a présenté à Sandjit, Marya et Tom. Le premier était le plus branchman des trois avec ses cheveux gominés et ses pattes sculptées au rasoir de précision qui se terminaient en pointes d'un demi-millimètre sur ses mâchoires. Dans le registre cool, Marya arrivait en seconde position grâce à son rouge à lèvres noir sur une peau très sombre et à une tenue mettant parfaitement en valeur ses formes généreuses – elle était la seule à laisser sa chemise en dehors du pantalon, ai-je remarqué. Quant à Tom, il devait avoir dix ans de moins que Charlie, pourtant il était presque aussi chauve et râblé que lui, avec un bout de brioche poilue émergeant du bas de sa chemise, dont il avait laissé les derniers boutons ouverts.

Après de rapides présentations, ils ont tous recommencé à taper frénétiquement sur leur clavier. Ils n'étaient pas superchaleureux, mais je me suis rappelé mes débuts traumatisants dans la boîte française de Jean-Marie. Ici, au moins, il n'y aurait pas de barrières linguistiques.

Était-ce si certain ?

– Tom, mon vieux, est-ce que tu peux servir à Paul le baratin du settling-in ? a demandé Charlie.

Moi, il faut que j'aille voir la Bête pour un rapide heads-up, là.

– Mais bien sûr, a acquiescé Tom. Et, à part ça, il y a du nouveau, au sujet de mon go-live ?

– Qu'est-ce que c'est, la burning-platform ?

– Eh bien je leur mets une pression dingue sur les dates mais pour l'instant je n'ai eu qu'un soft-launch.

– Oh, c'est un showstopper, ça ! Faut qu'on rectifie le coup.

De quoi ils parlaient, triple fuck ? Et dans quel dialecte ils s'exprimaient, surtout ? Je croyais me rappeler le temps où on causait une langue que je connaissais, dans cette boîte.

2

– Qui c'est, « la Bête » ? ai-je demandé à Tom une fois Charlie hors de la pièce.

– C'est comme ça qu'on a surnommé le PDG. Quand il a pris la direction, d'après ce que j'ai entendu dire, il s'est retrouvé avec un numéro de poste téléphonique qui se terminait par 666 et il a tapé une crise pas possible. Il n'a pas l'air si diabolique, pourtant.

– À part les cornes et la queue, est intervenue Marya sans cesser d'écrire.

– Et c'est pour ça qu'il n'y a pas de téléphone ? me suis-je enquis en regardant la surface de mon bureau, entièrement nue à l'exception de mon ordinateur dans sa sacoche.

On ne voyait que des cellulaires, par ici.

– Quoi, notre petit Charlie ne t'a pas expliqué ? s'est étonné Tom. Nous, les consultants, on n'est payés qu'aux honoraires. On se sert de nos portables personnels. C'est à toi de décider combien tu veux claquer dessus.

– Pigé.

Ça paraissait sensé, si on suivait une logique d'un puritanisme hallucinant. Dans la boîte de Jean-Marie, les téléphones – ou en tout cas le

427

mien – servaient une bonne moitié du temps à planifier des week-ends, à régler des histoires de famille, à fixer des rendez-vous galants et même à participer à des concours télévisés.

– La conf' est à neuf heures, a continué Tom. T'as fait ton rapport flash ?

– Non. Je ne pouvais pas, puisque je ne sais pas ce que c'est.

– Ah, OK.

Sur ce, Tom a recommencé à enfoncer ses doigts boudinés sur son clavier. C'était tout, apparemment. Je faisais désormais partie des murs.

– Tu es là pour le fameux projet Frenchy, hein ? m'a demandé Marya.

– Ouais. Ou plutôt le pas-assez-fameux projet Frenchy.

– Tu lui as annoncé la mauvaise nouvelle, au bonhomme ?

– Non.

Le « problème » pour lequel j'avais été embauché était en effet de communiquer à une certaine personne une certaine mauvaise nouvelle appartenant au registre des subtilités franco-anglaises.

Pendant notre conversation téléphonique préliminaire, Charlie m'avait expliqué que l'entreprise s'apprêtait à se doter d'un célèbre chef français et qu'ils avaient besoin d'un agent de liaison.

– Tu as vécu chez eux, donc tu sais quel incroyable ramassis de crapules ils sont, avait-il affirmé, prouvant ainsi que je n'étais pas le seul Britannique dont les talents diplomatiques se réduisaient à peau de zébu.

D'après ce que j'avais compris, Waterloo TM avait offert un contrat au chef en question, un génie du sandwich, afin que la (future) vedette apporte une touche de classe supplémentaire aux baguettes au fromage bleu servies dans les établissements de la chaîne Voulez-Vous Café avec Moi.

Le seul hic, c'était son nom.

– Tu vas devoir le convaincre d'en changer, m'avait appris Charlie.

– Pourquoi ? Comment il s'appelle ?

– C'est typiquement breton.

– Ah oui ?

– Son prénom, c'est Ian, version bretonne.

– Mais encore ?

– Et son nom de famille... Bon, il y a un village de Bretagne qui s'appelle pareil.

– C'est-à-dire ?

Il n'avait pas voulu me l'apprendre au téléphone, préférant me l'adresser par e-mail. Et quand je l'ai eu sous les yeux, j'ai tout compris.

Mon génie de la gastronomie se nommait Yann Kerbolloc'h.

Énoncé avec l'accent british, cela devenait un conseil d'autodéfense adressé aux victimes éventuelles d'un violeur : « yank a bollock », « tirer sur un rouston ». En français, pourtant, le nom était tout à fait convenable. Yann Kerbolloc'h était aussi innocent qu'un gus qui répondrait au nom de Peter Burnes et voudrait néanmoins être pris au sérieux en France. Welcome to Paris, monsieur Pète-Couilles... Et comme personne n'avait osé informer ledit Yann de cette difficulté sémantique, il était enclin à croire que les murs de la capitale britannique seraient bientôt couverts d'affiches géantes à la gloire de nos nouveaux sandwichs « tire-roustons ».

Ma toute première mission consistant à lui expliquer pourquoi cela ne se produirait pas, il y avait une forte probabilité que je sois contraint dans un proche avenir à repousser l'attaque d'un célèbre cuisinier brandissant une baguette tout juste sortie du four. C'était un risque que j'étais prêt à courir, cependant, parce que avoir un emploi respectable me permettrait de rencontrer Alexa chaque fois qu'elle voudrait vérifier que je restais dans le droit chemin.

Car c'était le deal, avec elle : j'étais là pour lui prouver que j'étais capable de bien me conduire, capable d'être présent quand elle aurait besoin de moi, capable d'essayer d'empêcher mes bras et mes jambes de s'enrouler autour d'autres femmes, et surtout capable de résister à l'impulsion d'interpréter un trio pour voix et urine dans une impasse au petit matin.

Je n'étais pas sûr que ce marché conclu entre nous inclurait quelque récompense sexuelle à court ou moyen terme. Au pis, il me resterait toujours la possibilité de recourir à l'un des films « lesbiennes en action » déjà mentionnés.

– Quelqu'un aurait envie d'un jus avant la réunion ? ai-je proposé.

– Mouais. Hé, on oubliait le plus important ! s'est exclamée Marya. Quel mug on va donner à Paul, les garçons ?

– Il se trouve que j'ai apporté celui que j'avais quand je travaillais ici dans le temps.

En triant les affaires que je comptais rapporter de Paris, j'avais en effet retrouvé mon ancienne tasse Waterloo Foods, blanche et ornée du profil un peu déteint du duc de Wellington, dont le nez aquilin était braqué vers l'est, en direction de la Belgique. Quand je l'ai sortie de mon sac, Tom m'a gratifié d'un « Ooooh ! » qui m'a paru plutôt sardonique. Sanjit, lui, s'est levé pour l'admirer.

– Vintage, mec ! Regarde un peu la saloperie qu'ils nous donnent, à nous. Ça vient d'un lot de troisième catégorie.

Il a levé le mug qui se trouvait près de son portable à mon intention. Du même bleu et rose dont étaient peints les couloirs, il était décoré du nouveau logo de la société, un « Waterloo » criard au-dessus duquel se profilait un discret « TM » en lettres noires. Comparée à mon solide et compact Wellington, la tasse semblait trop légère dans la main, prête à se casser.

– Sanjit va te montrer où est le café et le reste. N'est-ce pas, Sanjit ?

Sous l'injonction et le regard taquin que lui lançait Marya, le fringant conseiller en relations publiques s'est mué en collégien tout penaud.

– Ouais, a complété Tom d'un ton venimeux qui n'était pas du tout simulé, cet enfoiré de Sanjit-là, il s'est fait un jus en solo, pas vrai ?

– Juste parce que j'avais manqué la première tournée, mec, s'est défendu l'accusé.

– Et puis après ? Les jus en solo sont proscrits. Hé ! On a tous oublié un truc, à propos : Paul ne peut pas le faire, ce kawa.

– Pourquoi pas ? me suis-je étonné.

À mon premier passage par ces bureaux, refuser de laisser quelqu'un préparer un café ou un thé pour les autres équivalait à décliner une offre de turlute dans les toilettes : c'était une complète impolitesse.

– On a atteint notre limite, pas vrai ? a expliqué Tom. On a toujours dit qu'on placerait la barre du club à vingt membres et c'est ce qu'on est, maintenant : vingt. Navré, Paul. C'est pas du tout contre toi, tu comprends ? Aujourd'hui, tu peux boire ton jus en tant que visiteur invité, mais après ça tu devras te débrouiller tout seul.

– On n'a jamais eu de limite, quand je bossais ici ! ai-je protesté.

– Ouais, eh bien ça a changé, tu vois ? a répliqué Tom. Comme dirait l'autre : « Travaille pour le changement ou change de travail. » Désolé, mon vieux.

Il apparaissait donc que j'allais devoir déposer devant la Cour européenne des droits de l'homme non pas une, mais deux plaintes : la première pour réclamer l'autorisation de traduire « sandwich » en français, la seconde pour contester mon exclusion arbitraire du club des buveurs de café de Waterloo TM, deuxième étage. Ils allaient être tellement occupés, à Strasbourg, qu'ils n'auraient même plus le temps de considérer la candidature de nouveaux États membres.

3

Le briefing du service a commencé en retard. Et moi qui croyais que nous autres Britanniques étions les rois de la ponctualité... Mais non, nous étions visiblement capables d'oublier l'heure d'une réunion aussi bien que les Français.

Il était neuf heures dix lorsque nous nous sommes tous retrouvés assis autour de la table ovale dans le bureau de Charlie. Comme celle où je venais de brancher mon ordinateur portable, la pièce donnait une impression de provisoire, de passager : il aurait suffi que notre boss retire la photo de sa femme et de ses enfants pour abandonner les lieux à leur neutralité.

Il a demandé, et obtenu, les rapports d'activité de deux minutes que Tom, Sanjit et Marya devaient lui présenter. C'était ce sur quoi ils travaillaient lorsque j'étais arrivé. Avec les gens du marketing, ils étudiaient des projets comparables au mien : le développement d'une marque de café spécifique, un comparatif des résultats de Voulez Vous Café avec Moi et de ceux de diverses chaînes américaines et, apparemment le plus important de tous, une enquête de marché visant à déterminer si la raison sociale Waterloo – le nom d'une bataille opposant la Grande-Bretagne et l'Allemagne à la France – était la plus appropriée à un développement dans le reste de l'Europe. Bref, un changement de logo était dans l'air, avec toutes les dépenses que cela supposait.

Et la discussion s'est engagée dans le même impossible jargon qui m'avait interloqué un peu plus tôt, où il était question de « ne pas crever dans un fossé » ou de « faire bouillir l'océan »...

Chacun a eu droit à ses deux minutes, pas plus. Aucun d'entre eux ne s'est permis la moindre digression. Des questions aussi formidables qu'un dépassement de budget ou un deadline irréaliste étaient soupesées avec calme et optimisme. Ils se sont tous montrés beaucoup plus détendus que quand il s'agissait de décider qui devait préparer le thé.

Enfin, Charlie s'est tourné vers moi. J'étais le premier de sa liste. Au programme, une séance de brainstorming à propos de la nouvelle identité de mon chef. Il m'a prié de laisser les autres avancer des propositions, d'abord.

– Commençons par des noms français célèbres, leur a-t-il suggéré.

– Napoléon, a offert Tom sans une seconde d'hésitation.

– Joséphine ? a suggéré Marya.

– Des noms de Français vivants, s'il vous plaît, a corrigé Charlie, ajoutant dès qu'il a vu que Sanjit ouvrait la bouche : Et pas de footballeurs, OK ? Personne n'a envie d'acheter un sandwich préparé par un avant-centre.

Un long silence a suivi, pendant lequel les présents ont médité sur le fait qu'ils ne connaissaient le nom d'aucun Gaulois encore en vie, à part des vedettes de football et « ce type, là, le président ».

– Paul, viens à notre secours, please ! a lancé
Charlie.

Les quelques noms que j'ai cités ont tous été
accueillis par des froncements de sourcils perplexes, y compris celui de Gérard Depardieu
jusqu'à ce que je le prononce à nouveau sous la
forme qu'ils connaissaient, « Jay-Rar Dipardoo ».
Aucun d'eux n'a séduit Charlie, non plus.

– Quelque chose qui ait un rapport avec la
bouffe, peut-être ? a-t-il proposé.

– Comme quoi ? Yann Au-Gratin ? a avancé
Tom.

– Ou Yann Au-Vin ? a glissé Marya.

– Yann Beaujolais-Nouveau ? s'est mêlé Sanjit
en essayant de garder un air sérieux.

– Désolé, les gars, a coupé Charlie, mais tout ça,
c'est beaucoup de Kerbolloc'h.

– Et si je regardais l'annuaire de Paris sur
Internet ? ai-je dit. Je reviendrai vers vous avec
quelques idées demain matin.

L'idée a séduit Charlie. Il m'avait déjà accordé
mes cinq minutes de gloire mais ce n'était pas fini : il
voulait savoir comment je comptais m'y prendre
pour vendre mon chef frenchy au public britannique.

– Quelles sont ses compétences essentielles ?
m'a-t-il interrogé.

– Mais... faire la cuisine, non ?

Quelle question !

– Oui, Paul. C'est un chef, je sais. Mais à part
ça ?

– Il est français. C'est la raison pour laquelle tu
l'as engagé, n'est-ce pas ? Parce qu'il est français et
qu'il se débrouille aux fourneaux.

Charlie a fait la grimace tandis que Tom venait à
mon secours.

– Paul a raison. Concentrons-nous sur l'essentiel. Pourquoi perdre du temps avec des détails ?

435

– Oui, mais Jamie Oliver est blond ! Et cette nana, là, la déesse des shows culinaires télé, quand elle lèche le chocolat sur ses doigts, tout le monde est par terre ! Notre poulain, son APU, c'est quoi ?

« APU », pour « argument publicitaire unique », bien sûr.

– Il sait jongler avec des courgettes, ai-je déclaré.

– C'est vrai ? (Je venais de lui inventer ce talent, en réalité, mais il y avait bien une photo promotionnelle que j'avais reçue et sur laquelle on voyait Yann tenant une courgette dans chaque main comme s'il s'apprêtait à jouer du tambour avec. Ou à jongler, pourquoi pas ?) Courgettes ? a répété Charlie sur un ton qui signifiait que personne ne pouvait prendre au sérieux un légume pareil, prouvant ainsi qu'il avait besoin d'aller passer quelques semaines en compagnie de ma belle-mère, là-bas, en Corrèze.

– Un très bon légume pour les blagues salaces, a approuvé Tom, au contraire. Très vendeur dans la presse à scandale. Ça me paraît excellent.

Charlie a secoué la tête d'un air excédé.

Après avoir donné le signal de la dispersion, il m'a rejoint alors que je m'éloignais dans le couloir.

– Tu n'as pas présenté de rapport flash écrit, Paul.

– Non.

– Il faut que tu m'en donnes un d'ici à ce soir.

– D'accord, suis-je convenu tout en me disant que je demanderais aux autres de m'expliquer comment m'y prendre.

– Et un plan de résolution.

– Un...? OK.

– Et des objectifs intermédiaires.

– Des...? Oui.

Quelle langue il parlait, bon sang !

– Et n'oublie pas qu'en tant que consultant tu es à la fois le créateur et le solutionneur des difficultés qui peuvent se présenter.

– Of course.

– Ton histoire de courgettes, c'était amusant, mais ne crois pas que tu vas t'en tirer en improvisant chaque fois.

– Entendu.

– Bon. On n'est pas dans la culture du reproche, là, mais il ne s'agit pas de déconner.

Et tout ça parce que j'avais accepté de rentrer ma chemise dans mon pantalon.

4

Lorsque je suis revenu à mon manoir ce soir-là, j'étais claqué. Non, je ne vivais pas à l'ex-ambassade de Russie mais dans une résidence avec un nom de manoir, Boscombe Mansions, un vieil immeuble décrépit qui avait été reconverti en une centaine de studios pour des célibataires immigrés à Londres comme moi. Les appartements surplombaient une enfilade de boutiques, Burger King, Starbucks, Kodak Express, un stand de presse qui vendait des billets de loterie et, puisqu'il s'agissait d'un ghetto de Français expatriés, une crêperie.

Dehors, une odeur insistante de malbouffe flottait dans l'air. À l'intérieur de l'immeuble, c'était celle du désinfectant au citron, mais le loyer n'était ici que scandaleusement élevé, par opposé à désespérément élevé. Et très bien situé, en plus. Il fallait reconnaître ce point aux Français, ai-je décidé : tant qu'à habiter un ghetto, mieux vaut qu'il soit situé à South Kensington, juste à quelques pas de Harrods, dans l'un des quartiers les plus lancés de la capitale.

À mon arrivée pendant le week-end, j'avais tout de suite remarqué le lycée français – qui répondait au nom de Charles de Gaulle, bien entendu – et le consulat de France, tous deux situés juste en face du musée Victoria & Albert et de celui d'Histoire naturelle. Un emplacement qui résumait parfaitement la France, m'étais-je dit : style et science. Typiquement provocateur, le consulat arborait non seulement le drapeau tricolore mais aussi un énorme étendard de l'Union européenne, de quoi faire perdre le contrôle de son véhicule à plus d'un chauffeur de taxi londonien étouffé par l'indignation.

Une rue entière abritait une succession de cafés français, une épicerie et une rôtisserie françaises, ainsi qu'une fantastique pâtisserie française à la vitrine pleine de gâteaux. L'un d'eux m'avait fait particulièrement saliver, une sorte de mousse au cacao aérienne, cerclée de copeaux de chocolat d'une minceur miraculeuse. Ces Français n'y connaissent rien en gelée aux fruits, mais pour les tartes et les gâteaux, ils étaient imbattables. C'était comme si j'avais devant moi le reflet de mon salon de thé : cette pâtisserie apportait aux Londoniens le raffinement des copeaux de chocolat tandis que mon établissement initiait les Gaulois à la gelée anglaise bien dégoulinante. Ce qui m'a rappelé que je devrais téléphoner à Benoît, à un moment ou à un autre. Pour voir si tout dégoulinait bien.

Ce qui m'a rappelé le salon de thé, également, c'est que personne n'avait forcé la multitude de restaurants français parsemés à travers South Kensington à traduire leur devanture ou leur carte. Quand les mets étaient expliqués en anglais, cela donnait une sorte de français vaguement anglo-saxonisé, comme par exemple la « crème de marron pancake » de la crêperie et sa « purée of sweetened marron glacé ». Pardon ? Même moi, qui avais habité la France, je n'avais pas idée de ce que ça pouvait être. Un restau chic proposait des « œufs de canard en meurette » qui, pour un Anglais pourvu de quelques notions de français, suggérait quelque chose comme la couvée d'un volatile à l'article de la mort, une spécialité que je n'avais certes jamais essayée. Et que dire de ce « potage paysanne » ? Ne fallait-il pas alerter la police ? Ces Frenchies de Londres pensaient-ils réellement que l'on pouvait impunément servir de la fille de ferme en soupe sans être arrêté pour cannibalisme ?

L'image que les expats français m'avaient donnée sur le net était nettement moins dérangeante. Avant mon départ, j'avais découvert de très nombreux chats et blogs de Français exilés à Londres, grâce auxquels ils s'échangeaient les bonnes nouvelles – « bientôt du foie gras congelé disponible au moment de Noël ! » – et les bons plans, par exemple les bars où il était possible de croiser des stars du football français exilées à Londres. C'est là, aussi, que j'avais trouvé une abondante rubrique immobilière, et comme j'étais las de la colocation avec des fans français de *Friends* je m'étais résigné au studio dans cette « résidence » gérée par une société parisienne. L'appartement, tout en peintures sombres lavables et matériaux incassables, avec un « coin-cuisine » qui se limitait à un minifrigo surmonté d'un micro-ondes, était aussi chaleureux et accueillant que les toilettes d'une station-service sur l'autoroute, mais il faisait aussi penser à une cellule de monastère et c'était exactement ce qu'il me fallait.

Ce soir-là, donc, je me suis assis devant la « ratatouille à emporter » dont j'avais fait l'emplette à l'épicerie fine tricolore – et dont la présentation n'était pas traduite en anglais, elle non plus – et j'ai appelé Alexa.

Pendant que nous bavardions, elle m'a envoyé une photo par e-mail : encore un de ses clichés surexposés, en couleurs, sur lequel on me voyait quitter le domicile de Youri le matin où j'avais été kidnappé par l'Incroyable Hulk. Photographié par-derrière, à nouveau, j'avais les mains dans les poches et mes jambes semblaient prêtes à envoyer un coup de pied dans le premier caillou venu.

– C'est quoi, le message ? me suis-je enquis. Que tu étais contente de voir mon dos ?

Comme elle n'avait pas tout de suite saisi le sens de cette expression idiomatique anglaise, je le lui ai expliqué.

– Oh ! non. Je me suis dit que tu avais l'air d'un mec qui vient de sortir après avoir fait l'amour.

– Ah. Et c'était... pas bien ?

– Au contraire. C'était très flatteur.

– Oh ! Génial. (Mais si cela signifiait qu'elle envisageait que nos futurs rendez-vous érotiques consisteraient pour moi à être malmené par un garde du corps ukrainien puis à siroter du café avec sa mère, je n'étais pas certain d'être partant.) Euh, qu'est-ce que tu entends par là, exactement ?

– Eh bien, tu viens à Londres, tu trouves l'endroit où j'habite et après tu t'en vas avec la démarche de quelqu'un qui a... comment dire ? Accompli quelque chose ? Comme faire l'amour, par exemple ?

– Ah, d'accord. Quoique tout ce que j'ai réussi, c'est à te faire pleurer. (Elle a eu un petit rire amusé.) Pourquoi tu as pleuré, Alexa ?

Elle a ri encore, puis elle a repris son sérieux :

– Je te raconterai un jour. Pour l'instant, il vaut mieux que tu ne saches pas.

Ah ? Elle allait jouer les mystérieuses, maintenant ? Je n'étais pas sûr d'être suffisamment raffiné pour me prêter à ce jeu : le risque était grand que, revenu à Londres, je retrouve mon état d'esprit anglais et que je m'habitue aux femmes dont la conception du mystère se résume à crier, alors qu'elles sont à moitié nues : « Devine si j'ai une petite culotte ! »

5

Je vivais dans le ghetto français depuis deux ou trois jours quand j'ai reçu un sombre avertissement : il était possible que je sois contraint de quitter le pays.

C'est arrivé alors que j'essayais de retirer de l'argent au distributeur d'une grande banque britannique. Repérant que ma carte n'était pas anglaise, la machine s'est mise automatiquement – et très diplomatiquement – à s'adresser à moi en français. Après m'avoir réclamé mon « code personnel » au lieu du « PIN number », et m'avoir demandé : « Combien voulez-vous ? », elle a continué normalement jusqu'au message habituel « Your cash is being counted », dont la traduction maladroite m'a soudain précipité dans le drame : « Vos espèces sont comptées. » Est-ce pour cette raison que les Français se plaignent constamment que Londres soit trop cher ? Ça se comprendrait, puisque chaque fois qu'ils vont retirer quelques billets la banque britannique en question leur signifie : « Hé, rentre chez toi, fauché de Gaulois ! »

C'était un cas exemplaire. Anglais comme Français, nous essayons sans cesse de multiplier les gestes de bonne volonté mais nous les concevons de travers, chaque fois, et c'est pourquoi nous restons tous persuadés que nous nous détestons mutuellement.

Ce jour-là, je devais aussi rencontrer Yann, notre fameux chef. S'il n'y avait pas eu ce problème de nom, j'aurais attendu ce moment avec plaisir. Après tout, une certaine affinité existait entre nous puisque nous étions tous deux, certes à des niveaux différents, des expatriés de France en Angleterre, et que nous étions l'un et l'autre engagés dans le bizness consistant à apporter aux masses une alimentation « étrangère ». Notre relation n'a cependant pas commencé sous les meilleurs auspices.

Charlie a passé la tête par la porte de notre bureau.

– Paul, your raison d'être is here.

Il avait adopté la manie agaçante de ponctuer ses phrases de locutions françaises, souvent utilisées à contresens, quand il s'adressait à moi. Ainsi, en me houspillant pour la énième fois au sujet du damné « rapport flash », il ne craignait pas de lancer : « Come on, Paul, when are you going to donnez-moi le flash ? »

– Pardon ? ai-je soufflé.

– Ton cuisinier. Il est en bas, à la réception. Ils ont essayé de t'appeler. Ton téléphone est allumé ?

– Bien sûr que oui.

Mais comme j'étais en train d'envoyer un texto à Alexa, j'avais ignoré l'appel en attente.

Je suis tombé sur Yann dans le couloir. Avançant d'un pas furibond, il lisait les numéros de bureaux à voix haute, en français, indigné que personne ne se soit donné la peine de venir l'accueillir à l'entrée.

– Monsieur Kerbolloc'h ! ai-je hélé en tentant de prononcer son patronyme de la manière la moins anglaise possible. Bienvenue à Waterloo !

D'accord, je reconnais que ce n'est pas l'accueil le plus diplomatique que l'on puisse réserver à un Français. Je ne crois pas qu'il ait saisi la désobligeante référence historique, toutefois, car il était trop occupé à pester à propos du mauvais traitement qui lui avait été réservé à la réception.

– Ze girl, she's dronk !

– Dronk ?

Une réceptionniste ivre à Waterloo TM ? Étrange...

– Yes, when I say who I am, she rigole non-stop. She aze dronk too much bière.

« Oh shit, ai-je soupiré, à l'heure qu'il est, elle doit avoir photocopié sa carte d'identité et s'apprêter à l'envoyer à toutes ses copines ! Il faut que je passe un coup de fil pour arrêter ça ! »

– I tell she is too much rigoling and she must give me respect. That is right, yes ?

– Oui. Elle aurait dû vous recevoir avec respect.

Afin de l'amadouer, je lui ai proposé une tasse de café.

– Oh no, a-t-il gémi, not ze Angliche piss !

Je lui ai assuré que j'étais en mesure de lui offrir un breuvage très acceptable, au contraire. Ayant fait scission d'avec le coffee-club des collègues, en effet, j'avais acheté une petite machine à espresso que j'avais installée dans la cuisine avec une note scotchée au mur invitant tous les intéressés à se joindre à moi. Mon nouveau club allait fonctionner selon des règles très simples, avais-je annoncé ; bien que directeur d'un salon de thé, je me bornerais exclusivement au café et il n'y aurait pas de lait, mis à part ces petites capsules de crème préconditionnée que l'on trouve sur les plateaux-repas dans les avions. De plus, personne ne serait obligé de préparer une tournée générale, et chacun serait libre de boire son espresso soit dans son mug personnel – à condition de le laver soi-même ensuite –, soit dans un gobelet en papier recyclé. En quelques jours, j'avais déjà accepté dix membres, ce qui m'avait obligé à racheter de nouvelles dosettes de café.

Yann, lui, a refusé catégoriquement de s'abaisser à boire dans un récipient en papier.

– Ze pappaire is for ze journal, not for ze drinking, a-t-il édicté.

Après s'être récrié devant l'imposant mug Waterloo TM que j'avais déniché pour lui – « You Angliches, you drink from the bidets ? » –, il a fini par l'accepter. Tandis que nous regardions le jet de café couler dans le mug, il a observé :

– Zis is good, non ? I say ze coffee is piss, I say you drink from ze bidet... Zis is Angliche humour. You mock everyssing, no ?

Ah, c'était donc l'explication ! Yann n'était pas un insupportable rouspéteur : il essayait juste de se comporter en véritable Anglais. Le problème, c'est qu'il avait visiblement tendance à en faire trop, tout le temps. Ses cheveux, longs et denses, étaient réunis en queue-de-cheval. Il s'habillait dans le style footballeur en goguette – anorak de ski surgonflé, sweatshirts superposés, jean de marque et baskets édition limitée –, mais il se mouvait plutôt comme un matador, avec un taureau imaginaire guettant le moindre signe de faiblesse pour lui fondre dessus. Il était beau gosse, tout de même. Son mince thorax ceint d'une veste de chef immaculée, sa chevelure bien tirée en arrière, il allait parfaitement passer devant les caméras de télé.

Promouvoir un cuisinier pareil serait du gâteau, si j'ose dire.

À condition qu'il change de nom.

Afin que je dispose d'un peu de tranquillité pour aborder la délicate question, Charlie m'avait obligeamment prêté son bureau. Nous nous sommes donc installés à la table ovale et j'ai tout fait pour éviter le sujet, me lançant à la place dans une digression sur l'impossibilité de pratiquer l'humour anglais si l'on n'est pas britannique. Nous autres Anglais sommes toujours prêts à nous déprécier, mais il suffit que quelqu'un d'autre risque un commentaire désobligeant sur notre compte pour que nous le considérions comme un étranger ignorant et mal élevé. Si Yann voulait plaire aux Anglais, lui ai-je assuré, il devrait se fendre de quelques blagues antifrançaises.

– OK, a-t-il approuvé sans sourciller.

Il était réellement déterminé à réussir ici. Il m'a confié qu'il avait renoncé à devenir une vedette de la gastronomie en France parce que cela n'existait pas vraiment, là-bas.

– Ze chefs in France, zey just do ze cooking and get ze stars of Michelin.

Ce qu'il voulait dire, ai-je déduit, c'est que les cuisiniers français de haute volée n'avaient pas le temps de se pavaner devant les caméras pour expliquer aux nazes comment faire revenir des oignons.

– And so zere is not celebrity cooking books, a continué Yann. Ze Fronch éditeurs, zey don't want my book. And ze cooking television ize only for ze satellite.

– Ah. Donc, vous voulez introduire la vraie cuisine française en Grande-Bretagne ? me suis-je enquis sans lui préciser que c'était exactement ce que les chefs britanniques les plus en vue essayaient déjà de faire.

– Yes. Précisément. Real French food by Yann Kerbolloc'h.

– Ah !

C'était le moment ou jamais, pas vrai ? J'ai pris une gorgée de café que j'ai gardée quelques secondes dans ma bouche afin d'absorber de l'énergie par les gencives. Je me suis jeté à l'eau. Il en est resté coi, ce qui était compréhensible, puis, dans un chuchotement :

– « Tirer sur les couilles » ?

– Oui. Arracher les roustons. Pincer les bijoux de famille. Mais ce n'est pas votre faute, bien sûr. C'est comme si un Anglais arrivait en France et s'appelait Peter Burnes...

Il ne m'écoutait plus. J'ai compris qu'il était en train de regarder le film de sa vie repasser en accéléré devant ses yeux, avec maintes réactions incompréhensibles rencontrées dans des pays anglophones, le dernier cas remontant à quelques instants plus tôt, à la réception de notre immeuble. Et en effet, il a murmuré :

– Just now, at ze entronce...

– Je vais parler à la réceptionniste, soyez-en sûr. Et maintenant, j'ai quelques propositions à vous faire.

Je lui ai présenté la liste de noms que j'avais sélectionnés avec notre équipe de relations publiques. Aussitôt, son air désespéré a disparu, remplacé par une détermination renouvelée. Il a posé l'index sur l'un des pseudos :

– Yes ! Zis is perfect ! Real French Cuisine by Yann Lebreton. Perfect !

– Super.

– You know, some people say I am no real Breton because I ave black air ? Cheveux noirs ? Zey say real Bretons ave orange hair, like ze Celts. But I am Breton cent for cent! Le Breton, now! Yes!

Il a levé la main pour que je lui « tape un cinq ». Il se croyait en plein clip de rappeur. Je me suis penché par-dessus la table afin de lui donner son « high five ». Le client est roi, non?

Ensuite, nous sommes allés à mon bureau pour que je le présente à mes collègues. Sanjit et Marya sont restés imperturbables en m'entendant me servir de son nouveau nom. C'était comme si Kerbolloc'h n'avait jamais existé.

– Qui c'est qui a pris mon mug? (Tom a surgi dans la pièce. Ses yeux inquisiteurs se sont posés sur ma table.) Paul, salaud!

Je lui ai demandé s'il voulait dire que, sans le savoir, j'avais prêté sa tasse personnelle à mon invité et client ici présent, le chef Yann Lebreton.

– Oui! Hi, Yann, enchanté to meet you! Vous avez fini, avec mon mug?

Yann a eu un gros rire forcé qu'il a brusquement interrompu : c'était quoi, cette scène? Un exemple d'humour anglais? Mais Tom avait l'air totalement sérieux.

– Comment es-tu si certain que c'est le tien? l'ai-je interrogé. Pour moi, c'est un mug Waterloo tout neuf, un parmi des dizaines d'autres.

– Non! Regarde l'anse! La forme est différente. Plus plate. Aussi plate que le sera ton nez si tu t'avises de le refiler encore à tes clients!

– Oh, tiens, sers-toi du mien!

– J'en veux pas, de ton mug pourri! Va savoir quels microbes répugnants tu as pu rapporter de France. (Se souvenant de la présence de Yann, il a ajouté avec tact :) Ça ne vise personne d'autre, évidemment.

449

– Bon, alors prends-toi un gobelet en papier.

– Quoi ? Pour mon thé ? Tu es vraiment devenu un étranger, Paul ! Euh, vous avez terminé ?

Avec un sourire poli à l'intention de Yann, il a examiné le contenu du mug, décidant qu'il pouvait épargner à notre hôte la corvée d'achever le peu de café qui y restait.

– Quelqu'un veut une tasse ? a-t-il demandé à la cantonade. Yann ? Vous voudriez essayer un peu de vrai thé anglais ?

Désormais qu'il avait récupéré son bien, Tom se montrait doux comme un agneau.

– No, sank you, a soufflé Yann, qui avait encore du mal à saisir la complexité de cette cérémonie du thé à l'anglaise.

– De toute façon, il faut qu'on descende, suis-je intervenu. On sera à la maquette.

Je devais lui montrer des projets d'affiches et recueillir sa signature qu'ils allaient scanner en vue de futur matériel publicitaire.

– OK, less go ! a lancé Yann, soulagé de pouvoir s'échapper de la pièce.

Le studio de création graphique était le repaire d'une bande de jeunes experts en Mac, férus de musique dance et très autosatisfaits. Je me suis dit que la direction avait commis une erreur en les laissant se constituer en un groupe soudé, un organisme tellement replié sur lui-même et tellement cool qu'il en devenait insupportable.

Ce jour-là, deux d'entre eux se trémoussaient sur un rythme infernal tout en dessinant au crayon magique sur un écran d'ordinateur. Yann ne s'en est pas fait des amis en commençant par leur demander de « plize put down ze muzik » – ce que je n'avais jamais osé faire. Paula, la graphiste avec laquelle nous avions rendez-vous, était une fille du nord du pays habillée en jean de pied en cap, qui m'avait affirmé une fois qu'à ses yeux tous les gens du sud étaient « plus ou moins des couilles molles ». Après avoir jaugé Yann comme si elle calculait exactement à combien de kilomètres au sud se trouvait la France, elle a enfin consenti à baisser le volume de la musique. Son collègue, Karl, un type du East End furieusement branché avec sa coupe de popstar et sa chemise à col surdimensionné, s'est interrompu dans son travail pour observer l'intrus.

Yann a ignoré leur évidente hostilité, ou fait semblant de ne pas la remarquer. Dans le genre cool, il les surpassait presque, ai-je noté avec intérêt.

– Merci, a-t-il concédé avant de se mettre à s'admirer sur une affiche scotchée au mur derrière Paula, debout en tenue de chef sur le logo de la marque « Voulez-Vous Café avec Moi », les traits empreints d'un air inspiré de créateur, tenant dans les mains des formes allongées et vides qui seraient bientôt occupées par des images de ses baguettes dorées au four.

– Vous voulez signer vos autographes, alors ? a demandé Paula en lui tendant son crayon lumineux.

– Autographes ? a repris Karl. Vous êtes célèbre ?

– I am Yann Lebreton, ze chef, a-t-il annoncé avec fierté en invitant le jeune graphiste à comparer l'affiche avec le modèle en chair et en os.

– Jamais entendu parler de vous, a répliqué Karl sans le moindre égard. C'est votre vrai nom ?

J'étais prêt à parier qu'il avait eu vent du dilemme Kerbolloc'h. Devinant sans comprendre, Yann a eu la sagesse de ne pas réagir, se contentant de prendre le crayon et de demander :

451

– Where I sign ?

Paula a créé un fichier pour qu'il puisse pratiquer sa signature. Après cinq ou six essais pleins de boucles et d'enjolivures, il s'est exclamé avec satisfaction :

– Voilà ! (Une idée lui est soudain venue.) Why not utiliser ze photo with ze courgettes for the postair ? a-t-il interrogé la fille. Aïe prefer zat photo.

– No, not a good idea.

– Whaïe not ?

– Il nous faut une photo avec des baguettes, suis-je intervenu. Les courgettes, ce n'était pas possible.

– Et ce n'était pas approprié, non plus, a tranché Paula.

– Pardon ?

– J'ai vu l'une des recettes que vous aviez dans le dossier de presse.

– Et alors ?

Yann sentait un mauvais coup se préparer. Il avait raison.

– Votre recette pour les courgettes, c'est un tas de bollocks.

– Bollocks ?

Il l'a fusillée du regard, cherchant à déterminer si elle se moquait de son nom ou si elle trouvait que sa recette était critiquable. C'était la deuxième hypothèse.

– Yeah, « bollocks ». Like « merde », you know ?

– Paula...

J'ai vainement tenté de la freiner. C'était le gros défaut du système où tout le monde est consultant : si vous estimez que vous n'avez pas besoin d'un nouveau client, vous vous jugez libre de lui dire qu'il n'est que bollocks et merde.

– What ?

Yann avait très bien compris. Il ne pouvait en croire ses oreilles, cependant.

— Mais ouais ! La seule manière de préparer des courgettes, c'est de les frire dans l'huile d'olive. Vous, vous les servez *crues* ! Plus fade, impossible. Vous devriez vous limiter aux sandwichs, mec. Pas de courgettes crues, chez nous !

Yann faisait penser à un poisson qui vient d'être arraché des profondeurs marines par le filet d'un chalutier, ouïes palpitantes, le corps entier secoué de spasmes alors qu'il tente désespérément de s'adapter à un univers inconnu et menaçant. Quoi, une graphiste londonienne donnant des conseils culinaires à un chef issu d'une grande école de gastronomie française ? C'était impensable, dans le monde d'où il venait. Ce qu'il ignorait, évidemment, c'est qu'à force de regarder les émissions de cuisine à la télé tous les Britanniques étaient en train de se transformer en experts gastronomiques autoproclamés.

— Une courgette, qu'est-ce que c'est ? a poursuivi Paula sur un ton de cours magistral. Une jeune courge. Le seul moyen de lui donner un peu de goût, c'est de la frire. La seule question intéressante qui reste, c'est : faut-il la découper en rondelles minces ou en quartiers comme ils le font au chinky ?

— Au quoi ?

— Au chinky. Le restau chinetoque.

— What ? Elle compare ma cuisine à celle d'un boui-boui de quartier ! ?

Reportant son irritation sur moi, Yann s'est mis à protester, il en avait « inarf », sa version de « enough ». Agressé pour s'être servi du mug d'autrui, critiqué pour ses recettes... Si je n'étais même pas capable de le défendre devant mes collègues, comment allais-je pouvoir le vendre auprès des médias ? La majeure partie de ses reproches étaient des plus justifiés, mais je n'étais pas certain que mon contrat m'obligeait à accepter qu'il me fourre une courgette dans une partie très sensible de mon anatomie, représailles dont il m'a menacé au cours de sa diatribe.

6

Alexa a prêté une oreille compatissante à mes déboires. Elle s'est bien marrée, aussi, ce qui ne m'a pas gêné du tout car j'ai pu sentir son corps secoué de gloussements contre moi, ses jambes fraîches emmêlées aux miennes, le parfum de son épaule dans mon nez.

Oui, nous étions au lit, tous les deux. Nous avions couché ensemble chez moi, mais à la manière platonique, yeux fermés et sommeil profond, que j'avais expérimentée avec Nathalie après ma mésaventure dans l'ascenseur. Pourquoi ne pas venir dormir avec moi en tout bien tout honneur, avais-je suggéré à Alexa.

Elle avait d'abord refusé mais je lui avais assuré qu'il ne se passerait rien, que c'était seulement un moyen de vérifier la tendresse et la confiance qui nous unissaient : passer la nuit ensemble, bien au chaud, serrés l'un contre l'autre, en bavardant librement. Si cela se révélait une expérience agréable, ce dont j'étais certain, il y aurait matière à conclure que notre histoire avait un avenir.

Il m'avait certes fallu plus d'une semaine de plaidoyers et de dîners aux chandelles avant qu'elle ne finisse par baisser la garde et me donne une chance. Elle m'avait fait jurer que je ne me livre-rais à aucun attouchement déplacé et un soir, après quelques heures passées dans un pub de Kensing-ton rempli de Français, elle était restée avec moi.

Allongé près d'elle le lendemain matin, donc, je lui ai demandé de me parler de son projet de film, une idée que j'étais censé lui avoir donnée pendant notre visite de l'exposition Monet. Ça s'annonçait très intéressant.

Elle m'a expliqué qu'à son avis ce qui rendait le plus chèvre les autres peuples, chez les Français, c'était leur attachement passionné à leur style de vie. Griller un feu rouge, ainsi, n'était pas une preuve qu'ils se moquaient bien de tuer les pié-tons ; cela signifiait simplement que la vie humaine est trop courte pour attendre qu'un vulgaire signal se décide à changer de couleur.

– Ils ont peut-être un amant ou une maîtresse qui les attend sur un grand lit bien moelleux, tu vois ?

– Oh, je les comprends et je les approuve sans réserve, me suis-je enthousiasmé, mais elle était trop occupée par sa démonstration pour saisir l'allusion.

– Ou tiens, regarde notre ancien président. Il a été accusé de corruption, mais pourquoi ? Pas pour avoir permis à ses amis de vendre de la drogue ou des armes, non : parce qu'il aurait dépensé trop d'argent en bouffe !

C'était en effet très convaincant, ai-je approuvé, mais comment allait-elle s'y prendre pour trans-former cela en film ?

– C'est simple. J'observe des Français vaquer à leurs occupations quotidiennes dans plein de contextes différents, je montre ça et j'en donne la signification réelle. Par exemple, pour reprendre une vieille obsession à toi, je filme une bourge de Nice qui laisse son clebs chier sur la promenade des Anglais et je pose la question : « Pourquoi ? » La réponse est simple : elle ne veut pas le laisser faire ça dans son appartement rupin, parce que ça lui gâcherait son style de vie, et donc elle l'entraîne le moins loin possible de chez elle, il fait ses besoins et elle retourne à sa petite existence.

Je n'ai pas eu envie de lui dire que les Françaises chic avaient commencé à ramasser les crottes de leurs animaux de compagnie. Était-ce parce que cela appartenait désormais à leur « style de vie », également ? « J'essuie, donc je suis... »

J'ai confié à Alexa mes difficultés à me réadapter à la vie britannique, en insistant sur la guerre des clubs de buveurs de café au bureau. En moins de deux semaines, j'avais détourné seize membres de l'ancienne association, de sorte que mes troupes avoisinaient maintenant la trentaine de membres. Tom, le chef de file de la vieille garde, oscillait entre les explosions de colère et les idées de suicide. Sa politique d'approvisionnement en lait était devenue gravement erratique, au point que les bouteilles ayant dépassé la date d'utilisation recommandée s'accumulaient dans le frigo. Lorsque le produit à vaisselle était venu à manquer à la cuisine, il avait exigé de nous un décompte précis du nombre de fois où nous avions nettoyé le bec de la machine à espresso. En signe d'apaisement, j'avais acheté un flacon de détergent, mais je ne pouvais rien faire pour ses problèmes de lait, ni pour le surstockage de café qui le menaçait, son club se réduisant chaque jour plus à une petite coterie de buveurs de thé ronchons. Malgré mes appels à la coexistence, Tom ne pouvait se résigner à la perte de son empire et on le voyait souvent, nerveux, arpenter les couloirs, cherchant vainement à racoler de nouveaux supporters.

– Tu devrais l'envoyer à Paris pour qu'il travaille dans ton tea room ! a gloussé Alexa.

En la sentant à nouveau frissonner de rire contre moi, j'ai été très tenté d'ajourner la conversation et d'établir une communication nettement plus physique entre nous. Mais j'ai serré les dents et je suis passé au sujet le moins apte à stimuler la libido que je puisse trouver : mes démêlés avec les autorités françaises de l'autre côté de la Manche.

Benoît m'avait envoyé un récapitulatif des problèmes que j'avais à régler. Que devait-il faire, par exemple, de la lettre du ministère de la Culture rejetant la version française de notre menu ? Après moult protestations, je m'étais en effet résigné à traduire la liste de nos spécialités, y compris des termes prêtant à une dangereuse confusion s'ils n'apparaissaient qu'en anglais, tels que « potato salad », « cream » ou « cup of tea ». Comme je travaillais sur mon portable anglais, au clavier dépourvu d'accents, j'avais passé des plombes dessus avant de renoncer à accentuer, estimant que mes clients francophones seraient assez malins pour comprendre que « tasse de the » ne signifiait pas « tasse de le ». « Creme » au lieu de « crème » ne devrait pas créer d'incident international non plus, avais-je estimé. Mais je me trompais : les linguistes du ministère (notez l'accent) réclamaient un texte correctement accentué.

– Ils veulent me rendre dingue, me suis-je plaint à Alexa.

– Bon, c'est à toi de les faire tourner en bourrique, a-t-elle répliqué. Tu n'as qu'à taper ta carte en capitales. En français, on n'est pas obligé d'accentuer les majuscules. Ils seront obligés d'accepter ta traduction et de la fermer.

– Génial! (C'était exactement le genre de fille avec qui je voulais vivre le restant de mes jours.) Alexa? Et si on passait Noël ensemble?

J'avais cédé à un coup de tête. Si j'avais un peu réfléchi à la proposition, je n'aurais sans doute pas eu le courage de la formuler.

– Noël? Le soir, tu veux dire? Oui, tout le monde dit que l'ambiance est extra dans les pubs.

– Non. Pas seulement prendre un verre. Je parlais de tout Noël. Une semaine et quelque. Qu'est-ce que tu en penses?

– Quoi, pas avec ma mère et Youri?

– Non. Pas ici. Pas à Londres. Partons quelque part. Le sud de la France, disons!

– Hmmm...

Elle n'avait pas l'air follement emballée.

– Il fera beau.

– Ou très froid, ça dépend.

– Il faut que tu te balades beaucoup en France pour préparer ton film, non?

– Hmmm...

Cette fois, l'onomotapée avait été un brin plus encourageante que la première.

– On n'a qu'à commencer les repérages ensemble, à Noël, ai-je insisté.

Ah! qu'il était dur ne pas la serrer contre mon torse et de lui laisser entendre que j'adorerais repérer d'autres choses encore.

– Hmmm....

Retour à l'évasif.

– Je pourrais financer ton film, tu sais?

Elle s'est raidie.

– De quoi tu parles?

– Jean-Marie dit qu'il veut acheter mon affaire.

– Mais tu ne veux pas la vendre !

– Non, mais si je le faisais, je pourrais financer le film et tu n'aurais plus besoin de l'argent de Youri.

– Je te l'ai déjà dit : je ne peux pas prendre la responsabilité que tu fiches ta vie par terre.

Sentant qu'elle s'écartait d'un demi-centimètre, j'ai resserré mon emprise autour de sa taille en prenant soin de ne pas paraître trop empressé.

– Je ne ficherais rien du tout par terre, Alexa. Je pourrais vendre à Jean-Marie la moitié de l'affaire – lui refiler aussi la moitié de mes dettes, du même coup –, et laisser Benoît faire tourner la boîte. Il se débrouille très bien. Et ensuite, investir cet argent dans ton film. Je dis « investir », tu notes : si c'est un succès, j'entends récupérer la somme avec intérêts !

– Je ne pense pas que le film marchera. Ce n'est pas *Harry Potter*.

– Ah ! ne sois pas si dure avec toi, Alexa ! Tu es une star, déjà : Pompi... Beaubourg, la galerie Saatchi ! Les gens seront curieux de voir ton film. Tu es un bon investissement.

– C'est uniquement pour ça que je t'attire ? Parce que je suis une star ?

– Hé, n'oublie pas que tu étais serveuse à mi-temps, quand je t'ai connue ! Si je t'ai remarquée, c'est parce que tu n'arrêtais pas de faire tomber les assiettes.

Elle a riposté par un coup de coude mais c'était une bourrade affectueuse, j'en étais sûr.

– En plus, je ne suis pas la seule. Toi aussi, tu es une star.

– Comment ça ?

Elle a gardé le silence un instant, composant sa réponse dans sa tête.

– C'est pour ça que je pleurais, l'autre matin.

– Quoi?

– Quand tu as dit que tu étais content que la Saatchi veuille de mon exposition. Tu étais content pour moi. Tu n'as pas pensé que ta photo allait devenir célèbre. Sacha, lui, ça a été sa première réaction : « Tu veux faire de la publicité à ce mec anglais », il a dit. Il n'a pas pensé à moi une seconde. Toi, si. Et c'est pour ça que je n'ai pas pu retenir mes larmes. Je me suis dit : « Peut-être qu'il m'aime pour de bon, cet idiot de Paul ! »

Je sais, je sais : j'avais promis que ce moment dans mon lit se bornerait à dormir et à bavarder. Mais il est des circonstances où un type est moralement obligé de ne pas tenir ses promesses. Surtout quand c'est exactement ce que la fille attend de lui.

7

Même si nous étions à nouveau ensemble, mes plans pour les vacances de Noël n'avançaient guère. J'aurais aimé partir en amoureux mais Alexa refusait d'en parler. Me voir à Londres, avec la maison maternelle de Notting Hill en guise de repli possible, semblait lui suffire pour le moment, ou bien c'était tout ce à quoi elle était prête à se risquer.

Je trouvais cependant que les choses évoluaient très bien. Nous passions pratiquement toutes nos soirées – et nos nuits – ensemble, sur un plan d'intimité facilement rétablie. La seule ombre au tableau, c'était qu'Alexa restait sur ses gardes et s'attendait que je fasse encore tout foirer.

C'est le pot de fin d'année de Waterloo TM qui a finalement mis le feu aux poudres, ou fait déborder le vase, ou je ne sais quoi. Comme la pause-café, la perspective de ces festivités créait parmi mes collègues plus de tensions et de conflits que des contrats à huit zéros : fallait-il un banquet assis, ou un buffet ? Juste une piste de danse, ou également du karaoké ? Fumeur ou sans tabac ? Un semi-remorque de gnôle ou deux ? La polémique s'était déclenchée bien avant mon retour dans la société, propositions et contre-propositions envahissant les panneaux d'annonces, les boîtes d'emails et les conversations dans les couloirs ou au bar à sandwichs du coin.

Triomphe de l'esprit de consensus, il a été enfin annoncé que la fête serait un buffet assis avec karaoké dansant, zones fumeurs et non-fumeurs et trois camions-citernes de gnôle. Plus encore, le menu allait être une « création » de mon poulain vedette, Yann Lebreton. Tout cela me convenait parfaitement jusqu'au moment où nous avons appris que nous étions autorisés à inviter non pas nos partenaires sentimentaux mais nos clients, afin que Waterloo TM puisse obtenir la déduction fiscale sur les repas d'affaires. En d'autres termes, c'est avec Yann à mon bras que j'étais censé ouvrir le bal...

Et c'est ainsi que le vendredi précédant Noël, j'ai remarqué que nombre de nanas s'étaient stratégiquement habillées en tenue de bureau au-dessus avec, par-dessous, des aperçus beaucoup plus affriolants. Par exemple, elles portaient un haut dos-nu sous une veste de tailleur ou une jupe courte dissimulée sous la table d'ordinateur jusqu'à ce que la saison des fêtes soit officiellement ouverte.

Toute la journée a passé dans une fièvre identique à celle qui saisit les joueurs alignés sur le terrain de football en attendant que l'arbitre porte son sifflet à sa bouche pour engager la partie. C'est sans doute pourquoi les premiers instants de la réception ont paru décevants : nous nous sommes rassemblés sous les guirlandes en papier brillant de la plus grande salle de réunions en nous habituant peu à peu à siroter du champagne au lieu de notre café et en plaisantant à voix basse sur ce que notre bien-aimé directeur, la Bête, allait pouvoir raconter dans son discours.

Il s'est révélé être beaucoup moins bestial et diabolique que son surnom le laissait entendre, un Américain grassouillet et court sur pattes qui, affublé d'une barbe postiche, aurait pu être un excellent Père Noël. Après dix minutes de platitudes pour nous encourager à « penser utile » et à « rester impliqués », il a fichu le camp avant la fin des applaudissements, direction les States, en nous laissant reprendre de plus belle nos libations. Il aurait certainement été content de voir comment nous avons suivi ses conseils à la lettre, très impliqués dans la picole et utilement concentrés à chercher les moindres prétextes de déconnade.

Les piles de bouffe froide sont restées largement ignorées tandis que les participants, se dépouillant de leur carapace professionnelle, reprenaient « I Will Survive » à tue-tête, battaient des records mondiaux de cacaphonie karaokesque et s'esquivaient de la salle pour aller mettre la pagaille dans les bureaux.

Moi-même, j'ai laissé Yann expliquer les théories de la haute cuisine au décolleté de l'une de nos assistantes du marketing pour aller faire un tour du bâtiment, bouteille de champ' en main. Dans la cuisine de notre étage, deux membres de mon club d'amateurs d'espresso étaient occupés à remplir la bouilloire de Tom de vieux lait presque caillé, ce que j'ai trouvé à la fois méchant et, certainement parce que j'en étais déjà à ma deuxième boutanche, tout à fait hilarant. Plus loin, dans l'un des bureaux, j'ai aperçu une consultante qui sanglotait éperdument, en maculant de mascara le chemisier de la collègue qui la consolait, et proférait des insinuations diffamatoires au sujet des capacités sexuelles de Sanjit.

Alors que je descendais un escalier, je me suis retrouvé au milieu d'une bataille au champagne entre deux clans d'experts en audit, la plus haute caste de la compagnie puisqu'ici tout avait constamment besoin d'un audit. Après s'être aspergés de mousseux et avoir épuisé leurs réserves, ils se sont expertement rabattus sur les extincteurs, et c'est à ce stade que j'ai choisi de me retirer du combat. En allant me réapprovisionner en champagne, j'ai découvert que la polémique à propos de Sanjit s'était transférée dans le couloir, où Marya était en train de le défendre contre certaines rumeurs que je n'ai pas vraiment comprises. Un puceau, disaient-ils ? Comment ça ? Aucun mec anglais âgé de plus de douze ans n'est puceau !

Choisissant le camp de Marya, je me suis joint au chœur de supporters qui beuglaient « Bollocks ! » autour d'elle, réclamant ainsi que les autres cessent de dire des conneries. « Bollocks ! », avons-nous commencé à scander, et c'est alors que mon regard est soudain tombé sur Yann, en train de m'observer dans l'embrasure d'une porte. Il avait l'air fâché et cette impression s'est confirmée quand il s'est approché pour grogner dans mon oreille. Pas très cohérent, cependant, ai-je opiné. Il devait être pinté. Comprenant enfin qu'il se plaignait que l'on tourne en dérision son nom de famille, je me suis empressé de lui promettre que non. Les bollocks dont on parlait étaient des conneries racontées sur Sanjit. Je l'ai embrassé sur la joue afin de prouver ma bonne foi. Puis j'ai expliqué le problème aux vociférateurs, en les priant de cesser d'insulter mon hôte.

– Il ne faut pas plaisanter au sujet des bollocks, leur ai-je expliqué. Il était un Bolloc'h il n'y a pas si longtemps. Mais, maintenant, il n'est plus une couille, c'est un Breton.

Bizarrement, cela n'a pas apaisé Yann, au contraire. Comme il essayait de m'étrangler, j'ai eu le plus grand mal à lui échapper pour me précipiter à la recherche d'encore plus de champagne afin de soigner ma gorge malmenée.

Un rapide passage au bar de la salle des festivités – lesquelles consistaient maintenant pour l'essentiel à se lancer des tranches de jambon à la figure et à tripoter le premier fessier qui passait par là –, puis je me suis retrouvé à nouveau dans notre cuisine, allez savoir comment. J'ai passé un moment à exprimer ma sympathie à Tom, qui était en train de rincer sa bouilloire en pestant, à lui suggérer qu'il était peut-être temps pour lui de se joindre à mon club et à proclamer plaisamment qu'il allait devenir un spécialiste du cappuccino, maintenant qu'il avait une bouilloire pleine de lait. Au lieu de rire avec moi, il m'a envoyé à la tête ledit ustensile, qui était en plastique, heureusement, et a rebondi sur mon front sans me faire trop mal. Jugeant cependant qu'il était préférable d'éviter de nouveaux conflits entre nos deux factions de buveurs de boissons chaudes, j'ai dérivé le long du couloir à la recherche d'un lieu sûr.

Sur qui suis-je tombé dans la salle des photocopieuses, pantalon tombé aux chevilles ? Charlie, assis sur l'une des machines, avait décidé d'ignorer la mise en garde que la direction à l'hygiène et à la sécurité de chaque grosse boîte britannique adresse à ses employés avant les fêtes de fin d'année, époque où les services d'urgences de notre pays sont submergés de types au popotin hérissé d'éclats de verre de photocopieuse. Charlie n'était pas un poids-plume, certes, mais cette bécane-là devait avoir été conçue pour résister aux pressions les plus passionnées car elle était présentement en train de cracher une rafale de photo-copies en noir et blanc de ses roustons – faudrait-il dire « Bolloc'hs » ? – et de son pétard poilu. Descendu de son trône, et sans se rhabiller, il m'a invité à admirer sa création artistique. Quoi, je n'étais pas intéressé par son « London derrière » ? Il a trouvé cette expression tellement drôle qu'il s'est étouffé de rire, a hoqueté quelques instants et n'a échappé à l'asphyxie qu'en ouvrant le bac à feuilles A3 et en gerbant dedans.

Même dans mon état de légère ébriété, je me suis demandé où il voulait en venir, exactement. S'agissait-il de me convaincre que mon boss était un type à la coule qui pouvait se murger avec ses subordonnés ? Ou qu'il serait tordant, lundi matin, de voir la tête des collègues lorsqu'ils découvri-raient d'étranges illustrations en relief sur leurs photocopies de « rapports flash » ? Sur ce plan, je ne pouvais imaginer Jean-Marie chercher à élargir sa popularité de cette façon.

Je dois reconnaître que Charlie est quelque peu remonté dans mon estime lorsque je l'ai vu essuyer la vitre de la photocopieuse en puisant dans le stock de serviettes antiseptiques que le même ser-vice de l'hygiène et de la sécurité, à la fois lucide et pessimiste, avait laissé dans la pièce : grâce à sa prévoyance, les postérieurs lacérés par le verre brisé ne risqueraient pas l'infection, au moins.

Reprenant mon errance, j'ai été attiré par des bruits de bagarre devant la salle où le pot de fin d'année avait été initialement prévu. La polémique autour de Sanjit s'était visiblement envenimée au point que pas moins de trois filles, dont Marya, pourtant toujours d'un calme olympien, rebondis-saient contre les murs, s'écroulaient sur des plantes vertes et se raccrochaient *in extremis* à des affiches dans une mêlée à laquelle chacune tentait d'échapper pour arriver enfin à décocher une bonne pêche. Non loin de là, dans son rôle de collégien timide mais avec une expression plus que malicieuse sur les traits, Sanjit observait le pugilat. Elles se battaient à cause de lui, m'a expliqué un spectateur. Il avait baisé deux des combattantes et avait essayé de rompre avec l'une d'elles en lui certifiant qu'il s'était converti au christianisme et qu'il avait résolu de retrouver sa virginité avant de se marier.

Soudain, Sanjit a été repoussé de côté par la double porte de la salle qui venait de s'ouvrir à la volée. Yann en a surgi et dès qu'il a repéré ma présence il a brandi un doigt vengeur dans ma direction, cela indiquait assez nettement qu'il avait l'intention de reprendre notre discussion là où nous l'avions laissée.

Alors que je cherchais des yeux une issue de secours, Yann, en galant Français qu'il était, a été distrait par la vue de ces femmes en furie et, n'écoutant que son courage, il s'est jeté au milieu d'elles pour tenter de les séparer. Une seconde plus tard, il était étendu sur le sol, affligé de ce qui allait sans nul doute devenir un œil au beurre noir.

– Toi ! a-t-il rugi à mon intention. (Je me suis approché pour l'aider, ne faisant ainsi que m'offrir à sa vindicte.) C'est ta faute, tout ça !

Eh oui, j'étais le bouc émissaire idéal. Toujours par terre, et frottant sa joue tuméfiée, il s'est mis à m'insulter en français par-dessus le hourvari de musique disco et de piaillements féminins. Quelle tête allait-il avoir, maintenant ? Un cocard pour sa campagne de publicité ! Comment se présenter devant les caméras de télévision ? Pensant que le beurre noir était tout de même approprié, pour un chef, je n'ai pu retenir un éclat de rire qui n'a fait que raviver sa furie.

Il n'y avait qu'un seul moyen de le refroidir. Inclinant ma bouteille de champagne au-dessus de sa tête, j'ai noyé sa rage bouillonnante sous un flot de bulles françaises.

VIII
In the merde for love

1

Je me suis réveillé miraculeusement épargné par la gueule de bois. C'est ce qu'il y a de génial, avec le champagne : si on ne boit rien d'autre, on garde la tête claire comme un matin de printemps. Les Français ont une expression spéciale à ce sujet : « Je reste au champagne », disent-ils. Encore un aspect du « style de vie » qu'Alexa allait devoir filmer... J'avais donc les idées remarquablement en place lorsque, vers huit heures en cette veille de Noël, j'ai entrepris de passer mes coups de fil.

À Charlie, d'abord, qui avait déjà consommé un petit déjeuner anglais complet et qui était revenu d'un long tour en VTT, j'ai annoncé que les perspectives d'une collaboration constructive entre le célèbre chef et moi s'étaient considérablement amenuisées depuis qu'il m'avait poursuivi dans tous les couloirs et tous les escaliers de notre immeuble armé d'un saladier plein de courgette râpée et m'avait contraint à me cacher au sous-sol pour échapper à une mort par overdose végétale. Charlie en est convenu, et puisque j'étais un simple consultant, il nous suffisait d'annuler le contrat ; ainsi, j'allais pouvoir me concentrer sur d'autres priorités. Remettre un peu d'ordre dans ma vie, par exemple.

Ensuite, j'ai joint Jean-Marie à la maison et je lui ai soumis mon offre : il était libre d'acquérir quarante-neuf pour cent des parts dans mon affaire de salon de thé. Il s'est montré ravi et m'a à nouveau remercié d'avoir fait de Benoît un homme, un vrai. Sa satisfaction était tellement sincère que je me suis dit qu'il serait même capable de faire à son fils l'honneur de ne pas essayer de coucher avec Katy. Quel beau cadeau de Noël ce serait !

Et puis j'ai appelé Alexa. « Partons ensemble », ai-je suggéré. Nous n'avions fait aucun plan pour la soirée, sinon qu'il était entendu que nous la passerions en tête à tête, et c'est alors que je lui ai exposé mes plans : un dîner romantique à Paris, puis le train de nuit en direction du sud et la Nativité parmi les citronniers et les orangers. J'avais déjà tout réservé, réussissant à mettre la main sur une cabine double, une chance qu'il fallait sans doute attribuer à mon retour en grâce auprès des divinités protectrices.

Il n'y avait qu'une seule condition : après ce Noël passé ensemble, nous ne nous quitterions plus ; une semaine de voyage rien que nous deux, et après nous allions prendre un appartement for two.

– What is this ? An oul-ti-ma-toum ?

– An ultimatum ? Of course not ! Ou bien, si, c'est probablement ça. Il faut qu'on arrête de tourner autour du pot, Alexa. Ça me rend dingue. Pour Noël, je t'ai demandé, toi, et je m'offre à toi. La cérémonie d'échange de cadeaux est prévue sur le quai de l'Eurostar, à quinze heures.

– C'est cet après-midi !

– Je sais. Mais tu n'avais pas d'autres plans, si ?

– Non, pas vraiment.

– Et tu as un passeport valide ?

– Je n'en ai pas besoin. C'est la Communauté européenne, Paul. Il n'y a que vous qui avez besoin d'un passeport, les Anglais.

Comme je n'allais pas me lancer dans un débat sur les mérites du traité de Maastricht, je me suis contenté d'un :

– Tu y seras, Alexa ? S'il te plaît.

– C'est une décision importante.

– Oui. Deux décisions, en fait. Une pour toi, une pour moi. Et j'ai pris la mienne, moi. Je veux être avec toi. Pour l'instant, c'est la seule chose dont je sois absolument certain.

Les dés étaient jetés, donc. Suspense.

J'imaginais avec la plus grande précision le moment où je la verrais avancer vers moi à travers la foule de la gare, un sac de voyage à l'épaule et un sourire aux lèvres. C'était comme les coureurs de cent mètres qui se voient franchir la ligne d'arrivée, se créant un avenir à la mesure de leurs désirs.

Pourtant je n'étais pas un sprinter olympique, moi, et je ne pouvais m'empêcher d'envisager mon état si elle n'apparaissait pas, si je me retrouvais en carafe sur le quai avec deux billets de train dans la main. Le message serait sans ambiguïté, au moins : il n'y aurait pas de deuxième chance pour moi.

Laquelle de ces deux images allait correspondre à la réalité ? Je n'en savais rien, franchement. Mais je me suis dit qu'un vrai cadeau de Noël était aussi, et avant tout, une surprise...

2

Des lumières clignotaient. Le panneau des départs se laissait envahir par la nervosité.

Des voyageurs se hâtaient vers la barrière d'entrée du quai, tâtant leurs poches à la recherche de leur passeport, brandissant leur billet comme des coureurs de relais tendent en avant le bâton. Resté sur le côté, je scrutais chacun des retardaires sans cesser d'assurer au type en uniforme bleu que ma petite amie allait arriver d'un instant à l'autre. À son expression, il était facile de voir qu'il était convaincu que l'on m'avait posé un lapin.

Il se trompait, évidemment. Il devait se tromper. Mais le portable d'Alexa était sur répondeur et le fixe sonnait dans le vide chez sa mère. Pour la énième fois, j'ai vérifié l'e-mail que je lui avais envoyé en lui donnant tous les détails de l'itinéraire. Tout était très clair, non ? À moins qu'elle ait confondu l'heure du rendez-vous avec celle du départ du train ? Dans ce cas, elle était en droit de penser qu'elle pouvait surgir à trois heures moins cinq...

Deux heures quarante. Dix minutes avant la limite de l'enregistrement.

Le type en uniforme était prêt à m'accorder une dernière chance mais j'ai secoué la tête en silence, tel l'acheteur qui renonce à la lutte dans une vente aux enchères. Je me suis hâté vers les guichets de vente afin de transférer nos billets sur le train suivant, ce qui laisserait à Alexa la possibilité d'arriver jusqu'à trois heures et demie. C'est ce que je lui ai expliqué dans le message que j'ai laissé sur son portable, en me forçant à ne pas ajouter : « Mais où tu es, bon sang ? »

Ainsi, c'était l'éventualité la plus horrible qui était en train de se réaliser. Parfois, lorsque j'attends quelqu'un qui est en retard, je suis soudain envahi par la profonde certitude qu'il ou elle ne viendra pas. J'en arrive à pouvoir le ou la *voir* ne pas arriver, ce qui est certes une contradiction dans les termes mais aussi une preuve de mes tendances masochistes, certainement. Ce jour-là, pourtant, j'ai résisté au fatalisme. Je me suis obligé à l'imaginer gravissant quatre à quatre l'escalator du métro, ou même approcher d'un pas nonchalant, persuadée qu'elle n'était pas du tout en retard. Elle avait mal compris mon e-mail, voilà. Je n'allais même pas être fâché contre elle de m'avoir fait attendre et douter de tout.

Je suis allé m'asseoir dans un café d'où je pouvais surveiller les allées et venues à l'enregistrement, et les minutes inexorablement égrenées par la grande horloge lumineuse au-dessus du tableau des départs. Je m'efforçais de laisser s'écouler un certain temps entre mes appels téléphoniques frénétiques mais il a bientôt été trois heures vingt-cinq. Elle était maintenant gravement en retard.

En tendant la main sur la table pour reprendre mon portable et appeler à nouveau, je me suis aperçu qu'il n'était plus là. Quelques minutes plus tôt, deux jeunes s'étaient approchés pour me demander de l'argent. Ils l'avaient barboté au passage. Et merde !

Elle ne viendrait pas.

Et je croyais comprendre pourquoi. C'était une histoire de confiance. Elle ne se sentait pas en mesure de me croire. Avait-elle tellement tort ? La nuit précédente, encore, je m'étais abominablement soûlé, au point d'essayer de noyer mon client dans le champagne. Comment Alexa aurait-elle été certaine que je n'avais pas aussi tenté de trousser une fille sur la photocopieuse ? Et ce matin, qu'avais-je fait ? J'avais bradé mon salon de thé. Était-ce une façon d'inspirer la confiance ? En aucun cas.

Elle avait pris peur. Elle ne viendrait pas.

Une minute avant la fin de l'enregistrement, après un dernier coup d'œil aux escaliers mécaniques, j'ai laissé le billet d'Alexa au contrôleur et j'ai passé la barrière. Seul.

3

Je ne sentais plus rien. C'était comme quand on se cogne la tête à une porte de placard ou – du moins c'est ce que je présumais – après avoir été mis KO par une femme à un pot d'entreprise : au bout d'un moment, la douleur s'estompe, se transforme en un sourd malaise et on reste là, groggy, tandis que l'ecchymose bleuit lentement.

C'était ce qui se passait au fond de moi, là. Une contusion interne qui grossissait, s'étendait, devenait aussi spectaculaire que les dégâts sur la voiture du père de Florence, des mois et des mois plus tôt. Et je ne pouvais rien faire pour la réparer.

La nuit est tombée sans que je m'en rende compte, suivie par le tunnel sans fin qui me ramenait en France. À Paris, je connaissais désormais tellement bien le métro que je suis allé de la gare du Nord à celle de Lyon sans même y penser.

J'avais réservé une table au Train Bleu, cette brasserie où depuis plus d'un siècle les voyageurs en route vers le Sud se réjouissent de dîner.

– Une personne ? m'a demandé l'hôtesse aux allures de stewardess.

– Oui, je suis seul, ai-je murmuré.

J'ai eu l'impression de trahir Alexa en niant ainsi son existence. N'aurait-il pas fallu dire que quelqu'un allait se joindre à moi ? Ou bien son absence n'était-elle due qu'à sa propre bêtise ? Culpabilité et ressentiment s'agitaient dans mon estomac tel un repas indigeste.

Après s'être emparée d'un unique menu et de la carte des vins, la jeune fille m'a guidé jusqu'à une table. Cela aurait pu être la scène d'un réveillon idéal. La salle était décorée avec recherche. La banquette en bois ouvragé, qui avait la solennité d'un banc d'église, était surplombée d'une clayette en laiton sur laquelle j'ai posé mon manteau et mon bagage solitaire. Le plafond était une magnifique version ferroviaire de la chapelle Sixtine avec son escouade d'angelots apparemment prêts à partir en vacances au soleil, dont une femme entièrement nue qui laissait complaisamment les voyageurs lever les yeux entre ses jambes. Elle était sans doute en partance pour quelque plage nudiste. À l'île de Ré, peut-être ? Non, ce n'était pas la bonne gare. Aux murs, des fresques immenses représentaient les diverses destinations desservies par la gare de Lyon, dont le genre de paysages méditerranéens où je m'étais imaginé me promener avec Alexa le lendemain. Partout scintillaient des moulures dorées, des lustres imposants et des guirlandes de Noël.

Le menu était tout aussi festif, cruellement symbolique de réjouissances qui contrastaient avec la noirceur de mon cœur. J'ai commandé six huîtres, un filet de sandre aux câpres et une bouteille de champagne. Non que j'aie été d'humeur à fêter quoi que ce soit : c'était juste le moyen de m'enivrer sans en souffrir les conséquences.

En avalant mes huîtres, je me suis rappelé le soir où j'en avais goûté pour la première fois. Chez

Jean-Marie, environ un an plus tôt. À l'époque, elles m'avaient fait penser à des glaires de bronchitique ; là, je savourais leur chair gris-vert en regrettant qu'Alexa ne soit pas là pour entendre l'histoire de ce dîner avec mon ancien patron.

J'ai péniblement réussi à sourire lorsque le couple installé à la table voisine m'a souhaité « Joyeux Noël » en levant leur flûte. Joyeux ? Impossible. Tout était un triste rappel de cette réflexion qu'avait eue Alexa lors de notre première séparation, quand elle avait déclaré qu'elle ne pensait pas que je sois capable d'éprouver du vrai bonheur. Désormais, je savais qu'elle se trompait : si elle m'avait rejoint sur le quai de l'Eurostar au lieu de me jeter la veille de Noël, j'aurais été sacrément heureux, et comment...

Mes voisins m'ont appris qu'ils étaient de Lyon, qu'ils avaient un salon de coiffure à Paris et qu'ils commençaient les agapes avant de sauter dans un TGV et d'aller réveillonner dans la famille du mari. Et moi, où allais-je ? se sont-ils enquis.

– Menton. À la frontière italienne.

– Vous avez des amis, là-bas ? Des parents ?

– Des amis.

Tu parles. Je n'ai pas voulu leur gâcher le moment avec des aperçus d'un Angliche esseulé transportant son spleen jusqu'à la Méditerranée en un jour de fête.

4

Arrivé gare d'Austerlitz, en cherchant mon quai dans la cohue, j'ai été envahi par une bouffée d'espoir irrationnel : elle avait pris un Eurostar après le mien et elle était venue directement ici. Elle devait être là, parmi tous ces gens chargés des cadeaux de Noël qu'ils destinaient aux êtres aimés... Mais non. Il était temps d'arrêter de me raconter des histoires. Après avoir remis le billet d'Alexa au conducteur de mon wagon, je me suis affalé sur la couchette de ma cabine solitaire.

Elle n'était pas beaucoup plus petite que mon studio de Londres où nous avions passé la nuit ensemble peu de temps auparavant. Les cloisons en Formica étaient du même beige que les épaules d'Alexa en septembre. Il y avait deux lits, un miroir dépliant, un petit lavabo tout rond et même un pot de chambre en porcelaine en cas d'urgence nocturne. Cela aurait pu être fantastique, ai-je pensé, cette chambrette de maison de poupée lancée vers le sud dans la nuit, nous deux, enlacés sur une couchette, mettant à profit les moindres vibrations des roues sur les rails et, au matin venu, tirant les rideaux pour découvrir le soleil se lever au-dessus de la mer...

Le convoi s'est ébranlé dans une brusque secousse. Une partie de mon cerveau guettait la voix qui allait crier : « Arrêtez ce train ! Je veux monter ! » ou bien les coups insistants frappés à chaque porte par une jeune femme demandant si c'était la cabine de Paul West.

Mais il n'y a eu que le cliquètement de plus en plus rapide des roues d'acier, et une voix grésillante ânonnant toutes les gares où nous allions nous arrêter avant que je n'arrive à destination.

Le premier arrêt était juste aux abords de Paris, pratiquement la banlieue. Le quai était sombre, désert, mouillé de pluie. Personne n'allait descendre ici, me suis-je dit, et j'ai donc été surpris de voir un groupe de cinq personnes passer soudain devant ma fenêtre. Deux d'entre elles, des hommes, portaient la casquette d'employés de la SNCF, deux autres le couvre-chef des joueurs de base-ball. La cinquième silhouette était une fille en blouson de cuir qui se démenait comme une diablesse, tenant d'une main un énorme sac de voyage et repoussant de l'autre l'un des contrôleurs.

5

Alexa ?

Alexa.

En une seconde, j'étais debout, criant son nom, et je dévalais la coursive, me forçant un chemin à travers les passagers, et je dégringolais les marches jusqu'au quai. L'air froid et humide m'a giflé les joues.

– Alexa !

J'ai couru vers le groupe tout en pensant vaguement que j'allais avoir l'air idiot, si ce n'était pas elle.

– Alexa !

Je pouvais les entendre, maintenant. La fille essayait d'expliquer quelque chose et les contrôleurs répétaient : « Ouais, ouais, c'est ça » sur le ton cyniquement traînant que les Français adoptent lorsqu'ils ont décidé de ne pas écouter.

– Alexa !

Elle s'est tournée dans ma direction.

– Paul !

Dans un violent sursaut, elle s'est libérée. Nous sommes tombés dans les bras l'un de l'autre comme deux rescapés découvrant qu'ils sont attachés à un seul parachute.

– Tu n'étais pas là, ai-je balbutié.

– Pourquoi tu ne m'as pas attendue ?

– J'ai cru que tu avais changé d'avis.

– Mais non ! Le métro s'est arrêté. Panne d'électricité. Et je ne pouvais pas me servir de mon portable avant d'être dehors. (Elle s'est reculée, m'a regardé droit dans les yeux.) Mais ensuite, tu n'as jamais répondu.

– On m'a volé mon téléphone.

– J'ai pris le premier train pour Paris, et puis un taxi jusqu'à la gare. J'avais encore le temps de monter mais je n'avais pas de billet et les types de la SNCF ont cru que j'étais avec ces deux garçons, là... Ils ont refusé d'essayer de te prévenir.

Elle m'a serré éperdument contre elle, à nouveau, et je me suis alors rendu compte qu'elle était passée par la même terrible épreuve que moi. Elle avait dû penser que j'ignorais ses appels parce que j'étais en colère. Que j'avais renoncé à elle. Sur ce dernier point, elle ne s'était pas complètement trompée...

– I caught you ! s'est-elle exclamée.

Elle m'avait rattrapé, oui. Attrapé. J'ai répondu à son étreinte, aspirant à pleins poumons son parfum comme si je voulais être sûr de ne pas être encore victime de l'un de mes mirages.

– Quand je suis parti de Londres, j'ai cru que je t'avais perdue pour toujours, ai-je murmuré.

– Ah ! Quoi, tu as oublié ? Je suis une Française, moi. Les filles françaises sont toujours en retard !

Il y a des fois, dans la vie, où l'on ne lâcherait pour au rien monde l'être que l'on serre contre son cœur. Dans notre cas, cependant, nous étions obligés de reconnaître qu'il nous serait impossible de monter dans ce wagon ainsi enlacés.

Le seul problème, c'est que quand nous nous sommes sentis assez rassurés pour nous décoller l'un de l'autre, les contrôleurs avaient disparu et la rame s'éloignait dans la nuit. Nous étions en rade sur ce quai maussade, avec les deux jeunes en casquette de base-ball qui rigolaient encore en se disant qu'ils avaient manqué de peu un voyage gratuit sur la Côte d'Azur.

– Stop! ai-je hurlé aussi bruyamment qu'inutilement, car la locomotive ne semblait pas du tout prête à m'écouter.

Nous nous sommes mis à courir derrière le train avant de comprendre qu'il ne serait pas possible de continuer à ce rythme jusqu'à la prochaine gare, surtout avec le très volumineux sac d'Alexa.

– Merde! a-t-elle grommelé. Mais à propos... où est *ta* valise?

– Dans le train.

– Et ton billet?

– Pareil.

– Tu as ton passeport sur toi, au moins?

– Non.

– Tes cartes de crédit?

– Non.

– Alors on peut dire que tu es vraiment in the merde, pas vrai, Paul?

Je l'ai contemplée dans son blouson de cuir élimé, les cheveux en désordre, les yeux pleins de commisération.

– Non, pas du tout, ai-je répondu. Parce que tu es là.

Épilogue

Vingt-trois heures, nuit de Noël, commissariat de la police nationale de Jouay-sur-Seine.

– Nom ? m'a demandé le flic de garde.

– Paul West.

– *Pol* comment ?

J'ai épelé mon identité pendant qu'il pianotait sur son clavier d'ordinateur avec un seul doigt.

– Date et heure du vol ?

Il attendait, l'index à quelques centimètres au-dessus des touches.

– Euh, je ne suis pas sûr qu'ils ont été volés. Pas encore.

– Hein ?

– Je les ai oubliés. Dans le train.

– Mais nous avons pensé qu'il valait mieux déclarer la perte tout de suite, au cas où, a clarifié Alexa.

Le policier ne nous écoutait plus, cependant. Il fixait l'écran devant lui comme s'il venait d'y découvrir le cadeau de Noël qui l'attendait.

– *Pol Ouest ?*

– Oui, c'est moi.

– Conducteur d'une Renault Vel Satis ? Directeur d'un salon de thé anglais dont le nom n'a pas été traduit en français ?

Oh ! merde...

Remerciements

L'auteur tient à saluer tous ceux qui, consciemment ou à leur insu, ont contribué au succès de son aventure romanesque.

Faites de nouvelles découvertes sur
www.pocket.fr

- Des 1ers chapitres à télécharger
- Les dernières parutions
- Toute l'actualité des auteurs
- Des jeux-concours

Il y a toujours
un **Pocket** à découvrir

Impression réalisée par

C P I
Brodard & Taupin

51230 – La Flèche (Sarthe), le 19-02-2009
Dépôt légal : octobre 2008
Suite du premier tirage : février 2009

POCKET – 12, avenue d'Italie - 75627 Paris cedex 13

Imprimé en France

→ Arracher : total de 12 fixe

→ Potentiel de vombin : total de 7 fix

→ Essai de traction : 1,3 à 4 MPa

→ Essai de compression :

→ Inspection visuelle du coulis

→ Inspection visuelle du dessous de la dalle

- Teneur en vins ch lanny

extrados → très élevé

intrados → élevé

25 50 75 10
intra   extra

0   250 500 800 1000 2000

Voir pour traduction faite, comme
c'est illu[...] [...] [...]
compre[...]
le dell[...] du [...]

Constat sur les résultats

- La corrosion est très importante au niveau des ferrites (5-6 et 7-8) et (11-12)

- La corrosion est moyenne ferrite (9-10) et (3-4)

- La corrosion est la faible au niveau ferrites (1-2) → mais il y a tout de même de la détérioration en surface.

{ Important de bien identifier la détérioration { Partie sypérieur ? inf
                                                  Par le...? Rien?

{ ** Question pour Alex : Comment été son déroulement ? ... la corrosion observée au Bensader suait à la fois elle des bleus inférieurs et des poutres ? Comment avait-il a pouvoir ce détail ?

* " Voir si RAC influence la flexion de l'échelle des puits ? ? ?

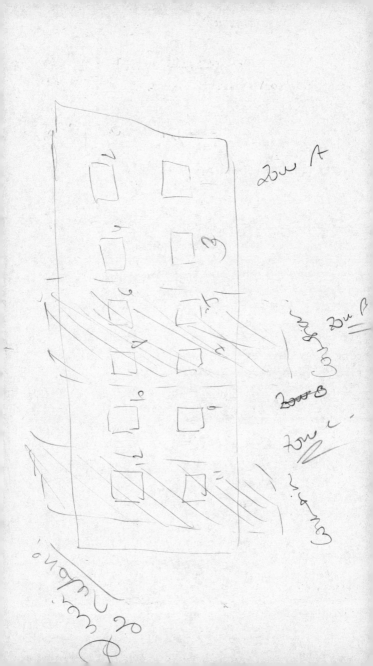

Qui Notan.

← chloures > 260 ppm

← chloures) 260 ppm

bbq de   bw
condis'   condis'

RAL { oui ① et ⑥
{ $f' = 40$ MPa
{ $f+$ = Jenah
   de $1,2 → 4,3$ MPa

⇒ Pressure de délaminal = $± 35\%$

{** Voir si délamination est autant
{ concentré dans le Rang sypeneu ou
{ dans le regi inf... ?